奥 威 尔 作 品 全 集

· 奥威尔纪实作品全集

《巴黎伦敦落魄记》

《通往威根码头之路》

《向加泰罗尼亚致敬》

· 奥威尔小说全集

《缅甸岁月》

《牧师的女儿》

《让叶兰继续飘扬》

《上来透口气》

《动物农场》

《一九八四》

· 奥威尔散杂文全集

奥威尔杂文全集（上、下）

奥威尔书评全集（上、中、下）

奥威尔战时文集

George Orwell

奥威尔散杂文全集

奥威尔书评全集

Collected Literary Reviews of George Orwell

（中）

[英]乔治·奥威尔 著　陈超 译

上海译文出版社

中册目录（1941—1944）

1941.1.4	评约翰·梅尔的《一去不返》、威廉·奥布利·达灵顿的《埃尔夫的新钮扣》	0517
1941.1.18	评肯尼思·阿洛特的《儒勒·凡尔纳》	0519
1941.1.25	评赫伯特·厄尼斯特·贝茨的《死者的美丽》、格林·琼斯的《威尔士短篇故事》、托马斯·欧文·比奇克罗夫特的《被遗弃的父母》、凯莉·坦南特的《斗士》	0523
1941.2.15	评休·斯拉特的《国民自卫队必胜》	0528
1941.2.22	评约翰·鲁林·里斯的《英国是我的村庄》、尼娜·菲朵洛娃的《家庭》、丹·威肯登的《行尸走肉》、布鲁斯·马歇尔的《颠倒的大利拉》	0530
1941.3	评休·斯拉特的《国民自卫队必胜》	0535
1941.3.15	评弗朗兹·霍勒林的《保卫者》，拉沃生译本，阿尔弗雷德·纽曼的《人民之友》，诺拉·维登布兰克伯爵夫人译本	0539
1941.6.28	评阿托罗·巴里亚的《锻造》，彼得·查尔莫斯·米切尔译本并作序	0544
1941.7.14	全面战争中的英国文学	0547
1941.7.24	评费罗兹·汗·农爵士的《印度》	0553
1941.8	威尔斯、希特勒与世界国度	0554
1941.9	唐纳德·麦吉尔的艺术	0562
1941.9	评阿托罗·巴里亚的《锻造》，彼得·查尔莫斯·米切尔爵士翻译并作序	0575

1941.10	没有，连一个也没有　评亚历克斯·康福特的《没有这种自由》	0579
1942.2	拉迪亚·吉卜林	0586
1942.5.10	评埃德蒙德·威尔逊的《创伤与鞠躬》	0605
1942.7	评穆尔克·拉杰·安南德的《剑与镰刀》	0609
1942.8.2	评菲利普·巴雷斯的《查尔斯·戴高乐》	0614
1942.9	评奥多德·加拉弗的《东方的撤退》	0616
1942.9.13	评赫伯特·雷吉纳德·罗宾森上尉的《现代德·昆西》	0619
1942.10	托马斯·斯特恩斯·艾略特	0621
1942.11.6	乔治·奥威尔与乔纳森·斯威夫特的幻想采访	0630
1942.11.21	评巴兹尔·亨利·李德尔·哈特的《英国的战略》	0639
1942.12.4	亨利·米勒的结局	0643
1942.12.24	评萨缪尔勋爵的《未知的土地》	0647
1943.1	评瓦达克·库鲁帕斯·纳拉耶纳·梅农的《威廉·巴特勒·叶芝的演变》	0649
1943.1.9	评宣传册文学	0657
1943.1.21	评"大众观察"的《酒吧与民族》	0661
1943.1.22	评乔治·萧伯纳的《武装与人》	0663
1943.3.5	杰克·伦敦：美国文学的里程碑	0670
1943.4.2	钱不够花：乔治·基辛素描	0677
1943.4.17	评瓦达克·库鲁帕斯·纳拉耶纳·梅农的《威廉·巴特勒·叶芝的演变》	0681
1943.4.30	评谭叶·利恩的《黑暗中的声音》	0685
1943.5.27	评丹尼斯·威廉·布罗甘的《英格兰的人民》	0689
1943.7.30	评约翰·勒曼编撰的《新写作与曙光》	0692
1943.8.14	评乔治·罗杰的《冉冉升起的赤月》、阿尔	

	弗雷德·瓦格的《百万死者》	0695
1943.8.15	评爱德华·霍尔顿的《新时代》	0699
1943.9	评列奥内尔·费尔登的《以邻为壑》书评	0702
1943.9.10	评托马斯·曼的《时代的秩序》	0714
1943.9.12	评路易斯·列维的《法国是一个民主国家》	0717
1943.9.18	托马斯·哈代的战争观	0720
1943.10.10	评哈罗德·约瑟夫·拉斯基的《反思我们这个时代的革命》	0724
1943.10.21	评西里尔·埃德温·密契逊·乔德的《寻找更美好的世界：年轻士兵历险记》	0727
1943.10.22	谁才是战犯？ 评卡修斯的《审判墨索里尼》	0729
1943.11.7	评道格拉斯·里德的《以免我们遗憾》、西德尼·达克的《我坐下，我思考，我怀疑》	0739
1943.11.20	评亨利·诺尔·布雷斯福德的《印度问题》	0742
1943.11.21	关于奥斯卡·王尔德的《温德米尔夫人的扇子》的谈话	0746
1943.11.26	马克·吐温——御用小丑	0751
1943.11.28	评艾利森·皮尔斯的《西班牙的变迁：1937年至1943年》，劳伦斯·邓达斯的《西班牙面具的背后》	0757
1943.12.9	评亚瑟·科斯勒的《来来去去》，菲利普·乔丹的《乔丹的突尼斯日记》	0759
1943.12.19	评威廉·亨利·戴维斯的《诗集》	0763
1943.12.23	社会主义者能快乐吗？	0767
1943.12.23	评兰斯洛特·霍格本的《格罗沙语》、康普顿·麦肯锡的《罗斯福先生》	0776
1944	"教士的特权"：萨尔瓦多·达利小记	0781
1944.1.2	评乔利的《军队与革命的艺术》	0794
1944.1.6	评韦维尔伯爵元帅的《埃及的艾伦比》	0797
1944.1.16	评卡尔顿·肯普·艾伦的《民主与个体》、	

雷吉纳德·乔治·斯德普顿的《迪斯雷利与新时代》 0801

1944.1.20 评詹姆斯·伯恩汉姆的《马基雅弗利的信徒》 0804

1944.1.30 评约书亚·特拉切腾堡的《魔鬼与犹太人》、埃德蒙德·弗雷格的《为什么我是犹太人》，维克多·戈兰兹译本 0809

1944.2.3 评马克·吐温的《汤姆·索亚》与《哈克贝利·芬》、牛津与阿斯奎斯伯爵夫人的《野史》 0812

1944.2.13 评查尔斯·狄更斯的《马丁·瞿述伟》 0816

1944.2.17 评简·福成与让·波顿的《伊丽莎白·内伊》 0819

1944.2.27 评阿尔弗雷德·诺耶斯的《深渊的边缘》 0823

1944.3.2 评哈利·勒温的《詹姆斯·乔伊斯》 0826

1944.3.12 评亚奇伯德·韦维尔挑选并注释的《别人的花朵》 0830

1944.3.23 评威廉·比奇·托马斯的《乡村生活方式》 0834

1944.3.26 评德里克·利昂的《托尔斯泰的生平与作品》 0839

1944.4.6 评莫里斯·科里斯的《她是女王》、玛格丽特·米德的《萨摩亚的成年》 0842

1944.4.20 评埃德蒙德·布兰登的《板球国度》 0846

1944.4.23 评休·金斯米尔的《带毒的王冠》 0851

1944.5.5 评阿尔弗雷德·海森斯坦的《钢铁时代的巨人：戴高乐将军的故事》 0854

1944.5.7 评布伦威尔的《这个改变中的世界》、朱利安·赫胥黎的《生活在革命中》、多位作者合著《重塑人类的传统》 0858

1944.5.13 评路易斯·费舍尔的《帝国》 0862

1944.5.18	评圣约翰·厄温的《帕内尔》	0864
1944.5.21	评赫伯特·乔治·威尔斯的《42年至44年：世界革命危机中的人类行为当代回忆录》	0868
1944.6.4	评《民间调查》	0871
1944.6.11	评戈登·斯蒂夫勒·西格雷夫的《缅甸医生》、贺瑞斯·亚历山大的《克里普斯谈判后的印度》	0874
1944.6.15	评威廉·拉塞尔的《罗伯特·凯恩》	0877
1944.6.25	评莱温·路德维格·舒金的《文学品味的社会学研究》	0881
1944.6.29	评希尔达·马丁代尔的《从一代人到另一代人》	0884
1944.7.9	评埃里克·吉尔的《陌生的土地》	0888
1944.7.13	评马丁·约翰逊的《艺术与科学的思想》	0892
1944.7.23	评雅克·巴尊的《浪漫主义与现代自我意识》	0896
1944.7.28	评詹姆斯·艾肯编辑的《十九世纪的英语日记》	0900
1944.8.6	评萧乾的《龙须与蓝图》	0905
1944.8.10	评理查德·丘奇的《门廊》和《堡垒》	0909
1944.8.13	评玛丽·帕内特的《巷子》	0912
1944.8.20	评丹尼斯·索拉特的《弥尔顿：凡人与思想家》	0915
1944.8.24	评索尔温·詹姆斯的《刚果南部》	0919
1944.8.28	莱福士与布兰迪丝小姐	0923
1944.9.3	评莱昂纳德·汉密尔顿编纂的《杰拉德·温斯坦利作品集》，克里斯朵夫·希尔作序	0940
1944.9.7	短篇小说要多长？	0943
1944.9.17	评丹尼斯·威廉·布罗甘的《美国问题》	0948

1944.9.22	托比亚斯·斯摩莱特：最优秀的苏格兰小说家	0951
1944.10	评克里夫·斯特普尔斯·刘易斯的《超越个体》	0957
1944.10.1	评珀恩的《缅甸宣传第一册：缅甸的背景》、奥斯卡·赫曼·克里斯蒂安·斯贝特的《缅甸宣传第二册：缅甸的制度》、埃普顿的《缅甸宣传第三册：缅甸的佛教》、玛苗瑟恩的《缅甸》、肯尼斯·海明威的《翱翔缅甸》、查尔斯·雅克·罗洛的《温格特的攻势》	0961
1944.10.5	评托马斯·斯特恩斯·艾略特的《四个四重奏》	0964
1944.10.19	评约翰·米德尔顿·默里的《亚当与夏娃》	0969
1944.10.29	评比弗利·尼克尔斯的《印度判决书》	0973
1944.11.2	评安东尼·特罗洛普的《典狱长》、乔治·艾略特的《织工马南》、哈罗德·尼克尔森的《公众面孔》、萨克维尔-韦斯特的《厄瓜多尔的保卫者》、安纳托尔·法郎士的《诸神渴了》、埃德蒙德·韦尔梅伊的《希特勒与基督教》	0976
1944.11.8	评贾尔斯·普莱菲尔的《新加坡的广播结束》、理查德·温斯泰德的《英国与马来亚》	0981
1944.11.10	书籍与民族：奥利弗·古德史密斯的《维克菲尔德的牧师》	0985
1944.11.12	评威廉·亨利·加德纳的《杰拉德·曼利·霍普金斯》	0991
1944.11.16	评阿尔弗雷德·莱斯利·罗斯的《英国的精神》（关于历史与文学的散文）、卡修斯的《布兰登与比弗利》	0994

1944.11.23 评约翰·阿尔弗雷德·斯宾德的《最后的文章》、沃尔特·克雷·劳德米尔克的《巴勒斯坦，希望的土地》、雷吉纳德·莫尔的《作品选集》 0998

1944.11.26 评赫伯特·约翰·克里弗德·格里尔森与史密斯的《英国诗歌的批判性历史》 1003

1944.11.30 评詹姆斯·阿盖特的《贵族的责任——致另一个儿子的另一封家书》、杰克·林赛的《诗歌的视角》 1007

1944.12.7 评《通往未来的桥梁：马克斯·普劳曼的书信》 1017

1944.12.22 生蚝与棕烈啤 1021

1944.12.24 评查尔斯·德伊德瓦尔的《西班牙插曲》，埃里克·萨顿译本 1025

1944.12.28 评罗伯特·吉宾斯的《美好的李谷》、维拉·米尔斯基的《茶杯里的风波》 1028

1944.12.31 评埃德温·摩根的《恶之花：查尔斯·波德莱尔的生平》 1032

评约翰·梅尔的《一去不返》、威廉·奥布利·达灵顿的《埃尔夫的新钮扣》①

梅尔先生这本书描写的是可怕的政治丛林——它可以被称为左翼惊悚小说，有地下党、虐待、暗语、谴责、伪造的护照、密码信息等等，已经是广为人知的事情，成为"轻松"文学的合适素材。这是好事，因为惊悚小说的社会意义和政治意义大体上比《每日电讯报》的专栏文章或《潘趣》里的笑话还要过时。梅尔先生的小说里的男主人公并没有遇到通常那种戴着单片眼镜的密探和"国际无政府主义者"（在大部分惊悚小说里，"无政府主义者"和"共产党员"是可以互换的），而是发现自己被卷入一个秘密社团，它当然是虚构的，但或许可以想象它的存在。它的名字叫国际反对组织，成员是来自世界各地的心怀不满的人。左翼纳粹分子、俄国托派分子、英国顽固的保守党人聚集在一起，他们知道虽然各有各的目标，但他们的共同利益是推翻现有的体制。男主人公是一个撰写文学专栏的记者，因为谋杀了他的情妇而落入他们手中，而她正好是他们最倚重的密探之一。他的历险构成了一趟愉快的、梦幻般的度假之旅，尽是那些文学专栏的记者在现实生活里不会去做的事情——譬如说，在电话里进行勒索或谋

---

① 刊于 1941 年 1 月 4 日《新政治家与国家》。约翰·梅尔（John Mair），情况不详。威廉·奥布利·达灵顿（William Aubrey Darlington, 1890—1979），英国记者、作家，《追求我的所爱》、《埃尔夫的纽扣》等。

财害命。书中采用了惊悚小说的惯用手法，但整体的基调很世故深沉：所有的罪行都没有得到惩罚，没有英雄救美，没有人怀着爱国热情。这是一本很有趣的书。我希望它能够被证明是一种新类型的惊悚小说的起点，在它的内容里有 1920 年之后的政治事件。

《埃尔夫的新钮扣》是一本忧郁的复兴之作，标志着二十年前在开始时就已经有剽窃嫌疑的作品卷土重来。《埃尔夫的钮扣》获得极大的成功，先是以小说出版，然后被改编成一部电影。奇怪的是，我记得没有人指出它抄袭了安斯泰①的《黄铜瓶子》。但是，二者一脉相承的关系是很明显的。在安斯泰的书里，一个体面的年轻建筑师发现自己得到了一个瓶子，所罗门王将一个叛逆的魔鬼囚禁在里面。在《埃尔夫的钮扣》里，一个士兵发现他的军服上的一个钮扣是用阿拉丁神灯打造的。这两本书的幽默都有同样的来源——当普通人被赋予超自然力量时令人绝望的无助。安斯泰笔下的贺拉斯·文提莫尔只是想要摆脱那个一直给他献上一头头驮着红宝石的驴子的魔鬼，而埃尔夫的想象力只局限于成群的美女和成堆的啤酒。在这本新书里，埃尔夫还有另一个钮扣，能够在连续六个星期天赋予他六个愿望。知道了这些内容，不用说，你会猜到这些愿望会被胡乱挥霍掉。我不认为这本书能像前一本书那么成功。

---

① 托马斯·安斯泰·格斯里（Thomas Anstey Guthrie, 1856—1934），英国作家，代表作有《逃跑的傀儡》、《巨人的斗篷》等。

评肯尼思·阿洛特的《儒勒·凡尔纳》[①]

这本书的最大缺点就是它的主旨含糊不清。表面上它是一本传记，但写一位作家的传记很难不去对他的作品进行批判性的研究，而阿洛特先生并没有从狭义的文学角度对凡尔纳的作品严肃地进行分析。因此，批评弱化为探寻"科幻作品"的起源，变成对科学时代的"控诉"和社会纪实，有时候与凡尔纳本人的生平并没有紧密的联系。

和大部分作家一样，凡尔纳是那种什么故事也没有发生的人。他年轻的时候曾想过出海，但几个小时后就丢脸地回来了。这件事可以说是他的最后一次冒险。在他晚年时，有一个自以为受了委屈的年轻人拿着一把左轮手枪打伤了他。凡尔纳在1848年想在巴黎爆发巷战的时候去那里，但由于所有的火车都被用于运送国民卫队而未能成行。从这件事你可以了解到希特勒说得很对："百无一用是书生。"这件事和阿洛特先生的书里的其它内容表明作家们的私人生活要比他们的作品更加相似。在千姿百态的作品后面几乎总是相同的背景：神经兮兮、老是被追债的职业作家，房间里丢满了烟头，到处摆放着半满的茶杯，穿着晨衣在房间里踱步，挣扎着要写出一本书，却总是写不出

[①] 刊于1941年1月18日《新政治家与国家》。肯尼思·阿洛特（Kenneth Allott，1912—1973），英国作家、学者，代表作有《儒勒·凡尔纳》、《诗集》等。

东西。奇怪的是，像凡尔纳这么一个不像文人的作家背后却有为人所熟悉的十九世纪法国文人的历史。但情况确实如此——先是模仿拉辛①创作悲剧，得到维克多·雨果的鼓励，在一间阁楼里浪漫地挨饿。不过，凡尔纳没有情妇，因为他是一个虔诚的天主教徒。直到三十好几他才开始获得成功，虽然后来他挣得了惊人的财富，特别是那篇改编成戏剧的《环游世界八十天》。他于1905年逝世，他的生卒年几乎正好是第一列火车和第一架飞机的诞生之年。

阿洛特先生的主题是文学作品中科学崇拜与浪漫主义之间的关系。虽然后来他的心中产生了疑惑——譬如说，他并不是很接受进化论——但凡尔纳属于科学时代的早期，那个时期有大东方号和1851年海德公园示威，那时候的口号是"征服自然"而不是现在的"神秘的宇宙"。科学技术正在一日千里地进步，它们的狰狞面目还很少有人察觉。直到马克沁机关枪的发明，很难不将科学发明与进步等同起来。当时盛行的乐观情绪最好的体现是，1870年的战争对凡尔纳几乎没有造成影响。他觉得那只是恼人的中断，之后你可以继续你的工作。现代战争的灭绝性不仅还没有显现，而且很难去想象。但是，后来凡尔纳厌恶地看着现代帝国主义的崛起和对非洲的争夺。结果就是，他的书里不再有令人同情的英国人的角色。在他早期的作品里，这个角色总是频繁出现——一个古怪的角色，就像大部分十九世纪的法国小说里所描写的那样，穿着花格衬衣，大呼

---

① 让·拉辛(Jean Racine，1639—1699)，法国剧作家，代表作有《安德洛玛刻》、《阿达莉》等。

小叫："好，好，好极了！"他们象征着凡尔纳对英国民族的实干精神和创造性的崇拜。

很难不将凡尔纳和赫伯特·乔治·威尔斯联系在一起。阿洛特先生并不喜欢威尔斯，并刻意对他进行责难。比起凡尔纳，威尔斯对科学更为推崇，但他属于一个不是那么自信的年代，在那个时候，面对螺旋星云的雄伟，人类的渺小要比他对大自然的主宰更加明显。威尔斯的早期浪漫作品没有凡尔纳那么讲究科学——也就是说，与当时已知的科学知识的联系没有那么紧密——但对科学更加推崇。如果你将《月球之旅》与《登月第一人》相比较的话，你会看到纯粹的文学角度和不以人类为中心的立场所带来的好处。凡尔纳的故事符合科学或非常接近科学。如果人类真的能够发射火箭摆脱地球的引力而乘坐在里面的人类能够经受住冲击的话，这种事情或许是可能实现的。威尔斯的故事纯粹是幻想，只是基于月球和其它星球可以居住这个想法。但它创造了自己的天地，读过之后很多年你还会记得那些细节。凡尔纳的作品最难忘的是氧气瓶的泄漏使得那些探索者出现了醉酒的症状——这是一个非常写实的细节。虽然阿洛特先生很努力，但以后除了小学生会去阅读《地心之旅》代替《达哈士孔的狒狒》之外，还会不会有人去读凡尔纳很难说。他想将科学指导和娱乐结合起来，并获得了成功，但这只局限于他的科学理论并不过时的时候。但是，他因为一部作品所引发的争议而一直名留文史。在《环游世界八十天》里——阿洛特先生指出它是基于一个爱伦坡式的故事——他耍了一个小伎俩：如果你朝东边环游世界的话，你会在旅途中多获得一天。这就引发了一个问题："一架飞机在二十四小时之内环游世界一圈怎么办？"那些充满想象力的男生在《巫师》和《热刺》上展开激烈的辩论，他们或许从未听说过凡尔纳这个名字。这是一本有趣的书，虽然它的内容总是会偏离主题。里面的一些插图很好看，但是下面的说明文字却写得很糟糕。

评赫伯特·厄尼斯特·贝茨的《死者的美丽》、格林·琼斯的《威尔士短篇故事》、托马斯·欧文·比奇克罗夫特的《被遗弃的父母》、凯莉·坦南特的《斗士》[①]

每一个与书业有联系的人都知道短篇小说作品绝对是卖得最差的。去借书部想找"一本好书"的人总是说他们"不喜欢短篇小说"。当询问他们原因时,他们总是归结为精神上的惰怠。他们说每一个故事都要去熟悉新的角色太麻烦了,他们喜欢大部头的作品,可以"沉浸其中",读完前几页之后就不需要费神。或许这个解释有其道理,但短篇小说的不受欢迎或许是大众意见毫无价值的一个例子,就像大家都喜欢松脆饼不喜欢松糕一样。但事实上那些不怕劳心费神的人也不喜欢短篇小说,在所有的高端杂志里,如果刊登短篇小说的话,读者会自动跳过,就像他们忽略广告一样。自从劳伦斯发表《英格兰,我的英格兰》起,已经过去二十年了,这一体裁似乎没有诞生出多少值得重版的作品,情况很是不妙,而盎格鲁-撒克逊人似乎曾经很擅长写短篇小说。有

① 刊于1941年1月25日《新政治家与国家》。赫伯特·厄尼斯特·贝茨(Herbert Ernest Bates, 1905—1974),英国作家,代表作有《对莉蒂亚的爱》、《我的叔叔西拉斯》等。格林·琼斯(Glyn Jones, 1905—1995),威尔士作家、诗人,代表作有《龙有双舌》、《苹果岛》等。托马斯·欧文·比奇克罗夫特(Thomas Owen Beachcroft),情况不详。凯瑟琳·凯莉·坦南特(Kathleen Kylie Tennant, 1912—1988),澳大利亚女作家,代表作有《斗士》、《快乐的罪人》等。

必要对个中原因进行分析。

我面前有三本短篇小说选集。《被遗弃的父母》要比另外两本格调低一些，但这三本书都有除了"惊悚故事"之外的英文短篇小说的突出特点。第一个特点是平淡无奇，或许最恰当的描述是"慢条斯理"。你会希望一则短篇小说要比一本长篇小说更加情感丰富和多姿多彩，就像你觉得跑一百米的速度应该要比跑一英里快。但事实上，几乎所有的当代短篇的显著特征是它们避免情感上的高潮和"故作清纯"与过于简而化之的风格，写的尽是"于是他继续往前走，然后来到了另一个地方"之类的内容。这种令人生厌的幼稚矫情在威尔士短篇小说和那些威尔士故事的译文里格外明显。现代短篇的另一个特征是几乎没有事件发生。它们根本算不上是故事。没有通俗的"情节"，没有结局，没有最后的出人意表。它们会在第一页或第二页暗示将会有某个大事件发生，开始读这些书就像你满怀希望去展览会上看表演一样，你最后会感觉上当受骗了。可以肯定，所谓的美人鱼其实是一头胖乎乎的儒艮，那个有纹身的女郎绝对不会脱光。情况几乎总是一模一样：一篇尽是关于无趣之人的白描，文风是平淡的短句，结尾是含糊的疑问。"惠特克夫人打开天竺葵上方的蕾丝窗帘。那辆汽车正消失在远方。""'你是一个好孩子，'他喃喃道。两人亲吻着，但玛希心里想的是，如果这个星期就得还房租的话，他们得当掉丹尼的晚装。"似乎语焉不详的含糊内容已经成为一种风气，或许在许多情况下只是掩饰无法构建情节的缺陷。凯瑟琳·曼斯菲尔德的风格似乎弥漫于过去二十年来的大部分短篇小说中，虽然她自己的作品已经几乎被遗忘了。

现在让我们看一看更早一些的英国和美国的短篇。当然，每个人心目中都有不同的"最好"的故事，但我认为下面这张清单能够被普遍接受：《活埋》（爱伦·坡）、《到蒂明斯家略进晚餐》（萨克雷）、《败坏了哈德利伯格的人》（马克·吐温）、《咩、咩、咩，黑山羊》（吉卜林）、《走投无路》（康拉德）、《显微镜下失足记》（赫伯特·乔治·威尔斯）、《死者》（詹姆斯·乔伊斯）、《英格兰，我的英格兰》和《狐狸》（戴维·赫伯特·劳伦斯）、《雨》（萨默塞特·毛姆）。这些故事各不相同，但它们与赫伯特·厄尼斯特·贝茨先生擅长写的那些平淡无奇的故事的差别更大。上面的清单有十篇故事，有两篇描写的是荒唐无稽的内容，一篇在故作惊人之语，一篇让人觉得毛骨悚然，两篇赚人热泪。大部分故事没有嫌弃旧式的"情节"——譬如说，《狐狸》的情节就像是出自埃德加·华莱士的手笔——有的故事篇幅太长，不适合刊登在当代的杂志里。有几篇故事偏离了主题，现在的人会认为不可原谅。它们都有某种趣味，是那种无论故事会以一千字还是以一部长篇小说告终都不在乎的人写出来的。而且，它们的作者都很了解自己的读者群体，或认为挣不到钱是天经地义的事情，而且它们都是二十年前的作品。或许你会得出这么一个结论：现在是短篇小说极其不幸的年代。这种体裁更适合有闲的时代，那时候情绪更加高涨，钱包更加宽裕，杂志的版面更多，悠闲的读者也更多。

在前面我所批判的短篇小说家中，赫伯特·厄尼斯特·贝茨先生是一个能干的写手，或许是当代最能干的写手。你能从他这本书中的第一个故事里了解到他的长处和缺点，这或许也是整本书最精彩的故事。它讲的是一个做柜子的老人，对家具怀有艺术热情，他的妻子因为缺乏照料，吃的是冷米布丁，喝的是淡茶，慢慢地饿死。她喜欢瓷器，与丈夫对家具的热爱相映成趣。临终时她躺在冷冰冰的卧室里，而他就在楼下做她的棺材，做得非常精致。她明白这就是他爱她的方式，强烈反对就医。故事的结局是妻子死去了，丈夫决定在坟边摆上她最喜欢的瓷器。就是这样——没有严格意义上的故事，只有"氛围"和"角色"。这本书的其它故事都很相似，不过有一篇，讲述了一个女孩出于同情嫁给了一个装着木假腿的男人，要比其它故事更像是一则故事。那些威尔士故事出自不同的人的手笔，但它们出奇地相似，带有典型的威尔士色彩（尸体这一主题总是很显眼），只有迪伦·托马斯[①]的一篇故事是例外，他是威尔士人出身，但没有民族主义情感。比奇克罗夫特先生的故事只是尝试写出"通俗"水平（一位老妇一边喝着生烈啤一边讲述生平的事迹等等），而他写得还不赖，或许比起威尔士作家的平均水准并不逊色。但是，噢！欧·亨利和威廉·魏马克·雅各布[②]的日子已经过去了，那时候即使是最平淡无奇的故事也有开头、中间和结尾，在最后一段会峰回路转，不会被认为很庸俗。

《斗士》是一本关于澳大利亚的长篇小说，描写的内容并没有真实的情况那么有趣。即使是一本关于澳大利亚的非常蹩脚的小说，如果它能够真实地描写当地的风土人情，也能够被人接受。但是，《斗士》并不是一本蹩脚的小说。或许它的文笔很糟糕，有几处地方流露出女性对于污言秽语的羞怯，但它自始至终的情感

---

① 迪伦·玛莱斯·托马斯（Dylan Marlais Thomas，1914—1953），威尔士诗人，代表作有《夜疯狂》、《死亡没有疆界》等。

② 威廉·魏马克·雅各布（William Wymark Jacobs，1863—1943），威尔士籍英国作者，擅于撰写幽默故事，代表作有《驳船上的女士》、《水手的绳结》等。

是真诚的，而最重要的是，它的题材崭新而有趣。它描写了英国人从未听说过的一个社会阶层：澳大利亚的乡村无业游民，一家人乘着摇摇欲坠的马车或大篷车，偷盗农场主的绵羊，有时候靠干剪羊毛或摘水果等零工维持生计。他们其实就是流浪汉，但因为他们生活在一个更加富裕和民主的国家，他们不像英国的流浪汉那么卑劣和穷苦。他们有着游牧民族的许多特征——喜欢打架和酗酒，痛恨权威和鄙视定居的农民。政府说他们代表了真正的澳大利亚人，而他们越来越像土著人，与他们共同生活和通婚。不幸的是，她没有告诉我们这些热情的被放逐者在澳大利亚的人口中所占的比例。但是，这是一本值得一读的小说，要是像这样的书能多几本，我们对各个自治领就不至于如此无知。

评休·斯拉特的《国民自卫队必胜》①

这本书是迄今为止发行的国民自卫队手册里最棒的，内容主要涉及军事技术，但最后两章谨慎地提到了与军事组织密不可分的政治问题。它所提到的改革都意味着将国民自卫队变成一支人民军队，摆脱思想还停留在机关枪时代之前就退休的上校的控制。回首去年夏天，很难说在多大程度上是有意为之还是英国的阶级结构造成的不可避免的结果，以至于指挥官的职位毫无例外都被中产阶级和上流阶级所掌控。但情况就是这样。结果呢，原本会是坚定的反法西斯军队成为正规军的附庸，他们虽然爱国，却在政治上保持中立。无论今年有没有侵略发生，国民自卫队将决定自己是什么性质的军队，并明确它的政治和纯粹的演变，各个因素互相影响制约，就像齿轮咬合一样。

斯拉特先生花了一章讲述与操练有关的一个难题。英国军队的训练可以追溯到十八世纪，与现代战争没有直接的联系，可谓臭名远扬。一个新丁要花几个月的时间去匍匐前进和端枪，然后才去学如何瞄准。虽然战场上的失利总是会迫使更加切合实际的观念得以贯彻，但在战斗间隙和两场战争之间，对立正和打屁股的强调总是会卷土重来。国民自卫队对操练的意义存在争议，有

① 刊于 1941 年 2 月 15 日《新政治家与国家报》。汉弗莱·理查德·斯拉特（Humphrey Richard Slater，1906—1958），英国作家，代表作《国民自卫队必胜》、《海峡天堑》等。

时候意见的分歧要比表面上所显示的更加深刻。确实，思想反动的人会认同"吐吐口水擦擦亮"，而思想左倾的人对这场战争持游击战的态度。这一区别的细节乍一看很可笑。现在如果你相信英国应该宣布它的战争目的和希特勒将被欧洲的革命力量击败，你或许会相信士兵应该以最小的弧度将左脚跟与右脚跟并拢。如果你认为"我们唯一的目的就是战胜德国佬"和"只有死掉的德国人才是好人"，你或许会相信左脚应该抬到空中，响亮地与右脚并拢。在西班牙内战时期这个问题在拥护共和国的军队里进行了漫长的争执。为了将国民自卫队改造成半革命的人民军队，斯拉特先生自然对敬礼和擦亮钮扣持有敌意，但作为一个士兵，他意识到军事效率离不开纪律，而纪律或许与训练不可分割。无疑，士气总是和所谓的"士兵的装束"联系在一起，甚至与一些服装细节联系在一起，譬如说，大部分人勒紧腰带时会更有勇气。因此，斯拉特先生呼吁一种以士兵们必须完成的事情为基础的崭新的训练，比如说跳上和跳下卡车，从一个陡峭的位置扔手榴弹等等。无疑，这些内容最终会发生演变，但只有经过强烈的反对才会发生。几年前英国士兵开始三人并排走正步而不是四人并排，就是朝这个方向迈出的第一步。

这本书的大部分技术内容讲述了巷战、坦克战和伪装，内容很精彩，而且已经被国民自卫队的指挥官用于教学。写得最糟糕的一章讲述了德国人可能采取的侵略方案。它排除了每一个可以被想到的会造成毁灭性后果的方案，或许造成了盲目乐观的后果。但这本书的整体效果是好的。斯拉特先生和奥斯特利园训练营与赫灵汉姆训练营的同仁在去年夏天为重振士气发挥了重要作用，这本书是同一进程的延续。它只卖半克朗，那些图解很醒目详实。

评约翰·鲁林·里斯的《英国是我的村庄》、尼娜·菲朵洛娃的《家庭》、丹·威肯登的《行尸走肉》、布鲁斯·马歇尔的《颠倒的大利拉》①

在上面所列出的书目中，第一本书是所谓的短篇小说合集，与一起评论的另外三本小说不属于一类，或许我可以对我之前关于短篇小说的评论加以补充，因为我实在是受不了普里切特先生②的烦扰。

我们似乎不值得费心去区别"情节"、"事件"、"叙述"、"行动"等概念。我要说的是，如果一篇文章要被称为故事的话，它必须有事件发生。譬如说，一篇描写风景的文章就不是故事。里面必须有某个事件，情景的变更，必须有足够多的惊讶元素，让读者没办法猜到结局——或许不一定无法猜到，但无法预见它会如何发生。我选出了《行尸走肉》，是因为抛开它的氛围和角色塑

---

① 刊于 1941 年 2 月 22 日《新政治家与国家报》。约翰·鲁林·里斯(John Llewlyn Rhys)，英国作家，于第二次世界大战时执行飞行任务失事，其遗孀以他的名义创立了"约翰·鲁林·里斯文学奖"。安东尼娜·莉亚萨诺夫斯基(Antonina Riasanovsky, 1895—1985)，俄国女作家，笔名为尼娜·菲朵洛娃(Nina Fedorova)，代表作有《家庭》、《孩子》等。丹·威肯登(Dan Wickenden)，情况不详。布鲁斯·马歇尔(Bruce Marshall, 1899—1987)，苏格兰作家，代表作有《夜里的窃贼》、《玛拉奇神父的奇迹》等。

② 维克多·索顿·普里切特(Victor Sawdon Pritchett, 1900—1997)，英国作家、评论家，代表作有《生命由你做主》、《西班牙的风暴》等。

造，它是一个非常好的故事。如果由阿加莎·克里斯蒂来写的话也会是一个很好的故事。里面有事件发生，有一个重大事件，一个男人的生命里程碑。一个善良的、唠唠叨叨的白痴，脑袋里都是浆糊，却很有自尊心，突然间意识到，或者说醒悟到一个死人要比自己更有活力。普里切特先生指出乔伊斯的另一个特点是《格蕾丝》里面有精彩的对话，但在我看来它并不是一个故事。它的结尾并没有缘由，如果你不知道的话，我相信你会以为它还没有写完。

对每一个故事都要求有一个事件并不表示要有强奸、谋杀或往下巴挥出一拳。它可以是一件很小的事，只要作者觉得它很有意义，并能把它写得很有意义就可以了。但这就涉及到天分和真诚的问题。凯瑟琳·曼斯菲尔德或许师从的是契诃夫，擅长描写那些只是小打小闹的精神上的历险。大体上她的作品很难成为传世之作，但你只会觉得她的品位不是太好，而不会觉得她的情感并不真挚。她的创作时期正值文学的周末时光，那时候虽然有战争，但外部世界还没有侵入小说家们的玫瑰花园，那些过于敏感的人的小小不幸就能够占据她的视野。当一枚燃烧弹落在一辆婴儿车上成为司空见惯的事情时，赫伯特·厄尼斯特·贝茨与其他人仍继续撰写那一类型的故事则是另外一回事了。即使如此，凯瑟琳·曼斯菲尔德的许多作品如果不是以小说为体裁的话仍会是更好的作品。一个好例子是那个莫斯小姐的故事。她是一个胖乎乎的女演员，事业失败，几乎就要沦落街头。故事里没有惊奇元素，或几乎没有。如果它只是一则关于一个女人想要去当妓女的临床研究会更好一些。我认为它与《英国是我的村庄》都引发了一个问题——许多自称为短篇小说家的人放弃这一困难的创作形式，专门去写不假装是一则故事的描述性或叙述性的作品会不会比较好呢？

约翰·鲁林·里斯是一位年轻的飞行员，去年秋天在执行任务时去世了。他之前也写过几本书，但这本书是他在死后出版的，显然不是他修改的。它的内容是一些零星片段的合集，或许最好称之为描写片段。有些是第三人称，大体上是以故事的形式进行讲述，但它们都互相联系，有自传的性质，大部分内容都有同一个飞行员和同一个女孩出现。在我看来它们的优点是不把单独一个事件包装成故事。一个飞行员、一个水手或其他过着积极活跃的生活的人见到了许多值得讲述的事情，如果他碰巧能够动笔写书，只是通过记录，而不加入任何内容，他就能够带给读者在观看一个技术高超的铁匠或木匠干活时同样的快乐。约翰·鲁林·里斯或许并没有过人的创造力，或许只是一个平庸的"平铺直叙"的小说家，但他对飞行充满热情——他当过商业航空公司的飞行员，还是英国皇家空军的飞行员——与此同时，他过于敏感，无法将悲剧视为理所当然的事情。他所写的一切都充满了蓝天的魅力，但奇怪的是，这夹杂着一种超越了死亡前兆的忧郁。任何记得三十年前的事情的人一定都知道飞机并没有满足人们的期盼。直到莱特兄弟将他们的机器飞离地面五十九秒钟之前，人类"征服"天空一直被视为一个奇迹，人们认为未来的飞行员会像超人那样如同雄鹰一般在云间穿梭。赫伯特·乔治·威尔斯早期的故事尽是这些天神般的人物。事实上，飞机突出的特征就是噪音、危险和昂贵。操作飞机的人就像土道骑师和赛车手那样都是年轻健康而且反应灵敏的人，理解内燃机的原理，但不一定拥有思想。在地面上的人们的眼中，飞机只是会朝你扔炸弹的东西；对于乘客来说，主宰一切的就是那震耳欲聋的噪音。对于飞行员来说，显然，飞行意味着压力、疲惫、寒冷和时时刻刻都意识到危险。这本书里几乎每一篇文章都是一个恐怖故事，从轰炸机飞行员即将出发长途奔袭德国时能够加以控制但仍然能够被察觉到的恐惧，到新型飞机突然失去控制时试飞员的黑暗恐怖。弥漫着整本书的忧郁还有另一个原因——他知道一个飞行员的活跃年头，即使他运气好没有被杀的话，比一个拳击手的生涯长不了多少。在书的开头有一段非常有感染力的描写，上一次战争的年轻英雄二十年后成了一个卑贱的红脸醉汉。那段降落伞降落的描写也非常精彩。按照目前的书籍的水准，这是一本非常出色的作品。

　　我的清单中的另外三本书都是平庸之作，但《家人》是最好的一本。它是人们所说的"有价值的书"，不是我喜欢的那类小说，但我承认它是一本好书。它描写了一间俄国难民在中国经营的寄宿旅馆，形形色色的人们来来去去，由此刻画出一个龙蛇混杂的社会"全景"。《行尸走肉》是一部几乎不堪卒读的作品，描写一个身边围绕着极其无趣的人的美国少年。在书里作者对每一个琐碎的细节都发表了评论，而且过分地进行强调，给人一种大猩猩在弹钢琴的感觉。另一方面，《颠倒的大利拉》的文风很精致，但它的题材却很傻帽。故事发生在战争早期僵持阶段的一座法国庄园，几个英国军官把守着炸药库。他们目睹了许多神秘的事件，最后谜团是如何解开的我不会透露，但内容很荒谬，给人一种不真实的感觉。这本书有一些色情描写。一个十八岁的女生在追求一个中年男人，尝试挑逗他，说着类似"我脱光了你会兴奋吗"这样的话。但是，最后什么事情也没有发生。这本书的作者并不清楚自己想写些什么。我所提到的这三本小说是从一些作品中挑选出来的，其它作品要比它们更糟糕。我必须记录下我的看法，如今出版的小说水平都非常糟糕，或许是我的记忆中最糟糕的。想到德国出版的小说或许更糟总算能够带来一丝安慰。

评休·斯拉特的《国民自卫队必胜》[①]

　　德国入侵的危险不再是它有可能一举征服英国。或许德国人失去了实现这一点的机会,除非耗尽英国的海军力量和空军力量,它不会再获得这种机会。危险的事情是,一场侵略,即使没有希望获得成功,或许也会形成一场大规模的骚扰性空袭,造成瘫痪。因此,如果侵略发生的话,问题的关键不是战胜侵略,而是要迅速战胜侵略,在最初的几个小时,国民自卫队或许将会非常重要。关于国民自卫队的政治立场有很大的争议(民主的人民军队,中产阶级的民团,还是毕灵普分子的玩物),无疑,没有必要说清楚斯拉特先生的立场。他的书既是一本政治宣传册,又是一本关于战术和武器使用的技术手册。但他非常敏锐,并没有这么说。如果他这么做的话,他所针对的特别的团体就不会想去读他的书了。

　　去年夏天国民自卫队的突然出现是一个民主的姿态。与此同时,一支这种类型的地方性业余军队一定是纯粹的步兵,去年的战斗似乎表明步兵如今已经没有用处了,只能用来巩固其它部队攻占的地方。自从后膛式步枪发明之后,民主事业似乎越来越绝望,因为决定性的武器被越来越少的人所拥有。我们现在已经来到了只有五个国家(德国、英国、美国,或许还有苏联和日本)能

---

① 刊于 1941 年 3 月《地平线》。

够发动大规模的持久战的历史阶段，而这五个国家里有三个是极权主义国家，另外两个必须驯服它们的民主制度，让自己有更高的战争效率。但是，民主国家对现代机械化部队的回答是全民武装、纵深防御和几样原始但有效的武器的重新出现。军事专制主义的象征是坦克，人类所能够想象出的最可怕的东西。但是，几乎任何规格的坦克只消用几磅重的手雷就能炸上天，只要有勇敢的人去扔手雷就行了。这也取决于政治和社会条件，也就是群众能感觉到他们在为了什么而战斗。我们还不知道这种民众抵抗是否会是决定性的，但证据表明它至少能够起到非常大的作用。除非国民自卫队在最后关头遭到破坏——譬如说，官方或许会在最后关头退缩，不发放必要数量的武器——否则他们至少能够延缓入侵军队的集结，即使当真正的战斗开始时他们并不会取得多大的战功。

但是，如果他们能立下战功，在很大程度上那是因为斯拉特先生本人，还有托马斯·温钦汉姆①和他的同仁们以及军队基层的年轻人过去几年来在多间国民自卫队培训学校努力争取的结果。如果说国民自卫队初次组建时就落入了老迈的毕灵普分子的手里，这并不算泄露军事秘密。这些人纯粹根据社会背景由上面指派的，如果由他们继续掌控的话，会将国民自卫队完全扼杀。这些老头子大部分人不仅反对游击战思想，而且反对任何现代武器的训练。有的人希望城镇的国民自卫队没有武装，只是作为辅警用于对付"煽动分子"。一位负责保卫军事要地的将军在对士兵

① 托马斯·亨利·温钦汉姆（Thomas Henry Wintringham, 1898—1949），英国军事史家、作家，代表作有《人民的战争》、《自由人的军队》等。

讲话时一开始就说他当了四十年的兵，接着还说他"不相信什么匍匐前进的把戏"。奥斯特利园培训学校在对抗这种事情上起到了重要的反制作用。来自全国各地的数以百计的人每星期都会到这里学习，离开时学会了从实战而不是操练场去看待战争。《国民自卫队必胜》的大部分内容是在那里传授过的讲座内容的重新编排。一部分内容很基础，其它内容纯属臆测或过于乐观。这本书大体上或许过度依赖西班牙战争的经验。但它有很多实用的信息，而且是一本突出的反毕灵普分子的宣传册。关于巷战、坦克战、巡逻等内容预示着国民自卫队将演变成真正的人民军队，一支拥有自我思想的军队，知道自己为了什么而战斗，并且接受他们自己选出的军官的指挥——至少能够让他们自由作出选择。

斯拉特先生在书的最后提出了重要的一点，那就是，我们应该根据现代战争演变出某种正规训练，而英国军队的大部分训练仍以弗雷德里克大帝时的战争为依据而设计。目前，德国有可能在几个星期后就实施侵略，而国民自卫队的业余志愿兵还在操练向右转、向左转、向后转和拼刺刀。他还提出几项关于国民自卫队的地位的改变，都是要求进一步民主化。其中最重要的是建立由平民主导的国民自卫队委员会，为军阶较低的军官阶层提供薪酬。目前，任何军阶在军士以上的职位实际上只能由拥有丰厚收入的人承担。无疑这就是从一开始就宣布参加国民自卫队完全没有薪水的用意。这么做一定会让资产阶级出身的人占据军官的位置——这种情况在任何军队里都会发生，譬如说，就连西班牙的早期民兵部队情况也是如此——它给予了英国在资本繁荣的那几年造就的大腹便便的"食利阶层"和"退休人员"特殊的机会，这是很要命的。这些人仍然在国民自卫队中占据了大部分指挥官的位置。在危急时刻他们将会被扫到一边，但我们不希望他们的无能让我们付出血流成河的代价。如果连排指挥官能领到俸饷并经过考核筛选的话，他们立刻就能被踢出去。

国民自卫队忠实地反映了在英国进行的民主与特权的斗争——有时候显得很绝望，也有时候看似几乎已经取得了胜利。这本书是站在民主的立场的很有力而且很深刻的抨击。它从战争的技术层面表明了封建国家的军事缺陷和只有民主社会主义才能抗击法西斯主义。即使是那些对军事题材不感兴趣的人也可以将它当成间接的政治宣传去读。

评弗朗兹·霍勒林的《保卫者》，拉沃生译本；阿尔弗雷德·纽曼的《人民之友》，诺拉·维登布兰克伯爵夫人译本①

虽然历史不会重复自己，但它总是制造出如此相似的情况，有时你单凭经验法则就能够可以预测接下来会发生什么事情。因此，每一次左翼革命你都可以肯定温和派迟早会推翻极端主义者，并建立起他们自己的暴政，它要比革命所摧毁的旧的暴政好一些，但也好不到哪里去。镇压巴黎公社是《人民之友》的主题，淋漓尽致地体现了这一点。法兰西第三共和国无疑要比拿破仑三世的王朝好一些，却以现代最血腥的屠杀开始其七十年的统治。奇怪的是，这次屠杀在英国人的回忆里并没有留下深刻的印象，这无疑是因为被屠杀的都是平民。我不知道有哪一本英文小说在描写巴黎公社，而这本书的译本从英文的角度看存在着缺陷，以为普通读者很了解巴黎公社的情况。

---

① 刊于 1941 年 3 月 15 日《新政治家与国家》。弗朗兹·霍勒林（Franz Hoellering, 1896—1968），德国记者、作家，代表作有《国家》、《保卫者》等。拉沃生（L Lewisohn），情况不详。阿尔弗雷德·纽曼（Alfred Neumann, 1895—1952），德国作家，代表作有《危险人物》、《爱国者》等。诺拉·维登布兰克(Nora Wydenbrunk)，情况不详。

虽然故事里面有真实的人物——布朗基①、罗什福尔②、克莱孟梭③和不是很有必要的魏尔伦④——但这部小说的中心主题是公共利益与私人利益之间的矛盾，而在革命时期，这个矛盾总是以最尖锐的形式出现。故事的主人公，如果他可以被称为主人公的话，是一个十六岁的少年，名叫皮埃尔·卡格农克，是典型的巴黎浪荡子，高喊着"甘必大⑤万岁！"开始了革命生涯，并骄傲地凿掉商店橱窗上象征帝国的"N"字母，几个月后成为巴黎公社恐怖的检察官拉乌·里果⑥的政治密探。皮埃尔一直在职责与道义之间进退两难。他爱上了一个资产阶级的年轻女士，她岁数比他大，是法国皇室的一位部长的情妇。当然，大家都认为她准备阴谋反对共和国和巴黎公社，皮埃尔一被发现和她的关系就被分配了最卑鄙的任务：对她实施监视。他知道她是无辜的，但他只能通过阳奉阴违的方式去保护她。直到他死去时——被梯也尔⑦的士兵从脑后开枪，这些士兵总是先开枪再提问——他才开始认识

---

① 路易·奥古斯特·布朗基（Louis-Auguste Blanqui, 1805—1881），法国社会主义者，巴黎公社领导人，曾担任巴黎公社议会主席。

② 维克多·亨利·罗什福尔（Victor Henri Rochefort, 1831—1913），法国政治家，第二共和国议员，《马赛报》创始人，同情巴黎公社运动。

③ 乔治斯·本杰明·克莱孟梭（Georges Benjamin Clemenceau, 1841—1929），法国政治家，一战时法国领导人，曾于1906年至1909年，1917年至1920年担任法国总理。

④ 保罗·马利·魏尔伦（Paul-Marie Verlaine, 1844—1896），法国诗人，代表作有《月光曲》、《忧郁诗篇》等。

⑤ 莱昂·甘必大（Léon Gambetta, 1838—1882），法国政治家，曾于1881年至1882年担任法国总理，保卫第三共和国的共和体制，反对帝制复辟。

⑥ 拉乌·里果（Raoul Rigault, 1846—1871），法国革命家，巴黎公社成员，曾担任巴黎公社检察长，推行革命恐怖政策，在保卫巴黎公社时牺牲。

⑦ 马利·约瑟夫·路易斯·梯也尔（Marie Joseph Louis Thiers, 1797—1877），法国政治家，普法战争失败后法国临时政府首脑，镇压巴黎公社革命，曾担任法兰西第三共和国总统。

到革命的忠诚总是意味着放弃道义，而他的英雄里果在普通人的心目中其实就是一个恶棍。

作者只是陈述了革命与生俱来的道德困境，没有尝试去解决这个难题。民主只有在变得不民主的情况下才能保卫自己。虽然巴黎公社确实杀了不少人，并由那些残酷无情的人充当领袖，他们准备好了实施白色恐怖和政治间谍活动，却似乎犯下了过于温和的错误。他们没有查封法兰西银行，而且从来没有好好利用过人质。在他们绝望的时刻，一方面得对抗梯也尔，另一方面得对抗普鲁士人，代表们经过争论后通过了一则动议，反对单独囚禁政治犯，因为"那正是我们要抗争的事情"。但是，巴黎公社并不是因为过于人道而失败的，不管怎样，它都不可能生存下去，无论它如何挣扎，它一直带有就像是一艘沉船或一个死囚牢那样的病态的吸引力。如果你对那个时期和它的风云人物有所了解，这本书会带给你悲剧的感觉。但对于一个英国读者来说，它的缺点在于政治背景被视为理所当然应该有所了解的事情。但不幸的是，很少有英国人知道菲利克斯·比亚特①是谁或布朗基如何与马克思产生分歧。巴黎围城的惨绝人寰困境，以气球为岗哨，城里的人吃大象和老鼠充饥（棕老鼠一只卖2法郎50生丁，黑老鼠的售价稍低），这些虽然对于法国人来说只是陈年旧事，但如果有过一本关于巴黎公社的英文小说的话会更加感人。

另一本历史小说《保卫者》要比《人民之友》写得更好，但它未能做到同样的超脱。它描写了1934年对奥地利社会民主党人

---

① 菲利克斯·比亚特（Félix Pyat，1810—1889），法国记者，曾参加巴黎公社革命。

的灭绝行动，这件事情刚刚发生而且富有争议，无法成为真正的悲剧。巴黎公社仍留在活着的人的记忆里，它是一个现代事件，通过照片的形式得以记录，却又是在很遥远的从前发生的，回忆的时候不会带着愤怒的情绪。1934年的维也纳大屠杀就不是这样，它是过去十年的肮脏历史中最愚蠢和最卑鄙的暴行之一。霍勒林先生从社会民主党人的角度进行描写。在1934年，奥地利的社会主义者真心相信和平演变，并以他们在市政选举中的成功作为这一想法的佐证。他们被保安武装和其它妄图建立"父权"独裁体制的反动力量一步步逼到发起暴动的地步。他们的领袖有着和民主体制的政客一样的缺陷，一次又一次地阻止他们进行抵抗。最后，政府废除了宪法，阻止议会召开大会，逮捕了大部分社会主义者领导人，并将保安武装调到维也纳，声言要"进行清洗"。数千名信奉社会主义的普通士兵挖出他们填埋的武器，并抵抗了几天，不是为了革命，只是为了捍卫共和国。极端爱国主义者和天主教保安武装在墨索里尼的资助下用大炮将他们炸得粉碎，而这么一来，他们消灭了与纳粹政权进行斗争的唯一的盟友。

《保卫者》的主角是一位年轻的工程师，他是一个社会民主党的"地下党员"，和一个与旧贵族出身的男爵订婚的中产家庭的女孩有过短暂的恋情。但是，最让人同情和最有趣的人物是一个臃肿的交响乐团鼓手，有着敏锐思想和英勇情怀的胖子，但大腹便便的形象让他无法成为一个被严肃对待的人物。那个男爵是一位自由主义政治家，一个政府里面的小官员，他的性格更加复杂，是上一次战争的遗民。那场战争的恐怖从未远离他的回忆，而这件事是年轻一代无法理解的，他们认为他只是一个以自我为中心的贪图享乐的人。他渴望摆脱政治，回到他的乡村别墅，回到古老的封建生活，呆在那间有小教堂和葡萄园的城堡里，虽然他隐约意识到纳粹分子、天主教法西斯分子还有社会主义者正将那种生活摧毁。作为社会主义者绝望的斗争的背景写照，书里有一间咖啡厅，那些被剥夺了财产的知识分子——音乐家、作家和律师——在那里聚会，他们失去了经济基础，无所事事，只会吵架、做爱、讨酒喝和谈论业已消失的"战前"维也纳。霍勒林先生对所有这些人都抱以同情，就像对待社会主义者们一样，但这就是如今所能做到的最大限度的中立。纳粹分子、保安武装和天主教政客也有他们的观点，但对于所有关心民主的人来说，要表明这一点为时太早了。

评阿托罗·巴里亚的《锻造》，彼得·查尔莫斯·米切尔译本并作序[①]

巴里亚先生在西班牙内战中扮演着重要的角色，但这本书并没有描写这场战争，只是记述了他直到十八岁的生平。但是，从某种意义上说，那场战争就存在于书中。他所描写的暴力、活力和可怕的贫穷都是斗争的背景，而且在他的故事几乎每一页里，总是在描写拥挤的街道、炽热的日头、衣衫褴褛的孩童和堆满了驴粪的院子，让人想起了后来那场我们许多人被深深地打动却不幸没有多少了解的悲剧。

一个突然间从马德里的郊区被卷入英国内战的西班牙人一定会对大部分问题产生误解，而卷入西班牙内战的外国人也是如此。不过，像西班牙这样的国家，它的社会、政治和宗教斗争要比英伦三岛的斗争更加容易理解，而且，或许巴里亚先生在不经意间透露了这一区别。他描写的是一个非常贫穷的国家，在过去一个世纪里从未有过政治稳定。可以这么说，每件事都是在明里进行的。工人与老板之间的斗争、农民与放高利贷者之间的斗争、蒙昧主义与思想自由之间的斗争，都是显而易见和毋庸置疑

---

① 刊于 1941 年 6 月 28 日《时代与潮流》。阿托罗·巴里亚·奥加宗（Arturo Barea Ogazón, 1897—1957），西班牙作家、记者，西班牙内战后流亡英国，代表作有《勇气与恐惧》、《断根》等。彼得·查尔莫斯·米切尔（Peter Chalmers Mitchell, 1864—1945），英国动物学家、作家，代表作有《人的本质》、《动物的童年》等。

的事情，没有任何事情起到缓冲作用，没有包容和妥协的传统，没有自由主义的贵族阶级或开明的教会人士。巴里亚先生是一个洗衣妇人的儿子，但凭借聪颖的天资获得了奖学金，大部分教育来自神父。他描写西班牙教会的那些章节非常有趣，因为它们坦诚地揭示了中世纪的腐朽。他认识的神父里有好人，但他们当中最好的人，那些了解他的问题并在他童年时予以指导的人，都私底下结了婚，还有了儿子。其他人都是公然的卑鄙小人，一到晚上就换上普通人的衣服去妓院寻欢或拿救济箱里的钱去打牌。好人都是无知的盲信者，查禁一切值得阅读的好书，并要求警察查封新教徒的教堂。西班牙的两大银行都由耶稣会把持。政治和经济斗争都同样粗鄙和明显。

他们总是在议会里争斗不休，莫拉①、帕布罗·伊格莱西亚斯②和勒罗克斯③。他们在墙壁涂上诸如"莫拉下台！"的标语。有时候下面会用红字写上："莫拉雄起！"写"莫拉下台"的是工人阶级，写"雄起"的是绅士阶层。有时候，双方带着油漆桶不期而遇。他们会朝对方的身上泼油漆，然后大打出手……国民卫队会介入，但他们从来不会去殴打绅士阶层的人。

---

① 安东尼奥·莫拉·蒙塔纳(Antonio Maura Montaner，1853—1925)，西班牙政治家，曾于 1903 年至 1922 年五度担任西班牙总理。
② 帕布罗·伊格莱西亚斯·波瑟(Pablo Iglesias Posse，1850—1925)，西班牙政治家，西班牙社会主义工人党创始人。
③ 亚历山德罗·勒罗克斯·加西亚(Alejandro Lerroux García，1864—1949)，西班牙政治家，曾于 1933—1935 年三度担任西班牙总理。

在这么一个环境里,阶级斗争非常真切,只有极其愚蠢的人才不会选择阵营。但这本书不是一份政治檄文。它是童年和少年时期的记述,一开始是马德里的贫民窟,然后是落后的卡斯提尔乡村,巴里亚先生的家族在那里繁衍生息,然后是他从十四岁起开始工作和领取微薄报酬的商店和银行。故事的结尾是1914年战争的爆发,那时候他十八岁。他是在1938年于巴黎写这本书的,现在他流亡来到英国。译者彼得·查尔莫斯·米切尔爵士写了一篇序文,对巴里亚先生接下来的生平进行了简要的介绍。他的一生有很多故事,可以再写上几卷书。他是由于法西斯的迫害而来到英国的最具才华的作家之一。

全面战争中的英国文学[①]

在纸张紧缺和年轻的作家们大部分参军作战的时候，要弄清楚正在发生什么事情不是一件容易的事情，但我认为你可以有把握地说，在近期英国文学不大可能会走向复兴。那些主宰了二十世纪三十年代的所谓的共产主义作家早在苏德条约签署之前就开始失去团结和自信了。西班牙内战在肆无忌惮地撒谎，1914 年至1918 年的战争宣传令人害怕地重现，将他们当中更有才华的人给赶走，却没有任何有组织的群体出来顶替他们的位置。据我所知，过去几年来英国只出现了一个文学流派，那就是"末日群体"，似乎只是几个非常年轻的作家在进行某种形式的超现实主义创作，但他们并没有什么过人的才华。还有另外一个以亨利·米勒为中心的小群体，但他们大部分是侨居海外的美国人和欧洲人。除了米勒的《北回归线》之外，他们并没有写出什么有价值的作品，而这场战争让他们彻底陷入分裂。

编辑们和出版商们说，自从战争开始后，诗歌的数量增加了，但你只需要翻阅一下杂志就知道它们的平均质量并没有提高。《新写作》这本双年刊是左翼知识分子的集结阵地，它的文学标准下降得很明显。小说仍在出版，但都写得很糟糕。去年出现了几本有价值的作品，要么是美国人写的，要么是战前外国小说

[①] 刊于 1941 年 7 月 14 日《新共和国》。

的译本。最好的英文作品，除了政治新闻之外，都是些零零碎碎的自传、战争日记和士兵的信件。我相信现在没有人能够坐下来写一本大部头的小说，我猜想在这个时候只有一个麻木不仁的人才会这么做。因此，如果你讨论现在的英国文学，你只能进行预测，而不是进行记录。我们正置身于政治真空期，在它结束前讨论正在发生什么事情不如讨论将会发生什么事情。但在这么做之前，有必要提一提当前的情况所造成的影响，即这场战争对文学的客观效果，没有人预料到这一点，而它的确很重要。

其中一个影响是，虽然出版的书少了，人们读书却多了，因为士兵们得呆在泥泞的兵营里，而且其它娱乐减少了，特别是空袭使得电影院没办法在晚上营业。六便士的重版书（企鹅丛书、塘鹅丛书和其它相似的系列丛书）卖得很火，这些书的整体水平很高，比十年前的商业模式下出版的书水平高得多。与此同时，流行出版物的格调有了令人称奇的提高。过去几年来，英国的日报一直被广告商控制着，特别是那些消费品的广告商，他们希望让公众一直保持愚昧、轻信和无知的状态。情况已经改变了，一部分原因是国内贸易下降到几乎为零，一部分原因是除了少数几份报纸之外，所有的报纸都减少到了四个版面，官方通讯挤掉了原本充斥版面的垃圾。所有有分量的媒体或许在一年内都会由政府直接控制，但目前记者摆脱了巧克力生产商的独裁，有思想的政论刊登在一份日报上不再是不可能的事情。自从敦刻尔克战役之后出版了许多政治书籍，一本卖半英镑，比几年前的左翼书社的作品更加"左倾"，也更加诚实。比起以前群众明显没有那么愚昧了。从较低的层面讲，你必须承认这场战争并没有让文学受到戕害。

但高雅文学的情况则不一样。在阅读美国的刊物时我注意到，即使到了现在，里面仍然带有从前英国盛行的超脱态度，那时候希特勒只是在迫害维也纳的犹太人。如果你从望远镜的错误的一头进行观察，你可能会以为这场战争只是上一场战争的重复或延续。但是，普遍的思维习惯和上一场战争的思维习惯不一样了，因为没有哪个有思想的人会认为文明的延续是天经地义的事情。直到不久前马克思主义者仍在对我们信誓旦旦地说丘吉尔和希特勒代表了相同的事物，但实际上就连那些马克思主义者也不相信这是事实。英国的知识分子现在意识到，如果希特勒获胜的话，他们自己就得面临放逐或死亡。我们习惯于谈论文学的"永恒价值"，但事实上我们所了解的文学是自由资本主义的产物，或许与它密不可分。不管怎样，如果法西斯主义在全球获得胜利的话，建立在我们所谓的思想诚实之上的文学或许将无法生存下去。几年后，出版自由或许将只是一个几乎被遗忘的词语。而且，现在很多人意识到即使希特勒失败了，作家和艺术家的经济状况也将在这个过程中发生改变。我们显然正在迈向某种形式的国家社会主义或国家资本主义，这两种体制都无法养活数量庞大、不事生产的知识分子。

二十年来，英国的文学界一直是寄生虫。从事艺术的人数量多到他们自身就构成了一个公众群体，而那些高雅的周刊和月刊究其本质都是专业性报纸。单是在战后世界将面临的贫穷就将改变这一切。以前作家那种轻松的生活——想住哪儿就住哪儿，想工作就工作，一年写一本书就能挣几百英镑——显然就要结束了。此外，如今每个人都有一种世事无常的感觉，因为人们都知道如果你还能走得动，又没有一份安稳的政府工作的话，你可能很快就得去参军或进工厂。最后还有空袭。你能看到现在要进行严肃的创作有多么困难，而且规模缩小了许多。任何坐下来写书的人至少得在一年的时间中面对心中那个老大的疑团：这本书到底能不能出版。

但是，比这个更重要的是目标感的缺失。艺术与宣传不是一回事，但确实，每一个艺术品都蕴含着一个"主旨"，每一场文学运动都围绕着某个政治纲领而展开。去年的敦刻尔克战役之后英国似乎出现了一场新政治运动的开端，但丘吉尔强势的个性和左翼领袖的缺席将其扼杀了。政策的整个趋势和所谓的体面思想反对赋予这场战争任何意义。如果你意识到一个国家的战争目的并不是它的统治阶级所设想的，这并不是什么大不了的事情。但如果战争获胜了将会发生什么事情呢？虽然要证明"这是一场资本主义战争"很容易，但无论哪一方获胜都将会带来截然不同的结果。英国的知识分子意识到这一点，却毫无热情。他们无法感受到这场战争的前奏——西班牙内战发生时的那种热情。他们曾经崇拜斯大林，但他的缺陷所留下的真空无法被希特勒——如果他抓到他们的话，会将他们统统处死——或哪个英国人物所填补，因为他们一直在嘲笑爱国主义，几乎将自己心中的爱国情怀给扑灭了。在左翼文学圈子里，时髦的说法是"这场战争根本毫无意义"。与此同时，几乎没有人赞同停战，亲纳粹分子的情感几乎可以忽略不计。说到底，希特勒是最可恶的焚书的恶棍，因此，对于所有作家来说，这场战争还是有意义的。但以如此负面的事情作为基础很难发动一场文学运动。

你会发现那些最年轻的知识分子，那些一旦时局恢复平静将开始创作的年轻男女，都是"反战人士"。这并不是说他们会拒绝服役或战斗时没有别人那么勇敢。只是他们看不到任何前景能让他们感受到热情。如果这些二十来岁的年轻人逃避责任和奉行享乐主义，你很难去责备他们。他们成长于一个战争的时代，这个时代或许将持续数十年之久。他们没有经历过安宁有序的生活，那是 1914 年时的年轻人的生活背景。个人主义似乎有回归的迹象——即恢复对思想诚实的尊崇。那些现在开始写书的人或许不像十年前的那些作家那样觉得捏造谎言和为了某个政治事业而降低审美标准是光荣的事情。我所读到过的少数由年轻作者撰写的很有希望的作品都是纯粹个人化的主观作品，"带着天真的公共精神"。如果英国现在有人正在写一本有价值的书，我认为它应该遵循这些纲领。即使出现大量的"逃避文学"也不是什么值得惊讶的事情，虽然现在还没有出现这个迹象。

英国现在的整体思想水平要比以往任何时候更高，之前几乎不曾存在的大众文化的基础已经形成。但这只是保证将会有更好的大众刊物和更美妙的歌舞厅作品。有分量的文学作品似乎得等到未来更容易被预测和有思想的人不再感到无助的时候才会出现，或许这些条件得等到战争结束才能实现。不过似乎可以肯定的是，我们目前这种异常的情况——由反动分子发起的反法西斯的斗争——不会再长久地持续下去。当必要的政治变革发生后，目的感和延续感或许将会回来，即使那时候轰炸仍在进行。我不知道另一场"运动"会不会兴起。但我相信我们正在储备有价值的材料，为能够再次进行创作的时候做准备。值得注意的是，似乎没有人去非难那些逃到美国的英国作家，没有人想要和他们调换位置。回顾去年在伦敦经历的那段奇怪而无聊的梦魇，我觉得从中学习到了很多东西，就像我从西班牙内战的梦魇中学习到很多东西一样。我知道很多人和我有同样的感受。虽然目前它是一场恐怖的灾祸，或许我们将因祸得福、但不要指望近期英国会出版有价值的作品，因为那些有学习能力的年轻人大部分要么正在忙碌，要么情绪低落，没办法从事创作。

评费罗兹·汗·农爵士的《印度》[①]

　　一本至多三十页的凸版印刷小册子很难深入地探讨一个拥有3亿5千万人口的国家的问题，或许从那些精美的插图中读者能比从费罗兹·汗·农爵士穿插其中的只言片语的注解中了解到更多的信息。不过，这些注解涵盖的内容很广泛，并勇敢地尝试勾勒出印度的全貌，这个国家拥有多样的民族和多样的文化，在政治和宗教层面正在发生斗争，它的贫穷令人震惊，而且它拥有丰富的原材料和人力财富。费罗兹·汗·农爵士并没有试图描绘出一幅美好的景象，也没有回避争议，在篇幅允许的情况下还提及了英国与印度之间以及穆斯林与印度教徒之间的政治紧张。他客观地进行描写，如果不是他的名字，你很难猜想得到他究竟同情的是哪一边。

　　不过，那些插图是这本书的精华所在。里面有拍得很好的乡村日常生活的照片，还有更好的精致而恐怖的达罗毗荼人雕像照片。但最好的照片是彩色的微缩复制品，带有一些莫卧尔王朝时期的波斯文化特征。《1570年阿克巴皇帝观斗象时得知诞儿图》画得特别富有魅力，不过这件作品并没有还原颜色。

---

① 刊于1941年7月24日《听众》。费罗兹·汗·农（Feroz Khan Noon，1893—1970），巴基斯坦独立运动重要人物，曾于1957年至1958年担任巴基斯坦总理。

威尔斯、希特勒与世界国度[①]

　　"那些自以为是的人说，到了三月或四月，英国就将遭受大规模的进攻……我想象不出希特勒会有什么作为。他那日渐减少和分散各处的军力现在可能比意大利出征希腊和北非前的军力强大不了多少。"

　　"德国的空军消耗巨大，而且装备落后，大部分一流的飞行员不是身亡就是斗志沮丧身心俱疲。"

　　"1914年，霍亨佐伦军队是世界上最强大的军队。在柏林的那个叫嚣的小人背后并没有这么一支军队为他撑腰……但是，我们的'军事专家'在讨论那支等候中的影子军队。在他们的想象中，它拥有完美的装备和无可战胜的纪律。它将在某个时候发起决定性的一击，横贯西班牙和北非，或者行军通过巴尔干半岛，从多瑙河杀到安卡拉、波斯、印度，或'击垮俄国'或'席卷'勃伦纳山口，进入意大利。好多星期过去了，但这支影子军队并没有做到这些事情中的任何一件——合理的解释只有一个，根本不存在这么一支强大的影子军队。它所拥有的大部分本已不敷使用的大炮和弹药一定已经在希特勒进攻不列颠的愚蠢决定下被调走和浪费了。随着士兵们意识到闪电战根本

---

① 刊于1941年8月《地平线》。

没有奏效，战争大势已去，它那豆腐渣一般的纪律正在土崩瓦解。"

我所引用的这些话并非出自《骑兵季刊》，而是赫伯特·乔治·威尔斯先生今年年初在新闻报刊上发表的一系列文章，现在重新刊印成一本书，名为《新世界的指引》。自从这些文章面世后，德军在巴尔干半岛势如破竹，再次征服昔兰尼加，随时可以远征土耳其或西班牙，并开始入侵俄国。我不知道这场战役的结果会怎样，但值得注意的是，德军参谋总部的决策或许值得考虑——如果他们没有十足把握战役能在三个月内结束，绝不会挑起战端。他还提出了其它看法，什么德国军队战斗力很强，但军备不足，士气低落，等等等等。

威尔斯对"柏林那个叫嚣的小人"作出了什么回应呢？还是那番关于世界政府的老生常谈，加上"桑基宣言"①，尝试对基本人权和反极权主义的倾向进行定义。除了现在他特别关心的是由联邦世界控制空军力量，他重复的还是过去四十年来几乎一刻不停地传播着的同样一套福音教诲，总是对人们无法理解如此浅显的道理表示惊讶。

大谈我们需要由联邦世界控制空军力量有什么意义呢？问题的根本是我们要怎样去实现。指出成立一个世界政府是好事有什么意义呢？重要的是五大军事强权没有一个愿意听命于这么一个组织。过去几十年来，有识之士大体上都认同威尔斯先生的说

---

① 约翰·桑基(John Sankey, 1866—1948)，英国大法官、工党政治家，于1940年提出"桑基人权宣言"（威尔斯是主要起草人），后来该宣言被联合国的"普世人权宣言"所取代。

法，但有识之士没有权力，而且在许多情况下，他们不愿意牺牲自己。希特勒是个有犯罪倾向的疯子，掌握着数以百万计的军队、数千架战机、数十万辆坦克。他一声令下，一个伟大的国家六年来心甘情愿地日夜加班，然后打了两年多的仗；至于那些理智的人，尤其是崇尚威尔斯先生提出的享乐主义世界观的人，几乎没有一个人愿意洒下一品脱的鲜血。在你奢谈世界重建甚至奢谈和平之前，你必须先消灭希特勒，这意味着成立一个不一定完全与纳粹政权一样，但或许对于那些"开明人士"和崇尚享乐主义的人来说无法接受的体制。是什么在过去一年里让英国屹立不倒呢？无疑，一部分原因是某个美好的将来的理念，但更主要的是说英语的民族根深蒂固的优越于外国人的爱国主义情怀的回归。过去二十年来，英国左翼作家的主要目标就是瓦解这种心理优越感。假如他们成功的话，或许现在我们就眼睁睁地看着党卫军在伦敦的街头巡逻。同样地，为什么俄国人就像猛虎一样抗击德国的侵略？或许一部分原因是为了某个依稀记得的乌托邦式的社会主义理想，但主要的原因是为了捍卫神圣的俄国（捍卫"祖国圣洁的土地"等等），斯大林所复兴的只是其稍稍经过更改的形式。事实上，塑造世界的能量来自情感——民族自豪感、领袖崇拜、宗教信仰、好战情绪——自由主义知识分子将这些斥为不合时宜的东西。他们将自己的这些情绪摧毁殆尽，从而也完全失去了行动的能力。

比起这可怕的十年来那些一直说希特勒只是不值一提的、从滑稽剧里走出来的人物的知识分子，那些认为希特勒是敌基督又或者是圣灵降世的人更加接近于了解真相。这个想法事实上反映了英国人养尊处优的情况。说到底左翼书社是苏格兰场的产物，就像和平誓约联盟①是海军的产物一样。过去十年来的一个演变就是"政治书籍"的出现，类似于结合了历史和政治批判的放大版的宣传册，并演变成了一种重要的文学形式。但这一文学形式的最好的作者——托洛茨基、劳希林②、罗森堡③、西洛内④、伯克瑙、科斯勒等人——没有一个人是英国人，几乎所有人都从某个极端主义政党中叛逃，他们曾经近距离地目睹极权主义，知道被放逐和迫害意味着什么。只有在英语国家，直到战争爆发的前夕，仍然有很多人认为希特勒是一个无足轻重的疯子，而德国坦克都是纸糊的。从上面我所引用的论述中可以看到，威尔斯先生仍然相信这些观点。我认为大轰炸或德国入侵希腊的战役并没有改变他的想法。多年来的思考习惯让他无法真正了解希特勒的实力。

和狄更斯一样，威尔斯先生属于非军人出身的中产人士。大炮的轰鸣、马刺的叮当作响、国旗飘扬时的哽咽根本无法感染他。他对生活中的战斗、狩猎、恃强凌弱怀有刻骨的仇恨，在他的早期作品中这一仇恨的象征就是反对马匹的激昂宣传。在他的《历史大纲》中，大反派是军事冒险家拿破仑。如果你通读过去四十年来他所写的作品，你会发现同样的理念总是反复出现：为

---

① 和平誓约联盟（The Peace Pledge Union），由英国国教牧师迪克·谢泼德（Dick Sheppard, 1880—1937）发起的反战和平组织，于1934年成立。

② 赫尔曼·劳希林（Hermann Rauschning, 1887—1982），德国革命家，曾加入纳粹党，但后与纳粹党决裂，出逃德国，代表作有《与希特勒对话录》，记录了他与希特勒的会面和谈话。

③ 亚瑟·罗森堡（Arthur Rosenberg, 1889—1943），德国马克思主义历史学家、作家，曾加入德国共产党，后退党。

④ 伊格纳齐奥·西洛内（Ignazio Silone, 1900—1978），意大利作家，意大利共产党创始成员之一，后因反对斯大林而被开除出党。代表作有《雪下的种子》、《一个谦卑的基督徒的故事》等。

成立一个井井有条的世界之国的科学人士与企图回归混沌的过去的反动派之间的对立。在小说、乌托邦作品、散文、电影、宣传册里，那个对立总是以几乎相同的形态出现：一方是科学、秩序、进步、国际主义、飞机、钢铁、混凝土、卫生；另一方是战争、民族主义、宗教、君主体制、农奴、希腊语教授、诗人和马匹。在他看来，历史就是理性者战胜浪漫者的一系列胜利。现在，他认为一个由科学家而不是巫医进行控制的"理性的"计划社会迟早将取得胜利，或许这是对的。但是，认为这个社会即将到来却是另一回事。俄国革命时期威尔斯与丘吉尔之间进行的一次有趣的论战仍在继续。威尔斯指责丘吉尔并不相信自己那一套控诉布尔什维克是双手沾满鲜血的凶残怪物等等的说辞，只是担心他们会开启一个由常识和科学控制的时代，而像丘吉尔之流的沙文主义者将变得不合时宜。然而，丘吉尔对布尔什维克人的判断要比威尔斯的判断更准确一些。早期的布尔什维克党人或许是天使或恶魔的化身，这取决于你从什么立场看待他们，但至少他们不是讲道理的人。他们建立的不是威尔斯心目中的乌托邦，而是一个圣人垂治的国度，就像圣人垂治的英国一样，那是一个军事专制政权，通过猎巫审判保持活力。威尔斯对纳粹的态度也犯了同样的认知颠倒的错误。希特勒是历史上所有的军阀和巫医杂糅在一起的化身。因此，威尔斯争辩说，他是一个丑角，一个从历史中走来的幽灵，一头注定立刻会被毁灭的怪兽。但是，不幸的是，科学的公式和理智的思想并没有真正地造福人间。飞机就是这一事实的象征——它被视为文明的象征，但在实际生活中几乎只被用来投掷炸弹。现代的德国远比英国更加推崇科学，却也更加野蛮。威尔斯所想象的，并孜孜追求的理想很大程度上在纳粹德国实现了。秩序、规划、国家对科学的倡导、钢铁、混凝土、飞机，一切都在那里，但都在为与石器时代相差无几的理念服务。科学与迷信并肩作战。但显然，要威尔斯接受这一点是不可能的事情。这与他的作品赖以为基础的世界观水火不容。军阀与巫医必定会失败，在一个听到军号吹响不会感到心潮澎湃的自由主义者的心目中，理性的世界国度一定会获得胜利。只要没有背叛和失败主义，希特勒绝不会是什么危险人物。就像拥戴詹姆斯二世的人妄图复辟一样，他不可能逆历史潮流而动，获得最终胜利。

　　但像我这个年纪(三十八岁)的人指出威尔斯的缺点是不是大逆不道呢？生于本世纪初的有思想的人在某种程度上都受到威尔斯的影响。区区一位作家，特别是一位作品立刻受到欢迎的"流行"作家到底有多大的影响力，实在是值得怀疑，但我猜想在1900年到1920年间，至少在英语文学世界里，他对年轻人有着非常大的影响。如果没有威尔斯的话，我们所有人的思想将会有明显的不同，而世界也会因此而变得不大一样。只是，他的一厢情愿和偏执的想象在爱德华时代让他俨然成为一位鼓舞人心的精神领袖，而如今却成了浅薄无知的思想家。威尔斯年轻时，科学与反动确实展开了对决。当时的社会由思想狭隘、毫无好奇心的人所统治：贪婪成性的商人、愚昧的乡绅、主教和能引用贺拉斯①却从未听说过代数的政客。科学有点声名狼藉，而宗教信仰被强加于人。守旧、愚昧、妄自尊大、国家至上、迷信和崇尚战争似乎

---

① 昆图斯·贺拉斯·弗拉库斯(Quintus Horatius Flaccus，前65—前8)，古罗马奥古斯都时期抒情诗人。代表作有《颂歌》、《讽刺作品》等。

都可以被归在一起，需要有某个人能够提出相反的观点。在二十世纪初能读到威尔斯的作品对一个小男孩来说是美妙的体验。你身处一个尽是腐儒、牧师和高尔夫球手的世界里，你未来的老板告诫你"要么飞黄腾达要么一败涂地"，你的父母总是干涉你的性生活，你那个脑袋糊涂的校长一边写着拉丁文一边在窃笑，而这里有一位了不起的人告诉你关于外星人和海底世界的故事，他知道未来不会像那些体面的人所想象的那样。在飞机在技术上成为可能的大约十年前，威尔斯已经知道很快人类就会飞了。他知道因为他自己想要飞，因此这方面的研究肯定正在进行。另一方面，在我童年时，莱特兄弟已经实现了让他们的飞行器离地五十九秒，而民众的看法是，如果上帝要我们会飞，他会给我们造出翅膀。直到1914年前，威尔斯确实是一位真正的先知。他对新世界的构想在现实层面上令人惊讶地已经实现了。

然而，由于他属于十九世纪一个非军国主义的国家的非军人阶级，他无法了解旧阶级的庞大力量，在他的想象中，他们只不过是猎狐的保守党人。他一直无法理解民族主义、宗教偏执和对封建体制的忠诚是要比他所描述的理性强大得多的力量。来自黑暗世纪的怪兽已经闯入了当今世界，如果他们是鬼怪的话，至少需要强大的魔法才能将他们摄服。那些对法西斯主义理解最为深刻的人要么曾经身受其害，要么自己就是法西斯的一分子。有一本粗俗的名为《铁蹄》的书，是将近三十年前写的，比起《美丽新世界》或《未来的面貌》更深刻地揭示了真相。如果要从与威尔斯是同一代人的作家中选一个作为对他的矫正的话，你或许会选择吉卜林，他听到了强权和军事"荣耀"的邪恶声音，能够理解希特勒或斯大林的魅力，无论他对他们抱以什么样的态度。威尔斯太过理性，无法理解现代世界。他最伟大的成就是一系列面向中产下层阶级的小说，但那场战争让他的创作戛然而止，自此再也没有重新开始。自 1920 年以来，他将自己的才华挥霍在与纸扎的恶龙搏斗上。但有多少才华能够经得起肆意挥霍呢？

唐纳德·麦吉尔的艺术①

有谁不知道廉价文具店的橱窗上的"漫画",那些卖一便士或两便士的彩色明信片呢？那些明信片上面总是画着胖乎乎的女人穿着紧窄的浴袍，笔触粗糙，而且用色俗不可耐，通常是麻雀蛋的灰色和邮筒那种红色。

这么说似乎有点夸大其词，但奇怪的是，许多人似乎不知道这些事物的存在，或隐隐约约以为它们只有在海滨才能找得到，就像黑人歌手或薄荷糖。事实上，它们到处都有得卖——比方说，在任何一间伍尔沃斯超市都能买到——而且显然它们是批量生产出来的，总是推出新的系列。不要将它们和其它众多插图明信片——比方说，画着猫猫狗狗的煽情明信片或以刻画少男少女的恋爱为卖点、接近于淫秽作品的色情明信片混为一谈。它们自成一类，专门卖弄极其"低俗"的幽默——以岳母、婴儿的尿片、警察的靴子为主题的荤笑话。它们与所有其它明信片的区别就在于没有做作的艺术派头。有六七家出版社出版这些明信片，不过画这些漫画的人似乎在任何时候人数都不多。

这些漫画让我特别想起了一个名字：唐纳德·麦吉尔，因为他不仅是多产的作者，而且是当代最出色、最具代表性而且最完

---

① 刊于 1941 年 9 月《地平线》。唐纳德·弗雷泽·古尔德·麦吉尔（Donald Fraser Gould McGill，1875—1962），英国漫画家，作品以辛辣、俏皮、低俗而著称，以其漫画为素材的明信片风行英国民间。

美地体现传统的明信片画家。我不知道谁是唐纳德·麦吉尔。显然他是一个商业名字，因为至少有一个系列的明信片专门以"唐纳德·麦吉尔漫画"之名出版，但毫无疑问他真有其人，其绘画风格一眼就能认出来。任何大批量地研究他的明信片的人都会发现它们当中有许多的画工并不差，但要说它们有美学上的价值的话，那就过于浅薄了。一张卡通明信片只是简单地展现了一个笑话，毫无例外都是"低俗"的笑话，它的成败取决于能否逗人发笑。除此之外就只有"意识形态"的价值。麦吉尔是个聪明的画匠，在画脸的时候有真正的讽刺画家的笔触，但他的明信片的特殊价值在于它们极具代表性，似乎代表了幽默明信片的范式。它们不是山寨作品，是过去四十年来幽默明信片的典范，从它们身上你能了解到幽默明信片这种创作形式的意义和主旨。

找十来张这些卡片，最好是麦吉尔的——你从一堆卡片中选出几张你认为最有趣的，或许你就会发现大部分是麦吉尔的作品——把它们铺开放在一张桌子上。你看到了什么呢？

你的第一印象是俗不可耐。除了总是那么淫秽和用色难看之外，它们的精神氛围也极其低俗，不仅体现在笑话的本质上，而且更体现在怪诞而艳俗、令人瞠目结舌的画风上。那些构图就像一个小孩的涂鸦一样，线条粗糙，而且有大块的留白。里面所有的人物，每个动作和姿态，都可以画得很丑，那些面孔都在空洞地咧嘴傻笑，女人被大肆嘲讽，屁股鼓得像霍屯督人。然而，你的第二印象是无以言状的亲切感。这些卡片让你想起什么呢？它们和什么相像呢？当然，它们首先让你想起的，是那些童年时或许你看到过的大同小异的明信片。但除了被鞭笞的屁股和骨瘦如柴的岳母所构成的小小世界之外，你所看到的实际上是某个和古希腊悲剧一样的传统事物。它是西方欧洲思想的一个组成部分。一张张地看，那些笑话的内容并不陈旧。幽默明信片并不排斥淫秽内容，不像体面的杂志那样总是重复专栏里的笑话，但它们的基本题材，那些它们想要营造的笑话并不是很多样化。有几个题材真的很诙谐，很有马克斯·米勒①的范儿。比方说：

> "我喜欢看到有经验的女孩子到家里来。"
>
> "但我可没有经验！"
>
> "那是你还没有到家！"

> "我奋斗了很多年，想买一件皮衣。你买皮衣了吗？"
>
> "我放弃奋斗了。"

> 法官："你在回避问题，先生。你到底有没有和这个女人睡过？"
>
> 共同被告："我连眼都没合过一下，法官大人！"

大体上说，它们并不是机智的笑话，但有点幽默感。关于麦吉尔的明信片特别得说的是，其画工要比下面的笑话好笑得多。显然，幽默明信片的突出特征就是它们的低俗下流，我会在后面进行详细的探讨。但这里我要对它们惯用的题材进行粗略的分析，并附上似乎有必要的解释性评论：

---

① 托马斯·亨利·萨金特（Thomas Henry Sargent, 1894—1963），以"马克斯·米勒"（Max Miller）为艺名，英国喜剧和独角滑稽秀演员，电影作品有《十三号星期五》、《白马王子》等。

性——超过一半以上，或许有四分之三的笑话是关于性的，有的无伤大雅，有的则不宜刊印。或许人们最喜欢的一类笑话是关于私生子的。典型的注解："你能拿这张护身符去换一个婴儿奶瓶吗？""她没有叫我去洗礼，所以我就不打算结婚了。"还有关于新婚夫妇的笑话、老女仆的笑话、裸体雕像的笑话和穿着浴袍的女人的笑话。所有这些事情本身就挺好笑，光是提起这些话题就足以让人哈哈大笑。戴绿帽的笑话很少，而且没有笑话会提到同性恋。

关于性的笑话的惯例有：

一、婚姻只让女人捞得好处。每个男人都在筹谋着勾引女人，而每个女人都在筹谋着结婚。没有女人愿意主动保持未婚。

二、二十五岁的时候性魅力就消失了。绝不去画上了年纪但保持得很好而且好看的人。度蜜月的热恋夫妇回来时变成了板着脸的冷漠妻子和蓄着八字胡长着酒糟鼻子的臃肿老公，中间没有过渡阶段。

家居生活——妻管严的老公是受欢迎程度仅次于性的笑话。经典笑话："他们给你太太的下巴骨照 X 光片了吗？"——"没有，他们照出来的是一出电影。"

惯例有：

一、世界上没有快乐的婚姻这回事。

二、没有哪个男人在吵架时能胜过女人。

酗酒——酗酒和禁酒主义都是好笑的事情。

惯例有：

一、所有的醉汉都醉眼蒙眬。

二、只有中年男人才会醉酒。从来不会去刻画醉酒的年轻人和女人。

厕所的玩笑——这类玩笑的数目不是很多。夜壶本身就是笑话，而公厕也一样。一张典型的明信片上会写着"患难见真情"，画着一个男人的帽子被风吹到女厕所那边的楼梯口去了。

工人阶级内部的势利——这些明信片的大部分内容表明它们的对象是生活比较宽裕的工人阶级和比较困窘的中产阶级。很多笑话围绕着白字、文盲、说话不带 H 音和住贫民窟的人的粗鄙举止。不计其数的明信片画着巫婆一般的女佣以"没有淑女风范"的恶语对骂。经典的巧妙回击："我愿你是一尊雕像而我是一只鸽子！"自从战争疏散行动开始后，出现了一些调侃疏散者的作品。总是有关于流浪汉、乞丐和罪犯的笑话，滑稽的女仆经常出现。还有滑稽的苦力、粗鲁的船员等等。但没有关于反对工会的笑话。大体上说，任何周薪高于或低于 5 英镑很多的人都会被视为嘲讽的对象。那些暴发户和贫民窟的居民都自发被视为滑稽的形象。

刻板形象——外国人很少或几乎没有出现。大部分笑话针对的是苏格兰人，这已经是老生常谈。律师总是骗子，神职人员总是神经兮兮的傻瓜，老是会说错话。"花花公子"或"纨绔子弟"仍然会出现，几乎就像爱德华时代一样：穿着过时的晚礼服，戴着折叠式大礼帽，甚至还穿着鞋套，挂着多节的拐杖。另一个残留的题材是女权主义者，她是1914年前的经典笑话之一，而且太珍贵了，让人不舍得放弃。她又出现了，样貌上没有改变，仍然是那个女权主义演讲者或节欲运动的疯狂拥趸。过去这几年的一个特征是反对犹太人的明信片彻底消失了。"犹太笑话"总是比"苏格兰笑话"更加存心不良，但在希特勒上台后很快就突然消失了。

政治——任何可能被恶搞的当代事件、狂热或运动（比方说，"自由恋爱"、女权主义、空袭警报措施、天体主义）很快就会被带有图片的明信片恶搞，大体的气氛特别老套。其影射的政治观点是1900年左右的激进主义。在平时它们非但不爱国，而且还拿爱国主义像"天佑吾王"和米字旗什么的开涮。直到1939年的某个时候，欧洲的局势才在明信片中体现出来，最初的体现是那些关于空袭警报措施的漫画。甚至到了现在，除了空袭警报漫画（胖胖的女人卡在了安德森式防空洞的洞口，看守人玩忽职守，年轻的女人忘了熄灯就在窗口脱衣服，等等等等）之外，很少有明信片提及这场战争。有几张表达了反对希特勒的主题，但情绪并不是非常激烈。有一张并非出自麦吉尔手笔的明信片画着以往那个弓腰驼背的希特勒，弯下腰采一朵花。标注上写着："你会怎么做，老朋友们？"这已经是体现了明信片最高层次的爱国主义。不像那些两便士一份的周刊，幽默明信片不是由大型寡头公司所生产，显然，它们被认为对公众舆论的影响无足轻重。它们并没有尝试引导一种可以被统治阶级接受的思想观念。

这里你回到了幽默明信片最重要和突出的特征——它们的猥

亵下流。每个人都记住了它们的这个特征，它们的用意也正在于此，虽然并不是非常明显。

漫画明信片的一个经常出现、几乎占统治性地位的主题是丰乳肥臀的女人。有一半或者更多的明信片，即使它们的笑话与性并不相干，也会画着同样一个丰满撩人的女性，穿着紧裹得像是另一层皮肤的裙子，胸脯或臀部根据它所对着的方向进行了夸张的描绘。毫无疑问，这些图片揭示了横亘在全英国人心头的一种心理压抑，在一个年轻女人应该瘦骨伶仃的国度，这是天经地义的事情。但与此同时，麦吉尔的明信片并不是故意要成为色情物品，而是更加微妙——这适用于所有这一类明信片。霍屯督人般的女性形象是体现英国男人内心隐秘的理想形象的讽刺手法，而不是写实的表现。当你更加深入地研究麦吉尔的明信片时，你会注意到他标志性的幽默只有在道德法则非常苛刻的环境中才有意义。在《绅士》、《巴黎女性格调》这样的报纸里，笑话的想象中的背景总是滥交和礼崩乐坏，而麦吉尔的明信片的背景总是婚姻。他的四个笑话主体分别是裸体、私生子、老处女和新婚夫妇，在真正放荡堕落的社会根本不会是有趣的题材。刻画蜜月夫妇的明信片总是像乡村婚礼那样欢乐而低俗。比方说，在农村，人们仍然觉得在新郎新娘的床上挂铃铛"有趣得紧"。在明信片上，一个年轻的新郎官在新婚之夜后起床。"亲爱的，今天是我们在自己的小家庭的第一个早上！"他说道，"我去拿牛奶和报纸，给你泡杯茶回来。"插画里画着前门台阶，上面摆着四份报纸和四瓶牛奶。你可以说这幅漫画很下流，但它并没有违背道德。它暗示的是——《绅士》或《纽约客》会不遗余力地避免这一暗示——婚姻是非常刺激而且重要的事情，是普通人生命中最重大的事情。此外还有关于唠唠叨叨的妻子和霸道专横的岳母的笑话。它们至少暗示着一个稳定的社会，在这个社会里，婚姻是不会解体的，而对于家庭的忠诚被视为天经地义的事情。与这紧密相连的是某个我之前提过的事情，那就是，里面的人年老之后几乎没有长得好看的。里面有"搂搂抱抱的"夫妻，有人到中年、吵吵闹闹的夫妻，但除此之外就没有别的了。法国漫画报纸里关系不正当但多少有几分情调的恋爱并不是明信片的主题。这反映在了漫画的层次上，工人阶级的世界观认为年轻与冒险——事实上，几乎是整个私人生活——伴随着婚姻而结束是理所当然的事情。目前在英国依然存在的真正的阶级区别之一，就是工人阶级的衰老要早得多。如果他们能顺利度过童年，他们的寿命基本上和别人一样长，他们也不比别人更早地就失去身体的机能，但他们确实很早就失去年轻时的容颜。这个事实到处可以观察得到，但进行检验的最容易的方式就是观察年纪较大的报名参军的群体。那些出身中产阶级和上层阶级的士兵看上去平均要比其他人年轻十岁。这通常被归因于工人阶级的生活比较艰苦，但现在是否依然存在能够解释这种现象的生活差别很值得怀疑。真相更有可能是，工人阶级比较早地步入中年，因为他们更早地接受了它。因为，"三十岁过后看上去年轻在很大程度上取决于内心的意愿。"这一解释对于那些工资较高的工人，尤其是那些居住在市政公屋和能节省劳动的公寓里的工人来说有过于一概而论之嫌，可能有失准确。但是，即便是在他们身上，这话也有一定的道理，足以揭示一种不同的世界观。比起那些生活优裕的女人到了四十岁还在试图通过进行体育锻炼，使用化妆品和不生育以保持年轻，这个世界观更加符合传统，更加贴近基督教的过去。那种不惜一切代价也要保持年轻和试图维持性吸引力的冲动，即使人到中年仍觉得自己和孩子们一样有着美好前景是近来才出现的事情，而且不是很牢靠。当我们的生活水平下降，出生率上升时，或许它会再次消失。"年华易老"表达出了传统的正常态度。在麦吉尔和他的同行们的作品中，度蜜月的新婚夫妇形象和毫无光彩的老爸老妈形象之间没有过渡，这一创作手法恰恰体现了古老的智慧。

我说过麦吉尔的明信片至少有一半都是关于性的笑话，其中有一定的比例，或许百分之十，要比如今英国的任何其他出版物都更淫秽下流。有时候，报贩们会因为卖这些明信片而遭到控告，如果不是因为那些最暧昧的笑话受到双关手法的保护，或许会有更多人被指控。单独举一个例子就足以表明这是如何实现的。在一张明信片里写着"他们不相信她"几个字，画着一个年轻女人张开双手，正对着一对瞠目结舌的熟人比画着大约有两英尺长的东西。在她身后的墙上是一条装在玻璃器皿里的充气鱼，旁边是一幅将近全裸的运动员的相片。显然，她所描述的并不是那条鱼，但这一点从来无法加以证实。如今不知道英国有没有报纸会刊登这种笑话，而绝对没有报纸会经常这么做。温和的色情内容有很多，不计其数的画报以女人的大腿作为招徕，但没有专门进行"下流浅薄"的性描写的流行文学。另一方面，麦吉尔式的笑话是滑稽剧和歌舞厅舞台上惯用的手法，而且当内容审查员偶尔打盹的时候在电台上也可以听到。在英国，能说出来的和能印出来的事情之间有着格外显著的差异。在舞台上几乎没有人会反对的台词和姿势如果有人将它们刊印出来的话，会引起公众的哗然。（比较一下《周日快讯》马克斯·米勒每周专栏里那些舞台上的台词。)幽默明信片是这个规矩唯一的例外，是"低俗"的幽默被认为唯一可以刊印的媒体。只有在明信片里和低俗舞台上，丰乳肥臀、狗在路灯杆上撒尿、婴儿的尿片之类的笑话才能尽情地被发掘。记住这一点，你就会明白这些明信片以卑微的方式发挥着什么样的作用。

他们所表达的是桑丘·潘沙式的生活观念，那种丽贝卡·韦斯特小姐[1]一度总结为"即使在厨房地下室里打屁股，也要尽可能地发掘快乐"的生活态度。堂吉诃德—桑丘·潘沙这一组合只是古代的灵肉二元论的小说形式，在过去四百年的文学作品中更加频繁地出现，不能只是解释为出于模仿。它一而再再而三地出现，变化无穷——布法与佩居谢[2]、吉弗斯与伍斯特[3]、布鲁姆与迪达勒斯[4]、福尔摩斯和华生(这一对拍档是很微妙的组合，因为两个拍档中惯常的身体特征被调转了)。显然，它与我们的文明中一直存在的某样东西有关，不是说这两个角色能在现实生活中找到其"纯粹"的写照，而是说高贵的愚蠢和低俗的智慧这两个基本法则并存于几乎每一个人身上。如果你研究自己的思想，你会是哪一个呢? 堂吉诃德还是桑丘·潘沙? 几乎可以肯定的就是，你二者兼而有之。你的一部分内心希望成为一位英雄或一位圣

---

① 西塞莉·伊莎贝尔·费尔菲尔德(Cicely Isabel Fairfield, 1892—1983)，笔名丽贝卡·韦斯特(Rebecca West)，英国女作家、记者，代表作有《士兵归来》、《思考的芦苇》等。
② 布法与佩居谢(Bouvard and Pécuchet)是法国作家古斯塔夫·福楼拜塑造的角色。
③ 吉弗斯与伍斯特(Jeeves and Wooster)是英国作家佩尔汉·格伦威尔·沃德豪斯塑造的角色。
④ 布鲁姆与迪达勒斯(Bloom and Dedalus)是爱尔兰作家詹姆斯·乔伊斯塑造的角色。

人，但另一部分的你是一个小胖子，清楚地知道好好活着的价值。他是不受承认的自己，对灵魂发出抗议的肚皮的声音。他的品味倾向于安逸、软床、不用上班、一杯杯的啤酒和"身材惹火"的女人。是他在消磨你的向上热情，对你说"人不为己天诛地灭"，对你的妻子不忠和赖账不还等等。至于你是否愿意让自己受其影响则是另一个问题。如果说他不是你的一部分，那只是不实的谎言，而你要说堂吉诃德不是你的一部分，那也是一个谎言。不过，你所说所写的都是其中某一个的体现，大部分情况下，是桑丘·潘沙。

但是，虽然他是文学作品中的一个老面孔，以形形色色的形象出现，在现实生活中，特别是在等级森严的社会中，他的观点从来没有得到公平的申诉机会。有一个波及整个世界的共谋，那就是假装他并不存在，或他只是一个无足轻重的小角色。法律条文、道德法则或宗教体系从来容不下幽默的人生观。好笑的事物都带有颠覆性质，每一个笑话说到底都是一块糊人一脸的蛋奶馅饼。之所以如此多的笑话围绕着淫秽下流，只是因为所有的社会，作为存在的代价，都必须在性道德上维持比较高的水平。当然，一个肮脏的笑话并不是道德的猛烈批判，但它类似于精神上的反叛，暂时希望世界会是另一个样子。所有其它笑话也都是这样，它们总是围绕着懦弱、懒惰、虚伪或其它社会并不提倡的品质。社会总是对个人提出比现实高出一点的要求。它必须要求完美的纪律和自我牺牲，它必须希望它的个体努力工作、依法纳税和忠于妻子，在它的设想中，男人觉得战死沙场是光荣的事情，而女人愿意为了养育孩子而操劳。那所谓的官方文学就是建立在这些设想之上的。当我阅读战斗之前的公告、元首与首相的演讲、公学和左翼政党倡导团结的歌曲、国歌、宣扬节制的宣传册、教皇通谕和反对赌博和避孕的布道时，我总是似乎听到背景里有数百万平民在合唱《小红莓》的歌声。对于他们来说，这些崇高的情操根本没有吸引力。但是，崇高的情操总是最后取得胜利，要求奉献鲜血、辛劳、泪水和汗水的领袖总是比那些提供安逸和享受的领袖更受追随者的爱戴。在危难时刻，男人们会展露英雄本色，女人们照顾孩子和操劳家务，革命者在行刑室里缄口不语，战舰在沉没时，即使甲板已经漫水，依然炮火轰鸣。只是人的另一面，那个懒惰、懦弱、赖账的通奸者潜伏在我们每个人的心中，永远无法被彻底消灭，需要时不时去倾听他的声音。

那些幽默明信片就是他的意见的一个表达渠道，这是一个卑微的渠道，比不上歌舞厅，但仍然值得关注。在一个基本上依然是基督教的社会里，它们自然而然地集中在关于性的笑话上。在极权主义社会，如果能有一点言论自由的话，它们或许会集中在关于懒惰或懦弱的题材上，至少会是某种形式的反英雄主题。大肆批判它们的低俗丑陋并不会起到什么作用。它们要的就是低俗丑陋。它们所有的意义和优点就蕴含于它们不假修饰的低俗，不仅在于内容诲淫诲盗，而且在方方面面都俗不可耐。哪怕一点点"高雅"色彩都会将它们彻底地破坏。它们代表了蠕虫的生活观，因为在歌舞厅的世界里，婚姻就是一个下流的笑话或一个可笑的灾难，房租总是拖欠着，衣服总是在当铺里，而律师总是讼棍，苏格兰人总是守财奴，新婚夫妇总是在海滨度假屋脏兮兮的床上出洋相，醉醺醺的、长着酒糟鼻子的丈夫凌晨四点钟溜回家时，穿着亚麻睡衣的妻子在门后等候着他，手里拿着拨火棍。它们的存在，而且人们想要读到这些的这一事实，具有重要的象征意义。就像歌舞厅一样，它们类似于农神节的狂欢，对美德发起无伤大雅的反抗。它们只是表达了人类思想的一个趋势，但这种趋势总是存在，就像流水一样，总是会找到发泄的渠道。大体上，人总是希望向善的，但不会想要当个太好的人，而且不是时时刻刻都想当个好人。因为：

> "有义人行义，反致灭亡。有恶人行恶，倒享长寿。不要行义过分，也不要过于自逞智慧。何必自取败亡呢？不要行恶过分，也不要为人愚昧。何必不到期而死呢？"①

在过去，幽默明信片的情绪能够进入文学的主流，像麦吉尔的作品那样的笑话能在莎士比亚的悲剧中从杀人犯的口中说出来。这不再可能发生了，直到1800年左右仍是我们的文学中不可或缺的部分的某种幽默形式退化成了这些画风低劣的明信片，在廉价文具店的橱窗里摆卖，几乎是违法物品。它们所代表的人类心灵的一角或许将以更加糟糕的方式得以呈现。看到它们渐渐消亡，我为之感到难过。

---

① 《圣经·传道书》，第七章第十五节，和合本译文。

评阿托罗·巴里亚的《锻造》，彼得·查尔莫斯·米切尔爵士翻译并作序[①]

如果某个俄国作家在这个时候写一本他在 1900 年的童年时代的回忆录，对它进行评论很难不提到苏联现在是我们抗击德国的盟友。同样地，读着《锻造》的时候，几乎每一页都会让你想起西班牙内战。事实上，二者之间并没有直接联系，因为这本书只描写了巴里亚先生的早年生涯，到 1914 年就结束了。但是，西班牙内战给英国的知识分子留下了深刻而痛苦的印象，我觉得要比现在这场战争所留下的印象更加深刻。街头的群众被毫无节操的报纸所误导，对整件事不闻不问，而富人自发与工人阶级的敌人站在同一阵营，但对于有思想的体面人来说，那场战争是一个可怕的悲剧，使得"西班牙"这个名字与被烧焦的尸体和饿着肚子的孩童紧密地联系在一起。你似乎听到书页后面传出未来隆隆的炮声，它是西班牙内战的序曲，一幅导致内战发生的社会图景。或许这就是这本书最有价值的地方。

他生于一户贫穷的家庭，是一个洗衣女工的儿子，但亲戚们要比他的母亲境况好一些。在天主教国家，农民出身的机灵男孩最容易的出路是为教会干活，但巴里亚先生的亲戚反对教会，而且他自己一早就是无神论者，在获得一所教会学校的奖学金之

① 刊于 1941 年 9 月《地平线》。

后，十三岁的时候就去一间布料店上班，然后进了一家银行。他美好的回忆都是乡村的景致，特别是他在门特里达的叔叔家那口熔炉。他是一个了不起的自耕农，现在这种人在工业化的国家已经绝迹了。另一方面，他对马德里的回忆只有低俗和肮脏，或许他对马德里的贫民窟的描写在不经意间揭露了西班牙内战的原因：那里的贫穷和辛劳要比英国的任何地方更加过分，有成群的赤身露体的孩童，头上长满了虱子，好色的神父们拿着捐献箱里的钱把牌下注。西班牙太贫穷了，根本没有一个像样的政府。在英国我们不会爆发内战，不是因为这里没有暴政和不公，而是因为它们不会那么明目张胆，引起人民的公愤。事实上，任何事情都很低调，被古老的妥协习惯、代议机制、奉行自由主义的贵族、不会贪污腐败的官员和已经存在了漫长的时间而不能完全斥之为假把式的"上层建筑"所掩饰。巴里亚先生所描写的西班牙没有这样的伪装。一切都在光天化日之下进行。那是一个落后的国家赤裸裸的腐败，资本家公然经营血汗工厂，官员都是恶棍，神父是无知的盲信者或可笑的恶棍，妓院是社会的支柱。所有问题的本质都非常明显，就连一个十五岁的少年也能明白。比方说，性的问题：

> "我的表姐欺负我还是一个孩子。但她是对的。她得去当妓女才能和别人上床……我想和女孩子们上床，她们也愿意和我上床，但那是不可能的。男人可以去嫖妓，但女人就得等，直到神父娶了她们，或去当妓女。当然，她们会动情，那些按捺不住的女人就会去当妓女。"

或政治问题：

> "他们总是在议会里争斗不休，莫拉、帕布罗·伊格莱西亚斯和勒罗克斯。他们在墙壁涂上诸如'莫拉下台！'的标语。有时候下面会用红字写上'莫拉雄起！'写'莫拉下台！'的是工人阶级，写'雄起'的是绅士阶层。有时候，双方带着油漆桶不期而遇。他们会朝对方的身上泼油漆，然后大打出手……国民卫队会介入，但他们从来不会去殴打绅士阶层的人。"

当我读到最后那句话"国民卫队会介入，但他们从来不会去殴打绅士阶层的人"时，我想起了一段往事，或许放在这篇书评里不大合适，但它展现了英国和西班牙社会气氛之间的差异。那时候我才六岁，和我的母亲在那个小镇逛街，同行的有当地一个有钱的酿酒商，他还担任治安法官。涂了焦油的围墙上画满了粉笔画，有些就是我画的。那个法官停了下来，不悦地拿着拐杖指着那些画，说道："我们得把那帮在墙上乱画的孩子给逮住，用山毛榉鞭子处六鞭之刑。"（这番话在我听来不啻于晴天霹雳。）我的膝盖并在一起，舌头紧紧地贴着上颚，一有机会我就溜开把这个可怕的消息传出去。没过一会儿，整面围墙边都站满了惊恐万分的孩子，个个都在往手帕上吐口水，想把那些画给抹掉。但有趣的是，直到很多年之后，我才知道我的担心是多余的。没有法官能向我作出用山毛榉鞭子处六鞭之刑的判决，即使我被逮到在墙上作画。这种惩罚只能由地方初审法庭作出判决。国民卫队会介入，但他们从来不会去殴打绅士阶层的人。在英国这一点仍有可能不会被人察觉到。但在巴里亚先生笔下的西班牙就不是这样。在那里，不公是确凿无疑的，政治是黑与白之间的斗争，每一个极端主义教条，从西班牙王室正统论到无政府主义能被区分得清清楚楚。"阶级斗争"并不像它在西方民主国家那样只是一句口号。但哪一种情况比较好则是另外一个问题。

但是，这不是一本政治作品。它是自传的一部分，我们希望会有后续的作品，因为巴里亚先生的一生有着丰富多彩的冒险。他周游广阔，他当过工人也当过资本家，他参加了内战，曾参加里夫战役，上司就是佛朗哥将军。如果法西斯势力没有做出别的好事，至少他们驱逐了最好的作家，丰富了英语的文学世界。彼得·查尔莫斯·米切尔爵士的译文很生动自然，但遗憾的是，它一直用的是"戏剧手法的现在时"，在拉丁文中这似乎行得通，但在英文里很快就让人感到厌烦。

没有，连一个也没有
评亚历克斯·康福特的《没有这种自由》[①]

　　默里先生[②]在几年前说过，当代最好的作家像乔伊斯、艾略特等人的作品只是表明在如今这个时代诞生不出伟大的艺术作品，从那时起，我们进入了这么一个时代：任何创作乐趣或纯粹为了娱乐而讲述故事已成为不可能的事情。如今所有的创作都是在进行宣传。因此，要是我把康福特先生的小说当成是政治宣传手册，我只是在做他本人所做过的事情而已。在当代小说中它算得上是一部优秀作品，但其创作动机在特罗洛普、巴尔扎克乃至托尔斯泰看来根本不会认为那是一位小说家的创作动机。他写出这部作品是为了宣扬和平主义的"理念"，书中的主要情节都是为了迎合这一"理念"。我想我可以认为这部小说有自传体的味道，不是说里面所描述的事件真的发生过，而是作者认为自己就是书中的主人公，认为他值得同情，并认同他所表达的意见。

　　故事的梗概是这样的。一个在瑞士疗养了两年的年轻德国医生回到科隆，在慕尼黑会议召开前发现自己的妻子一直在帮助反战人士逃到国外，正陷入被逮捕的危险。他们两人逃到荷兰，刚

---

① 刊于 1941 年 10 月《艾德菲》。

② 约翰·米德尔顿·默里（John Middleton Murry，1889—1957），英国作家、批评家。1923 年创办期刊《艾德菲》。提倡和平主义与提倡"回归土地"，从 1940 年 7 月到 1946 年 4 月他一直担任《和平新闻》的编辑。代表作有《致未知的神明》、《济慈与莎士比亚》、《耶稣的生平》等。

好躲过在冯·拉斯遇刺①后发生的大屠杀。机缘巧合之下他们来到了英国，路上受了重伤。待他伤愈后，他几经辛苦找到了一份医院的工作，但战争爆发时他被送上法庭，并列入 B 类外国人，原因是他声称他不会对抗纳粹，认为更好的方式是"以爱征服希特勒"。被问到他为什么不留在德国以爱征服希特勒时，他承认这个问题没有答案。在"低地国家"将被侵略的恐慌中，他的妻子刚刚分娩几分钟后，他就被逮捕送到一个集中营里，关押了很久，没办法与妻子联系，忍受着肮脏拥挤的恶劣环境，情况就像在德国一样糟糕。最后他被硬塞到"阿兰朵拉星号"②上（当然，它被起了另外一个名字），船只在海上被击沉，他获救后被关进另外一处条件稍好一些的集中营里。当他最后被释放并和妻子取得联系时，他才发现她被关在另一座集中营里，孩子已经死于缺乏照顾和营养不良。本书的结局是，这对夫妇希望奔赴美国，盼望战争的狂热这时还没有蔓延到那里。

现在，在考虑这个故事的寓意之前，要考虑现代社会的两个基本事实，只有忽略这两个事实才能不加批判地接受和平主义"宗旨"。

一、文明的最终基石是强制力。将社会凝聚在一起的不是警察，而是普通老百姓的美好愿望，但这一美好愿望没有警察作为后盾是无能为力的。任何拒绝使用暴力保卫自己的政府会立刻不复存在，因为任何老实不客气的团体或个人都可以将其推翻。客

---

① 厄尼斯特·爱德华·冯·拉斯（Ernst Eduard vom Rath，1909—1938），德国驻巴黎外交官，于 1938 年被犹太青年赫歇尔·格林斯潘刺杀，该案引发了反对犹太人的"水晶之夜"事件。

② 阿兰朵拉星号（SS Arandora Star），原本是一艘客轮，建于 1927 年，1929 年被改建为运兵船，于 1940 年 7 月 2 日在运送德国和意大利被拘留者和囚犯至加拿大途中疑被德国潜艇击沉。

观地说，一个人只能在警察和罪犯这两个阵营中作出选择。英国的和平主义阻碍了英国的战争努力，起到了帮助纳粹的作用。而德国的和平主义如果存在的话，起到了帮助英国和苏联的作用。由于和平主义者在民主仍然存在的国家有更大的现代自由，和平主义对民主的破坏效果要比它对民主的促进作用更大。客观地说，和平主义者是纳粹分子的帮凶。

二、由于强制无法完全避免，唯一的区别就是使用暴力的程度。过去二十年来，英语世界的暴力现象和军国主义比起外部世界要少得多，因为钱多了，安全也提高了。英国人标志性的对战争的痛恨是他们优越地位的体现。和平主义只有在人们觉得非常安全的国家才是一股不容忽视的力量，而这些地方大都是海洋国家。即使在这些地方，"转过另一边脸"式的和平主义只在较富裕的阶级里或以某种方式摆脱了本阶级的工人群体里盛行。真正的工人阶级虽然痛恨战争，并对沙文主义不屑一顾，但他们从来不是真正的和平主义者，因为生活教会了他们不同的理念。放弃暴力只有在没有体验过暴力的情况下才有可能实现。

如果你记得上述这两个事实，我想你就能从更真实的角度去看待康福特先生的小说里的故事。关键是将主观感情放在一边，并尝试理解一个人的行动会导致什么结果和一个人的动机最根本的出处。书中的主人公是个研究人员——病理学家。他不是特别走运，由于英国一直实施封锁直到1919年，他的肺不太好。但他一直是中产阶级的一员，从事着自己选择的工作，他是数百万依靠其他人受苦而生活的幸运儿之一。他希望从事自己的工作，希望逃出纳粹暴政和管制的魔掌，但除了逃避之外他不愿意与纳粹进行斗争。来到英国的他一直害怕被遣返德国，但不愿意参加任何活动阻止纳粹分子侵略英国。他最大的希望是奔赴美国，让三千英里的海域把自己和纳粹隔开。你可以看到，只有在英国舰船和飞机的一路保护下他才能达到美国，而到了美国他将生活在美国舰船和飞机的保护下。如果他运气好的话，他能继续从事病理学家这份工作，与此同时，在保住他的工作的人面前维持他的道德优越感。最重要的是，他将继续当他的研究工作者，一个说到底是靠股息红利活着的人，而如果不是靠武力威胁，这些股息红利立马就会消失。

我认为这是对康福特先生的作品颇为公道的总结。我认为中肯的一点是，这个关于德国医生的故事是出自一个英国人的手笔。由始至终所隐含的、有时候明确表述出的争辩由是：英国和德国之间几乎没有什么区别，政治迫害在这两个国家都同样严重，那些与纳粹分子作斗争的人自己也会变成纳粹分子。它若是出自一个德国人的手笔会更加有说服力。英国大约有六万德国难民，要是我们没有可鄙地将他们拒于国门之外的话，数量还会更多。如果这两个国家的社会气氛没有什么区别，为什么他们会到这里来？他们当中有多少要求回去？用列宁的话讲，他们"用脚作出了投票"。正如我在上文所指出的，英语文明相对要温和一些是因为钱和安全，但这并不代表两者没有区别。但是，只要承认英国和德国确实不一样，承认谁获得胜利意义很重大，那么和平主义惯用的短视理由就站不住脚了。你可以赤裸裸地为纳粹辩护，无须声称自己是和平主义者——那些纳粹分子就有充分的理由。虽然这个国家有勇气直言的人并不多——但你只有能说出自六月清洗以来所发生的惨案在英国也发生了，才能说纳粹主义和资本主义其实是半斤八两。要这么做就只能通过别有用心的选择和夸张的方式。康福特先生实际上是在说这种"残酷的情况"很有典型意义。他在暗示说,这位德国医生在一个所谓民主国家所承受的苦难是如此恐怖,完全抹杀了抗争法西斯主义的道德正当性。但是,你必须保持区分事态轻重的清醒。在因为两千个俘虏只有十八个便桶而高声呼吁之前,你应该记住过去这几年来在波兰、西班牙、捷克斯洛伐克等国家所发生的事情。如果你一味只是坚持"那些与法西斯分子进行斗争的人自己也变成了法西斯分子"这句格言,你只会被引入歧途。比方说,康福特先生暗示随着战事逐渐激烈,间谍狂热和对外国人的歧视日趋严重,真实的情况并不是这样。抵制外国人的情感曾经是导致监禁难民的因素之一,但它已经大大消减了,如今德国人和意大利人获准从事在和平时期所不能从事的工作。他还明确地说,英国的政治迫害和德国的政治迫害唯一的区别在于在英国没有人听说过这回事,这也不是真的。将我们生活中的所有罪恶都归结于战争或备战也是不正确的。他说:"我知道英国人和德国人一样,自从他们将宝押在重整军备之上后,就再也没有快活过。"他们以前就真的那么快活吗?恰恰相反,重整军备减少了失业,使得英国人更加快活,难道这不是真相吗?如果要说真的有影响的话。根据我自己的观察,我得说,战争本身已经逐渐让英国更加快乐,这不是在为战争作辩解,只是告诉你所谓和平的本质。

事实上,和平主义所惯用的短视理由,那种宣称不抵抗纳粹就是挫败纳粹最好的方式的言论根本不足为信。如果你不抵抗纳粹,你就是在助纣为虐,就应该承认这一点。而和平主义的长远理由能够勉强说得通。你可以说:"是的,我知道我在帮助希特勒,我就想帮助他。让他征服英国、苏联和美国吧。让纳粹统治世界吧。最终它会蜕变的。"至少这站得住脚。它展望的是人类历史，超越了我们的生命。站不住脚的理念是：只要我们停止罪恶的厮杀，一切就都会变得美好，而如果我们还击的话就正中纳粹分子的下怀。希特勒更害怕什么呢？和平誓约联盟还是英国空军？他更加努力在破坏哪一个呢？他希望把美国卷入战争呢，还是让美国置身其外？要是俄国人明天停止战斗，他会觉得很失望吗？说到底，过去十年的历史表明希特勒在自己的利益上如意算盘打得很响。

那种认为你能通过向暴力屈服而战胜暴力的理念只是在逃避现实。正如我所说的，只有那些靠金钱和大炮将自己和现实隔开的人才有可能接受这一理念。但为什么他们想要逃避呢？因为他们痛恨暴力，不希望了解暴力是现代社会不可分割的一部分，而他们的高雅情感和高贵姿态都是由暴力拱卫的不平等体制的果实。他们不想知道自己的收入从何而来。在这些谎言下面隐藏着很多人难以面对的无情事实：个人救赎是不可能的。人类面临的不是善良与邪恶的选择，而是在两个邪恶中作出选择。你可以由得纳粹统治世界，那是邪恶的。你可以通过战争打倒纳粹，那也是邪恶的。在你面前没有其它选择，无论你选择什么，你的双手都将沾上罪恶。在我看来，我们这个时代的格言不是"但那绊倒人的有祸了"[1]，而是我拿来用作这篇文章的标题的那句话——"没有义人，没有，连一个也没有"[2]。我们都作出了不义之举，我们都将死于剑下。在这么一个时代，我们没办法说："明天我们

---

[1] 此句出自《圣经·新约·马太福音》。
[2] 此句出自《圣经·新约·罗马书》。

都将成为好人。"那只是空谈。我们只能选择小一些的邪恶，致力于重塑一个新的社会，让公义有可能重现。这场战争没有中立一说。全世界的人都被卷入其中，从爱斯基摩人到安达尼斯人。每个人都不可避免在帮助一方或另一方，你最好清楚自己在做什么，并知道这么做的代价。像达尔朗①和赖伐尔②这样的人至少有勇气做出选择并公之于众。他们说，必须不惜一切代价建立起新秩序，"势必要毁灭英格兰"。默里先生似乎在多个场合表露出同样的想法。他说纳粹是在"为主进行肮脏的工作"（他们侵略俄国的行径确实十分肮脏），我们必须小心，"不要与希特勒为敌而与上帝作对"。这些并不是和平主义者的情感，因为如果在逻辑上一直推理下去，它们不仅意味着向希特勒投降，而且意味着帮助他进行接下来的战争，但它们至少坦诚而且很有勇气。我本人不认为希特勒是救世主，甚至是无心的人类救星，但将他想象成这么一个角色有着强有力的理由，远比英国的大部分人所想象的更加有力。但一边谴责希特勒，一边又看不起那些让你摆脱他的魔掌的人，怎么都说不过去。那只是英国知识分子的虚伪的体现，是腐朽的资本主义的产物，理解警察和红利的本质的欧洲人都会因为这件事而无可厚非地鄙视我们。

---

① 让·路易斯·萨维尔·弗朗科伊斯·达尔朗（Jean Louis Xavier François Darlan, 1881—1942），法国政治家、军事家，曾于 1939 年担任法国海军总司令，1940 年法国战败后充当傀儡政权维希政府的二号人物，1942 年遇刺身亡。1940 年法国战败，达尔朗曾与丘吉尔会晤，并保证法国海军不会落入德国人手中，但投靠维希政府后，达尔朗主动配合纳粹政权，几番拒绝英国人要求接管法国海军的要求，并对英军进军法国海域予以狙击。

② 皮埃尔·赖伐尔（Pierre Laval, 1883—1945），法国政治家，二战时法国沦陷后与维希政权合作，并签署文件，将法国境内的犹太人运往德国集中营处死。二战后被判叛国罪并遭处决。

拉迪亚·吉卜林①

  艾略特先生竟然会在他为这部《吉卜林诗集》作序的长文中为他如此辩护实在是令人遗憾，但这是不可避免的，因为甚至在你能够谈论吉卜林之前，你必须先消除由两批连他的作品都没有读过的人所制造的神话。吉卜林处于成为一个代名词的奇特位置已有五十年之久。在文坛的五代人中，每一个开明人士都鄙视他，而到了那个时期的尾声，开明人士十有八九都被遗忘了，但从某种意义上说，吉卜林依然屹立于文坛。艾略特先生未能令人满意地解释这件事，因为在回应那个斥责"吉卜林是一个法西斯分子"的熟悉而肤浅的指控时，他犯了截然相反的错误，在无法为他辩护的方面为他辩护。硬要说吉卜林的人生观大体上能被有教养的人所接受或原谅是没有意义的。比方说，当吉卜林描写一个英国士兵拿着槌衣棒殴打一个"黑鬼"勒索钱财时，硬要说吉卜林只是以记者的身份进行报道，并不一定赞同他所描写的事情，这是没有用的。在吉卜林的作品中，没有任何地方有丝毫迹象表明他不认同这种行为——恰恰相反，在他身上有一种确凿的虐待狂的特征，大大超出了那一类型的作家必然会有的残忍。吉卜林是一个沙文帝国主义者，在道德上麻木不仁，而且审美观令人厌恶。一开始的时候就承认这一点会比较好，然后再试图探究

---

  ① 刊于1942年2月《地平线》。

为什么他仍流传至今,而那些嘲讽他的有教养的人却似乎经不起时间的考验。

然而,斥责他是"法西斯分子"的这一指控必须得到回应,因为要在道德上或政治上理解吉卜林的第一条线索就是他并非法西斯分子这一事实。比起如今最人道或最"进步"的人,他更不像是一个法西斯分子。人们总是鹦鹉学舌般地引用他的话,却从未尝试去查阅引文的语境或探究其意义,一个有趣的例子就是《退场赞美诗》里的一行诗句:"或像劣等人种那样无法无天"。这句话总是在左翼圈子里被当成嘲讽的对象。他们理所当然地认为"劣等人种"就是"土著人",他们所浮现的画面是某个戴着遮阳帽的白人老爷正在踢一个苦力。这句话在其语境下的意思几乎截然相反。"劣等人种"这个称谓几乎可以肯定指的是德国人,特别是那些"泛日耳曼"作家,他们"无法无天"是说他们目无法纪,而不是说他们没有律法。整首诗通常被认为是大肆吹捧的胡言乱语,但其实它是对权力政治的谴责,既包括对英国人,也包括对德国人。有两段诗值得引用(我将它们看作是政治意见而引用,并非看作是诗歌):

> 如果看到权力而迷醉,
>
> 我们便胡言乱语,不再对您敬畏,
>
> 就像异教徒那样口出狂言,
>
> 或像劣等人种那样无法无天——
>
> 万军之主啊,请与我们同在,
>
> 以免我们遗忘——以免我们遗忘!

因为异教徒的心所信任的，

是刺鼻的炮管和铁皮，

所有英勇的尘埃都建立于尘埃，

看守着，不以您的名义看守着，

疯狂的自夸和愚蠢的言语——

主啊，请宽恕您的子民！

　　吉卜林的许多修辞出自《圣经》，在第二节中无疑他想到了《诗篇》第 127 篇的经文："若不是耶和华建造房屋，建造的人就枉然劳力。若不是耶和华看守城池，看守的人就枉然儆醒。"[①]这段文字不会给后希特勒时代的人留下什么印象。在我们的时代，没有人相信比军事力量更加强大的制裁，没有人相信有什么能制约武力，除非以暴制暴。没有"律法"，只有力量。我并不是说这是一种真正的信仰，只是说这是所有现代人实际上信奉的信仰。那些声称不相信这一点的人要么是思想上的懦夫，要么是披着一层薄薄的伪装的权力膜拜者，要么被他们生活的时代所抛弃。吉卜林的世界观是前法西斯式的。他仍然相信骄傲会导致失败，神明会惩罚傲慢之人。他没有预见到坦克、轰炸机、无线广播和秘密警察，或它们所造成的心理影响。

　　但说了这些，这不是否定了我所说过的吉卜林是一个残暴的沙文帝国主义者那番话吗？不是的，这只是在说十九世纪的帝国主义者的世界观与现代暴徒的世界观是两回事。吉卜林非常肯定地属于 1885 年至 1902 年这一时期。世界大战及其后果令他感到

_____

　　① 这一段译文出自《圣经》和合本。

很苦恼愤懑，但没有多少迹象表明他从布尔战争之后所发生的任何事情中得到了什么教训。他是大英帝国主义在其扩张时期的先知（他唯一的小说《黯淡的光芒》比他的诗作更让你感受到当时的气氛），同时也为英国军队撰写稗官野史，那支老牌雇佣军从1914年开始转型。他所有的信心，他那活跃而粗俗的活力都来自法西斯分子或准法西斯分子所没有的局限性。

　　吉卜林的后半生郁郁寡欢，毫无疑问，其肇因是政治上的失望而不是文学上的虚荣。不知怎地，历史没有按照计划进行。在获得空前伟大的胜利后，英国不再像以前那样是世界上的头号强国。吉卜林敏锐地看到了这一点。他所理想化的阶级失去了美德，年轻人耽于享乐或麻木不仁，将地图涂成红色的野心已经烟消云散。他不能理解到底发生了什么事情，因为他从来不曾理解支撑着帝国扩张的经济推动力。值得注意的是，和普通士兵或殖民地行政官员一样，吉卜林似乎没有意识到，经营帝国的首要考虑是挣钱。他心目中的帝国主义是一种强迫性的福音传播。你把加特林机枪对准一群赤手空拳的"土著"，然后你定下"律法"，其中包括道路、铁路和法庭。因此，他无法预见到促使帝国形成的同一动机到最后会将帝国毁灭。例如，将马来亚丛林开发成橡胶园和将这些橡胶园完好无损地拱手相让给日本人其实是出于同样的动机。现代人知道他们在做什么，而十九世纪的英国人不知道自己在做什么。这两种态度各有其优点，但吉卜林从未能从一种态度转变为另一种态度。虽然他终究是个艺术家，他的世界观却是一个领薪水的官僚的世界观，那些人鄙视"商贾"，总是活了一辈子还没有意识到"商贾"才是发号施令的人。

　　但由于他把自己认同为官僚阶级的一员，这使他拥有了"开明"人士鲜有或根本没有的特征，那就是责任感。在这一点上中产阶级左翼人士痛恨他，就像他们痛恨他的残暴和庸俗。高度工业化的国家的所有左翼政党说到底都是一场骗局，因为他们投身于反对他们并不是真心想要摧毁的体制。他们拥有国际主义者的目标，与此同时，他们又竭力想维持与那些目标不相容的生活标准。我们都在依靠掠夺亚洲苦力而活，我们的"开明"人士都在口口声声地说那些苦力应该得到解放，但我们的生活标准，也就是我们的"开明生活"却要求掠夺继续下去。一个人道主义者总是一个伪君子，而吉卜林对这一点的洞察或许是他能说出那些铿锵有力的话语的根本秘密。很难找到一句比"嘲笑那些在你睡着的时候保卫你的身着戎装的士兵吧"更简单直接地戳穿英国人促狭的和平主义的话了。确实，吉卜林不了解那些上等人和毕灵普分子之间在经济方面的关系。他不明白英国版图的扩张最根本的原因是为了剥削苦力。他看见的不是苦力，而是印度的公务员，但就算在这一层面，他对谁在保护着谁这一职能理解得非常透彻。他清楚地看到只有一部分人不可避免地沦为比较没有教养的人，保卫、哺育着另一部分人，后者才能享受着高度的教养。

　　在多大程度上吉卜林真的认同自己是他所颂扬的行政人员、士兵和工程师中的一员呢？并不像人们有时候所认为的那么彻底。他年纪轻轻的时候就已经周游广阔，他在一个庸俗的环境中长大，却拥有出色的头脑。他身上有一些或许是病态的特征，让他倾向于活跃的行动而没有敏锐的感觉。十九世纪驻印度的英国人是他所崇拜的人当中最不可爱的，但他们至少是实干派。或许他们所做的统统都是坏事，但他们改变了大地的面貌(看着一张亚洲地图，比较一下印度的铁路系统和周边国家的铁路系统就知道了）。而要是普通的驻印英国人的观点都像爱德华·摩根·福斯特[①]那样的话，他们什么事也干不成，连保住自己的权力一个星期都做不到。虽然吉卜林所描绘的内容艳俗而肤浅，但那是我们所拥有的关于十九世纪英属印度的唯一文学图景，他能够描绘出那幅图景，纯粹是因为他够粗俗，才能在混乱不堪的俱乐部和军营里混下去和保持缄默。但他并不是很像那些他所钦佩的人。从几个私人的渠道，我了解到许多与吉卜林同时代的驻印英国人并不喜欢他或认同他。他们说他对印度一无所知，这无疑是实话；另一方面，在他们的眼中他有点太特立独行了。在印度的时候他老是和"不像样"的人混在一起，由于他肤色黝黑，他总是被怀疑有亚洲血统。他生于印度，又很早就离开学校，这在很大程度上影响了他的发展。要是背景稍有不同，他或许会是一个优秀的小说家或一个顶尖的音乐厅歌曲作词人。但能说他是一个粗俗的摇旗呐喊者和西塞尔·罗德斯[②]的公关马前卒吗？这么说没错，但他又不是一个唯唯诺诺的人或见风使舵的投机分子。如果说早期的他是这样，之后他就再也没有迎合过公共舆论。艾略特先生说，他之所以受到反对，是因为他以受欢迎的方式表达了不受待见的观点。这就把问题狭隘化了——他认为"不受待见"是指不受知识分子的待见，但事实上，吉卜林的"主旨"并不是广大公众想要的，而且从未被他们接受过。九十年代的人民群众和现在一样反对军国主义者，对帝国感到厌倦，只是下意识里有爱国情绪。

---

① 爱德华·摩根·福斯特(Edward Morgan Forster，1879—1970)，英国作家，代表作有《窗景》、《印度之行》等。
② 西塞尔·约翰·罗德斯爵士(Sir Cecil John Rhodes，1853—1902)，英裔南非商人，钻石大王，德·比尔斯公司(De Beers，世界规模最大钻石矿公司)的创始人。

吉卜林的仰慕者从过去到现在一直是那些"服役"的中产阶级，那些人读的是《布莱克伍德》①。在本世纪愚昧的初叶，毕灵普分子终于发现有一个能被称为诗人的家伙是自己人，于是便将吉卜林摆上神坛，他的那些比较简洁精辟的诗作，比方说《如果》，被赋予了几乎和《圣经》同等的地位。但值得怀疑的是，毕灵普分子是否仔细阅读过他的作品，就像他们没怎么用心阅读过《圣经》一样。他所说的话中有许多是他们不可能认同的。很少有从内部批评英国的人说过比这个粗俗的爱国者更加尖刻的话。大体上他攻讦的对象是英国的工人阶级，但并不一定总是这样。"板球三柱门边上那帮穿着法兰绒的傻瓜和足球场的球门边上那帮糊涂的白痴"这句诗时至今日仍然像一支箭那样很扎人，既是针对足总杯决赛，也是针对伊顿公学和哈罗公学的比赛。奇怪的是，他针对布尔战争所写的一些诗句在题材方面带有现代特征。《斯泰伦博斯》应该是写于1902年前后，概括了每个有文化的步兵军官在1918年或现在会说的话。

吉卜林对大英帝国的浪漫想法如果能够避免当时的阶级偏见的话，原本是无关紧要的。如果你细读他最好的和最具代表性的作品的话，他那些行伍诗，特别是《军营之歌》，你会注意到对这些诗歌戕害最大的是一种高高在上的隐晦态度。吉卜林将军官阶层尤其是下级军官理想化了，甚至到了荒唐的地步，而那些小兵虽然可爱而浪漫，却必须扮演丑角，说话时总是要带着风格化的伦敦土腔，不是很土，但所有的 H 音和结尾的 G 音都会很小心地

---

① 《布莱克伍德》，创刊于1817年，停刊于1980年，原名为《爱丁堡月刊》，是一份持保守立场的文学刊物。

省略掉。结果往往就像在教堂聚会时玩搞笑背诵那样令人尴尬。这造就了一个有趣的事实：你总是可以把吉卜林的诗改好，让它们没那么滑稽和露骨，只需要将它们通读一遍，将伦敦腔改成标准的发音就成了。他的那些叠句更是如此，它们常常有一种真正的抒情品质。举两个例子（一个是描写葬礼的，另一个是描写婚礼的）：

> 放下你的烟斗跟我来！
> 干了你的酒杯跟我来！
> 噢，听那大鼓的召唤，
> 跟我来——跟我一同归家来！

或者：

> 为队长的婚姻欢呼——
> 再为他们欢呼！
> 拉炮的灰马就在地里，
> 一个流氓娶了一个妓女！

这两首诗里的 H 音和其它发音我都加了上去。吉卜林原本不该这么糊涂的。他原本应该知道这两节诗句中，第一首最后结尾的两句写得很优美，原本应该克服他嘲笑劳动人民口音的冲动。古时候的民谣里，地主和农民说的是同样的语言。对于吉卜林来说，这是不可能的事情，他总是带着一种扭曲的阶级眼光居高临下地俯视，而他写得最好的一首诗就这样被毁了，这真是诗意的报应——比起"follow me home"（跟我一同归家来），"follow me 'ome"（跟我一同归扎来）实在是难听多了。但即便是在没有败坏韵律的地方，他那伦敦土腔的戏谑轻浮也实在是很惹人厌。不过，他的诗作被人朗诵的机会要比变成油墨被人阅读的机会更多，大部分人在引用他的作品时会本能地作出必要的改正。

你能想象九十年代或现在有哪个士兵在读到《军营之歌》时会觉得这位作家写出了他们的心声吗？很难想象会有这种情况出现。任何能读诗集的士兵都会立刻发现吉卜林几乎没有察觉到军队里和其它地方一样正在进行一场阶级斗争。这不仅是因为他觉得士兵滑稽可笑，而且他认为他们忠心爱国，思想封建，崇拜他们的长官，为身为英女王的士兵而自豪。当然，这么想在一定程度上是对的，否则仗就打不成了。但是，"我为你做了什么，英国，我的英国"基本上是一个中产阶级的问题。几乎每个劳动人民立刻就会反问"那英国为我做了什么呢？"按照吉卜林对此的理解，他简单地将其归结为"下层阶级的极度自私"（他本人的原话）。当他不写英国人，而是写"忠心耿耿"的印度人时，他把"您好，老爷"这句话用到了有时候让人觉得厌恶的程度。但是，他确实要比大多数与他同时代的或我们这个时代的"自由派"更关心普通士兵，更关注他应该得到公平的待遇。他看到士兵被人忽视，兵饷微薄，而且遭到那些受他们保卫的人伪善的轻蔑。在他身后出版的回忆录中，他写道："我开始意识到，士兵的生活就是一场赤裸裸的悲剧，他们忍受着不必要的折磨。"他被指责美化战争，或许他真的这么做了，但并不是以惯常的那种手法假称战争就像是一场足球比赛。和大多数擅长写战争诗篇的人一样，吉卜林从未参加过战斗，但他对战争的描述是写实的。

他知道被子弹打中会很疼，每个人在炮火之下都会害怕，普通士兵从来不知道战争是为了什么，不知道自己所处的战场那一小块地方之外发生了什么事情，而且英国军队和其他军队一样，总是会望风而逃。

> 身后刀风响，敌人不敢望，
> 不知身处何方，皆因未曾驻足四看，
> 直到跑出小半里，
> 方闻乞丐在尖叫，
> 声音似曾相识——正是我在求饶！

把这首诗的风格加以现代化，或许它就活脱脱像是二十年代反战作品里的诗篇。还有：

> 子弹穿过尘土飞来，
> 没有人愿意去面对，但每个叫花子都必须面对，
> 就像戴着镣铐的囚徒，不愿意上路也得上路，
> 他们成群结队地冲锋，动作出奇地僵硬迟缓。

和这首诗进行比较：

> 轻骑兵，冲啊！
> 有人胆怯了吗？
> 没有！虽然士兵们都知道，
> 大错已经铸成。

要说真的有什么的话，吉卜林只是过度渲染了恐惧，因为他年轻时的战争按照我们的标准根本算不上是战争。或许这是因为他身上神经过敏的特征和对暴虐的渴望。但至少他知道被命令去攻打不可能攻克的目标的士兵都很沮丧，而一天4便士的兵饷实在算不上优厚。

吉卜林对那支在十九世纪末长期服役的雇佣军的描写在多大程度上是全面和真实的呢？你只能说，吉卜林所描写的关于十九世纪英属印度的作品不仅是最好的，而且几乎是我们所拥有的唯一的文字叙述。他记录了大量的内容，要是没有他的话，我们只能从口口相传或不堪卒读的兵团史中去收集资料。或许他所描绘的军队生活要比史实更加完整准确，因为任何中产阶级的英国人都知道足够多的信息以填补空白。不管怎样，读到埃德蒙德·威尔逊先生①刚刚出版的关于吉卜林的文章时②，我很惊讶有那么多对我们来说熟悉到令人觉得无聊的事情对一个美国人来说几乎是无法理解的。但是，吉卜林早期的作品确实刻画出一幅生动而并非严重误导的图景，描绘机关枪时代之前的军队——在直布罗陀或拉克瑙的闷热的兵营，那些身穿红色军装、扎着土黄色的皮带、戴着扁边军帽的士兵，喝酒、斗殴、鞭笞、绞刑和十字架刑，集结号、燕麦和马尿的味道，蓄着一尺长的八字胡、喝喝骂骂的军曹，总是安排不当的血腥的伏击，拥挤的运兵船，霍乱横行的军营，"土著"情人，逃不掉的在收容所死去的命运。那是一幅天然而粗俗的画面，在里面一首爱国的音乐厅歌曲似乎和左拉的一

---

① 埃德蒙德·威尔逊（Edmund Wilson，1895—1972），美国作家、评论家，代表作有《三重思想家：文学主题十二讲》、《四十年代文学纪实》。
② 原注：刊登于杂文集《创伤与鞠躬》。

篇比较血腥的作品混杂在一起，但后人将会从中得知一支长期服役的志愿军是怎么一回事。同样地，他们还能够了解到在还没有听说过汽车和冰箱的时代英属印度是什么样子的。你也许会想，要是乔治·摩尔[①]、吉辛[②]或托马斯·哈代[③]有吉卜林的机会的话，他们会写出关于这些主题更好的作品，这么想就错了。这是不可能会发生的事情。十九世纪的英国不可能诞生像《战争与和平》这样的作品，或像托尔斯泰描写军队生活的次要作品如《塞瓦斯托波尔》或《哥萨克骑兵》。这不是因为缺乏才华，而是因为感觉敏锐的人不会有这样的接触。托尔斯泰生活在一个庞大的军事帝国，在那里似乎每个家庭的年轻人参军几年是天经地义的事情，而大英帝国在当时和现在的非军事化程度会令欧洲大陆的观察员觉得难以置信。文明人不会轻易地离开文明的中心，在大部分语言中都缺乏你可以称之为"殖民文学"的作品，要在机缘非常巧合之下才会诞生出吉卜林笔下那种庸俗的场面：小兵奥特里斯和霍克斯比太太在棕榈树下正襟危坐聆听寺庙的钟声，而其中一个必不可少的条件就是，吉卜林本人是个半开化的人。

吉卜林是我们这个时代唯一为语言添砖加瓦的英语作家。我们把短语和新词拿过来就用，却不记得它们并不总是出自我们所钦佩的作家。比方说，当听到纳粹广播员把俄国士兵斥为"机器人"时我们会感觉很奇怪——他们不自觉地从一位捷克民主人士

---

① 乔治·奥古斯都·摩尔（George Augustus Moore，1852—1933），爱尔兰作家，代表作有《伊斯帖·沃特斯》、《异教徒之诗》等。
② 乔治·吉辛（George Gissing，1857—1903），英国作家，代表作有《地下世界》、《古怪的女人》等。
③ 托马斯·哈代（Thomas Hardy，1840—1928），英国作家、诗人，代表作有《还乡》、《德伯家的苔丝》、《今昔诗集》等。

那里借用了这个词，要是让他们逮到他的话，他们会把他给杀死的。这里有六个吉卜林创作的"诗句"，你可以看到它们被短篇社论或低俗小报所引用，在沙龙酒吧里可以听到几乎从未听说过他的名字的人在使用这些诗句。你会看到，它们都拥有某种共同的特征：

> 东方是东方，西方是西方。
> 白种人的负担。
> 他们对英格兰有多少了解？那些只了解英格兰的人啊。
> 女人比男人更要命。
> 苏伊士河以东的地方。
> 支付"丹麦金"①。

还有许多别的例子，其中有一些摆脱了它们的语境流传了很多年。比方说"动动你的嘴皮子杀死克鲁格②吗？"直到现在仍在使用。而且有可能就是吉卜林第一个用"蛮夷"称呼德国人，至少他是在 1914 年交战开火后就开始使用这个词语的。但上面我所列出的诗句的共同之处在于它们都是你在半开玩笑的时候说出来的话（就像"因为我要成为五月的女王，妈妈，我要成为五月的女王"③），但这些话你迟早都会用上的。比方说，《新政治家》对吉

---

① 丹麦金（Danegeld），英国从 835 年开始征收的税金，目的是抵抗丹麦人和挪威人的侵扰，后来作为财产税继续征收。
② 斯蒂凡努斯·约翰尼斯·保鲁斯·克鲁格（Stephanus Johannes Paulus Kruger, 1825—1904），南非共和国总统，在第二次布尔战争中曾抗击大英帝国对非洲南部殖民地的扩张和统治。
③ 五月的女王（Queen of May），英国风俗中象征春天的女神，在庆祝春天的游行中会身着白裙，走在队伍的最前面。

卜林的态度最为轻蔑，但在慕尼黑会议期间有多少次《新政治家》引用了"支付丹麦金"那句话呢？[①]事实上，吉卜林除了有点急智和能以区区几个词语作出低俗而生动的描写（"棕榈与松树"——"苏伊士以东"——"通往曼德勒之路"）外，他还总是在谈论时下的趣事。从这一观点出发，有思想和体面的人总是发现自己站在了他的对立面，但这并不要紧。"白人的负担"立刻引发了一个现实的问题，即使你觉得这句话应该改为"黑人的负担"。你可能从骨子里不认同《岛民》所隐含的政治态度，但你不能说这是一种轻佻的态度。吉卜林所表达的思想既庸俗又持久。这引发了他作为诗人或韵文诗作家的特殊地位的问题。

艾略特先生把吉卜林的押韵作品称为"韵文"而不是普通意义的"诗歌"，但他补充说那是"大韵文"，并进一步对这个名称加以定性：如果一位作者的部分作品"我们不能判断是韵文还是诗歌"，那他只能被称为"大韵文家"。显然，吉卜林是一个偶尔也写诗的韵文家，但遗憾的是，艾略特先生没有指明这些诗作的名字。问题是，当需要对吉卜林的作品进行审美判断时，艾略特先生太执着于为他辩解，而没办法坦率直言。他没有说出来的话，而我认为在讨论吉卜林时一开始就应该声明的是：吉卜林的

---

① 原注：在他最新的作品《亚当与夏娃》的第一页，米德尔顿·默里先生引用了那几句家喻户晓的诗句：

> 有六十九种方式，
> 去构建起部落，
> 每一种方式，都是正确之举。

他说它们出自萨克雷，这或许就是所谓的"弗洛伊德式的错误"：一个有教养的人不会引用吉卜林的话——换句话说，他不愿意承认吉卜林表达出了他的思想。

大部分韵文实在是俗不可耐，那种感觉就像你看着一个三流的歌舞厅表演者在朗诵《伍方福的辫子》，一道紫色的舞台灯光就照在他的脸上，但**尽管如此**，他的作品中仍有许多地方能给那些了解什么是诗的人带来快乐。在他最低劣也是最具活力的诗作像《贡嘎丁》或《丹尼·迪弗》里，吉卜林几乎是一种令人觉得羞愧的快乐，就像有些人到了中年仍然喜欢偷吃廉价糖果一样。但即使在他最好的章节里，你也会有类似于被某样虚伪的事物勾引的感觉，然而，你毫无疑问被勾引了。除非你是个势利鬼和骗子，否则你绝不会说没有哪个喜欢读诗的人能从这样的诗句中获得快乐：

> 轻风吹拂着棕榈树，
> 寺庙传来了钟声，声声说道：
> "归来吧，英国的士兵。
> 归来吧，回到曼德勒！"

但是，这些诗句并不是《菲利克斯·兰德尔》或《当冰锥挂在墙上》那种意义上的诗。或许你可以把吉卜林简单地称为一个好的蹩脚诗人，这比在"韵文"和"诗歌"之间玩弄文字游戏更能令人满意地对其定位。作为诗人的他就像作为小说家的哈里特·比彻·斯托①一样。这类作品的存在能让我们了解到我们所生活的时代的一些情况，虽然它们被一代又一代的人鄙薄为庸俗之作，却又一直有人愿意去读。

---

① 哈里特·伊丽莎白·比彻·斯托（Harriet Elizabeth Beecher Stowe，1811—1896），美国女作家、废奴主义先驱，代表作有《汤姆叔叔的小屋》、《牧师的求婚》等。

我认为自 1790 年以降，英国诞生了许多好的蹩脚诗，其中的例子有——我特意选择了很多类型的作品——《叹息之桥》、《劝君惜取少年时》、《轻骑兵冲锋》、布雷特·哈特的《军营里的狄更斯》、《约翰·摩尔爵士的葬礼》、《珍妮亲吻了我》、《拉沃尔斯顿的基斯》、《卡萨布兰卡》等所有这些俗不可耐的抒情诗——或许不一定就是这几首，但就是这一类诗，能够带给清楚它们的毛病在哪里的人真正的快乐。要不是好的蹩脚诗总是家喻户晓，不值得重印，否则你可以将这些诗作变成一本规模相当可观的诗集。

假意说在我们这个时代，"好诗"能够受到欢迎根本没有意义。事实就是如此，而且必定会是这样，只有极少数人钟情于诗，它是最不受待见的艺术。或许这番话需要加以一定的限制。真正的诗有时候在伪装成别的东西时能够被人民群众所接受。民谣诗歌依然在英国存在就是一个例子，比方说，童谣、帮助记忆的押韵诗和士兵们编的歌曲，包括那些配合军号的歌词。但大体上，我们的文明一提到"诗"这个字就会发出带着敌意的窃笑，或者会涌起大部分人听到"上帝"这两个字就会感觉到的那种冷冰冰的厌恶。如果你擅长拉六角风琴，或许你可以去最近的公共酒吧，只消五分钟就能赢得听众的认可。但同样是那批听众，如果你提议朗诵莎士比亚的十四行诗，他们会是什么态度呢？但是，如果事先营造出合适的气氛的话，好的蹩脚诗能打动最难以打动的听众。几个月前，丘吉尔在一篇广播演讲中引用了克拉夫[①]的《努力》，取得了非常好的效果。我和一群肯定对

---

① 亚瑟·休·克拉夫（Arthur Hugh Clough, 1819—1861），英国诗人，代表作有《透过漆黑的玻璃》、《新摩西十诫》等。

诗歌不感兴趣的人在一起收听这次广播，我相信这一段中间插入的诗句打动了他们，并没有让他们觉得别扭。但如果丘吉尔引用的是比这首诗好得多的诗，就算是他也没办法获得成功。

作为一个韵文家，吉卜林一直都很受欢迎，现在仍然很受欢迎。在他生前，他有几首诗超越了文学的范围，超越了学校颁奖日、童子军歌唱、软皮书籍、烙画和日历的世界，进入更加广阔的歌舞厅的世界里。但是，艾略特先生认为他的作品值得编辑，从而泄露了其他人也有但总是不能诚实承认的品位。事实上，好的蹩脚诗这种东西居然能够存在就表明了知识分子与普通人之间情感上有重叠。知识分子与普通人不一样，但只是在个性的某些方面有所不同而言，虽然并非总是如此。然而，一首好的蹩脚诗有什么特别之处呢？一首好的蹩脚诗是对显而易见之物的优雅缅怀。它以难忘的形式——因为韵文诗除了其它功能外，还是一种帮助记忆的手段——将几乎每个人都有的某种情感记录下来。像《劝君惜取少年时》这么一首诗，无论它是如何地煽情，它的优点是，它的情感很"真挚"，在某种程度上，你一定会发现自己迟早也会萌发它所表达的那种想法。然后，如果你刚好知道那首诗，它就会回到你的脑海中，似乎比以前初读时更加美妙。这种诗是一种押韵的格言，事实上，肯定受欢迎的诗总是很精辟或有一定道理的。只要举吉卜林的一个例子就够了：

> 苍白的双手紧抓着缰绳，
>
> 马刺从靴跟上滑落，
>
> 最温柔的声音高喊着："再转过身来！"
>
> 鲜红的双唇令鞘中的利剑失色，

无论是步入欣嫩谷①还是踏上王座，

　　孤身的旅人才能无牵无挂地漂泊。

　　它有力地表现了一个庸俗的想法，或许并非出于真实，但不管怎样，那是每个人都会有的想法。迟早你会有机会感觉到单身旅人行动最为无牵无挂，这个念头就现成地在那儿等候着你。因此，只要你听到过这句诗，你就可能会记住它。

　　我已经提到了吉卜林作为优秀的蹩脚诗人的魅力——他的责任感，这使得他有了心怀天下的抱负，即使他心中的天下其实是虚假的。虽然吉卜林与任何政治党派没有直接的联系，但他是一个保守派，如今保守党已经不复存在。现在那些自称为保守党的人要么是自由党，要么是法西斯或其同党。他认同自己是统治阶级而不是反对派的一员。对于一个富有才华的作者来说，这让我们觉得奇怪，甚至觉得讨厌，但它确实有其好处，让吉卜林对现实有一定的把握。统治阶级总是面临着这么一个问题："在这样或那样的情况下，你将何去何从？"而反对派则无须承担责任或作出实质的决定。在英国，当反对派有了稳定的地位和年金后，它的思想就会出现堕落。而且，任何持悲观反动的生活观点的人总是被证明是对的，因为乌托邦永远不会到来，而就像吉卜林本人所说的，"传统的诸神"总是会回来。吉卜林将自己出卖给了英国的统治阶级，不是为了金钱，而是出于感情。这扭曲了他的政治判断力，因为英国的统治阶级并非他所想象的那样，这将他引入

---

　　① 欣嫩谷（Gehenna），耶路撒冷城外一处山谷，为犹太人焚烧罪犯尸体的地方，终年烟雾缭绕。

了愚昧和势利的深渊，但他至少尝试过想象什么是行动和责任，这使得他获得了相应的优势。他不机智，不"勇敢"，不想"惊动资产阶级"①，这对他很有利。他所写的东西大部分是陈词滥调，而因为我们生活在一个陈词滥调的世界里，他的言论也就经得起考验。即使他最傻帽的话也似乎没有同一时期的开明人士的言论那么肤浅和令人讨厌，就像王尔德的警句或《人与超人》结尾部分语不惊人死不休的格言集。

---

① 原文是法语"Épater la bourgeoisie"。

评埃德蒙德·威尔逊的《创伤与鞠躬》[①]

　　虽然在这本新的杂文集里埃德蒙德·威尔逊先生的探讨范围从索福克勒斯到海明威，从卡萨诺瓦[②]到埃迪丝·沃顿[③]，但最有价值的是两篇关于狄更斯和吉卜林的长篇研究，两篇文章都进行了原创性的研究或揭示了不为人知的信息。在格拉迪丝·斯托莉小姐[④]的回忆录出版后，威尔逊先生的这本书创作于 1940 年或 1941 年，能够用上之前的狄更斯评论家认为无关紧要或不惜一切代价也要掩饰的传记细节。狄更斯的文学人格——或者可以说，他在文学中的投影——与他的私生活所形成的反差要比大部分作家更加令人困惑，即使威尔逊先生没有得出非常明确的结论，至少他对某些阴暗的地方投射出了一点光亮。

　　狄更斯最长命的女儿佩鲁吉尼太太为父亲写了一篇回忆录，后来她销毁了这篇回忆录，因为它"并没有揭示全部真相"，但后来对格拉迪丝·斯托莉小姐讲述了它的主要内容。它揭示了关于埃伦·劳利斯·特南的事情，在狄更斯的遗嘱中隐约提到了她，事实上，她是他最后那几年的情妇。威尔逊先生观察到一件非常有趣的事

---

① 刊于 1942 年 5 月 10 日《观察者报》。
② 吉亚科莫·吉洛拉莫·卡萨诺瓦（Giacomo Girolamo Casanova，1725—1798），意大利冒险家、作家，代表作有《我的一生的故事》。
③ 埃迪丝·沃顿（Edith Wharton，1862—1937），美国女作家，曾获普利策文学奖，代表作有《无辜的年代》、《月亮一瞥》等。
④ 格拉迪丝·斯托莉（Gladys Storey，1897—1964），英国女作家，代表作有《狄更斯与女儿》、《象征主义与小说》等。

情：这个女孩的名字以改头换面的方式出现在他最后三部小说中（埃斯特拉·普罗维斯、贝拉·维尔弗和赫莲娜·兰德利斯）。值得注意的不是狄更斯包养情妇，而且他对妻子的残忍和对子女们的专制。

> "我爱我的父亲，"佩鲁吉尼太太说道，"甚于世界上的任何男人——当然，方式是不一样的……我爱他，包括他的缺点。"她站起身，朝门口走去，补充道："我的父亲是一个坏人——坏透了。"

这是对《匹克威克外传》的作者奇怪的盖棺定论。如果你以如今唯一重要的文学人格去评判狄更斯，显然他不是一个坏人。他的作品的突出特征是某种天生的善良，在为数不多的章节中，当他没有展现出道德感时，你会立刻感觉到差异。但是，最后一个记住他的人却认为他是一个坏人。你不得不相信某种人格分裂，大卫·科波菲尔要比查尔斯·狄更斯更像是真人。事实上，威尔逊先生暗示狄更斯有着明确的犯罪倾向，这篇文章转而对埃德温·德鲁德的意义进行探讨，关于这个人物威尔逊先生有一套新的而且非常耸人听闻的说法。

狄更斯是一个主旨明确的作家，所有严肃的批评家都注意到了这一点，但他们对于他的"主旨"是道德抑或是政治则存在分歧。在一头是切斯特顿，他几乎成功地将狄更斯描述为一个信奉天主教的中世纪主义者，而另一头是托马斯·阿尔弗雷德·杰克逊[①]先

[①] 托马斯·阿尔弗雷德·杰克逊(Thomas Alfred Jackson, 1879—1955)，英国社会主义党创始人之一，《英国自由的审判》、《辩证法：马克思主义研究》等。

生，他认为狄更斯不仅是完美的马克思主义者，而且——这是一件难度更高的事情——极端的自然主义者。威尔逊先生则处于这两种看法的中间，但更倾向于杰克逊的看法。他指出狄更斯的小说的主题首先体现了他的信仰，然后是他对商业中层阶层的错误认识，这无疑是对的。他提出了一个有趣的观点，在他最后一本完成的小说《我们共同的朋友》里，狄更斯展现了之前从未展现过的对小贵族阶层（雷博恩、特温姆罗）和无产阶级（莉齐·贺萨姆）的同情。但他并没有补充说在《我们共同的朋友》里，狄更斯的思想回到了原地，回到早期的认为个人的慈善行为是包治百病的药方的观念，显然，他对任何政治方案都感到绝望。或许他还过度强调了狄更斯的作品中的象征主义元素，而低估了商业故事创作的技术层面。但除此之外，它是目前评论狄更斯的最好的文章之一。

　　如果那篇关于吉卜林的文章相对不是那么令人满意，或许那是因为吉卜林与我们的时代更接近，因此更容易激起反英情绪。我不知道威尔逊先生是不是那种从不去探访英国以免他们的仇恨会烟消云灭的美国人，但有时候这就是他给人的印象。但是，这篇关于吉卜林的文章包括了一些非常有趣的传记材料。吉卜林在美国呆了几年，最后与别人进行了一场争吵，他的行为非常地不体面。整件事情或许表明他一直坚定不移地笃信暴力。遗憾的是，在其它部分威尔逊先生一心只是探讨吉卜林后期的故事，那些写于1918年之后的故事。无论这些故事拥有什么样的精神上的意趣，那时候的吉卜林已经过气了，这些故事都是杜撰的。威尔逊先生几乎没有提及吉卜林的韵文，显然，他认同广为接受的观点，认为吉卜林主要是一个散文作家。

这本书的其它文章价值稍低一些，但里面有一篇文章对乔伊斯的《芬尼根守灵夜》作了有趣的解读。威尔逊先生的文笔有时候很糟糕，甚至流于低俗，但他是我们这个时代少数让人觉得成熟的文学评论家之一，而且理解马克思的教导，而不是对它全盘拒绝或囫囵吞枣地接受。

评穆尔克·拉杰·安南德的《剑与镰刀》[①]

在这种战争中，我们有一样武器是敌人所没有的，那就是英语。有几门语言的受众人数很多，但只有英语能被称为世界通行的语言。日本在菲律宾的文官组织、中国派往印度的使团、前往柏林的印度民族主义者都得用英语进行沟通。因此，虽然安南德先生的小说如果出自一个英国人的手笔仍然会是一本有趣的书，每阅读几页你一定会记起它也是一个文化上的奇观。以英语进行创作的印度文学的发展是一个奇怪的现象，过去几年来的情况更是如此，或许它无法左右战争本身的结局，但它将会影响战后的世界。

这本小说是《黑水对岸的村庄》的续篇。那个锡克土兵在法国打过仗，作为战俘在德国被关押了几年，后来回到家乡，发现以前自己所幻想的退役后将会得到的奖赏其实是一场骗局——这一部分是因为他被怀疑不忠，另一部分是因为这是所有战争中全体士兵的共同命运。接下来的故事大部分内容讲述的是农民运动和印度共产党的兴起。如今，任何由印度人所写的关于印度的书籍几乎不可避免都是悲情故事。我注意到，安南德先生已经因为被误认为心怀怨恨而为自己惹来了麻烦。事实上，这本书并没有

---

① 刊于 1942 年 7 月《地平线》。穆尔克·拉杰·安南德（Mulk Raj Anand，1905—2004），印度作家，作品多揭露印度等级社会的黑暗，代表作有《印度亲王的私生活》、《七个夏天》等。

太多的怨恨情绪这一点正是从侧面反映了英国人对于印度心怀愧疚。在一本由一位英国知识分子所写关于同一主题的书里，你觉得你会发现什么呢？无休止地以受虐狂的心态谴责他的同胞，并对英印社会进行一系列传统上的丑化，那些叫人无法忍受的觥筹交错的俱乐部生活，等等等等。但是，在印度人的眼中，英国人几乎没有出现。他们只是一种永恒的邪恶，像气候一样被视为天经地义的事情，虽然最终的目标是推翻英国人的统治，那些革命者本身的缺点和内讧几乎被忘却了。这个故事里几乎没有欧洲人的角色出现——这提醒了我们在印度，每千人里只有一个人严格来说是白人——至于那少数几个出场了的欧洲人，他们并没有得到比其他角色更糟糕的待遇。就连印度人也没有得到同情对待，因为这本书大体上的人物刻画就是尖酸刻薄的（只举一个例子，甘地先生的头被形容为"一个紫色的生萝卜"），整本书充斥着印度的忧郁和那些东方国度忍饥挨饿的人们丑陋堕落的恐怖情景。虽然它有一个相对光明的结尾，但这部小说并没有打破关于印度的书读来都令人觉得压抑消极的窠臼。或许它们必须得是这样，才能引起英国读者的良知，因为当世界保持现状时，印度的根本问题，它的贫穷，是无法得到解决的。印度英语文学的特殊氛围在多大程度上是其题材造成的结果很难肯定，但在阅读安南德先生的作品，或艾哈迈德·阿里[①]和其他几位作家的作品时，很难不感觉如今另一门英语方言已经成长起来，或许可以和爱尔兰英语相提并论。下面这个例子可以证明这一点：

---

① 艾哈迈德·阿里（Ahmed Ali, 1910—1994），印度作家、诗人，代表作有《德里的暮光》、《火焰》等。

拉鲁知道自己要为让他们遭受厄运负上责任，他弯下腰，用颤抖的双手竭力想将那几具死尸扛起来。从钱德拉的尸体上散发出的一股腐肉的难闻味道冲上鼻腔，他的双手沾满了南都的脖子上的鲜血。他坐起身，想象着那股味道是森林的植物散发出的病毒滋生的腐烂味道，但当他再次弯下腰时，他仍然无法掩饰那股尸臭的存在。在一刹那间，他意识到虽然南都的血现在是热的，如果一路运到阿拉哈巴德的话，尸体很快就会冷却下来，并散发出恶臭。

这段文字有一种模糊的非英国的气质（比方说，"冲上鼻腔" [shot up to his nostrils] 就不是一句地道的英语），但显然它出自一个很熟悉英语，而且倾向于以英语进行写作的人的手笔。这就引发了未来印度英语文学的问题。目前，英语在很大程度上是印度的官方语言和商业语言，有 500 万印度人通晓英语，有数百万人会半桶水的英语。有大量的英语印度杂志，唯一的完全刊登诗歌的杂志是由印度人编辑的。大体上说，印度人的英文口语和文笔比任何欧洲人都要好。这种情况会继续下去吗？很难想象目前这两个国家的关系将会长久地持续下去，当这一关系不再存在时，学习英语的经济诱因也将不复存在。因此，大体上说，英语在亚洲的命运要么会慢慢淡出，要么会以洋泾浜外语的形式作为商业和技术用语存在下去。或许它会以小规模的混血儿社区的母语形式存在下去，但很难相信它拥有文学意义上的未来。比起一般的英国小说家，安南德先生和艾哈迈德·阿里先生是很优秀的作家，但他们不会有很多继承者。那么，为什么他们的作品在此刻拥有超越其文学品质的重要性呢？一部分原因是他们对西方解读亚洲，但我认为更主要的原因是他们在自己的国人中发挥着传播西方文化的影响。当前，第二个作用比第一个作用更重要的原因如下。

任何不得不与政治宣传打交道的人都知道日本参战后印度的情况发生了骤变。许多印度知识分子，或许是大多数人，在情感上倾向于日本人。在他们的眼中，英国是他们的敌人，中国对他们来说根本算不了什么，俄国人口惠而实不至。但持反英态度的印度知识分子真的愿意看到中国人永远沦为奴隶，苏联被摧毁，欧洲成为纳粹的集中营吗？不，这也是不公平的。这只是因为被征服民族的民族主义一定会是充满仇恨和短视的。如果你与一个印度人讨论这个问题，你会得到这么一个回答："我一半是社会主义者，但另一半是民族主义者。我知道法西斯主义意味着什么，我很清楚我应该和你们站在同一阵营，但我恨透了你们，如果我们能够将你们赶跑的话，我可不在乎接下来会发生什么。我告诉你吧，有很多时候，我一心希望看到中国、日本和印度能携手消灭西方文明，不仅在亚洲，还要在欧洲。"这一观点在有色人种中很普遍。它的情感根源非常明显，它所披着的各种伪装很容易被看穿，但是，它确实存在，对于我们和世界来说它包含着一个很大的危机。对于在印度人中极为普遍的自怜自伤和种族仇恨的唯一回击就是指出除了印度人之外还有其他人遭到压迫。对民族主义的唯一回击就是国际社会主义，而印度人——对所有的亚洲人来说也是如此，只是程度要轻一些——与社会主义文学和社会主义思想的接触大体上说是通过英语进行的。大体上，印度人中坚定的反法西斯主义者的比例与西化的人的比例大致相当。这就是为什么在这份评论的开头我说过英语是战争的一样武器，能让克制法西斯主义世界观的理念得以传播。安南德先生并不喜欢我们，他的几位同志极度痛恨我们，但只要他们用英语抒发出他们的仇恨，他们就是我们的盟友，我们辜负了那些印度人，但我们也帮助他们获得觉醒，以体面的方式与他们和解仍然是有可能的。

评菲利普·巴雷斯的《查尔斯·戴高乐》①

菲利普·巴雷斯先生的书或许可以被视为戴高乐将军的"官方"传记，或许尽了最大努力完整而详细地记述了自由法国运动在当时的情况——那是 1941 年的夏天。它在某些问题上保持沉默，譬如说叙利亚战役和失败的达卡尔远征，但它讲述了许多有价值的法国战败的细节，而且它的优点在于完整地引用了相关文献。

现在众所周知，戴高乐将军对于机械化战争的见解被他的同胞所忽视，却被德国人采纳并付诸实践。他们似乎就是按照五年前出版的戴高乐的作品里的要求创建了装甲师团并用于入侵波兰。在希特勒上台和战争爆发那几年里，戴高乐尽了自己的最大努力进行呼吁，主要是通过保罗·雷诺②进行，要求法国的战争指导思想要比马其诺防线和五百万陆军更加与时俱进。巴雷斯先生在第五章中引用了经过五个月的"虚假"战争之后在 1940 年 1 月他向最高司令部呈递的备忘录。大体上，这份文件确切地预言了接下来几个月所发生的事情。

不消说，他的意见被置若罔闻。直到法国战役之前，戴高乐

---

① 刊于 1942 年 8 月 2 日《观察者报》。菲利普·巴雷斯（Philippe Barrès，1896—1975），法国记者，代表作有《查尔斯·戴高乐》、《他们为国家发言》等。
② 保罗·雷诺（Paul Reynaud，1878—1966），法国政治家，曾担任第三共和国总理，法国沦陷后拒绝与德国人合作，被囚禁于德国，战后获释。

一直很不得意。在法国战役中，他担任一个重要的指挥职位并赢得了几场小胜，但他可以调遣的兵力非常有限。幸运的是，几个星期后他声名大振，那些希望继续战斗的法国人唯他马首是瞻。但是，为什么之前除了德国人之外就没有人听从他的看法呢？这个问题单从技术层面就很容易理解。两场战争的相隔只有 21 年。那些赢得 1914 年战争或以为自己赢得了战争的将军们仍在指挥军队。他们本能地认为一切都没有改变。就好像威灵顿公爵在十九世纪五十年代仍让英国军队和滑铁卢战役时的情况保持一致。而且还有公共舆论的和平主义，由于德国人的胜利而幻灭，以及反应迟钝只会采取防守策略的英国政策。但巴雷斯先生几乎没有触及法国战败的深层次的政治和经济问题。一本像这样的书，在创作的时候战争仍在进行，只能回避某些问题。情况的微妙之处在于，在法国，通敌合作的人都是右翼的政客，而自由法国运动则鱼龙混杂，戴高乐将军本人每天都被电台斥为"犹太马克思主义者"和"共济会成员"。其实他是一个来自乡村贵族阶层的天主教信徒，或许还是一个保皇派。当然，巴雷斯先生不想将某个政治纲领和自由法国运动捆绑在一起。但自从这本书写完之后局势已经朝这个方向迈进了几步。在他的作品中戴高乐俨然成了"祖国"的人格化身，其简单的本能是让所有思想各异的正人君子团结起来抗击外国侵略者。在这个层面上，这本书是很有价值的致敬，这本书的美国译本还有待改善。

评奥多德·加拉弗的《东方的撤退》 ①

虽然这本书对加拉弗先生和他的记者同事的讲述太多而对他们的匆忙行程中所遇到的各个东方民族的讲述太少，但它不乏有趣的内容。作为《每日快报》的战事记者，反击号②被击沉时，加拉弗先生就在船上，而且近距离目睹了马来亚战役和缅甸战役。他不得不讲述一个令人感到意气消沉的故事，但并不令人吃惊，而故事里的坏蛋们当然就是那帮白人老爷和欧洲经理，商业大亨和政府高官，由于他们的惰怠和贪婪，大英帝国的远东行省逐渐衰败糜烂。下面是一则新加坡俱乐部里这些人的写照：

那个欧洲经理就躺在两长排椅子上。每张椅子的扶手上系着两个脚垫，伸得很长，能让坐在上面的人以舒服的角度平伸出双腿。欧洲经理都穿着轻便的浅色外套（不是白色的，你可要记住，因为在新加坡只有欧亚混血儿才会穿白色的衣服，高高在上衣着考究的欧洲经理当然不会这么穿）。深红色的嘴巴张翕着，呼出带着浓烈的咖喱味的气息。肿胀的肚皮高高隆起……

① 原定于 1942 年 9 月《观察者报》发表，最后被撤稿。奥多德·加拉弗（O' Dowd Gallagher），情况不详。

② 反击号（the Repulse）：英国战列巡洋舰，排水量 3 万吨，从一战开始服役，1941 年 12 月 10 日被日军击沉。

新加坡的商人所得税的上限是 8%，他们一如既往地继续打高尔夫球、喝杜松子酒和跳舞，而驻守丛林里受发烧所苦的士兵们吃的是面包加果酱，喝的是加氯消毒的清水。缅甸的情况也是一样——一支装备低劣寡不敌众的军队，后面是一帮轻浮无能的政府官员，让人看到希望的迹象只有部队的士气和英国皇家空军与美籍志愿大队①的英勇战斗和基层官吏的奉献和创举，他们包括英国人、印度人和欧亚混血儿。

经历了两次空袭后，加拉弗先生估计有 30 万人逃离了仰光——就连政府也估计人数达到 20 万人，虽然轰炸的规模按照我们的标准根本算不了什么。自此之后，缅甸的防御变得比以往更加绝望，因为劳动力严重匮乏。船只根本无法装卸，原本准备运往中国的数千吨美式军备只能在日军抵达之前被销毁。加拉弗先生提出两个指控，普通读者无从考证，但应该对它们进行调查。一个指控是形势一早就陷入绝望的情况下，尽管韦维尔将军一再提出抗议，仍然有新的部队被派遣到新加坡，而他希望将这些部队转移到缅甸。另一个指控是蒋介石派遣部队到缅甸的提议被勉强接受，而且为时已晚。从他的描写看，在撤退时存在着严重的徇私偏袒。欧洲人，至少是欧洲女人，基本上都能够被交通工具撤走，而印度人只能自谋生路。书里有一段很有意思的章节，描写了 4 000 个印度难民行经 1 200 英里回到印度，一行人全无武器，缅甸的强盗每晚都会对他们进行洗劫，并将落单的人杀掉。

加拉弗先生还在缅甸与中国的军队生活过一段时日，并经历

---

① 美籍志愿大队（the American Volunteer Group）：由美军退役军官陈纳德上尉创建的空军部队，别称飞虎队。

了曼谷轰炸。不幸的是，他对缅甸平民的政治态度所言甚少，而关于这个重要的问题有互相矛盾的说法。除此之外，他的这本书是很有价值的纪实报道，能够让我们了解到过去二十年来应该去了解的内情。

评赫伯特·雷吉纳德·罗宾森上尉的
《现代德·昆西》①

　　虽然这本书在其它方面配不上这个书名,但它有一条理由:它的作者就像德·昆西一样,对自己吸食鸦片的反应很感兴趣。他是驻扎印度军队的军官,隶属于缅甸军警,在 1923 年被解职,在曼德勒生活了几年,就只是抽鸦片,不过中间短暂地当过一回和尚,尝试过勘探金矿和做租车生意,但都没有成功。他回过英国一段时间,想戒掉抽鸦片,但没有戒掉,然后他回去曼德勒,因为负债累累而尝试自杀——他失败了,而且下场很惨,因为他没有像设想的那样让脑袋开花,而是把两颗眼珠子给轰掉了,终身失明。

　　这些粗略的概括对罗宾森上尉这本书并不会不公允,它有大段大段的叙述吸食鸦片之乐的描写,对很多事情没有进行解释。那些 1923 年在曼德勒认识作者的人根本无法理解为什么一个健康快乐的年轻人会让自己染上这么一个萎靡而且罕见——对于欧洲人来说——的恶习。对于这一点这本书并没有作进一步的解释。罗宾森上尉只是说有一天晚上他在曼德勒看到几个中国人在抽鸦

---

① 刊于 1942 年 9 月 13 日《观察者报》。赫伯特·雷吉纳德·罗宾森(Herbert Reginald Robinson),情况不详。托马斯·彭森·德·昆西(Thomas Penson De Quincey, 1785—1859),英国作家,代表作有《一个英国鸦片鬼的自白》、《论谋杀作为一门艺术》,被认为是英国病态文学的鼻祖。

片，决定尝试一下那是什么滋味，然后就成了一个鸦片鬼。一定还有其它原因想要摆脱现实生活，但从来没有提及，不过线索或许可以在书中的前半部分找到，那时候罗宾森上尉在缅甸东北地区的鲜为人知的部落担任边境治安法官。

抽鸦片的快乐是什么呢？不幸的是，和其它快乐一样，那是无法描述的。描述鸦片鬼没有鸦片抽时的惨状更容易一些。他觉得燥热烦闷，然后呵欠连连，最后像狗一样惨叫。那种惨叫难听得当一个鸦片鬼被关在印度监狱里时，总是会违法给他减量的鸦片让他保持安静。和其他鸦片鬼一样，罗宾森上尉觉得当药力发作时，他似乎得到了神圣的智慧。他觉得自己不仅洞悉宇宙的秘密，而且能够将这个秘密用一句话表达出来，但当他醒来的时候就不记得了。有一天晚上，为了让自己记住它，他躺下抽大烟时准备了纸笔。结果，那个体现了一切智慧的句子是："香蕉妙，香蕉皮更妙。"

这本书是对鸦片文学的并非毫无价值的作品。它的文字很一般，但事实都是真的。光是描写尝试自杀的那一幕就值得去写这本书了。知道在死亡面前思维如何运作是很有趣的事情——譬如说，一个准备好让自己脑袋开花的人还很担心会留下难看的伤口。那些以前认识罗宾森上尉的人会很高兴知道他还活着，而且能在书的最前面看到他的照片——他完全戒掉了抽鸦片的恶习，而且显然适应得很好很开心，虽然成了瞎子。

托马斯·斯特恩斯·艾略特[①]

艾略特后期的作品对我并没有产生多少触动。这番话是对我自身缺陷的坦白，但情况并不像乍眼看上去的那样，表示我应该就此闭口不言，因为我本人反应的改变或许表明某个值得探究的外部改变。

我对艾略特的早期作品有相当的了解。我不是好整以暇地坐下来对它进行研究——就像任何真的朗朗上口的抒情诗或散文一样，它就留在我的脑海里。有时候，只需要读过一次就能将有二三十行的整整一首诗记下来，记忆的运作在部分程度上是重新构造。但至于这三首最新的诗作，我想自从它们出版后每首我已经读过两三遍，在内容上我记得多少呢？"时间与钟声埋葬了这一天"、"在这个旋转的世界静止的点上"、"海燕与海豚的广袤水域"和那篇以"噢、黑暗、黑暗、黑暗。他们全都陷入了黑暗"开头的散文。（我没有把"我的终点就是我的起点"这句话算在内，它是一句引文。）这些就是自发留在我的脑海里的内容。你不能拿这个作为《焚毁的诺顿》和其它两首诗要比早期更容易记住的诗作逊色的证明，你甚至可以拿它作为相反情况的证明，因为你可以争辩说容易记住的诗句表明它内容直白粗俗。但显然，有什么东西没有了，某个潮流被切断了，前后的诗歌并没有呼应，即使

---

① 刊于 1942 年 10 月—11 月号《伦敦诗艺》。

有人声称它是建立在前者之上的改善。我认为你可以将其解释为艾略特先生的主题的退化。在进行更加深入的探讨之前，这里有两段节选的内容，在意思上很接近，能够进行比较。第一段出自《干燥的萨尔维吉斯》的结尾部分。

> 正确的行动就是自由，
>
> 过去如是，未来亦如是。
>
> 对于我们中的大部分人来说，这就是目标。
>
> 它从未在这里实现，
>
> 我们只是未被击败，
>
> 因为我们一直在尝试；
>
> 我们终于志得意满，
>
> 如果我们此生能够回归，
>
> （不要远离那棵紫衫）
>
> 去滋养重要的土地的生命。

下面是另一首成文早得多的诗作的节选：

> 是水仙花球而不是球，
>
> 他的眼眸凝视着！
>
> 他知道缠绕着死去的肢体的想法，
>
> 紧紧地揽住它的欲望和奢侈；
>
> 他知道骨髓的痛苦，
>
> 骷髅的冷战；
>
> 无法接触到肉体，

缓和了骨头的炽热。

可以对这两段节选的内容进行比较，因为它们探讨的是同一个主题，那就是死亡。第一段诗是更长一段诗文的延续，诗中写到一切科学研究都是荒谬的，与算命是同一层次幼稚的迷信，而唯一能理解宇宙奥妙的人是圣人，剩下的我们这些人只能沦落到"胡思乱想"的地步。结尾部分的基调是"放弃"。生命有其意义，而死亡也有其意义，不幸的是，我们不知道它是什么；但当我们躺在郊野墓地里，滋养着紫杉木下的番红花，或别的什么东西的时候，它的存在本身应该就足以给我们带来安慰了。但现在读一读我所引用的另外两节诗。虽然带有模仿某人的痕迹，它们或许表达了艾略特本人在那个时候对于死亡的观感，至少是在某种心情下的观感。它们没有声言"放弃"。恰恰相反，它们道出了对于死亡的异教徒式的态度，认为阴间是一个幽暗的世界，那里尽是干瘪的、发出尖叫的游魂野鬼，对生人充满嫉恨，相信无论生活多么糟糕，死亡只会更糟。对死亡的这一概念似乎古已有之，如今在某种意义上很普遍。"骨髓的痛苦，骷髅的冷战"，贺拉斯著名的颂歌《啊，逝去》和布伦姆在参加帕蒂·迪格南①的葬礼时没有说出口的念头都表达出相似的意思。只要人认为自己是一个个体，他对死亡的态度必定就只是憎恨。无论这有多么不能令人满意，如果是出于真情实感，它就比并非出于真诚而是违背情感的宗教信仰更有可能催生出优秀的文学作品。比较上面我所

---

① 布伦姆(Bloom)与帕蒂·迪格南(Paddy Dignam)是詹姆斯·乔伊斯的作品《尤利西斯》中的人物。

引用的两段节选，在我看来似乎能够得出这一结论。我认为，毫无疑问，第二首诗是更出色的抒情诗，它拥有更加激烈的情怀，虽然有点滑稽的色彩。

这三首诗，《焚毁的诺顿》和其它两首诗，是"关于什么"呢？这不是很好回答，但它们表面上看似乎是描写和艾略特先生的祖辈有关的英国和美国的地方，中间夹杂着对于自然和生命的意义的阴郁沉思，而结论就是我上面提到过的语焉不详的内容。生命拥有"意义"，但它不是让人感到愉悦的意义；人拥有信仰，但没有太大的希望，而且绝对感受不到热情。艾略特先生的早期诗作的主题与之非常不同。它们并没有充满希望，但也不至于压抑。如果你想以对立法进行探讨，你或许会说后一首诗表达了忧郁的信仰，而前一首诗体现了灼热的绝望。它们植根于现代人的两难境地，他们对生活感到绝望，又不想死去。此外，它们表达了一个过度文明化的知识分子面对机器文明的丑陋和精神空虚时心里的恐惧。它的基调并不是"不要远离那棵紫杉"，而是"哭泣的哭泣的众人"或"脏兮兮的手上的断甲"。自然而然地，这些诗作刚刚刊登时被贬斥为"堕落"，当这些斥责刚刚消减时，人们就发现艾略特有政治和社会的反动倾向。但是，在某种意义上，"堕落"这一指控不无道理。显然，这些诗歌是最终的产物，是一种文化传统的最后叹息，是只为那些富有教养的食利阶层的第三代，那些能够感知和批判但不再有能力作出行动的人而写的。爱德华·摩根·福斯特在《普鲁弗洛克》刚刚刊登时就予以褒扬，因为"它为没有获得成功的弱者而歌唱"，而且因为它"没有沾染公众精神"（这番话是在另一场战争期间说的，那时候的公众精神要比现在暴戾得多)。任何要维持比一代人更久的社会所必须依赖的品质——勤勉、勇气、爱国主义、节俭、多子多福——显然在艾略特的早期诗作中没有立足之地。里面只体现了食利阶层的价值观,那些人太斯文了,不会去工作、打仗甚至生儿育女。但这是写出一首值得诵读的诗必须付出的代价,至少在当时是这样。慵懒、讽刺、怀疑、厌恶的心情和没有斯奎尔①和赫伯特②式的活力四射的热情,正是敏感的人所感受到的。在诗歌中只有字词才重要,"含义"根本无关紧要,但事实上每首诗都有其含义,一首好诗总是表达了诗人迫切想表达的意思,所有的艺术在某种程度上是在进行宣传。《普鲁弗洛克》表达了空虚,但它也是一首充满了活力和力量的好诗,结尾的那一节充满了火箭迸发的激情:

> 我曾见到他们踏浪朝海上而去,
> 梳理着回潮的白发,
> 当风将海水吹成黑白两色。

> 我们已经流连于海的内庭,
> 身边是披着红棕色海草的海女,
> 直到人的声音将我们唤醒,我们就淹死了。

它与后来的诗很不一样,虽然这些诗句所赖以建立的食利阶

---

① 约翰·科林斯·斯奎尔(John Collings Squire, 1884—1958),英国诗人、作家、编辑,代表作有《花语:文学作品的文字与形式》、《反思与回忆》等。
② 艾伦·帕特里克·赫伯特(Alan Patrick Herbert, 1890—1971),英国作家,代表作有《秘密的战斗》、《泰晤士河》等。

层的绝望已经被有意识地抛弃了。

但问题是，只有年轻人才会萌发有意识的空虚。你不能"一辈子都在绝望"，直到老去。你不能一直"堕落"下去，因为堕落意味着很快就会跌入谷底。迟早你会被迫树立起对待生活和社会的积极态度。要说我们这个时代的每一个诗人要么早夭，要么皈依天主教或加入共产党或许太过武断，但这些思想都是为了摆脱空虚的意识。除了生理上的死亡之外，还有其它死亡形式。除了天主教会和共产党之外，还有其它教派和信条，但过了一定的年龄，一个人确实要么会停止写作，要么会将自己奉献给并非完全出于审美价值的目的。这么一种奉献必然意味着与过去决裂：

> ……每一次尝试，
> 都是全新的开始，和不同的失败，
> 因为你只学会了战胜一个你不再需要去诉说的事物的
> 表达词语，或是你不再愿意用来诉说它的
> 表达方式。因此，每一次冒险
> 都是新的开始，对无法表达的事物的进击
> 带着每况愈下的低劣装备，
> 在一团散沙的粗糙的情感中，
> 一群漫无纪律的感情的散兵游勇。

艾略特对个人主义的逃避是躲进教会里，具体地说是躲进圣公会的教会里。你不应该认为现在他所表现出的消沉的贝当主义是他皈依教会不可避免的结果。英国天主教运动并没有向信徒倡导任何政治上的"纲领"，他的作品一直都有反动倾向或亲法西斯

倾向，特别是他的散文作品。理论上一个人有可能成为一个正统的宗教信徒，且不会在这个过程中被戕害思想。但这并不是容易的事情，实际上，由正统信徒所写的书和正统斯大林主义者或其他没有思想自由的人所写的书一样，总是展现出同样促狭的思想。原因是，基督教会仍然要求信徒对他并不是真心信仰的教条表示认同。最明显的例子就是灵魂的不朽。基督教的护教者所提出的众多关于个体不朽的"证据"在思想上根本无足轻重。重要的是，如今几乎没有人在思想上觉得自己是不朽的。在某种意义上，他们或许"相信"有来生，但它与几个世纪前人们心目中的来生并不是同一回事。譬如说，将这三首阴郁含糊的诗与《耶路撒冷我的快乐家园》相比较——这样的比较并非全然没有意义。从后者你会了解到对于一个人来说，来世和今生是一样真切的。确实，他对来生的描绘是极其粗俗的——就像是在珠宝店里排练合唱——但他相信自己所写的内容，他的信仰赋予了他的文字以活力。而从前者你会看到一个并没有真心信仰的人，只是出于复杂的原因而认同它。它本身并没有赋予他任何鲜活的文学上的冲动。到了某个阶段，他觉得必须要有"目标"，他想要的是反动而不是进步的"目标"，那么，教会就是最方便的避难所，它要求它的信徒信奉思想上的荒谬，因此他的作品就成了围绕着这些荒谬的喋喋不休的话语，试图让它们能被自己接受。如今教会无法再提供鲜活的形象和新的词语：

　　剩下的就只有祈祷、仪式、纪律、思想和行动。

或许我们确实需要祈祷和仪式，但把这几个字串在一起，你写出的不是一行诗。

艾略特先生还说道：

> 与词语和含义进行无法忍受的角力。
> 诗歌并不重要。

我不知道。但我能够想象，如果他能找到某种不会强迫一个人去相信难以置信的事情的信仰，那么与含义进行的斗争会越来越远，而诗歌应该变得更加重要。

很难说艾略特先生原本是否有可能踏上一条截然不同的发展道路。每一个优秀的作家究其一生都会经历发展变化，其大致方向是命中注定的。像某些左翼批评家那样攻讦艾略特是"反动分子"，认为他原本可以将其才华用于促进民主和社会主义是滑稽的想法。显然，对民主的怀疑和对"进步"的不信任是他与生俱来的品质，没有这两者的话，他可能一行诗也写不出来。但是，或许可以说他原本可以在他那番著名的"英国国教信徒和保皇党"宣言所暗示的方向走得更远一些。他不可能成为一名社会主义者，但他原本可以成为贵族制度的最后的辩护者。

封建主义和法西斯主义对散文家是致命的，但对于诗人并非如此。对于散文家和诗人来说，真正致命的是当代半吊子的保守主义。

如果艾略特全心全意地遵循自己心中的反民主和反完美主义信念，或许他能创造出和先前的文风媲美的新风格。但负面的贝当主义，一心只看着过去，接受失败，认为人间的快乐不可能实现，喃喃地进行祈祷和忏悔，认为将生命视为"坎特伯雷的女人子宫里的蠕虫"的活法就是精神上的进步——这确实是一个诗人所能走上的最为绝望的道路。

乔治·奥威尔与乔纳森·斯威夫特的幻想采访①

奥威尔：我那本乔纳森作品是在 1730 年至 1740 年间出版的。分为 12 卷，封面是质地稍差不能用于制衣的小牛皮。它不太好读，墨水褪色了，而且那些拉长的字母 S 看上去很别扭，但比起我所见过的所有现代版本，我更喜欢这一套。当我打开它，闻到旧纸张带着尘土的味道，看到那些木版插画和歪歪曲曲的大写字母，我几乎感觉得到斯威夫特就在和我说话。我的脑海里清晰地浮现出他的模样：穿着及膝的马裤，戴着三角帽，拿着鼻烟盒，戴着他在《格列佛游记》里写到的眼镜，虽然我想我从未见过他的肖像画。他的文风似乎让你知道他有怎样的声线。举个例子，下面是他的《随想集》中的一篇——《当一个真正的天才来到这个世界……》。

斯威夫特（语带轻蔑）："当一个真正的天才来到这个世界，你或许能通过这个万验万灵的特征知道他：所有的傻瓜都联合起来和他作对。"

奥威尔："如我所料，你果然戴着假发，斯威夫特博士。"

斯威夫特："你有我的作品的第一版合集？"

奥威尔："是的，我是在一家庄院进行拍卖时花 5 先令买

① 1942 年 11 月 6 日英国广播电台非洲节目。

到的。"

斯威夫特："我要警告你，小心所有的当代版本。包括我的几本《游记》。我被那些该死的无良编辑害苦了，我相信没有哪个作家有过这等遭遇。尤为不幸的是，我总是落在那些神职人员编辑的手中，他们认为我让他们难堪。早在鲍德勒医生①出世之前他们就对我的作品删删改改。"

奥威尔："斯威夫特博士，你要知道，你搞得他们很难堪。他们知道你是我们最伟大的散文家，但你所说的那些话和探讨的主题是他们所不认同的。从某种意义上说，连我自己也不能认同。"

斯威夫特："我感到非常抱歉，阁下。"

奥威尔："我相信比起所有其它作品，《格列佛游记》对我的意义是最深刻的。我不记得是什么时候第一次读到它的，那时候我最多只有八岁，从此它就一直和我在一起，每年我都要重读一遍，至少会读其中的一部分。"

斯威夫特："荣幸之至。"

奥威尔："但就连我也觉得您未免太夸张了一些，而且对人性和自己的祖国太过苛刻了。"

斯威夫特："嗯！"

奥威尔："比方说，这段话一直印在我的记忆里——有如骨鲠在喉。那是《格列佛游记》第二卷第十六章的结尾部分。格列佛向大人国的国王讲述了关于英国生活的长篇大论。国王听他讲完后，将他放在手中，轻轻地抚弄着他，然后说道——等等，我这

---

① 托马斯·鲍德勒(Thomas Bowdler，1754—1825)，英国医生，曾出版《莎士比亚作品家庭版》，对内容进行了删减改动。

儿就有这本书。但或许你自己就记得这一段。"

斯威夫特："啊,是的。'听你所说,似乎要在你们当中谋得官位不需要有什么美德,而那些贵族就更加没有美德可言,(抬高了嗓门)牧师的晋升不是因为虔诚或博学,士兵的晋升不是因为勇猛或战功,法官的晋升不是因为正直或公平,参议员的晋升不是因为智慧……(声音平静了一些)我煞费苦心从你的口中套到的话,我只能总结认为,你的同胞里大部分人是自然界孕育的(渐渐抬高了嗓门)危害最大的歹毒且卑微可憎的寄生虫。'"

奥威尔："我认同你使用'危害'、'可憎'和'歹毒'这些词语,斯威夫特博士,但我要抗议的是'最'这个字眼。'危害最大'。我们这个岛国的人民真的要比世界上其它地方的人更坏吗?"

斯威夫特："不是的,但我对你们的了解要大于我对世界上其它地方的人的了解。我在创作时,所遵循的原则是,如果真有哪种动物比你们更加低劣,我实在是想象不出来。"

奥威尔："那是两百年前的事情了。你一定会承认从那时候到现在,我们已经取得一定程度的进步了吧?"

斯威夫特："数量上是进步了。大楼更高了,车子跑得更快了,人更多了,做出的傻事更过分了。以前一场战斗会死上千人,现在一场战斗会死上百万人。至于那些伟人,你们仍然这么称呼他们,我承认你们这个时代的大人物要比我的时代的大人物更加出色。(以喜滋滋的讽刺语气)在以前,某个小暴君摧毁一个城市,并洗劫六七个城镇的话,就已经被视为最臭名昭著的人物,而如今你们的大人物能摧毁整个大陆,让所有的人种沦为奴隶。"

奥威尔："我正想说这个。有一件事我想为我的祖国说句好话,那就是,我们没有产生大人物,也不喜欢战争。在您死后出现了名为'极权主义'的事物。"

斯威夫特："一个新事物?"

奥威尔："严格来说并不新,只是现代武器和现代通讯方式使它变得可行。霍布斯①和其它十七世纪的作家预见到了它。你本人也以非凡的远见卓识写过关于它的内容。《格列佛游记》第三部里面有几个章节让我觉得我在阅读国会大厦纵火案审判的描述。但我现在想到的是第四部里面的一个章节,那匹担任格列佛主人的慧骃告诉他耶胡的习惯和风俗。似乎耶胡的每一个部落都有一个领导或首领,这个领导喜欢身边有一帮阿谀奉承的人。那匹慧骃说:——"

斯威夫特(低声说道):"他曾听闻,事实上,是某一匹好奇的慧骃观察到的,在大部分群体里都有一头实施统治的耶胡,比起其它耶胡,它的形体总是更加畸形,性情更加乖张。这个领袖总是(声音很温和)有一位亲信,与它最为接近。它的主要职责就是给主人舔脚和将母耶胡拐到他的巢穴里,而他的报酬就是时不时吃到一块臀部的肥肉。整个部落都痛恨这个心腹,因此,为了保护自己,他总是跟在领导的身边。这个领袖一直在位,直到一个更卑劣的领袖出现,但当它被抛弃时,它的继任者会带着当地所有的耶胡,包括男女老少,一齐过来,并且……"

奥威尔："这个我们就不说了罢。"

---

① 托马斯·霍布斯(Thomas Hobbes, 1588—1679),英国哲学家,代表作有《利维坦》、《论人的本质》等。

斯威夫特:"谢谢,鲍德勒医生。"

奥威尔:"每当我想到戈培尔或里宾特洛甫,或想到拉沃尔先生①时,我就会记起这段话。但纵观整个世界,你发现人仍像一头耶胡吗?"

斯威夫特:"到这儿来的一路上我仔细观察了伦敦人,我向你保证,我觉得没有什么不同。我看到身边同样是那些丑陋的脸,走样的身材和不合身的衣服,和两百年前在伦敦看到的情形一样。"

奥威尔:"就算人没有变,这座城市有所改变吧?"

斯威夫特:"噢,变化可大了。许多我和教皇在夏天的傍晚去散步的绿地如今成了砖头和灰泥的大杂院,为的是给耶胡筑窝。"

奥威尔:"但这座城市变得比你的时代更加安全更有秩序了。现在即使到了晚上你也可以到处走走,不用害怕被别人割喉。你应该承认有所进步,虽然我猜想你不愿意承认。而且,它变得更干净了。在你的时代,伦敦仍然有麻风病人,更不必提瘟疫肆虐了。如今我们很多人有了浴室,女人不会一个月才洗一次头发,拿着小小的银棒挠头。你记得写过一首名为《春闺风光》的诗吗?"

斯威夫特:"相思者发现闺房无人,

贝蒂干别的事情去了,

于是他溜了进去,细细地查看,

里面所有的东西,

_____

① 皮埃尔·拉沃尔(Pierre Laval,1883—1945),法国政治家,二战时法国沦陷后与维希政权合作,并签署文件,将法国境内的犹太人运往德国集中营处死。二战后被判叛国罪并遭到处决。

为了清楚地讲述风光，

列出清单如下。"

奥威尔："不幸的是，我觉得那些东西实在是不能在大庭广众之下启齿。"

斯威夫特："可怜的鲍德勒医生！"

奥威尔："但重要的是，你现在会写那首诗吗？坦白告诉我，我们还像以前那么难闻吗？"

斯威夫特："味道肯定是不一样了。走在街上时，我留意到一种新的味道……"（嗅闻着）

奥威尔："那叫做汽油味。但难道你不觉得人民大众比以前更有智慧，或至少受教育程度更高了？报纸和电台呢？它们肯定多少开启了一些民智吧？比方说，现在英国不识字的人已经很少了。"

斯威夫特："这就是为什么他们那么容易受骗。（抬高了嗓门）你们两百年前的祖先尽是一帮野蛮迷信之人，但他们并不会那么轻易就相信（声音温和了下来）你们的日报。你似乎知道我的作品，或许你记得我写过的另一篇小东西，一篇关于'绅士和雅致对话'的散文吧？"

奥威尔："我当然记得很清楚。那是在描写时尚的夫人和绅士在谈话——令人瞠目结舌的废话，说了足足有六个小时没有停歇。"

斯威夫特："在我到这儿的路上，我参观了你们那些时尚的俱乐部和郊区的咖啡厅，倾听着那些对话。我还以为我那篇短文在被人戏仿呢。如果要说有什么改变的话，只是英语失去了一部分朴实自然的品质了。"

奥威尔："那过去这两百年来的科学和技术的进步呢——火车、汽车、飞机，等等等等？难道你不觉得这是进步吗？"

斯威夫特："到这儿来的时候我已经过了齐普赛街。它几乎不复存在了。在圣保罗教堂那儿只有一英亩的废墟。圣殿几乎被夷平了，外面的那座小教堂只剩下一座空壳。我说的只是我知道的地方，但我相信伦敦到处都一样。这就是你们的机器为你们实现的事情。"

奥威尔："斯威夫特博士，我实在是辩不过你，但我仍然觉得，你的观点里有着深刻的缺陷。你记得当格列佛向大人国的国王讲述大炮和火药时后者说了些什么吗？"

斯威夫特："听到我所描述的那些可怕的机器和我的提议时，国王惊恐万分。他诧异地觉得我这么一只软弱无能奴颜婢膝的小虫（这就是他的印象）会有这些灭绝人性的念头，对我所描绘的那些毁灭性武器的一幕幕血腥和荒芜的情景如此熟悉而且无动于衷。这时他说道，邪恶的天才是人类的敌人，是罪恶的始作俑者。他抗议道，至于他自己，虽然从事艺术或进行发明是最令他开心的事情，但他宁愿失去半个王国，也不愿了解这个秘密，他命令我如果我想保住自己的性命，就再也不能提起这些事情。"

奥威尔："我想那位国王会对坦克和芥子毒气说出更愤愤不平的话。但我不禁会觉得他的态度，还有你的态度，展现出某种程度上的缺乏好奇。或许你最精彩的描写是《格列佛游记》第三部中对科学院的讲述。但不管怎样，你错了。你以为科学研究的整个过程是荒唐的，因为你不相信它会产生任何实质性的结果。但那些结果终究还是出现了。现代机器文明已经到来，不管它是好是坏。如今在身体的舒适程度上，最穷的人也要比撒克逊时代的贵族生活得更好，甚至比安妮女王统治的时候还要好一些。"

斯威夫特："那对真正的知识或真正的艺术有帮助吗？让我再提醒你另一句我说过的话：'最伟大的发明是在蒙昧时代出现的：指南针、火药和印刷，是由最不开化的民族发明的，如日耳曼人。'"

奥威尔："现在我知道我们是在哪里出现分歧的了，斯威夫特博士。我相信人类社会和人的本性是可以改变的。而你却不相信。在经过法国大革命和俄国革命之后，你仍然这么认为吗？"

斯威夫特："你很清楚我的结论是什么。我写在《格列佛游记》的最后一页，但我要再强调一遍：'要我认同那些耶胡并不是什么难事，如果它们能只沉溺于自然让它们与生俱来的恶习和愚昧中。看到一个律师、扒手、中校、笨蛋、贵族、赌徒、政治家、皮条客、医生、告密者、唆使者、律师、卖国贼或诸如此类的人，我根本不会发怒，这些都是天经地义的事情。但当我看到被骄傲摧毁的肉体和灵魂的畸形与疾病，我就会立刻失去耐心，而且，我从来无法理解这么一种动物……'"（声音渐渐减弱）

奥威尔："啊，他正在消失！斯威夫特博士！斯威夫特博士！这就是你最后的话吗？"

斯威夫特（声音略为转强一些，但最终仍渐渐减弱）："而且，我从来无法理解这么一种动物和这么一种恶习能彼此相容。因此，我在此恳求那些沾染上这种荒诞的恶习的人，不要出现在我的面前。"

奥威尔："他消失了。我发现他并没有什么改变。他是个了不起的人，但他在部分程度上是盲目的。他一次只能看到一件事情。他对人类社会极具洞察力，但最终那番分析是错误的。他看不到头脑最简单的人能看到的事情：生命是值得继续的，即使人类肮脏而且可笑，大部分人是体面的。但话又说回来，如果他真的能看到这一点，我想他就不会写出《格列佛游记》了。啊，好了，愿他在都柏林安息，在他的墓志铭上写着：'在这里激烈的义愤再也无法令他伤心。'①"

斯威夫特："在这里激烈的义愤再也无法令他伤心。"

---

① 原文是拉丁文 "*Ubi saeva indignatio ulterius cor lacerare nequit*"。

评巴兹尔·亨利·李德尔·哈特的《英国的战略》[①]

巴兹尔·亨利·李德尔·哈特是一位英国军人、军事历史学家和杰出的国际战争理论家。这本经过修订和重印的文集搜集了自 1932 年以来所写的文章，在很大程度上堪称一本在两次战争之间英国军队演变的历史书。不过，开头的几个章节对英国的传统战略所进行的考察是该书最有趣、最引人入胜的部分，也是当前最重要的内容。军队机械化的战斗已经获得胜利，至少在理论上是这样。但关于第二战场的争议仍吵得热火朝天，而李德尔·哈特上尉的理论与这个问题密切相关。

那个已经被我们摒弃，但李德尔·哈特上尉暗示我们应该回归的传统战略是什么呢？简而言之，该战略倡导间接进攻和有限目标。十八世纪的英国奉行掠夺战争，这个战略获得了巨大的成功，直到 1914 年的前十年才被摒弃，那时英国与法国达成了全方位的同盟。它的战术主要是商业上的。你靠禁运、海盗劫掠和海上突击对敌人实施进攻。你避免征集一支庞大的军队，尽可能将陆地作战留给大陆的盟军，而你提供资助帮助其运作。当你的盟军为你打仗时，你抢占敌人的海外贸易，占领它的外围殖民地。

[①] 1942 年 11 月 21 日刊于《新政治家与国家》。巴兹尔·亨利·李德尔·哈特(Basil Henry Liddell Hart，1895—1970)，英国军事史家，对装甲战有深入研究，代表作有《战争的革命》、《拿破仑的幽灵》等。

合适的时机一出现，你就缔结和平，或者保留你已经占领的土地，或者利用这些土地作为讨价还价的筹码。事实上，这是两百年来英国标志性的战略，"背信弃义的阿尔比恩①"这个绰号绝对没有起错，至于别的国家也不遑多让。十八世纪的战争充满了市侩精神，使得正常的进程被逆转过来，在后世的眼中它们比在那些亲身参与其中的人眼中更具有意识形态色彩。但不管怎样，有限的战略目标是不大可能获得成功的，除非你愿意在有利可图的时候背叛盟友。

众所周知，在1914—1918年，我们背离了过去，让我们的战略服从于盟友的战略，付出了一百万人死亡的代价。李德尔·哈特上尉对此的评价是：从战争的条件中我总找不到对我们的改变令人满意的解释。导致历史政策发生根本性改变的原因似乎没有出现。因此你会发现受克劳斯维茨启发的军事思维方式导致了变化。克劳斯维茨是军事思想的怪才。他教导过，或人们认为他曾经教导过，恰当的战略就是向你最强的敌人发起进攻，只有通过战斗才能解决问题，流血是胜利的代价。英国被这一理论所吸引，将自己的海军列为候补军队，抓起了大陆锻造的这把精光闪耀的利剑。

将历史的改变归结于某个理论家是无法令人满意的，因为理论只有在物质条件允许的情况下才能起作用。如果英国在至少四年的时间里不再是背信弃义的阿尔比恩，那是比亨利·威尔逊爵士②与法国总参谋部进行合作的更加深层的原因。首先，我们的传

---

① 阿尔比恩（Albion）是不列颠群岛的古称。

② 亨利·休斯·威尔逊（Henry Hughes Wilson，1864—1922），爱尔兰裔英国陆军元帅，一战时负责英军与法军的沟通斡旋，后担任皇家总参谋部参谋长一职，北爱尔兰成立后，担任北爱尔兰政府的安全顾问，后被爱尔兰极端分子暗杀。

统战略还行不行得通很值得怀疑。在以前它确实依赖均势政策，但自从 1870 年以来情况变得越来越不稳定，而地理上的优势也被现代技术的发展所削弱。1890 年之后，英国不再是唯一的海上强权，而且，海上战争的范围缩小了。抛弃风帆之后，海军的机动性下降了；水雷发明后，内海无法航行了；海上封锁的效果也下降了，因为科学发明了代替品，农业实现了机械化。现代德国崛起之后，我们再也不可能放弃欧洲的盟友，而盟友们会坚持的事情就是，你必须承担起应有的战斗责任。在战争需要每一个交战国完全投入时，金钱援助已经失去了意义。

但是，这几篇振奋人心的文章的真正缺点在于李德尔·哈特上尉不愿意承认战争的性质已经改变了。有限目标的战略暗示着你的敌人和你是同一类人，你希望从他身上捞点好处，但你没有必要为了自己的安全而消灭他，或干预他的内政。十八世纪存在这些条件，即使到拿破仑战争的末期也是一样，但如今我们生活在原子化的世界里，这些条件已经消失了。李德尔·哈特上尉在1932 年写书时可以这么问：由于各国不再消灭或奴役战败国。绝对战争这种事情到底是否存在？问题是，各国并没有停止这么做。在 1932 年，奴隶制似乎就像食人族一样遥远，到了 1942 年大家都看到它正卷土重来，在这种情况下不可能进行旧式的、有限度的逐利战争，目的只是为了保护英国的利益，一有合适的机会就缔结和平。正如墨索里尼所说的，民主体制与极权体制誓不两立。有一个奇怪的事实没有得到深入的探讨，那就是，在当前这场战争中，英国直到目前一直以李德尔·哈特上尉所倡导的战略在打仗。我们没有进行大规模的欧洲大陆战役，我们只是一而再再而三地利用盟友，我们占领的土地要比我们所失去的大得多，或许也富裕得多。但是，李德尔·哈特上尉或其他人都不会从这一点出发，说战争的进展对我们来说很顺利。没有人会说，我们应该席卷法国和意大利剩余的殖民地，然后和德国谈判媾和就可以了，因为即使是最无知的人也看得出这样的和平是不会长久的。只有摧毁德国现在的政治体制我们才能继续生存，这意味着消灭德国军队。克劳斯维茨所教导的"你必须集中精力攻击主要的敌人"确实很有道理，首先要做的一定得是将敌人打倒，只有武装力量才能实现真正的目标，至少在涉及意识形态之争的战争中是这样。

在某种程度上，李德尔·哈特上尉的战术理论与他的战略理论是各自独立的，他的预言全部都被事实所证实。没有哪个当代的军事作家能比他在开启民智上作出更大的贡献。但他与毕灵普分子所进行的斗争或许影响了他的判断。那些曾经嘲笑机械化并仍然努力要将军事训练减少到光喊口号和踏正步的人也认同大规模的陆军、正面进攻、拼刺刀和毫无意义的流血牺牲。李德尔·哈特上尉对帕斯尚尔战役①的惨烈感到厌恶，似乎相信战争可以单靠防守或兵不血刃取得胜利，甚至认为获得局部的战争胜利要比获得彻底的胜利来得好一些。这一看法只有在你的敌人和你有同一思想时才有意义，而当欧洲不再由一个民主政权所统治时，这种情况已经不复存在。

---

① 帕斯尚尔战役（the Battle of Passchendaele），1917 年 7 月 31 日至 11 月 10 日协约国联军（英国、法国、比利时）与德国军队在比利时的帕斯尚尔进行的会战，协约国联军获得胜利，但付出死伤近 30 万人的惨痛代价。

亨利·米勒的结局^①

　　亨利·米勒再也写不出有价值的作品了。就像不再结果的果树还会继续长出叶子那样，作家并不会停止创作，但米勒是又一个例子，表明即使是最好的作家也只能写出几部作品。由于他的作品带有自传体的色彩，他或许只能写出一本值得阅读的作品，但事实上他写了两本，或许能写出三本。我希望就这几本书进行评述，而不是后来他那些炒冷饭的作品。因为写出一本七年后仍被怀念的作品是一件了不起的事情，而且米勒的早期作品由于几个原因一直在这个国家得不到应有的尊敬。

　　米勒最好的作品是出版于 1935 年的《北回归线》。向任何人推荐这本书似乎没有什么意义，因为巴黎的纳粹分子和这个国家的警察让这部作品没有多少本剩下，但我想它将会一直流传下去。值得一读的书籍迟早会得到尊重。与此同时，引起人们关注它的存在并不会有什么坏处。而且《黑色的春天》和《马克斯和白细胞》也属于同一时期的作品。

　　《北回归线》在这个国家被禁止发行是因为里面有不堪入目的字眼和描写难以启齿的题材。它绝不是一本色情读物，但那些肮脏的词语是它固有的一部分，不可能有删节本，因为它直率地尝试描述一个普通的感性男人所看到的和体验到的生活。我强调

---

① 刊于 1942 年 12 月 4 日《论坛报》。

"直率"，因为在某种意义上米勒并没有在非常费劲地去尝试。如果你想要描述真实的生活，你需要解决两个难题。第一个难题是与我们的思考过程相比，我们的语言是如此粗陋，人类之间的交流是很不靠谱的事情。第二个难题是我们的生活中有很多内容通常被认为不能被刊印出来，而大部分普通的词语和行为一旦被写到纸上，就会遭到曲解。在《尤利西斯》中，乔伊斯尝试解决这两个困难，但主要的精力放在第一个难题上。而米勒则只是在尝试解决第二个难题，他的方式是假装这个难题并不存在。在《北回归线》里没有像《尤利西斯》中的复杂模式，也没有苦心孤诣地尝试通过语言手法去表达意识的不同状态。只有亨利·米勒——一个衣衫褴褛却又聪明非凡的美国人，但他的道德观和思想却很平庸——在讲述他的日常生活。米勒有着出众的文采，能够写出普通人的谈吐。《北回归线》的魅力在于它是一本不温不火的作品，享受着生活的过程，而且不像乔伊斯那样在与天主教的成长背景或斯威夫特式的对身体的恐惧进行斗争。它很下流，但并不像在兵营里听到的对话那么不堪入耳；虽然它所描写的事实大部分很肮脏，但并不比一个人在二十年代和三十年代为了谋生而不得不做的事情肮脏到哪里去。

　　米勒是一位斯文的美国小说家，却生活在巴黎的后巷里，虽然他的境遇不同寻常，但在创作《北回归线》时，他在填补三十年代过分政治化的文学作品的空白。这本书没有道德观，而且没有纲领，没有解开宇宙谜团的钥匙。它道出了普通人的心声，他们的生活目的首先是保护自己，其次是"过得开心"。普通人想当英雄吗？并不想。他渴望为了某个事业而献身吗？不愿意。他愿意忠于妻子吗？不愿意。他想要去工作吗？不是很想。米勒将人性的这一面表现得淋漓尽致，因为他不仅感同身受，而且作为一位流氓无产阶级知识分子，一个在饿肚子和老老实实工作之间的钢丝上行走多年的男人，他的这一面被夸张放大了。当代的大部分狂热主义对他来说只是癫狂。譬如说，希特勒能不能统治世界有什么要紧的呢？最重要的事情是活下去。他对自己在上一场战争中巧妙地逃开兵役感到很自豪。他曾经担任过《拥趸》这本短命期刊的编辑，明确反对任何形式的"宗旨"，最接近于政治宣言的举措，是在慕尼黑会议后立刻刊登了一整页的广告，上面写着"畅饮比尔森啤酒——它仍然是捷克的"。

《北回归线》后是《黑色的春天》，一部分内容继续描写米勒在巴黎的生活，还有他在纽约的童年时代的倒叙描写。《马克斯和白细胞》是一本散文和随笔集。之后他这一特别的创作脉络似乎逐渐枯萎。他最擅长描写那些没有英雄色彩的事情，而我们所生活的时代，无论多么不愿意，却是一个英雄主义的时代。米勒的作品的一个显著特征就是，它们都带有浓厚的二十年代的气息——对于书籍来说这不无益处，因为二十年代的生活比三十年代的生活更加惬意。巴黎的拉丁区生活着画家、臭虫、妓女、讨债人和疯子，那里是他的精神家园。

但那种世界无法永远维持下去，当战争与革命重新让米勒接触到现实生活时，它变得不那么亲切了。这一点在他最新的作品《马洛西的巨石像》中非常明显。那是一本关于希腊的书，水平比普通的游记高不到哪里去。事实上，它拥有所有普通游记的特征：假惺惺的热情，在一座小镇呆了两个小时就想找到它的"灵魂"，和出租车司机乏味的对话，等等等等。原因或许是，在当前这么一个时期，蔑视政治和保全自我的想法让人几乎自发地回避任何正在发生趣事的地方。《马洛西的巨石像》的大部分内容是关于希腊的狂想曲和对英国与美国的谩骂，米勒宣称他根本不想再看到这两个国家。你自然会以为米勒在希腊大难临头的时候仍然留在那里。但事情并非如此，他现在似乎就在纽约。事实上，在北欧即将爆发战争时他跑到了希腊，而在希腊即将爆发战争时跑到了美国。如果战争会波及美国，你有理由相信他一定会跑到阿根廷或中亚去。凭借他出色的文采和幻灭的眼光，他原本可以写出一本关于德国人统治下的巴黎生活的杰作。但是，如果德国人在巴黎，米勒一定会在别的地方，而这就是他的局限。

一个作家在创作时并不是像从储藏室里拿出鸡汤罐头那样从脑袋里取出东西。他必须从每天与人和事的接触中获取创作素材，当他所理解和享受的世界已经成为过去时，他很难发挥出最好的水平。在《马洛西的巨石像》里，米勒伤心地写到这场战争将会摧毁他本人认为有价值的一切事物。事实上，可以肯定，无论这场战争之后会遗留下什么，米勒在《北回归线》中所描写的那个世界将不复存在。在我们这个时代，人类将再也无法活得如此自由，或者说如此没有安全感。但米勒是那个社会依然存在时的忠实的记录者，由于有勇气或平和的心态去忠实描写生活的人并不常见，《北回归线》在二十世纪少数值得一读的小说中占得了一席之地。

评萨缪尔勋爵的《未知的土地》①

　　这本书以培根的《新亚特兰蒂斯》为蓝本，是"正面的"乌托邦作品，和其它这类作品一样在同一点上失败了——那就是，没办法描写出一个接近完美的社会，并让普通人想要在那里生活。

　　故事是这样的：作者总是相信那个被称为新亚特兰蒂斯的国家是一个真实的岛屿，某位船长向培根说起了它，经过漫长的探索他找到了这个岛，并在上面生活了一年。那是一个小岛，坐落在南太平洋的偏远之地，因此一直没有被发现，一部分原因是岛民的谨慎。他们知道外部世界的存在，时不时会派遣"使者"去学习最新的科学发明，但他们严守自己的岛屿秘密，不希望它被侵略和征服。

　　当然，这个岛屿拥有我们赋予"美好的"乌托邦的所有特征——有卫生设施，有节省劳动的设施，有神奇的机器，强调科学，全面的理性，性情中带着淡淡的虔诚。那些人每周工作九个小时，剩下的时间用来钻研科学和艺术。没有战争，没有犯罪，没有疾病，没有贫穷，没有阶级差别等等。为什么像这样的"理想"条件总是让人读起来觉得意兴索然呢？你会总结得出，完整的人类生活没有一定程度的弊端是不可想象的。这是很明显的，

---

① 刊于 1942 年 12 月 24 日《听众》。赫伯特·路易斯·萨缪尔（Herbert Louis Samuel, 1870—1963），英国自由党政治家，曾担任内政大臣、邮政总长等职务。

只举一个例子：幽默和趣味感最终取决于弊端的存在，而它们在乌托邦里没有位置。正如卢纳察斯基①很早以前在《小金牛犊》的序文中说过的那样，在完美的社会里没有东西值得嘲笑。萨缪尔爵士笔下的乌托邦里的人有时候会放声大笑，但只是在嘲笑异邦人的习惯，而不是因为他们自己的生活有什么值得嘲笑的。乌托邦的人总是带着一种装模作样的自夸姿态，对赫伯特·乔治·威尔斯先生的作品进行研究就能够体会这一点。

值得注意的是，一个"完美的"社会只有在消除了人的心灵乃至身体的情况下才能想象。萨缪尔勋爵笔下的乌托邦的居民长着硕大的头颅，能够让他们的大脑达到惊人发达的地步，但这使得他们在我们眼中不大像人。当斯威夫特想要描写优点而不是弊端时，只能去写马而不是写人。或许萨缪尔勋爵认为《格列佛游记》的前三章写得很恶心恐怖是有道理的。那些内容很有趣，而且想象力极其丰富，直到最后一部分在对慧骃国的描写中，斯威夫特努力想写出理性的个体如何生活时，无病呻吟的感觉就开始出现，而故事也变得很无聊。

---

① 安纳托利·瓦斯利耶维奇·卢纳察斯基（Anatoly Vasilyevich Lunacharsky，1875—1933），俄国革命家，与列宁、托洛茨基是革命同志，苏维埃政权建立后曾担任教育部长，代表作有《革命的背影》和一系列关于俄国沙皇时代作家的评论。

评瓦达克·库鲁帕斯·纳拉耶纳·梅农的《威廉·巴特勒·叶芝的演变》[①]

　　马克思主义批评有一件事情还没有做到，那就是找出"政治倾向"与文学风格之间的联系。一本书的主题和意象可以从社会学的角度进行诠释，但似乎无法诠释它的文笔。但是，这种联系一定是存在的。比方说，你知道一个社会主义者的文风不会像切斯特顿，一个托利党帝国主义者的文风也不会像萧伯纳，但你是怎么知道的则很难加以描述。而在叶芝身上，他那任性甚至扭曲的文风和他对生活阴郁的观点之间必定存在着某种联系。梅农先生探讨的主题是叶芝的作品中所蕴含的晦涩难懂的哲学，但穿插于他这本有趣的作品中的那些引文让人了解到叶芝的文风是多么矫饰。这种矫饰通常被称为爱尔兰主义，叶芝甚至被称许为文风简洁，因为他用的都是短词。但事实上，你很少遇到在连续六句诗文中没有一处古语或矫揉造作的遣词修饰。举一个最近的例子：

　　　　赐予我一个老人的狂怒，

[①] 刊于 1943 年 1 月《地平线》。瓦达克·库鲁帕斯·纳拉耶纳·梅农 (Vadakke Kurupath Narayana Menon, 1911—1997)，印度音乐家、舞蹈家，曾担任英国广播电台音乐指导，代表作有《沟通的革命》、《音乐的语言》等。

我将重塑自己

　　直到我成为泰门和李尔王

　　或是那威廉·布莱克

　　他以身撞墙，

　　直到真理服从他的召唤。

　　那个没有必要的"那"带出了一种矫情的感觉，同样的趋势在叶芝的所有作品中出现，包括他的最佳篇章。你总是会有一种"古旧"感，而这种感觉不仅与十九世纪的象牙塔和"惨绿色的小牛皮装帧图书"联系在一起，而且与拉克汉姆[1]的绘画、"自由艺术织品"和《彼得潘》的虚无缥缈之地联系在一起，而说到底，《快乐的小镇》[2]只是这一切的一个更加光鲜的例子。这没什么打紧的，因为，大体上说，叶芝驾驭了这种感觉，尽管他竭力追求效果的文风总是令人觉得不快，但他还是能写出突然间让人心醉神迷的句子（"没有脚的苦寒的年头"、"充斥着马鲛鱼的海洋"），就像惊鸿一瞥房间那头某个女孩子的脸庞。他是诗人不使用诗情语言这个规矩的异数：

　　多少个世纪过去了，

　　那安息的灵魂，

　　它度量的尺度，

---

① 亚瑟·拉克汉姆（Authur Rackham，1867—1939），英国插画家，画作多以神话和传说为题材。

② 《快乐的小镇》（*The Happy Townland*）与下文中的《一个愿景》（*A Vision*）都是叶芝的诗作。

超越了雄鹰或鼹鼠，

超越听觉或视觉，

或阿基米德的灵感，

就为了培育出

那份可爱？

在这首诗里他并没有逃避使用"可爱"这个庸俗的词语，而它也没有严重地破坏这首美妙的诗。但同样的倾向，加上某种显然是故意为之的粗糙，削弱了他的隽语和论战诗歌的效果。比方说（我是凭记忆写出来的），对那些批评《西方世界的花花公子》的人的讽刺：

当午夜的空气袭来，

太监跑过地狱，

在每一条熙熙攘攘的大街上，

遇到伟岸的唐璜骑马而过，

就像那些叫嚷的苦苦等待的人一样，

死盯着他肌肉发达的大腿。

叶芝所拥有的才华让他轻松地作出这个类比，并写出了最后一行那种巨大的轻蔑，但即使在这首短诗里也有六七个不必要的词语。如果它写得更加简洁，或许它将拥有更加致命的力量。

梅农先生的书里顺带简短地介绍了叶芝的生平，但他更关心的是叶芝的"哲学体系"，在他看来，它比一般人所理解的提供了更多叶芝诗作的主旨。这个体系是在不同的地方零碎地体现出来的，并在《一个愿景》这本私下印刷的书中全盘托出，我从来没有读过，而梅农先生作了大量引用。叶芝对此书的创作初衷作出了矛盾的解释，而梅农先生空泛地暗示说叶芝的哲学赖以建立的文本其实是想象出来的。梅农先生写道，叶芝的哲学体系"几乎从一开始就隐藏在他的精神世界的背面。他的诗作中充斥着他的哲学。没有了解它，他的后期诗作几乎完全无法理解"。我们一读到这个所谓的体系，就置身于变戏法般的伟大的车轮、旋梯、月相循环、轮回转世、没有具体形象的灵魂、占星学等事物之中。叶芝似乎全身心地相信文字的意义，但他肯定涉猎了通灵学和占星学，在他年轻时曾经试验过炼金术。尽管被掩埋在各种各样的解释之下，晦涩难懂，还涉及月相，但他的哲学体系的中心思想就好像是我们的老朋友——周而复始的宇宙，在里面每一样事情一遍又一遍地发生。或许你没有权利嘲笑叶芝的神秘主义信仰——因为我相信某种程度的对巫术的信仰可以被证明是一种普遍现象——但你也不能认为这些事情只是无关紧要的怪癖。梅农先生对这种事情的观感构成了这本书最有趣的部分。"在最初的崇拜和热情中，"他写道，"大部分人简单地以为这空想的哲学只是我们为一位伟大而有趣的文人所应付出的代价。他们没有意识到他正走向何方。那些能理解这一点的人，例如庞德，或许还有艾略特，赞同他最终采取的立场。对它最初的回应并不像你所预料的那样，来自怀有政治思想的年轻诗人。他们很困惑，因为如果没有《一个愿景》背后那个如此僵化且造作的哲学体系，或许就无法诞生叶芝晚年时的那些伟大诗作。"或许吧，但正如梅农先生所指出的，叶芝的哲学有着非常狰狞的暗示。

　　用政治术语进行表述，叶芝有法西斯倾向。在他的大半生里，早在法西斯主义被提起之前，他就已经有了经由贵族理念通向法西斯主义的思想倾向。他痛恨民主，痛恨现代世界，痛恨科学和机器，痛恨进步的概念——最严重的是，他痛恨人类平等的理念。他的作品中大部分意象是封建的，显然，他无法摆脱普遍的势利心态。后来，这些趋势越发清晰，并让他"欣喜地接受极权主义作为唯一的解决之道。即使是暴力与暴政也不一定是邪恶的，因为人民不知道什么是善与恶，因此会无条件地接受暴政……一切都必须从顶层开始。没有什么事情能来自群众。"叶芝对政治不是很感兴趣，而且对自己曾经短暂介入过公共事务的经历感到厌恶，但他还是发出政治宣言。他是个大人物，无法认同自由主义的理念。早在1920年他就在名篇《二度降临》里预告了我们事实上已经步入的世界。但他似乎欢迎那个即将到来的时代，那将会是一个"上下有别、雄风烈烈、斗志昂扬的时代"，而且他受到埃兹拉·庞德和几位意大利法西斯作家的影响。他希望和相信他所描述的新的文明将会到来："那是最完整形态的贵族文明，生活等级分明，每一位伟人的门庭从黎明就聚集了请愿者，巨额的财富掌握在少数人手里，由皇帝予取予夺。皇帝是神的化身，沐浴在一位更伟大的神明的神恩中，在宫廷中和在家室里，不平等化身为法律。"这番天真而势利的话很有趣。首先，叶芝通过"巨额的财富掌握在少数人手里"这句话赤裸裸地揭示了法西斯主义的核心本质，而它的全盘宣传经过精心设计，都想掩饰这一点。法西斯主义的政治宣传总是在吹嘘为公平而奋斗，而身为诗人的叶芝一眼就看穿法西斯主义意味着不平等，并因此为之喝彩。但与此同时他没有看清新的极权主义文明如果来临的话，将不会是一个贵族社会，或是他心目中的贵族社会。它的统治者不是范·迪克①所画的贵族，而是无名的百万富翁、趾高气扬的官僚和杀戮成性的匪徒。其他犯了同样错误的人后来改弦更张，你不应该认为叶芝如果寿命再长一点的话一定会走上和他的朋友庞德一样的道路，即使会对他抱以同情。但上面我所引用的那篇文章有着明显的倾向，它将过去两千年来所取得的成绩完全抛到一边，这就是一个令人不安的迹象。

叶芝的政治理念与他对神秘主义的认识有着怎样的联系呢？一开始时很难理解为什么对民主的仇恨和信奉水晶球占卜的倾向会联系在一起。梅农先生只是对此进行了简短的讨论，但他提出了两个猜测。首先，文明是周而复始的循环这个理论对那些痛恨人类大同的人来说是精神上的出路。如果像"所有这一切之前已经发生过了"这样的理念是对的，那一下子就能够揭穿科学和现代世界的真面目，而进步将是永远不可能实现的事情。那些身份低微的人忘了本分并不是什么大不了的事情，因为我们终究会回到暴政的时代。拥有这么一种思想的人绝不只叶芝。如果宇宙在轮回，那么就可以预知未来，甚至可以预知其发展的细节。问题就只是解开其运动法则了，就像早期的天文学家发现了太阳年一样。相信了这一点就很难不去相信占星学或其它类似的体系。在战争的前一年，我对《格林葛》这份杂志进行分析，它是一份法国的法西斯周刊，有很多读者是部队里的军官，我发现里面有不少于三十八份神视术广告。其次，神秘主义这个概念隐含着这么一个理念：知识应该是局限在一个小圈子的精英中的秘密事物。

---

① 安东尼·范·迪克（Anthony van Dyck, 1599—1641），比利时佛拉芒画家，英国宫廷画师，曾为英王查尔斯一世及皇室贵族画了许多画像。

而这个理念正是法西斯主义的概念。那些害怕普遍选举权、普及教育、思想自由、女性解放等前景的人会开始倾向于秘密邪教。法西斯和巫术之间的联系就在于二者对基督教的伦理观念怀有深刻的仇恨。

无疑，叶芝的信仰摇摆不定，在不同的时期有过许多不同的信仰，有的是进步思想，有的则不是。梅农先生重复了艾略特的看法，认为他是有史以来思想演变时期最长的诗人。但似乎有一件事情是不变的，至少在我所记得的所有作品中是这样，那就是他对现代西方文明的痛恨，渴望回到青铜时代，或中世纪。同所有其他类似的思想家一样，他倾向于写一些歌颂无知的作品。在他那部杰出的戏剧《沙漏》里，那个白痴是切斯特顿式的人物，"上帝的白痴"，"天生的傻瓜"，总是比那个聪明人更加睿智。剧中的那位哲学家将一辈子的光阴都荒废在追求知识上（我再次凭记忆引用）：

> 世界的小溪改变了方向，
> 我的思绪随着小溪一起流淌，
> 来到一处乌云密布电闪雷鸣的泉水，
> 那就是它的山之源起。
> 呜呼，致暴怒的烈风，
> 我们所做的一切都会破除，
> 我们的思考就像空虚的风。

诗写得很美，但有着反启蒙和反动的寓意，因为如果真的这么一个乡村白痴比一位哲学家更加睿智，那么没有发明文字不是更好吗？当然，所有对过去的赞美都带有一部分多愁善感的色彩，因为我们并没有生活在过去。穷人不会去赞美贫穷。在你鄙夷机器之前，机器让你摆脱了痛苦的劳动。但这并不是说叶芝渴望回到一个更加原始更加高下有别的年代并非出于真诚。所有这一切有多少可以被归结为纯粹只是出于势利，是叶芝作为破落旁支贵族的身份的产物，则是另一个问题。他的反启蒙的思想和他喜欢使用"古旧"语言之间的联系仍有待考究。梅农先生对此几乎没有进行探讨。

这是一本篇幅很短的书，而我希望看到梅农先生再写一部关于叶芝的作品，从这部书未完成的部分写起。"如果我们这个时代最伟大的诗人为法西斯主义的时代欢欣鼓舞，这似乎会是一个令人不安的征兆。"他在最后一页如是写道，并就此停笔。这确实是一个令人不安的征兆，因为它并不是一个孤例。我们这个时代最好的作家渐渐变得有反动倾向，虽然法西斯主义并不真的意味着回到过去，那些向往过去的人依然更愿意接受法西斯主义而不是其它出路。但就像我们在过去两三年来所看到的一样，还有其它通向法西斯主义的道路。法西斯主义和文坛知识分子之间的关系迫切需要探究，而叶芝或许会是起点。而他的研究者最好是像梅农先生这样的人，能以诗人的身份去了解他，也知道一位作家的政治和宗教信仰并不是赘疣，可以一笑置之，它们在他的作品哪怕最微小的细节中也会留下印记。

评宣传册文学①

用一千字绝对不够去评论十五篇宣传册，我之所以选了这么多篇文章，是因为它们代表了目前宣传册创作九种主要趋势中的八种（剩下的那一种是和平主义，我手头并没有近期发表的宣扬和平主义的宣传册）。在尝试解释近年来的宣传册创作复兴的某些相当有趣的特征之前，我以单独的标题将它们列出，并附上简短的评论。

1. 反左翼思想和秘密法西斯分子。《一个士兵的新世界》，售价2便士。（副标题是《写于军营里的反极端主义宣传册》，这本书会沉重打击那些自命清高的知识分子，并证明群众并不想要社会主义。关键语句："聪明人从未学会从简单的事物中获得乐趣。"）《戈兰兹在德国乐园》售价1先令（对德国的强硬态度）。《世界秩序或世界毁灭》售价6便上（反对计划管制，乔治·道格拉斯·霍华德·科尔②被消灭了）。

2. 保守主义。《轰炸命令将继续下去》，售价7便士（是官方宣传册的好样本）。

3. 社会民主党。《奥地利的情况》，售价6便士（由"自由奥地利运动"出版）。

---

① 刊于1943年1月9日《新政治家与国家》。
② 乔治·道格拉斯·霍华德·科尔（George Douglas Howard Cole），社会主义者，费边社的成员，支持"社会合作化运动"。

4. 共产党。《消灭希特勒的走狗》，售价 2 便士（副标题为《揭发托派分子在英国的破坏阴谋》，简直是谎话连篇）。

5. 托派分子和无政府主义者。《喀琅施塔得叛乱》，售价 2 便士（无政府主义者的宣传册，内容大部分是对托洛茨基的抨击）。

6. 无党派激进分子。《军队出什么问题了？》，售价 6 便士（《飓风丛书》之一，内容详实而且文笔很精彩的反毕灵普文章）。《我，詹姆斯·布伦特》，售价 6 便士（内容很具体生动，以英国公众并不了解法西斯主义这一合理假设为基础）。《巨人之战》，没有写价格，或许是 6 便士（流行的非共产主义亲俄派文学作品很有趣的样本）。

7. 宗教。《致一位乡村牧师的信》，售价 2 便士（费边社宣传册，左翼英国国教思想）。《永远的斗士》，售价 6 便士（为布克曼①辩护）。

8. 疯子。《英国必胜的命运》或《正义之师不再处于守势》，售价 6 便士（出自英国犹太人的手笔，有丰富的插图）。《当俄国人侵巴勒斯坦》，售价 1 先令。（作者：亚历山大·詹姆斯·费利斯②，就类似的题材写过许多本宣传册，有几本卖得非常火。他的《当俄国轰炸德国》出版于 1940 年，卖出了 6 万多本。）《希特勒的故事和征服英格兰的计划》，作者：吾乃英国公民③，售价 1 先令。（内容摘录："参与比赛，并知道自己正在做这件事情，才是

---

① 弗兰克·内森尼尔·布克曼（Franklin Nathaniel Daniel Buchman, 1878—1961），英国新教传福音人，创建"牛津团契"，宣扬节制禁欲，曾到中国传教。

② 亚历山大·詹姆斯·费利斯（Alexander James Ferris），生卒年月不详，英国宣传册作家。

③ 原文是：Civis Britannicus Sum，是对古罗马作家、雄辩家西塞罗的名言"吾乃罗马公民"（civis romanus sum）的改动。

最重要的事情。然后,当门柱被拔起或哨声最后一次响起,记分员将写下你的名字,胜负无关紧要,重要的是要赛出风格。")

我所列举的这几篇文章只是宣传册文学的汪洋大海中的一小部分而已,为了让我的选择更具代表性,我还加入了几篇普通读者可能已经听说过的文章。从这些为数不多的样本你能得出什么结论呢? 一个有趣但不容易解释的事实,那就是宣传册创作从1935 年开始就以巨大的规模复兴,但并没有诞生出真正有价值的作品。我自己过去六年来所收集的宣传册大概有好几百份,但或许不到总数的十分之一。这些宣传册中有的销量很高,特别是宗教—爱国题材的,譬如说费利斯先生的作品,还有粗鄙下流的作品,譬如《希特勒的遗嘱和证言》,据说卖出了几百万份。直接的政治宣传册有时候会有很高的销量,但宣扬"党纲"的宣传册的发行都有猫腻。看着我所收集的宣传册,我发现它们基本上都是垃圾,只有藏书家才会感兴趣。虽然我将当前的宣传册分为九类,但它们最终可以被归结为两大类别:政党纲领和不着调的高谈阔论,大致上是极权主义的垃圾和偏执思想的垃圾,但二者都是垃圾。即使是内容详实的费边社的宣传册作为读物而言也沉闷得令人绝望。最生动的宣传册几乎总是无政党的作品,一个好的例子是《为所有人祝福》,虽然它的售价高达 1 先令 6 便士,但仍然应该被视为一本宣传册。

当代宣传册的水平这么差之所以会让人觉得吃惊,是因为宣传册应该是我们这个时代的文学形式。我们生活在一个政治热情高涨而自由表达的渠道正在收窄的时代,有组织的谎言达到了前所未闻的规模。宣传册是填补历史空白的理想形式,但生动的宣传册非常少,我能给出的唯一解释就是——一个非常蹩脚的解释——出版业和文学报刊从不肯费工夫让读书人关注宣传册。收集宣传册的一个困难在于它们并不是以正规方式发行的，甚至总是没办法去图书馆借到，它们很少有广告提及，得到书评的情况更是罕见。一个心怀激情有话想说的好作家——宣传册创作的精髓就是你现在心中有话想说，想要对尽可能多的人表达——在把它写成宣传册之前会心存犹豫，因为他不知道如何能让它得以出版，而且不知道他心目中的读者会不会去读它。或许他会将他的想法掺点水分写成一篇报纸文章或扩充成一本书。结果，大部分宣传册要么是自费出版的孤独的疯子写的，要么是属于稀奇古怪的宗教内容，要么由政党发行。出版一份宣传册的正常途径是通过某个政党，而那个政党会确保不会出现任何"内容偏差"——因此也就失去了文学价值。近年来出现了一些好的宣传册，戴维·赫伯特·劳伦斯的《色情与淫秽》就是其中之一，还有波托基·德·蒙托克①的《势利与暴力》和温德汉姆·刘易斯在《敌人》中的几篇文章。目前，最有希望的迹象是无党派左翼宣传册的出现，譬如飓风丛书。如果这类书籍的出版能像小说或诗集那样得到媒体的关注的话，如果能做些什么事情让公众去关注宣传册的话，这个体裁的作品的整体水平或许会得以提高。考虑到宣传册的形式是那么灵活，而我们这个时代的某些事件迫切需要得到记载，这件事情值得我们去做。

---

① 乔弗里·波托基·德·蒙托克（Geoffrey Potocki de Montalk，1903—1997），新西兰作家，代表作有《宣言》、《为约翰·丹尼斯爵士哀叹》等。

评"大众观察"的《酒吧与民族》[①]

　　这份大规模的细致调查报告没有一份简短的附录写明战争对我们的饮酒习惯的影响实在是一件憾事。这份调查似乎是在战前完成的，而就在这短短的时间里，啤酒的价格涨了一倍，而且掺水很严重。

　　"大众观察"撰写调查报告的时候"淡啤"仍然只卖五便士一品脱（1936年至1941年的重整军备只把价格推高了一便士），调查结果是，在工业城镇定期光顾酒吧的顾客人均每周消费十五到二十品脱。这听起来好像很多，但在过去七十年里，每年的人均啤酒消费量无疑减少了将近三分之二，"大众观察"得出的结论是："作为一种文化载体，目前酒吧正在走向衰落。"这不仅是因为非英国国教市镇委员会的阻挠，就连酒价上升也不是主因，而是因为时代的整体趋势在从有创造性的社区娱乐活动转变为机械化的独处活动。在酒吧里，社交仪式很繁琐，要进行热烈的交谈——至少在英国北方的酒吧是这样——还有歌唱节目和周末滑稽演出，它正被消极的、有如毒品一样的电影和收音机节目所取代。只有少数禁酒主义者会对这件事感到高兴，他们仍然相信人们去酒吧就是为了买醉。但是，"大众观察"的调查清楚地表明，在他们进行研究的那段时间里，醉酒是很罕见的——平均来说，酒吧

　　---

　　① 刊于1943年1月21日《听众》。

营业五千小时才有一个顾客醉酒和行为不检。

这本书的作者对不同房间分开不同吧台的旧式乡村酒吧和只由一张长柜台分隔开不同吧台的伦敦式酒吧进行了研究，发掘出了许多有趣的信息。在短篇评论里不可能对将雅座酒吧和公共酒吧区分开来的复杂的社会规矩、围绕着请客喝酒的微妙礼仪、对待瓶装啤酒的文化趋势以及教会与酒吧的争斗和随之而来的与喝酒联系在一起的罪恶感等问题进行详细阐述，但读者们可能会觉得第五章、第六章和第七章的内容最为有趣。至少一位观察者似乎剑走偏锋，被接纳进了水牛会①，关于这个组织有一些令人很吃惊的真相披露。他们通过本地报刊进行了一份问卷调查，询问人们为什么他们会喝啤酒，有一半以上的人回答他们喝酒是为了健康，或许这是因为在啤酒商的广告上啤酒被说得似乎有药物的疗效。不过，也有部分人坦率地作出回答："一位年约四旬的从事体力劳动的中年男士表示：'喝酒他妈的是为了什么？'我说为了健康，他说：'这不是胡扯么。'我请他喝了一及尔②。"有一位女士是这么回答问卷的："我喝酒是因为我一直喜欢看我奶奶晚上喝啤酒。她似乎很喜欢喝酒，用干面包皮和奶酪作下酒菜，似乎是在享受一场宴席。她说如果你一直喝啤酒就能活到一百岁，而她活到了九十二岁。我从来有酒不拒。奶奶说得对，只要是麦芽酒都好喝。"

这段简短的文字就像一首诗那样读来感人至深，为喝啤酒提出了充分的理由，如果真的得为喝啤酒找出一个理由的话。

---

① 水牛会（the Buffaloes），指皇家太古水牛会（the Royal Antediluvian Order of Buffaloes），始创于1822年，是英国规模最大的民间互助组织之一。英文名中的"Royal"（皇室）是原名 Loyal（忠义）的误传，后一直沿用。
② 原注：一及尔合四分之一升，但有的地方一及尔合半升，从口音判断，这里的一及尔是半升。

评乔治·萧伯纳的《武装与人》^①

　　《武装与人》第一次上演是在 1894 年，当时萧伯纳 38 岁，正处于戏剧创作生涯的高峰期。这或许是他所写过的最机智而且在技巧上最无可挑剔的戏剧，虽然是一部非常轻松的戏剧，却发人深省。但在大体探讨这部戏剧之前，我必须先尽量简短地探讨它的主题和情节。

　　简而言之，《武装与人》是对军事的荣耀和战士的浪漫的无情揭露。故事发生在保加利亚这个巴尔干小国——当然，地方色彩是否准确并不重要，那些故事也可以发生在英国、德国或美国——当时保加利亚和塞尔维亚之间的战争刚刚结束，保加利亚获胜。女主人公莱娜是一个浪漫的年轻女孩，在第一幕的开头听说自己的恋人瑟吉奥斯·萨拉诺夫在一场关键战役中一马当先率领所在的骑兵团突破敌军的机关枪阵。她自然感到十分自豪。她站在窗边，凝视着群山，梦想着她的恋人。这时候，被打败的塞尔维亚军队开始进城，保加利亚军队在追击他们。一个被追捕的男人顺着水管爬了上来，躲进了她的闺房。他的到来令莱娜违背了自己心目中真正的爱国主义准则，帮他躲了起来，甚至当追捕他的人来搜查他时撒谎去保护他。但与他的短暂对话进一步彻底地打破了她的幻想。原来这个被追捕的男人是一名瑞士雇佣军

---

① 于 1943 年 1 月 22 日播放。

人，名叫布兰济利上尉，是最无可救药的庸俗不堪的男人。他所说的话都在与莱娜耳濡目染的宣扬军事荣耀的思想唱反调。他告诉她所有的士兵都怕死，上阵三天的士兵会精神崩溃，像孩子那样号啕大哭，在战斗中，伙食比弹药更加重要。"只要去看看一个士兵的枪套和弹药匣就知道他是新丁还是老兵油子，"他说道。"新丁带的是手枪和子弹，而老兵油子带的是吃的。"但接着，更糟糕的幻灭发生了。原来布兰济利上尉就是塞尔维亚军队的机关枪营的指挥官，莱娜的恋人瑟吉奥斯英勇地率领骑兵团发起冲锋击溃的就是那个军营。他解释了为什么那次冲锋能获得胜利——那批机关枪所配备的弹药是错的，开不了火，要不然的话，没有一个骑兵能够活下来。因此，瑟吉奥斯其实是在阴差阳错之下赢下战斗的。在后面的剧情里，幻灭接踵而来。瑟吉奥斯，一个浪漫多情的男子，长着一双闪闪发亮的眼睛和挺翘的八字胡，就像拜伦的早期诗歌里的角色，原来是一个彻头彻尾的小人。他告诉莱娜他视她为圣女，而他则是她的守护骑士，但莱娜刚一转身他就勾搭上了她的侍女。而莱娜原来也是一个习惯说谎的女人，并没有她挂在嘴边的那些高尚情操。所有的其他角色都是形形色色的伪装者。在戏剧的结尾，莱娜嫁给了那个庸俗的瑞士雇佣军人，他是第一个看透她浪漫的伪装下真实本性的男人。

萧伯纳是一位所谓的"主旨明确的作家"，他的每一部戏剧作品都是为了点出某个道德问题，无疑，《武装与人》比别的他在同一时期创作的作品更经得起时间考验的原因之一，就是它的道德主旨仍然有阐明的必要。萧伯纳其实是在说战争虽然有时候是必须的，但它并不光荣浪漫。杀人与被杀并不是英勇的事迹，或如宣传人员所渲染的那么多姿多彩，而且赢得战争的人依靠的是科学的谋兵布阵而不是意气用事。在这部戏剧问世几乎五十年后，仍有必要去说出这番话，因为关于战争的浪漫看法仍然很顽固，经历了每一次幻灭之后仍会复苏过来。我观看过《武装与人》两次。第一次是在1918年，剧院里坐满了刚从法国前线回来的士兵。他们理解它的含义，因为他们的经历给了他们相同的教训。在剧中有一段话，布兰济利告诉莱娜骑兵队冲锋究竟是怎么一回事。他说："那就像是将一把豌豆扔到窗玻璃上：某人一马当先，身后跟着两三个骑兵，然后其他骑兵都到了。"莱娜想到她的恋人瑟吉奥斯就冲锋在骑兵团的最前面，十指紧扣，心醉神迷地说道："是的，某人一马当先！英勇的骑兵里最勇敢的一个！"布兰济利说道："啊，但你应该去看看那个可怜的家伙把马勒成什么样子！"听到这句话，那些头脑简单的士兵哄堂大笑，几乎把屋顶给掀翻了。我第二次观看这部戏剧是在1935年，地点是一座实验剧院，观众是更加高雅的群体。这一次布兰济利的台词没有引起笑声。战争是非常遥远的事情，而且观众里没有几个人知道在战争中面对子弹是怎么一回事。

如果你去研究萧伯纳在同一时期的其它戏剧，你会发现它们当中有的写得非常精彩——因为萧伯纳的早期戏剧作品都是技巧的杰作，没有一句不恰当的话或一个冗余的字眼——但今天读起来已经不再有新鲜感，因为在这些作品中他所抨击的错误观念再也没有人相信。甫一上演就激起轩然大波，或许比其它作品更加奠定萧伯纳的名声的戏剧是《华伦夫人的职业》。这部戏剧探讨的是卖淫，它的主旨是卖淫绝大部分是出于经济所迫。这个理念在十九世纪九十年代是新思想，但现在每个人都读过马克思，似乎已经是老生常谈,几乎不值一提。《鳏夫的房产》也是一样,它是对贫民窟地主所有制的抨击。贫民窟依然存在,仍然有人从中牟利,但至少没有人会认为这是正常而且正当的事情。又比如说一部稍晚的作品《约翰牛的另一座岛屿》。这部戏剧的讽刺主题在很大程度上取决于爱尔兰被英国统治,这种状况已经不复存在。《卖花女》是萧伯纳最机智风趣的一部戏剧,围绕的中心是阶级差异,如今这种差异已经不像以前那么强烈明显了。就连《巴巴拉少校》和《安德鲁克里斯与狮子》的初次上演所造成的冲击也取决于正统的宗教信仰在当时比在今天的流传更为广泛。但是,我并不是想让你以为萧伯纳和法国的剧作家布里厄或英国小说家查尔斯·里德一样,将才华浪费在"揭露"过上几年就会自行消失的局部性和暂时性的弊端上。萧伯纳探讨的是总体性的问题,而不是具体的问题。他对整个社会进行批判,而不仅仅是它的畸形状况。但是,有一个原因导致他早期的抨击失去了锋芒,而这引发了讽刺作家和政治作家的整体地位这个问题。

大体上说,萧伯纳是一个揭露弊端的作家,所谓的"惊世骇俗者"。显然,你只能在有什么事情可以揭露的时候才能写出成功的作品。萧伯纳以他机智的语言作为跳板,而背景则是顽固势利和自命正义的维多利亚时代末期。他就在这个社会里生活和创作。萧伯纳生于1856年,二十岁的时候第一次来到英国,除了他与生俱来的才华之外,他之所以特别适合嘲讽英国社会,是因为他是爱尔兰人,能够以局外人的目光去观察它,而一个土生土长的英国人则做不到。英国人的两大劣根性是伪善和愚笨,当时如是,现在亦如是。但维多利亚时代末期的社会与当今社会的区别在于，它更加自信，更加庸俗，更加坦诚地贪得无厌。我们所说的"开明人士"在当时要少得多。阶级特权更有保障，没有值得重视的左翼政党，普及教育和廉价报纸还没有形成全面的影响，艺术与文学在十九世纪初期与欧洲失去了接触，在当时还没有恢复。维多利亚时期末的英国对于一个讽刺作家来说是创作的绝好素材。事实上，萧伯纳不是这类作家的第一个。在他的几部戏剧的序言里，他探讨了自己的文学师承，虽然他承认挪威戏剧名家易卜生对他有相当大的影响，他似乎觉得英国小说家萨缪尔·巴特勒的影响更深，早在几十年前他就持与萧伯纳本人同样的立场对英国社会进行批判。值得注意的是，巴特勒的作品未能赢得广大读者，直到死后才得到承认。萧伯纳比他晚生二十年，但直到年近四旬仍然籍籍无名，但在他活着的时候成为了同时代最具知名度的文坛人物。之所以会有这种差异，一部分原因在于时机。巴特勒的伟大作品《众生之路》在 1905 年前后甫一出版就被誉为杰作，但如果他在十九世纪八十年代实际创作的时候出版的话，或许会以失败而告终。萧伯纳碰巧生活在庞大的维多利亚社会依然存在，像以往一样宏伟自得，但几年后就分崩离析的时期。他在抨击某个仍然很强大并值得去抨击的事物，却又不至于强大到使得抨击全然无效的程度。人们发现被震撼是蛮有趣的事情，而他们仍然能够感受到震撼。这些条件完美地存在于十九世纪九十年代到二十世纪的前十年，而萧伯纳最好的作品就创作于那一时期，但这些条件如今不复存在。现在没有人会因为"惊世骇俗"而出名。还有什么事情值得惊讶呢？还有什么传统延续下来以供批判呢？萧伯纳所取笑的那个志得意满、拘谨古板、由金钱统治的世界已经随着怀疑主义的蔓延和开明思想的传播而雨打风吹去。而萧伯纳本人，和我们这个时代的每一位作家一样，促进了开明思想的传播，也导致了怀疑主义的泛滥。

在这篇简短的文章里，我只能探讨萧伯纳作品的一个方面：他对当时的社会的揭露和某些戏剧不可避免的"过时"。但将萧伯纳视为只是一个宣传作家，除此之外就一无是处是荒唐的。要不是他还是一位艺术家的话，单凭创作的目的性并不足以让他成名。为了阐释这一点，我要再一次提及《武装与人》。任何详细分析这部戏剧的人都会发现它不仅是对人性众多虚妄之一的机智嘲讽，而且是舞台技术的奇迹。剧中只有八个角色——其中两个是龙套——而这八个角色中的任何一个只消说出半句话，你就会觉得要是你在街上遇到他的话，就能够把他认出来。里面没有一句不着调的话或一个安排不当的事件。整部戏给人的印象是浑然天生，宛如一株植物。剧本里甚至没有过激的言语，对话非常精彩，每一个字都在推动剧情的发展。在这部戏剧以及同一时期创作的另外两三部戏剧中，萧伯纳的才华得到了淋漓尽致的发挥。要是有人让我根据价值高下罗列萧伯纳的戏剧作品，我会将《武装与人》和描写美国独立战争的《魔鬼的门徒》并列为最优秀的作品。这两部戏剧都有鲜明的、会愈发为人熟悉但绝不会陈腐过时的中心主题。这两部戏剧都体现了角色、对白和情景的完美手法。仅次于这两部作品，我会选择《布拉斯邦德上尉的皈依》、《恺撒与克娄巴特拉》、《安德鲁克里斯与狮子》与《命运之子》，它们都是精彩机智的戏剧。萧伯纳的传世之作远不止这些，不仅包括戏剧，还有戏剧评论和至少一部早期小说《卡希尔·拜伦的职业》。但读过或观看过上面我提到的那六部作品就算是领略到萧伯纳的精华了。那些是他处于全盛时期并清楚自己作为一个戏剧家的身份的作品。而在此之后，他误以为自己是一个哲学家，写出了像《人与超人》和《回到马修撒拉时代》这样的累赘冗长的戏剧，都已经不堪卒读且根本不会上演。

杰克·伦敦：美国文学的里程碑[①]

　　我们关于美国文学的探讨即将结束，越接近我们所处的时代，要辨清里程碑变得就愈发困难。过去五十年来伟大的美国作家有哪些呢？这个问题并不容易回答，尤其是当我们排除了像亨利·詹姆斯这样的小说家后——他大部分时间生活在欧洲，事实上成为了英国公民。但有几位美国作家已经举世闻名，因此，算不算是伟大作家且不论，他们确实具有代表性。其中一位就是杰克·伦敦，他的作品在世界各地有数百万读者，特别是在德国和俄罗斯。因此，今天奥威尔会向你们介绍杰克·伦敦的意义。我不用向你们介绍乔治·奥威尔——他是这个谈话节目的制作人，而且比起我的声音，他的声音对你们来说更为熟悉。但除了制作这些节目之外，或许你们知道，他是《通往威根码头之路》、《缅甸岁月》和几篇批判性研究的作者，这些作品展现出了尖锐的穿透力和独立的判断力。

　　和埃德加·爱伦·坡一样，杰克·伦敦是名声在英语世界之外比在英语世界之内更响亮的作家之一——但事实上，他的名声比爱伦·坡更响亮，尽管后者至少在英国和美国受到严肃的对待，而大部分人，如果他们记得杰克·伦敦的话，会以为他是一

---

　　① 播放于1943年3月5日英国广播电台。

个撰写比那些一便士恐怖刊物好不了多少的冒险故事的作家。

杰克·伦敦在英国和美国受到轻视，但我自己并不会那么看低他，而且我能够声称自己有知音人，因为杰克·伦敦的另一位崇拜者是列宁这个大人物，俄国革命的核心领袖。列宁逝世后，他的遗孀娜杰日达·克鲁普斯卡娅撰写了一部简短的传记，在结尾部分，她描写了她在列宁瘫痪和弥留之际经常读故事给他听。她说在列宁临终那天，她开始给他读狄更斯的《圣诞颂歌》，但看得出他并不喜欢这个故事，用她的话说：他无法忍受狄更斯的"资产阶级情怀"。于是她换成了杰克·伦敦的《热爱生命》这个故事，而那几乎就是列宁所听见的最后的内容。克鲁普斯卡娅补充说那是一个非常精彩的故事。它确实很精彩，但这里我只想指出一个撰写惊悚故事的作家——关于太平洋群岛、克朗代克的金矿，还有窃贼、拳击手和野生动物的故事——和当代最伟大的革命家之间的联系。我不能确定列宁对杰克·伦敦的作品感兴趣的首要原因是什么，但我猜想那是基于伦敦的政治化或半政治化作品，因为别的且不论，伦敦是一位热诚的社会主义者，或许是第一个关注卡尔·马克思的美国作家。他在欧洲大陆的名气在很大程度上建立于此，特别是他那本非常了不起的政治预言《铁蹄》。奇怪的是，伦敦的政治作品在自己的祖国和英国几乎没有引起关注。十或十五年前，当《铁蹄》广受阅读并在法国和德国受到推崇时，它在英国却绝版了，几乎无从寻觅，即便到了现在，虽然它的英国版依然存在，却没有几个人听说过它。

这里有几个原因，其中一个是杰克·伦敦是一个非常多产的作家。他是那种每天会固定写点东西的作家——他每天写一千字——在他短暂的生命里（他生于1876年，卒于1916年），他写出了许多本不同类型的书。如果你去研究杰克·伦敦的全部作品的话，你会发现里面有三个突出的特征，乍一看似乎彼此之间并没有联系。第一个特征很傻帽，那就是动物崇拜，关于它我不想多说什么，这个特征催生了他最广为人知的作品《森森白牙》和《野性的呼唤》。对于动物的情怀是说英语的民族所独有的，而这根本不是令人羡慕的事情。英国和美国许多有思想的人对此感到羞愧，而如果杰克·伦敦没有写出《森森白牙》和《野性的呼唤》的话，他的短篇小说或许会受到更多的批评。杰克·伦敦引起关注的另一个特征是他对残暴、肉体暴力和通常所说的"冒险"的钟爱。他是美国式的吉卜林，究其本质是一个活跃的、不善思考的作家。他选择描写像淘金者、航海的船长、陷阱猎人和牛仔这样的人，他最好的作品讲述了美国大都市的流浪汉、窃贼、拳击手和其他底层人士。我刚刚提及的故事《热爱生命》就属于他的这一面。关于这个故事我会作进一步的讲述，因为它催生了几乎所有他仍然值得一读的作品。但除此之外他还有一个特征，那就是他对社会学和经济理论的兴趣，而这引导他写出了极其准确地预言法西斯主义崛起的《铁蹄》。

现在让我回到《热爱生命》和其它短篇小说，它们是杰克·伦敦最重要的成就。他主要是一位短篇小说作家，虽然他写过一本有趣的长篇小说《月亮谷》，但他特别的才华在于他描写孤立的残暴事件。我倾向于用"残暴"这个词。你从杰克·伦敦最好而且最有个人特征的故事中得出的印象是一种可怕的残忍。杰克·伦敦本人并不是一个残忍的人或钟情痛苦的人——恰恰相反，正如他的动物故事所体现的，他甚至是一个太有人道主义色彩的人——但他的生命观是残忍的。他认为这个世界是一个苦难之地，与盲目而残忍的命运作斗争的地方。这就是为什么他喜欢描写冰封极地的原因，在那里，大自然是人类挣扎求存时面对的敌人。《热爱生命》描写了一个体现杰克·伦敦的独特观点的典型故事。一个想要淘金发财的人在加拿大的冰封荒原迷路了，绝望地挣扎着前往大海边，就快慢慢饿死了，但靠着意志的力量继续往前走。一头由于饥饿和疾病而奄奄一息的狼尾随着那个男人，希望迟早他会虚弱得没有力气，然后就攻击他。一人一狼走啊走啊，日复一日，直到他们来到看得见大海的地方。他们都虚弱得站不起身，只能匍匐而行。但这个男人的意志更加坚强，故事的结局不是那头狼吃掉那个男人，而是那个男人吃掉了那头狼。这就一个典型的杰克·伦敦的故事，虽然它有一个在某种意义上的快乐结局。如果你去分析他最好的故事题材，你会发现同样的情景。他写过的最好的故事是《我为鱼肉》。它描写了两个窃贼偷到了一大笔珠宝，然后逃之夭夭。两人带着赃物一回到家就都想到，如果自己把对方干掉的话，就能独吞这笔财富。结果，他们在同一顿饭里下了同一样毒药——士的宁，双双被毒死了。两人有一点芥末，用作催吐剂的话或许能够救下一个人的命。故事的结局是两个人痛苦地在地上蠕动，虚弱地互相扭打，想要抢得最后一杯芥末。另一个非常好的故事描写了太平洋一个法属岛屿上对一个中国籍囚犯的处决。他因为在监狱里杀了人而将被处决。原来典狱长出于笔误，把名字给写错了，结果，那个被带出牢房的囚犯是无辜的。狱卒把他押解到刑场后才发现这件事情，而那里离监狱足有二十英里远。狱卒不知道该怎么办，但似乎根本不值得费事走那么远的路回去，于是他们将那个无辜的囚犯送上断头台了事。我可以再举几个例子，但我想要阐明的是杰克·伦敦最特别的作品总是在描写残忍和灾难。大自然与命运的本质都是邪恶的，人类只能依赖自己的勇气和力量与它们作斗争。

杰克·伦敦的社会政治性和社会性作品得放在这样的背景下进行考察。正如我所说过的，杰克·伦敦在欧洲大陆的名声建立在《铁蹄》之上，在这本书中——在1910年前后——他预言了法西斯主义的崛起。硬要说作为一本书《铁蹄》是优秀的作品并没有意义。它是一本非常糟糕的书，远远低于杰克·伦敦的平均水准，而且它所预言的演变并不贴近欧洲实际发生的事情。但杰克·伦敦确实预见到了几乎所有思想流派的社会主义者们令人惊诧地未能预见的事情，那就是，当劳工运动声势浩大似乎就要席卷世界的时候，资产阶级将会发起反击。他们不会像许多社会主义者所想象的那样放弃抵抗，由得自己被剥夺财产。事实上，卡尔·马克思从来没有说过从资本主义转变到社会主义不经过一番斗争就会实现，但他确实说过这个转变是不可避免的，而他的大部分追随者认为这番话的意思是转变会自动发生。资本主义由于所谓的内部矛盾无法捍卫自己被视为天经地义的事情，直到希特勒稳坐权力宝座。

大部分社会主义者不仅没有预见到法西斯主义的崛起，甚至直到希特勒掌权两年之后才知道他是一个危险人物。杰克·伦敦就不会犯这种错误。在他的书里，他描写了浩大的劳工运动的崛起，然后老板阶层自发组织起来发起反击，获得了胜利，继而建立起一个残暴的专制体制，推行切实的奴隶制，统治持续了数百年之久。现在谁敢说像这样的事情没有在世界上的广袤地区发生，而且还会继续下去，除非轴心国被打垮？《铁蹄》的内容并不止这些。里面还体现了杰克·伦敦认为追求享乐的社会无法维系的思想，而这一认识是许多所谓的进步思想家所缺乏的。除了苏俄之外，左翼思想通常都是享乐主义思想，而社会主义运动的缺陷在一部分程度上正源于此。但杰克·伦敦的主要成就在于，早在事件发生的二十年前就预见到受到威胁的资产阶级会发起反击，不会像马克思主义教科书的作家们所说的那样悄然死去。

为什么像杰克·伦敦这样的区区一个短篇小说作家能够预见到这一幕，而如此多的博学的社会主义者却做不到呢？我认为我对这个问题的答案蕴含于我刚刚对杰克·伦敦的故事题材的探讨中。他能预见到法西斯主义的崛起和不得不经历的残酷斗争，是因为他自己就拥有残暴的性情。如果你喜欢夸张一点的说法，你或许可以说他能够理解法西斯主义是因为他本身就拥有法西斯分子的特征。与一般的马克思主义思想家不同，那些人会精致地在纸上论证资产阶级注定会因为自身的矛盾而灭亡，而他知道资产阶级会很顽强，而且会发起反击。他知道这一点，因为他自己就很顽强。这就是为什么杰克·伦敦的故事题材与他的政治理论有关联。他最好的故事描写的是监狱、擂台、大海和加拿大的冰封荒原——在那样的情景中，坚强便是一切。作为一个社会主义作家，这是不同寻常的背景。社会主义思想几乎完全依托于都市工业化社会而成长，没有去考虑人类的原始本性，因此受到了严重的戕害。杰克·伦敦对人性的原始一面的了解使他成为比知识更丰富逻辑更严密的人更准确的预言家。

我没有时间去谈论杰克·伦敦的其它政治性和社会性作品，里面有几部要比《铁蹄》更出色。我只想说，他在美国流浪的回忆录《在路上》这本书是同类作品中最好的一本。还有《深渊中的人》，它描写的是伦敦的贫民窟——里面的事实如今已经过时了，但许多后来的作品都受到它的启发。还有《星游人》，那是一本故事集，开头就是一篇描写美国监狱生活的精彩故事。杰克·伦敦最值得铭记的身份是一位故事作家。如果你能够买到他的书的话，我强烈建议你去读一读那本书名为《当上帝发笑时》的故事集。杰克·伦敦最好的作品都在里面，从其中六七个故事，你能够充分了解这位很有才华的作家，他曾经广受欢迎、影响深远，但我认为他从未享有本应拥有的文坛名声。

钱不够花：乔治·基辛素描[①]

　　所有的书籍都有值得阅读的"保质期"，乔治或许是英国有史以来最好的小说家，而他的作品与特定的时间和地点紧密地联系在一起。他的世界是八十年代灰蒙蒙的伦敦，在终年不散的雾霾中，煤油灯闪烁着光芒，人们穿戴着脏兮兮的大衣和高耸的礼帽，阴郁的星期天伴随着酗酒，那些无法忍受的"带装修"公寓，还有最重要的——中产阶级与贫穷进行的绝望斗争，而他们之所以会挨穷，是因为他们要保持"体面"。想到乔治就会想起两轮轻便马车，但他所做的不只是保持了一种氛围，毕竟，《神探福尔摩斯》的前几部也做到了这一点。他是作为一位小说家被人记住的，而绝不仅仅只是中产阶级生活观的诠释者。

　　当我说基辛是英国迄今为止最好的小说家时，我是认真的。显然，狄更斯、菲尔丁和十来个其他作家在才华方面都比他出色，但基辛是一位"纯粹的"小说家，没有几位有才华的英国作家能像他这样。他不仅真的对塑造角色和讲述故事感兴趣，而且他的一个优势就是不会受哗众取宠的诱惑，而这是几乎所有独特作家的通病，从斯莫利特到乔伊斯都是如此，他们想要"忠实于生活"，却又时时想逗人发笑。很少有英国小说能自始至终保持

① 刊于 1943 年 4 月 2 日《论坛报》。

同样的情节合理性。基辛似乎很轻松就解决了这个问题，或许他天生的悲观情绪对他来说是一个助益，因为虽然他肯定不缺乏幽默感，但他缺乏造就了狄更斯的高昂的精神和装疯卖傻的本能——比方说，他没办法像某些人在酒吧那样传递一则笑话。事实上，单列一部作品，《古怪的女人》就比其它名头更大但没有那么谨慎的小说家的作品更加"贴近生活"。

如今基辛知名度最高的或许是他临终前的作品《亨利·莱克罗夫的私人文件》，那时候他与贫困进行的最艰苦的斗争结束了。但他真正的杰作是三部小说：《古怪的女人》、《民众》和《新格拉布街①》，还有他评论狄更斯的作品。我甚至没办法在这篇文章里对这几部小说的情节进行归纳，但它们的中心主题能用几个字加以概括——"钱不够花"。基辛终年过着贫穷的生活，但那不是工人阶级的贫穷（他鄙视工人阶级，或许还心怀恨意），而是食不果腹、残忍地备受折磨的小职员，惨遭蹂躏的家庭女教师或破产的商人那种"体面的"贫穷。他相信贫穷对中产阶级的影响比对工人阶级的影响更大，这或许是正确的。《古怪的女人》，他最完美同时也是最压抑的小说，描述了中产阶级老处女在这个世界上既没钱又没有受过职业培训的情况下的命运。《新格拉布街》记录了自由记者的恐怖生活，情况甚至比现在还要糟。在《民众》中，金钱的主题以不同的方式加以呈现。这本书讲述了一个工人阶级社会主义者继承了一笔财富，在道德和思想上走向堕落。基辛的创作年代是"八十年代"，他展示了非凡的预见

---

① 格拉布街(Grub Street)，伦敦市区的一条街道，曾经是鬻文为生的潦倒文人和小出版商集中的地方。

力，同时对社会主义运动的内部运作有着令人惊讶的了解。但是，那个惯常的死要面子的动机在女主角的身上得到体现，她被陷入贫困的中产阶级的父母逼着踏入了一场没有快乐的婚姻。基辛所描述的某些社会条件已经消失了，但他的作品的整体氛围仍然非常可怕，以至于有时候我会想，任何以写作为生的人都不应该读《新格拉布街》，而任何老处女都不应该读《古怪的女人》。

有趣的是，虽然基辛的思想很深刻，但他没有革命的倾向。他是一个赤裸裸的反社会主义者，而且是一个反民主主义者。他比大部分人更了解金钱统治的社会的恐怖，却不希望去改变它，因为他不相信改变会造成真正的影响。在他看来，唯一值得追求的目标是彻底地逃避贫穷的痛苦，然后过着美妙斯文的体面生活。他不是一个势利的人，也不希望过着奢侈的生活或获取巨额的财富。他看透了贵族的虚伪，而他最鄙视的人就是雄心勃勃、白手起家的商人，但他确实渴望着安稳的书斋生活，那种生活得年收入达到 400 英镑以上才能得以维持。至于工人阶级，他认为他们就是蛮夷，并很直白地说出口。无论他的观点错得多么离谱，你都不能说他所说的话都是出于无知，因为他自己家境贫寒，而且命运多舛，大半生过着最贫穷的工人阶级的生活。即使到了今天，他的反应仍然值得研究。他是一个有人文情怀的知识分子，有学识品位，被迫与伦敦的穷人为伍，而他的结论很简单：这些人都是野蛮人，绝对不能赋予他们政治权力。这是几乎沦落到工人阶级境遇的下层中产阶级的人对他们感到害怕的正常反应，相对值得原谅。最重要的是，基辛意识到比起工人阶级，中产阶级在经济动荡中遭受了更大的痛苦，更愿意采取行动进行反抗。忽视这一事实一直是左翼人士的一个大错。基辛热爱希腊悲剧，痛恨政治，早在希特勒出生前就从事创作，从他的作品中你可以对法西斯主义的起源有一部分了解。

评瓦达克·库鲁帕斯·纳拉耶纳·梅农的《威廉·巴特勒·叶芝的演变》[①]

    关于叶芝有两本书几乎同时出版，一本更"正式"的传记和梅农先生的这部只是在探讨一位艺术家的作品受到环境影响和制约的小传。和绝大多数"纯粹"诗人一样，叶芝的一生很平淡，或许更重要的是了解他的家庭背景，而不是去了解他平静的生平。他是艾比剧院的创始人之一，而且他曾经小打小闹地参与过爱尔兰的政治——甚至短暂地担任过参议员，这段经历令他的理想幻灭——但他的生命里真正的事件发生于思想内部，他作为一位诗人几乎延绵不断的演变在某种程度上就像最鲜活和最"有行动力"的生命那样充满戏剧色彩。

    作为一个诗人，叶芝经历了三个主要阶段，或许并没有通常所想象的那么界限分明。首先，年轻时的他受到前拉斐尔派和九十年代的文坛巨匠的影响。那个时期的他无疑接受了"为艺术而艺术"的态度，并比同时代的作家更一以贯之地坚持了这一点。然后是他的"凯尔特的薄暮"时期，或许这个时期的他最被人所缅怀。最后是令人惊讶的年过六旬的创作末期，在这一时期他写出了最好的作品，文字比之前更加简洁洗练。但有一条线索贯穿这三个似乎截然分开的时期，那就是叶芝对现代世界的憎恨——

[①] 刊于 1943 年 4 月 17 日《时代与潮流》。

他所憎恨的不仅是工业的丑陋，更是自文艺复兴以来主宰着西方社会的民主和理性的思想。他憎恨人人平等的理念，并直言不讳地说了出来，这在我们的时代是非常罕见的事情。梅农先生从他私底下印刷出版的《一个愿景》这本书里引用了大量的内容，在书中，叶芝阐述了隐藏在他的作品之下的哲学体系。将那些讲述月相、轮回转世、没有具体形象的灵魂和其它废话（在多大程度上叶芝相信这些内容则无从考究）去掉之后，这个体系似乎可以被概括为对周而复始的宇宙的信仰，在这个宇宙里，人类的历史在一遍又一遍地重复着自身，因此，如果你知道如何去解读迹象的话，就能够作出预言。很难不觉得叶芝接受了这一信念主要是因为它消解了进步的概念，并承诺他所憎恨的科学挂帅、宣扬平等的庸俗时代会很快结束。文明将很快步入专制时期——他声称自己相信这一点，而因为这是他所盼望的，或许他真的相信。不可避免地，他对法西斯主义抱以同情，至少对意大利式的法西斯主义是这样，并受到埃兹拉·庞德和众多意大利思想家的影响。带着无比的喜悦，他期盼着民主的毁灭，甚至写下了这几行出名的诗句：

> 最好的人缺少信念，而最坏的人，
> 则充满坚定的热诚。

它似乎昭示了纳粹分子的崛起，而且如果你通读整首诗（《二度降临》）的话，似乎并不会对其表示反对。如果叶芝能活到现在并目睹民主与法西斯主义的斗争，他会抱以什么样的态度，我们无从得知。法西斯主义最突出的特点是，它能以自相矛盾的理由吸引到形形色色的人。对于出身于带着贵族矫情的破落家族旁支的叶芝来说,法西斯主义的吸引力或许在于它似乎是最极端的保守主义。但如果他能活得久一些的话,或许他会发现这是错的。但不管怎样,因为他不喜欢政治,或许他不会走上和老朋友埃兹拉·庞德一样的道路。

梅农先生正确地指出叶芝接受法西斯主义是一个"令人不安的迹象",但这并没有贬损他的文学成就。没有几位诗人能像他那样展现出一生都在进步的能力。另一方面,他的神秘信仰以及它们的狰狞意味和庸俗哲学的色彩,并不能被简单地视为一个怪癖便打发掉。它们是他的作品的组成部分,正如梅农先生所表明的,他许多写得最好的诗篇几乎无法理解,除非你了解它们光怪陆离的本质思想。

> 从哪里我得到了真理?
> 出自一个灵媒之口,
> 它来自于虚无,
> 来自于林中的土壤,
> 来自于漆黑的夜晚,
> 尼尼微的王冠就在那儿丢放。

对于我们来说,一个地位如此崇高的诗人不仅相信招魂术和巫法,甚至有一部分作品基于这个信仰,或许是一件奇怪的事情。但我们应该记住许多别的伟大作家(譬如说:埃德加·爱伦·坡)的生命观其实和疯子没什么两样。或许对于一个作家来说,常识并没有诚恳那么重要,就连普通意义上的道德和思想上的诚恳也没有所谓的艺术气节那么重要。叶芝或许怀有荒唐的、不祥的信仰，或许他所声称的神秘知识其实他并不拥有。但无论任何时候他都不会犯下他所认为的审美意义上的罪恶。他绝不会去巴结公众或满足于低劣的作品。他的一生完完全全奉献给了诗歌，这在英语民族中是非常罕见的事情，而他的成果证明了他的奉献是值得的。虽然有几处地方让人觉得荒唐，但梅农先生以精妙深入的笔法，复述了一个感人的故事。

评谭叶·利恩的《黑暗中的声音》①

　　任何需要向"友好"国家进行政治宣传的人都一定会羡慕英国广播公司的欧洲广播节目。他们的任务是如此轻松！生活在敌占区的人民一定很渴望听到新闻，德国人将收听同盟国的广播节目定为刑事犯罪，这愈发使人认定那些广播节目就是真相。英国广播公司的欧洲广播的优势也就只有这一点了。除了德国之外，它的内容被收听后都会被相信，但问题就在于能否被收听到，而更困难的是，你得知道该说些什么。谭叶·利恩先生的这本有趣的书主要就是探讨这些困难。

　　首先，在物质和技术手段上存在着障碍。收听外国电台绝对不是一件容易的事情，得有一台相当好的收音机，每一档敌对广播节目播放的条件都非常恶劣，播放时间和波段不能在报刊上进行宣传。即使在没有收听限制的英国，也很少有人听说过德国的"自由电台"节目，如"新不列颠"和"工人的挑战"。此外还有干扰，而最重要的是盖世太保的监视。全欧洲有无数人被关进监狱或被送进集中营，有的被处以死刑，就因为收听了英国广播电台的节目。在监视严密的国家，只有戴着耳机收听才安全，但耳机根本买不到，而能够使用的收音机的数量由于零部件的稀缺而

---

① 刊于 1943 年 4 月 30 日《论坛报》。爱德华·谭叶·利恩（Edward Tangye Lean，1911—1974），英国作家，代表作有《拿破仑主义者：对 1760 年至 1960 年的政治不满的研究》、《黑暗中的声音》等。

越来越少。这些物质上的困难本身将引发那个只能在一部分程度上得到解决的重大问题：说什么才是安全的。如果你的潜在听众冒着生命危险收听你的节目，可能得半夜躲在阴风阵阵的谷仓里，或戴着耳机蜷缩在被子下面，进行政治宣传有意义吗？还是说，你会认为只有"硬"新闻才值得广播呢？又或者，在你没有能力给予军事援助的群众中进行煽动性的政治宣传会收到什么成效吗？又或者，从宣传的角度讲，说出真相好呢，还是传播谣言和对每个人作出承诺好呢？在对敌宣传而不是对敌占区人民的宣传时，根本的原则总是在进行甜言蜜语的哄骗还是进行威胁间摇摆不定。英国和德国的电台都在这两个政策之间左右为难。在新闻的真实性方面，英国广播公司和其它非中立电台比起来要好一些。它在无法确定的疑点上总是持妥协政策，有时候两边都不讨好，但毫无疑问，对欧洲播放的内容的知识水准要比对世界其它地方的广播内容高一些。英国广播公司现在以 30 多种欧洲语言进行广播，总共播放的语言有 50 多种——当你想到从 1938 年以来，英国的对外电台宣传都得临时准备时，你就会知道这是一份复杂繁琐的工作。

或许谭叶·利恩先生的这本书最有意义的部分是对德国在入侵法国的战役中电台宣传攻势的细致分析。他们似乎将真相与谎言以高超的技巧掺杂在一起，在对军事行动进行高度写实报道的同时，散播精心编织以引起恐慌的谣言。在这场战役的任何时候，法国电台似乎从来没有报道过真相，大部分时间根本没有新闻报道。在战争初期，法国人对德国宣传攻势的反击方式就是进行干扰，这种方式很蹩脚，因为它要么根本行不通，要么让人觉得有什么事情正被隐瞒。与此同时，德国人精心编排的电台节目侵蚀了法国军队的士气，给百无聊赖的部队一些轻松的娱乐，与此同时，挑起英国和法国之间的猜忌，并趁机对苏德条约进行煽动性的宣传。当法国的发射站被德国人占领时，他们立刻开始播放事先早已准备好的政治宣传节目和音乐节目——这是任何实施侵略的军队应该铭记的组织细节。

德国人在法国战役中势如破竹，当你读到谭叶·利恩先生的描写时，你可能会把电台宣传攻势在他们的胜利中所发挥的作用夸大了。谭叶·利恩先生谈及过但没有进行深究的一个问题是，宣传攻势能否单靠自身而取得任何效果，还是说，它只是加入已经发生的事件进程的催化剂。或许后者才是实情，一部分是因为电台本身有一个出乎意料的影响，那就是使得战争比以往更加贴近真相。除了像日本这样的地势偏远，而且人民没有短波收音机设备的国家之外，要隐瞒不利消息是非常困难的，而如果在国内讲惯了真话，要对敌人撒出弥天大谎是很困难的事情。不时地，一个时机把握得恰到好处的谎言（比如 1914 年俄国军队出现在英国和 1940 年 6 月德国政府下令杀光所有的狗）或许会产生很大的效果，但大体上讲，政治宣传是无法与事实抗衡的，尽管它可以为事实蒙上色彩或将其扭曲。长久来看，说一套做一套显然是不会带来好处的。举一个最近的例子，日耳曼新秩序的失败就清楚地表明了这一点。

如果有更多像谭叶·利恩先生这样的描述英国广播公司和其它宣传喉舌的书籍面向公众出版的话，那会是一件好事。即使是消息灵通的人士，当他们抨击英国广播公司或新闻部时，也总是在要求不可能做到的事情，却忽略了英国政治宣传真正严重的缺点。近期在会对这个问题进行的两次辩论表明了一个事实，那就是，似乎没有一个议员了解在英国广播公司内部发生了什么事情。这本书应该能促进了解，虽然同样题材的书还需要有五六本之多才够。

评丹尼斯·威廉·布罗甘的
《英格兰的人民》[①]

    这本书的内容在写英国，却是在美国成书的，因此，它的文风带有些许挑衅的意味。布罗甘教授在 1942 年的夏天和秋天那段形势很糟糕的时期跑到美国去了，而且显然对许多美国人并不喜欢我们而且对我们一无所知这件事感到不安。他希望进行解释，而且或许想要掩饰一些内容。除了驳斥美国人之外，在一定程度上他还反对英国的文坛知识分子，必须有人为了英国去迎击他们以及其他少数派的冷嘲热讽。就像他的书名暗示的那样，如今使用英格兰这个词语几乎是一种政治行为，而不是向那些聒噪的少数派屈服，把它叫做不列颠。

    布罗甘教授是如何介绍我们的呢？大体上说，我们是一个没有思想但非常温和斯文的民族，面对逆境坚强不屈，势利又很友善，做事没有效率却又有符合情理的本能，因此能够避免真正毁灭性的错误。无疑，他的这番描述大体上是真实的，而且有几处地方（特别是在繁多的脚注里）非常准确。《英国的宗教》那一章对这个难题进行了精彩的阐述。布罗甘教授很关心美国读者的反应，因此他在大部分时间里都在为通常被认为无法辩护的事情进

---

① 刊于 1943 年 5 月 27 日《听众》。丹尼斯·威廉·布罗甘（Denis William Brogan, 1900—1974），苏格兰历史学家、作家，代表作有《美国的政治体制》、《革命的代价》等。

行辩护——阶级体制、英国民主的扭曲、公学、印度、诸如严守安息日的传统和英国城镇的丑陋之类的小问题。但是，他所说的内容很有讲述的必要，不过他知道美国人很敏感，或许说了一些他并不真心相信的内容——譬如说，英国在印度的统治将会"早在普拉西战役①第二个百年庆典到来前"就结束。他为君主制的辩护很值得一读，但或许他没有充分强调继承君主制在疏导情绪与中和情感方面所发挥的作用，否则这些情绪和情感会依附于拥有真正的权力去做坏事的统治者身上。

这本书很诙谐，而且富于激情，但它的一个小缺点是几乎每一页都有一个美国读者的影子，总是迫使布罗甘教授在每一点上都拿美国进行类比。你会称赞这本书的宣传价值和文学价值，而这就引发了一个问题：这些宣传真的能够起到作用吗？根据美国报刊的内容进行判断，美国的亲英情绪和反英情绪很稳定，英国的言论和行为能起到的影响很小。你能为宣传英国做的就是为亲英派提供弹药，为了实现这个目的，数据和明确的事实要比殚精竭虑地解释为什么公学体制并不是那么糟糕要更有意义。另一方面，如果你准备在美国对英国的敌人进行驳斥，任何为英国的体制进行辩护的尝试都是徒劳的，还不如奉行"你不也一样"的反击策略，拿美国的黑奴问题说事。这么说并不是贬低布罗甘教授这本书的价值，这是一本令人振奋的作品，几乎每一页都能让你热烈赞同或激烈反对。但它主要是对英国人或对英国已经有大致了解的美国人才有价值。比起下

---

① 普拉西战役(the Battle of Plassey)，1757 年 6 月 23 日，东印度公司的武装战胜孟加拉王公及其法国盟友，是东印度公司征服印度的决定性战役。

棋或打仗，进攻就是最好的防御这条法则应用在宣传上更加有效。像这么一本以辩护为基调的书很难让林德伯格上尉[①]或科弗林神父[②]的信徒回心转意。

---

① 查尔斯·奥古斯都·林德伯格（Charles Augustus Lindbergh，1902—1974），美国飞行员、社会活动家、探险家，美国民主体制的坚定捍卫者，反对希特勒式的独裁体制，也反对英国式的君主贵族统治体制。
② 查尔斯·爱德华·科弗林（Charles Edward Coughlin，1891—1979），罗马天主教牧师，持反犹思想，支持希特勒和墨索里尼的反犹政策。

评约翰·勒曼编撰的《新写作与曙光》①

在韵文就数量而言蓬勃发展而富于想象力的散文走向式微的时候，看到最新一期的《新写作》里的批评文章要比短篇小说写得更精彩并不是什么让人吃惊的事情。但有一篇精彩的短篇小说是例外，那就是亨利·格林先生的《间歇》，描写一个消防站的生活，它已经有 18 个月没有遭受轰炸了，这个故事精确到位地描写了战争的一个小小的恐怖，而且几乎完全依赖对话去表达，没有任何评论的内容。

至于那些批评文章，约瑟夫·科迪塞克②关于捷克戏剧的评论对于任何对戏剧制作感兴趣的人来说会很有价值。德里克·希尔③对北平一座剧院的描写很精致有趣。德米特里奥斯·凯普塔纳基斯④和亨利·里德对奥登与斯宾德这个诗派以及战争开始以来所涌现的新文学运动的成就与失败进行了总结，虽然它对新一代的作家的总结过于随意，这些人数目众多，而且各不相同。亨利·里德的文章对集体文学创作的危险提出了有价值

---

① 刊于 1943 年 7 月 30 日《旁观者》。鲁道夫·约翰·弗雷德里克·勒曼 (Rudolf John Frederick Lehmann, 1907—1987)，英国诗人、作家，代表作有《猎人基督》、《低语的画廊》等。
② 约瑟夫·科迪塞克(Josef Kodíček, 1892—1954)，捷克记者、评论家。
③ 亚瑟·德里克·希尔(Arthur Derek Hill, 1916—2000)，英国画家。
④ 德米特里奥斯·凯普塔纳基斯(Demetrios Capetanakis, 1912—1944)，希腊诗人，代表作有《漆黑的海岸线》、《希腊群岛》等。

的探讨意见。但最好的文章是雷蒙德·莫蒂默①的《法国作家与战争》。它艰难地尝试了当前迫切需要探讨的一个问题——这个问题迄今为止只有几本美国杂志零碎地涉猎过——确切地描述了那些成名的法国作家在维希政权和德国人的统治下有怎样的作为。经过对过去三年来所累积的相当稀缺的资料的筛选，莫蒂默先生发现法国作家的表现要比预料中更好。更有意义的是，大体上，最好的作家有最体面的行为。每一个关心思想自由的人都应该读一读这篇文章。如果纳粹分子征服了英国，我们也应该会有"通敌合作者"，法西斯主义与知识分子的关系这个问题需要好好地进行探讨。莫蒂默先生没有抱之以道德态度，并说看到蒙泰朗②和德鲁·拉罗谢尔③被处决他会很遗憾。他还为公众做了一件好事，刊印了阿拉贡④的一首之前没有在英国出版的诗。

路易斯·麦克尼斯翻译了阿拉贡的两首诗，第一首写得非常好。此外还有一首捷克作家内兹沃尔⑤的长诗的译本，题材很有

---

① 查尔斯·雷蒙德·莫蒂默·贝尔(Charles Raymond Mortimer Bell, 1895—1980)，英国文学批评家。

② 亨利·德·蒙泰朗(Henry de Montherlant, 1895—1972)，法国作家，支持纳粹政权。

③ 皮埃尔·尤金·德鲁·拉罗谢尔(Pierre Eugène Drieu La Rochelle, 1893—1945)，法国作家，在法国鼓吹法西斯主义，并在德占时期与纳粹政权合作。

④ 路易·阿拉贡(Louis Aragon, 1897—1982)，法国诗人、作家，代表作有《艾尔莎》、《神圣的一周》等。

⑤ 维特斯拉夫·内兹沃尔(Vítězslav Nezval, 1900—1958)，捷克作家，代表作有《字母表》、《挥手道别》等。

趣，但文笔很晦涩难懂。罗伊·弗勒①写了四首情感真挚但文笔艰涩的诗，而罗伯特·格雷弗斯写了一首算不上非常成功的滑稽诗。

---

① 罗伊·布罗德本特·弗勒（Roy Broadbent Fuller，1912—1991），英国作家、诗人，代表作有《失落的季节》、《想象中的谋杀》等。

评乔治·罗杰的《冉冉升起的赤月》、阿尔弗雷德·瓦格的《百万死者》①

　　自从缅甸被日本占领后就几乎没有什么有价值的新闻传出，就连这场战役本身也没有什么相关作品出版。了解情况的当局缄口不语（有传言说就连瓦格先生的这本显而易见在支持英国的书也是在遭到官方反对的情况下出版的），在最关键的时刻，没有哪一个对缅甸的背景情况有所了解的新闻记者在场。结果就是谣言四起和对缅甸为何沦陷有广为流传的误解。这两本书之所以值得一读，是因为它们能够帮助纠正对缅甸战役的观念，而且与能够掌握到的零星信息相吻合。

　　它们称不上是好书。两本书都是美国人写的，而且虽然看得出瓦格先生是一位坚强的记者，两本书都带有我们意料中的四处奔波的记者在匆忙的行程中进行创作的特征。罗杰先生犯了更多把名字拼错和译错文句的失误，但他的照片拍得比较好，弥补了这一缺陷（顺便提一下，任何在乎摄影的人都应该看一看第55页背面的那张印度难民的照片），而瓦格先生对缅甸的政治和经济发展以及缅甸民族主义的起源有更多的了解。他们两人让我们对两个非常重要的主题有了进一步的认识——缅甸第五纵队的破坏程

---

① 刊于1943年8月14日《新政治家与国家》。乔治·罗杰（George Rodger，1908—1995），英国记者，二战的著名战地记者。阿尔弗雷德·瓦格（Alfred Wagg），情况不详。

度和缅甸人对印度人的态度。

当然，关于为什么缅甸会沦陷没有多少疑问。日本人兵力更多，装备更精良，有着巨大的制空优势，肯定会取得胜利。而英军和印军能够有组织地撤出这个国家已实属不易。当时广为流传的想法是，如果缅甸被许以独立的承诺的话，情况或许就会不一样，这只是自作多情的想法。即使缅甸人有抵抗日本人的决心也无济于事。但日本人抓住了一个英国人在印度曾经忽略并且仍然忽略的事实，那就是，没有武装的农民虽然不能像常规军那样作战，但他们能够像游击队或破坏分子那样造成严重的破坏。早在战前，他们就和德钦党(极端民族主义者)接触，并提供向导和翻译。德钦党与武装劫匪其实没什么两样，有几个担任领导人的缅甸政治家就是以劫掠起家，而且缅甸独立军刚开始的时候就有了大量偷来的武器，大部分是霰弹枪。日本人似乎没有冒险将现代化的武装大量分发，我们了解到各个派系都遭到了惨重的伤亡。日本人大概不会为此感到悲伤。以后这些民族主义者会让他们尝到苦头。要从瓦格先生或罗杰先生的书中获悉到底有多少缅甸人是活跃的反英派是不可能的事情，但两本书都让人觉得人数有很多，或许有数万人乃至数十万人之多。这与关于这场战役的其它描述有出入，它们说只有不到一万名缅甸人为日本人卖命。所有的记述都表明大部分缅甸人对战争漠不关心或吓破了胆，轰炸机一来就躲进了森林里，不为哪一边效力。只有偏僻北部的蛮荒部落是可靠的亲英派。

瓦格先生和罗杰先生都用了不少篇幅描写印度人的出逃，那是一场骇人听闻的惨剧，但英国却对其鲜有了解。有十万到二十万印度人，占缅甸的印度人口的三分之一以上，在日本人抵达的时候逃离缅甸，在缅甸和阿萨姆的崇山峻岭间有数千名印度人死于饥饿或强盗之手。过去几年来，反印情绪一直很激烈，而这是情有可原的，因为在下缅甸的许多地方，那些印度放高利贷者在逐渐蚕食农民。但是，迢迢千里逃往印度的长长的队伍没有武器，也几乎没有食物，他们并不是放高利贷者，而是可怜的达罗毗荼苦力，他们最大的罪名就是愿意充当廉价劳动力。他们一路上遭到成群结伙的强盗抢劫和被村民敲竹杠。罗杰先生有一小段文字描写了一群罪犯和警察设立关卡并对经过的每一个难民敲诈勒索。林业部、阿萨姆的茶农和许多传教组织设立了休息的营地和分发他们能够获得的食物，但许多难民困于季雨，被隔离开来，只能活活饿死。当时有谣传说欧洲人只顾着自己保命，由得印度人自生自灭。事实上，只有有钱人才能坐上飞机，这番指责并不符合事实，或许它只是出于反对克里普斯谈判的产物。当然，要将所有印度人空运撤离缅甸是不可能的事情。总共不到一万人通过空运逃离缅甸，许多欧洲人步行离开缅甸，而有约五万名印度人成功地通过英国和印度的海军遣返印度。

这两本书都对轰炸无助和冷漠的平民进行了很有价值的目击描述。仰光经过一周的轰炸几乎成了无人区，而按照我们的标准，那几乎算不上是轰炸。但似乎并没有引起太大的恐慌，人们知道自己无能为力，纷纷跑掉了。缅甸的大部分城镇和村庄都是木建的，而当时正值旱季，最可怕的破坏都是燃烧弹造成的。曼德勒和上缅甸的其它城镇被炸成了几堆废墟。当战争波及全球时，这种事情将在南亚的各个地方发生。与此同时，我们对日本人统治下的缅甸的真正情况一无所知。对这个问题感兴趣的人应该去找找那本不知名的书《在缅甸发生的事情》①，很快就会在英国出版，从瓦格先生和罗杰先生的书结束的时候开始写，大体上证实了他们的说法。

---

① 《在缅甸发生的事情》作者是反英民族主义者龙泰沛（Maung Thein Pe）。

评爱德华·霍尔顿的《新时代》①

知道要去哪里和知道怎么去那里是两个不同的思考过程，很少有人能兼顾二者。大体上，政治思想家可以被分为两类人，脑袋飘在云端的乌托邦主义者和双脚陷在淤泥里的现实主义者。虽然爱德华·霍尔顿先生是一个精明能干的人，在社会需要《画报》的时候创建了它，但他更接近于第一类人，更擅长于指出值得追求的目标，而不擅长于调查了解实际的政治情形。

霍尔顿先生所想要的新世界大体上说是每个理性的人都想要的世界，但他忽略了理性的人没有权力。在这本他命名为《新时代》的书里（乔治·阿伦与昂温出版社，售价 7 先令 6 便士），"我们必须"、"我们应该"、"政府必须"、"政府应该"这样的句子反复出现，在每一个问题上，从外交政策到城镇规划，从金融到教育改革，似乎认为如果"我们"知道我们要的是什么，"我们"就能够实现它。但是，工人阶级却认为"他们"（高层人士）一定会阻止你实现目标，虽然它总是过于悲观，但它不无道理。

霍尔顿先生不喜欢正统的社会主义者，特别是马克思主义教条主义者。确实，如今马克思主义在传道时往往对力量的均衡作出了错误的估计，但它确实洞察"你的财富在哪里，你的心就在哪里"

---

① 刊于 1943 年 8 月 15 日《观察者报》。爱德华·乔治·沃里斯·霍尔顿（Edward George Warris Hulton, 1906—1988），英国杂志出版人、作家，代表作有《新时代》、《童年》等。

这个深刻的真理。霍尔顿先生所渴望的社会变革只是意味着削减少数人的权力和特权，但那些人不是轻易能够被除掉的，而且他们都是教而不善的人。因为，马克思说得很对，富人不仅会紧紧地抓住他们的财富不放，而且会编造出让自己心安理得地这么做的理论。

但如果霍尔顿先生有他的盲点，他的勇敢和大度作出了弥补。五年来，他扮演着公共意见的催化剂，他所写的东西总是鼓舞人心，即使内容很傻。他代表了一系列没有哪个社会能成功结合的事物，但我们这个时代的理性的人本能地知道它们是可以并存的。他代表了一个充沛的世界和简朴的生活，代表了计划经济和个体自由，代表了欧洲联盟和地方自治，代表了没有一致服从的民主，代表了没有教条的宗教。

虽然他绝对可以被归为"左派"，但他不相信阶级斗争，不相信国有化是包治百病的灵丹妙药，认为英国统治阶级有其优点，而且显然不反对帝国主义。当代英国衰败落伍，它那些死气沉沉的商业模式，它对愚蠢的崇拜，它被蹂躏的乡村，它的悲观沮丧（霍尔顿先生显然是一个反对清教的人）让他充满了愤慨，但他对自己祖国的命运有着神秘的信仰，并很肯定英国在战后将在西欧发挥重要的影响。他是一个谨慎的亲俄派，而且他——或许这只是暂时基于最近的事件——是反美派。

这概括了数百万年轻人的思想，他们清楚地知道世界当前的邪恶在很大程度上是不必要的，而且霍尔顿先生作出了杰出的贡献，在这本书和《画报》，扮演着类似单人《智囊团》[1]的角色。

---

[1]《智囊团》(the Brain Trusts)，英国广播电台的讨论节目，于 1941 年 1 月开始播放，西里尔·乔德是该节目的主持。

他的思想最优秀的品质是他真挚地反对极权主义，而且不会屈从于任何正统思想。在寻求解决方案时，他轻快地穿梭于民主体制、贵族体制、社会主义、货币改革、联邦主义、帝国主义、消费者合作社、强制劳动、青年运动之间，甚至——试探性地——探索一夫多妻制。无疑，他那不拘一格的方法能比坚持某个过时的"主义"更接近真理。

他反对保守主义者，声称"合理的金融体制"是一派胡言，认为阶级特权站不住脚，认为国家主权已经落伍了。他反对社会主义者，声称阶级斗争已经过时，享乐主义是一个危险，和平主义只是一个幻觉。最重要的是，他坚持道义，并抛弃政客们践行的知识分子们捍卫的马基雅弗利主义。作为五十岁以下的体面的普通人想要的宣言，他的书做到了这一点，甚至不是那么肤浅，虽然它的文风略显潦草。只是，就像大部分自由主义者一样，他低估了"做什么"和"怎么做"之间的鸿沟。

或许，霍尔顿先生终究可以从他看不起的教条主义者那里学到一些东西。目前，他的智慧之梯出现了空隙。单有常识和善意并不足够，还要去摆脱恶意和无法克服的无知这个问题。如果霍尔顿先生能用他那乐观和好奇的心灵去思考这个问题，或许他能为我们所有人作出贡献。

评列奥内尔·费尔登的《以邻为壑》书评[①]

如果你把商业广告和政治宣传进行比较的话，有一件事情会让你觉得很惊讶，那就是前者要更诚实一些。广告商至少知道他的目的是什么——那就是钱——而宣传工作者如果不是一个麻木不仁的写手，那就总是一个神经官能症患者在发泄个人的不满，而实际上想要的是他所支持的事情的反面。表面上费尔登先生的这部作品是要推进印度独立的事业，但它并不会起到促进作用，我找不到什么可以证明他本人确实希望印度独立，因为如果某个人真心在为印度独立而奋斗，他会做些什么呢？显然，他会先决定有哪些力量可能会是他的助力，然后，与任何一个冷血的牙膏广告商一样，他会想出打动他们的最佳方式。费尔登先生并没有这么做。从他的书中可以看到几个动机，但最明显的一个是发泄对印度政府、全印度广播电台和英国报刊的不满。他确实对印度的情况作了几点介绍，甚至在结尾还写了几页有建设性的意见，但他这本书的大部分内容都只是在发牢骚，无来由地攻讦英国的统治，掺杂着对于印度文明优越性滔滔不绝的游客式论述。在扉页上，为了营造所有宣传作家所希望营造的友好气氛，他还故意写上"与欧洲蛮夷同在"，然后在几页之后，他虚构出了一个印度

---

① 刊于 1943 年 9 月《地平线》。列奥内尔·费尔登（Lionel Fielden）：情况不详。

人，对西方文明加以斥责，就像一个 39 岁的老处女在激动地斥责男性：

> ……印度人对自己的传统感到十分自豪，认为欧洲人都是蛮夷，他们一直在打仗，以武力统治其它和平的民族，一心想的只有大买卖、威士忌和桥牌。他们是暴发户式的民族，对水管设施的作用夸大其词，却又把肺结核和性病传播到全世界……印度人说坐在已经洗过身子的水里而不是用活水洗澡不仅不卫生，而且很肮脏恶心；印度人会证明，和他们相比，英国人是肮脏甚至臭烘烘的民族，而我完全同意印度人的看法。印度人认为与他们灵巧地使用手指进食相比，不同的人使用洗得不干不净的叉子、勺子和刀子是让人恶心的野蛮行径，我不能肯定他们这样想是错的。印度人十分肯定地认为四壁空空铺着漂亮地毯的印度房间要比欧洲人堆满了不舒服的桌椅的欧洲式拥挤杂乱更加优越。

整本书大体上就是这么一个调调。总是同样的牢骚，每隔几页就冒出一段歇斯底里的发泄，只要能硬拉着进行比较的地方都硬拉着进行了比较，结论总是东方好而西方不好。现在，在我们停下来探究这样的描写对印度独立事业将起到什么帮助前，有必要进行一个试验。让我改写这段文字，使之出自一个英国人之口，为自己的文化辩护，就像费尔登先生的印度人那样尖锐。重要的是注意到他所说的话并不比我上面所引用的内容更加不诚实或更无关主旨。

……英国人对自己的传统感到十分自豪，认为印度人是没有男子气概的人种，他们的动作有如猿猴，对女人很残忍，总是一直在谈钱。他们鄙夷西方的科学，因此总是受疟疾和钩虫的肆虐……英国人会说在炎热的气候下用流水洗澡还有点道理，但在寒冷的气候下，所有的东方人要么像我们一样洗澡，要么就像许多印度山区部落一样——根本不洗澡。英国人会证明任何一个西欧人经过一个印度村落时都希望能把自己的鼻子提前给切掉，而我完全同意英国人的看法。英国人会声称用手指吃饭是一种野蛮的习惯，因为它不可避免会发出让人觉得恶心的声音，而我认为英国人说的并没有错。英国人笃定地认为英式房间有舒服的扶手椅和亲切的书架，要比一无摆设的印度房间优越得多。在印度房间里，光是坐着时没有东西支撑你的背就使得你心里觉得空荡荡的。等等等等。

这里有两点要解释。首先，现在没有哪个英国人会写出类似这样的文字。确实，许多人心里有这种想法，甚至会关起门来嘀咕一番，但要看到这样的文字被刊登出来，你得去翻寻十年前的故纸堆。其次，有必要问一下，这段文字对于一个碰巧把它看得很重的印度人会有什么效果？他会觉得受到了侮辱，而这是很合乎情理的。那么，像我所引用的费尔登先生的文章对一个英国读者来说不是也有同样的作用吗？没有人愿意听到自己的习惯和风俗被别人说三道四。这不是一个小问题，因为在眼下关于印度的书可能起着特殊的重要作用。我们没有看到政治上的解决方案，印度人无法赢得自由，而英国人不愿意给予他们自由。一个人在目前能够做的，就是将这个国家和美国的舆论往正确的方向推动。但那些一味反对欧洲的宣传是无法做到这一点的。一年前，克里普斯的出使任务失败后不久，我看见一位知名的印度民族主义者在一场小型会议上发言，解释克里普斯的提议被拒绝的原因。那是一个宝贵的机会，因为有几个美国报纸的通讯记者在场，要是应付得当的话，他们可能会向美国发一封对国大党抱以同情的电文。他们带着开放的心态去到那里，而在十分钟内，那个印度人就让他们成为了英国政府的坚实拥趸，因为他并没有坚持他的观点，而是将其变成了建立在敌意和自卑情结之上的反英长篇大论。这种错误就连一个牙膏广告商也不会犯。但那个牙膏广告商是在尝试卖出牙膏，而不是向那个十五年前拒绝他进头等车厢的毕灵普分子施加报复。

不过，费尔登先生的书提出了比眼下的政治问题更加宽泛的问题。他认为东方和西方的对抗是基于东方崇尚宗教和艺术，不重视"进步"，而西方崇尚物质和科学，粗鄙而好战。英国的罪行是将工业化强加于印度之上。（事实上，过去三十年来英国的真正罪行刚好相反。）西方人为了工作而工作，却又沉迷于"高品质的生活"（值得注意的是，费尔登先生反对亲俄的社会主义者，而且有点看不起英国的工人阶级），而希望印度停留在远古时期那样简单的没有机器的世界里。印度必须独立，而且必须消除工业化。而且他还语焉不详地提到了好几次，说印度应该在当前的战争中保持中立。不消说，费尔登先生心目中的英雄是甘地，而对于他的经济背景他只字不提。"我相信，甘地的传奇将成为激励东方数百万民众的熊熊热情之火，或许连西方人也会被他所感动。但目前是东方提供了丰饶的土壤，因为东方还没有对金牛犊①顶礼膜拜。或许东方将再次向世人证明，人类的幸福不依赖那种特别形式的崇拜，克服物质主义，也就克服了战争。"甘地在书中出现了很多回，扮演着类似于布克曼主义文学中"弗兰克"的角色。

我不知道几年之后甘地会不会成为"熊熊热情之火"。当你想到古往今来人类崇敬的都是些什么人物时，这种情况并非不可能发生。但印度"应该"独立、摆脱工业化和在当前这场战争中保持中立的这番言论很是荒唐。如果你不去理会政治斗争的细节，而是观察战略性的现实，你会看到两个似乎相冲突的事实。第一个事实是，无论印度独立有多么正当，它要像英国或德国那样作为独立的国家而存在是不大可能发生的事情。第二个事实是，印度对于独立的渴望是一个现实，无法通过言语将其打消。

在当今主权国家的世界里，印度不是一个主权国家，因为它没有能力保卫自己。它越是费尔登先生所想象的奶牛和纺车的乐园，这种情况就越真切。现今的独立意味着能大规模制造飞机。世界上只有五个真正独立的国家，要是现在这个趋势继续下去的话，将只会有三个独立国家。从长远的角度看，显然，印度在世界权力政治的舞台上没有什么机会。而从短期的角度看，通往印度自由的必要的第一步显然是同盟国的胜利，即使那只是迟疑的一小步。但其它情况一定会导致印度继续被奴役。要是我们战败了，日本或德国将接管印度，那事情就到此为止。如果达致妥协

---

① 金牛犊(the Golden Calf)的典故出自《圣经·旧约》，摩西上西奈山领受上帝的十诫时，犹太人在山下打造了一头金牛犊，后来金牛犊被引申为对金钱和财富的崇拜的象征。

和平（费尔登先生似乎多次提到这是好事），印度并不会获得更大的独立机会，因为在这种情况下，我们不可避免会紧紧攫住已经掌握或没有失去的土地不放。妥协和平总是"能捞多少就捞多少"的和平。费尔登先生让他那个假想的印度人提出，要是印度保持中立的话，日本就会和它相安无事。我不知道有没有勇于担当的印度民族主义者说过类似的蠢话。在左翼圈子里更加普遍的另一个观点是，印度没有我们的帮助能更好地保卫自己，这完全是一厢情愿的想法。要是印度人在武力上比我们强大的话，很久以前他们就把我们给赶跑了。许多人举中国为例，这个例子很有误导性。印度要比中国更容易征服，因为它的交通更加方便，而且中国的抵抗有赖于工业高度发达的国家的支援，没有支援的话就会崩溃。必须得出这样的结论：未来几年印度的命运将与英国和美国的命运休戚相关。如果俄国人能在西线腾出手来，或者如果中国有强大的军事力量，情况或许会不一样，但是，这还是意味着轴心国的彻底失败，而不是费尔登先生似乎认为可以接受的中立。甘地本人所设想的是，要是日本人来了的话，印度人可以通过破坏活动和"不合作"政策和他们周旋，这根本就是幻想，也看不到甘地本人对这个想法抱有信心。他的那些方法从来没有给英国人造成多大的麻烦，而对日本人来说根本起不了任何作用。一言以蔽之，朝鲜有甘地吗？

但与这相悖的事实是印度的民族主义，它无法用白皮书式的谎言或是引用马克思的只言片语就打发走。那是一种意气用事的、浪漫的，甚至带有沙文主义的民族主义。像"祖国的神圣土地"这样的语句如今在英国人看来只会是荒唐可笑的言论，在一个印度知识分子的口中会自然而然地脱口而出。当日本似乎就要入侵印度时，尼赫鲁说了这么一番话："如果印度长存，死又算得了什么呢？"于是，风水轮流转，印度的造反派引用了吉卜林的名言。这一层面的民族主义间接帮助了法西斯主义。只有极少数的印度人被世界联邦的理念所吸引，只有在这么一个世界里，印度才能真正地获得自由。就连那些口头上支持联邦制的人要的也只不过是东方各国的联邦和与西方抗衡的军事联盟。阶级斗争的理念在亚洲各国几乎毫无吸引力，而俄国与中国对印度也没有多少忠诚可言。至于统治欧洲的纳粹政权，只有少数印度人能够看清它对他们自身命运的影响。在几个亚洲小国，那些宣扬"我的祖国，无论对错"的民族主义者正是那些投靠日本人的走狗——而他们走出这么一步或许并非完全出于无知。

不过，在这里引出了费尔登先生几乎没有触及的问题，那就是：我们不知道亚洲的民族主义在何种程度上是受我们压迫的结果。一个世纪来，除了日本之外，所有的东方大国都遭受压迫，各场民族主义运动的歇斯底里和短视或许只是它所造成的结果。当你没有被外国人统治时，要意识到国家主权是国家自由的敌人会容易得多。我们不能肯定情况是否真的是这样，因为东方国家中最具民族主义色彩的日本从来没有被征服，但至少你能够说，如果这样的思路不能提供解决办法，那就没有解决办法了。要么强权政治向道义作出让步，要么世界将盘旋而下，陷入我们已经能隐约看见的梦魇中。在我们谈论世界联邦时，要让我们的话被人相信，必要的第一步就是英国应该从印度脱身。这是世界当前唯一行得通的符合道义的大手笔。立刻要做的前期工作是废除总督制和印度行政体制，释放国大党囚犯，宣布印度正式独立。剩下的就是一些细节问题。①

　　但我们如何实现这些事情呢？如果要在这时候去完成，那它只能是出于自愿的行动。印度的独立没有资本，只有英国和美国的公共舆论作为支持，而那只是潜在的资本。日本、德国和英国政府全都站在对立的一面，而印度的潜在朋友中国和苏联正在为自己的生存而奋战，没有多少讨价还价的本钱。剩下的就是英国和美国的人民，他们可以对本国的政府施压，如果他们看到有理由这么做的话。比方说，在克里普斯进行斡旋任务时，英国的民意原本很容易迫使政府提出合适的条件，类似的机会或许就会出现。顺便说一句，费尔登先生尽了自己的最大努力质疑克里普斯的人品，并且根据他的描写，似乎印度国大党的常务委员会一致拒绝接受克里普斯提出的条件，而实情并非如此，克里普斯给出了他的能力范围内能从政府那里得到的最好条件，要得到更好的条件，他得有积极而理智的民意在背后为他撑腰。因此，首要的工作是——争取英国的群众，让他们了解印度很重要，而印度一直遭受到不体面的对待，需要进行矫正。但你不能通过侮辱他们实现这一点。大体上说，印度人要比为他们辩护的英国人更了解这一点。说到底，一本漫无边际地谩骂英国的每一项制度，就像一个美国女教师观光旅游时那样为"东方的智慧"欢呼雀跃，将呼吁印度独立和向希特勒投降的说辞掺和在一起的书会有什么样的效果呢？充其量它只能感化那些已经被感化的人，或许还会把一些已经被感化的人给吓回去。它的效果只会是增

---

① 原注：当然，必然的推论就是在这场战争中保持军事联盟，但要做到这一点应该不会有什么困难。只有极少数的印度人希望被日本或德国统治。

强英国的帝国主义，虽然它的动机或许比这番话所暗示的更加复杂。

　　表面上看，费尔登先生的这本书的主题是提倡"精神主义"和反对"物质主义"。一方面，它不加批判地推崇东方的一切事物，另一方面它对西方充满了仇恨，尤其是针对英国，仇恨科学和机器，对俄国抱以怀疑，蔑视工人阶级对社会主义的理解。所有的内容可以被归结为空谈式的无政府主义——追求以分红为基础的简单生活。当然，拒绝机器总是建立在对机器的默许接受之上，这一事实的象征就是甘地在某个棉花大亨的豪宅里摆弄着他那部手纺机。但甘地还以别的方式出现。值得注意的是，甘地和费尔登先生对待现在这场战争的态度出奇地相似。虽然在英国他们被认为是"纯粹的"和平主义者和日本人的帮凶，事实上甘地对这场战争说了许多自相矛盾的话，很难去找出脉络。有一度他的"道义支持"与同盟国同在，接着就将其收回；有一度他觉得和日本人合作是最好的结果，接着就希望以非暴力的方式反对他们——而他预计的代价会是数百万条生命——而在另一个场合下，他敦促英国在西线展开战斗，由得印度遭受侵略。在另一个场合，他"无意妨碍同盟国的目标"，并宣称他不希望盟军部队离开印度。费尔登先生对战争的看法相对比较简单，但同样含糊不清。他从未在任何地方表明他是否希望轴心国被击败。他反反复复地呼吁同盟国的胜利不会有什么好的结果，但与此同时，他否认"失败主义"，甚至呼吁说印度的中立地位在军事意义上对我们有利，也就是说，如果印度不是一个负累的话，我们的战局会更有利。如果这番言论真有意义的话，它意味着他希望妥协媾和，虽然他没有这么说，但我很肯定他所想要的是什么。不过，奇怪的是，这是帝国主义的解决方式。绥靖主义者总是既不希望失利也不希望获得胜利，而是与其它帝国主义强权达成妥协。而且他们也知道如何利用战争的荒唐作为争辩的理由。

过去几年来，最聪明的帝国主义者已经在赞同与法西斯分子妥协，即使他们不得不放弃许多才能换得妥协，因为他们已经知道只有这样帝国主义才能获得拯救。他们当中有些人即使到了现在也不害怕露骨地说出这一点。要是我们将战争进行到毁灭性的结局的话，大英帝国将会要么灰飞烟灭，要么实现民主，要么变成美国的附庸。另一方面，如果其它已经掠夺到足够多的领土的帝国主义强权势力愿意维持当前的世界格局，或许它能以当前的形式继续存在下去。如果我们与德国和日本达成共识，我们的属地面积或许会缩水（就算这一点也是无法肯定的。很少人注意到这一事实：在这场战争中，英国和美国就领土而言得到的要比失去的多），但我们应该至少肯定可以保留已经占有的土地。世界将被三四个帝国主义强权势力所瓜分，它们暂时没有争权夺利的动机。德国将忙于解除俄国的武装，日本将忙于制止中国的发展。如果这就是世界的秩序，印度将无限期被统治。很难相信遵照其它方针能达成妥协和平。因此，空谈式的无政府主义说到底（不）是一件无伤大雅的事情。客观上它不比最糟糕的绥靖主义者要求的更多，主观上它将激怒这个国家对印度的潜在友好人士。这难道不有点像甘地的事业吗？他的极端主义疏远了英国的公众，而他的温和态度则成为了英国政府的帮凶。不作为主义和反动总是联系在一起，当然，不一定是有意的结合。

伪善是很罕见的事情，真正的邪恶或许就像美德一样难得。我们生活在一个疯狂的世界，它的两极总是互相变换不定。在这个世界里，和平主义者发现自己崇拜的是希特勒，社会主义者成为了民族主义者，爱国者变成了卖国贼，佛教徒为日本军队的旗开得胜祈祷，而当俄国发起进攻时，股票指数立刻上扬。虽然这些人的动机在局外人看来再明显不过，他们自己却当局者迷，毫无觉察。马克思主义者们所想象的邪恶的富人坐在小小的密室里筹谋着剥削工人的方案这一幕情形并没有在现实世界里发生。剥削的确存在，却是由梦游者做出来的。如今，富人们用于对付穷人的最有效的武器之一就是"心灵"。如果你能引导一个工人相信他对体面的生活标准的渴望是"物质主义"，你就能将他玩弄于股掌之间。同样地，如果你能劝导印度人保持"心灵纯洁"而不是组织类似于工会这样的俗事，你就可以保证他们一直会是苦力。费尔登先生对西方工人阶级的"物质主义"充满了愤慨，指责他们在这方面比那些有钱人还要糟糕，不仅要收音机，甚至还想要汽车和皮衣。答案显然就是，这样的愤慨出自一个自己已经过着舒适的特权生活的人并不合适。但那只是一个答案，而不是确切的诊断，因为如果这只是寻常无奇的口是心非的话，愤愤不平的知识分子的问题早就不是问题了。

过去二十年来，西方文明赋予了知识分子不负责任的安稳生活，特别是在英国，它教会了他怀疑一切，却又牢牢地将他束缚在特权阶层中不得动弹。他就像一个从父亲那里讨钱花却又憎恨父亲的年轻人。结果就是深切的罪恶感和憎恶感，却没有真切的愿望想要摆脱。但是，精神上的逃避肯定是有的，某种形式的自我辩护也肯定是有的，而最让人满意的一种方式就是民族主义的移情。在二十世纪三十年代，普通人的选择是转而向苏俄效忠，但还有别的出路。值得注意的是，和平主义和无政府主义，而不是斯大林主义，如今在年轻人群体中普及开来。这些信念的好处是它们的目标是不可能实现的，因此，实际上并没有太高的要求。如果你往甘地身上加一些东方神秘主义的色彩和布克曼式的狂喜，你就有了一个愤愤不平的知识分子想要的一切。一位英国绅士的生活和一位圣人的道德态度能够并行不悖。只需要将对英国的忠诚转到印度之上（以前是俄国），你就能完全沉浸在沙文主义的情感中——而如果你能认清这种情感的本质的话，这是根本不可能发生的事情。以和平主义为名，你能与希特勒达成妥协；以"心灵"为名，你能保住你的金钱。那些想要战争无果而终的人总是在赞美东方贬斥西方，这绝非偶然。真正的事实并不是很重要。东方国家已经表明它们的好战和嗜血并不亚于西方国家，东方国家并没有摈弃工业主义，而是对其趋之若鹜——这些事实根本不重要，因为他们要的是将东方塑造成和平而虔诚的家族统治式的国度，与贪婪的物质化的西方作对比。一旦你"抛弃了"工业主义和社会主义，你就置身于那片陌生的无人区，法西斯分子与和平主义者在那里相会。事实上，德国电台上所说的希特勒和甘地的教诲殊途同归蕴含着可怕的真理。当你看到米德尔顿·默里在歌颂日本人入侵中国而杰拉德·赫德①在倡导将印度人自己都摈弃的印度种姓制度引入欧洲时，你就会明白这一点。接下来的几年我们将听到许多关于东方文明优越性的言论。这是一本很有害的书，将得到左翼人士的喝彩，而且出于不同的原因，受到更有思想的右翼人士的欢迎。

---

① 亨利·菲茨·杰拉德·赫德(Henry Fitz Gerald Heard，1889—1971)，英国历史学家、教育家、哲学家，代表作有《人类的五个时代》、《第三种道德》等。

评托马斯·曼的《时代的秩序》[①]

　　自由主义的前景——我指的是这个词的广义——是否要比两年前更加黯淡是一个见仁见智的问题。托马斯·曼的这本政治散文和演讲选集横跨几乎二十年，但里面没有一篇是在 1941 年之后写的——也就是说，自从战争的形势逆转之后什么也没写。作为一个人道自由主义者，在托马斯·曼的眼中，欧洲的灾难肯定会结束，道义将最终取得胜利，但在这本书里他所记录的只有失败：拉特瑙[②]遇刺和德国民族主义的兴起、通货膨胀和纳粹主义的迅速崛起、重新占领莱茵兰、阿比西尼亚、西班牙、奥地利、慕尼黑和战争爆发。最早的两篇文章分别写于 1923 年和 1930 年，那时候他仍在德国，后来他去了瑞士。他是一个卡珊德拉[③]式的人物，徒劳地想要告诉英国和法国希特勒是危险人物。然后他流亡到了美国。这个故事在他的笔下呈现螺旋式的下降，虽然战争的形势已经发生了剧变，但不知道托马斯·曼为之奋斗的世界在现在比起德国的坦克驶入巴黎时是否离我们更近了。

---

① 刊于 1943 年 9 月 10 日《论坛报》。托马斯·曼（Thomas Mann，1875 — 1955），德国作家，曾获 1929 年诺贝尔文学奖，代表作有《魔山》、《布登波洛克家族》等。
② 沃尔特·拉特瑙（Walther Rathenau，1867—1922），德国工业家、政治家、外交家，曾担任魏玛共和国外交部部长，在《拉帕洛条约》签订后于 1922 年 6 月 24 日遇刺。
③ 卡珊德拉（Cassandra），古希腊神话中特洛伊的公主和祭司，预见到特洛伊的灭亡，但没有人相信她。

我们注意到托马斯·曼从来没有改变他最根本的看法，不向他所生活的时代妥协。他从来不掩饰自己的真面目：一个中产阶级的自由主义者，一个对思想自由、人类大同和客观真理的存在怀有信仰的人。他满怀自信反对极权主义的所有基于对人类理智的轻蔑的残酷理论，这份自信是年轻的一代很难拥有的。这不是说他是那种只看到政治"自由"和对西方社会停留在资本主义社会感到很满意的自由主义者。他知道需要建立社会主义，他是一个亲俄派，甚至对苏联和英美两国的合作感到很乐观。但他从来没有放弃自己的"资产阶级"观点：个体是重要的，自由是值得拥有的，欧洲文化值得保存，真相不是专属于某个人种或阶级的。他唾弃当代对于权威的向往："那是摆脱自我的永恒的假期"。必须指出，他从人文主义角度出发，作出了准确的政治预测。早在1923年，他就认识到法西斯主义和德国的"鲜血与土壤"哲学意味着什么。你只需要将他对希特勒和墨索里尼的评价和萧伯纳对这两人的评价进行比较，就知道即使在国际政治层面，尊重道义并不是糟糕的向导。

　　他一定是个固执的人，才能如此坚定地信奉法国大革命的理念——二十年来，欧洲的思潮一直与它们背道而驰。或许整本书里最重要的是托马斯·曼在第一篇文章里反复提出的——那是一篇逐字照搬的面向大学生的演讲稿，他们一直在跺脚和作嘘。那是1923年，托马斯·曼在发表演讲捍卫魏玛共和国和谴责军国主义、极权主义和民族主义。实质上，那时候，一个年近五旬的男人在说"活下去"，而年轻的听众在叫嚷着："我们想要死！"那个中年男人在捍卫自由，那些年轻人在捍卫权威。虽然在英国没有类似的事情发生——因为英国不是一个破产的战败国，因此，孕育法西斯主义的必要条件并不存在——但每个国家都经历了大致相同的趋势。直到不久前，民族主义和军国主义在全世界崛起，民主与自由在走向衰落。年轻人比老年人更加信奉极权主义。最后，纳粹的战争机器获得了胜利，似乎彻底揭露了西方所能想象的生活理念的本质。"我们来到这个世界就是为了摧毁法国大革命的理念。"戈培尔博士如是说。过去几年来，他们似乎真的做到了。没有人比托马斯·曼更了解这个危险，正如他那篇写于1935年的文章《欧洲小心》所展示的。但是，即使在1940年和1941年的黑暗岁月，即使在慕尼黑会议之后，他对真理和公义必胜的信念也似乎毫不动摇。

有趣的是，他是对的，或许一直都是对的。一个独裁体制已经垮台了，另一个独裁体制也似乎维持不了多久。我们不知道当托马斯·曼说战争并不是光荣的事情时在作嘘起哄的那些年轻人后来命运如何，但那些仍然活着的人已经了解到了改变思想的原因。问题是，没有人知道极权主义的根扎得有多深。在这本书里，托马斯·曼几乎没有去考虑这个问题，他当然不会愚蠢地认为一切的解释就是德国是邪恶的国家。我们不知道欧洲的年轻人在想些什么。或许极权主义所造成的屠戮已经让它声名狼藉，或许它会在别的地方以新的形式出现。从英国和美国的思想氛围判断，情况并不是很乐观。但是，不管怎么，托马斯·曼作为十九世纪的知识分子，对于纳粹分子和法西斯分子的判断是正确的。那条巨龙就快断气了。

评路易斯·列维的《法国是一个民主国家》[①]

即使路易斯·列维先生的书没有其它优点，它至少提醒了英国读者巴黎并不代表法国，这就已经很有价值了。对于我们的祖辈来说，法国意味着便宜的香槟、星期天的剧院和保罗·第考克[②]的小说。那个传说几乎已经消逝了，但近几年有一股同样危险的趋势：只关注几个巴黎政客的闹剧，对法国的其它事情漠不关心。在战前那几年，即使是在慕尼黑协议之后，英国的大部分观察家只看到民主战线的表面那一套，忽略了劳工运动内部强烈的和平主义倾向。另一方面，在1940年乃至后来，英国普遍认为整个法国准备"通敌合作"。大家都认为法国将出现共产主义或法西斯主义，人民群众深厚的民主传统被遗忘了。列维先生写这本书正是为了澄清这个误解，并让英国人了解法国的民情。

这本书几乎有一半的内容像是地志学调查，对法国的不同地区逐一介绍，并提到了那里的居民的政治色彩。这么写的主要目的是表明激进主义和共和主义在几乎每个地方都有深厚的基础，并且让英国读者了解到法国是一个大国，有着相当大的地区差异。列维先生甚至不介意时不时偏离主题，介绍当地的红酒和奶

---

① 刊于1943年9月12日《观察者报》。路易斯·列维（Louis Levy），情况不详。

② 查尔斯·保罗·第考克（Charles Paul de Kock，1793—1871），法国作家，代表作有《巴黎理发师》、《安妮妹妹》等。

酪。但他的主旨是为他讲述政治历史的那些章节提供背景信息，从而表明为什么法国如此轻易地沦陷，为什么法国的民主制度不可能被永久地推翻。

在军事意义上法国战败了，但人们认为统治阶级的背信弃义是一部分原因，而且民众的态度无疑使得他们两面三刀的手段更加轻松地得以实施。和平主义广泛传播，其影响使得备战和达成坚定的同盟成为几乎不可能的事情。法国的低出生率和法国在上一场战争中遭受的惨重损失使得这个从 1918 年的胜利中并没有得到什么好处的民族认为战争是最糟糕的事情。比方说，产业工人反对法西斯主义，但他们也有反对军国主义的传统。教师反对法西斯主义，但认同"纯粹的"和平主义。农民们拥戴共和，但他们知道战争不会带来好处——而且，他们的父辈有许多人在凡尔登战役中丧生。

因此，在每一个法西斯的进逼或许能被阻止的节点上，即使是在民主战线掌握权力时，人民群众的热情总是会被"坚定的态度可能意味着战争"这个威胁浇灭。当战争真的爆发时，政府在经过一系列让步后无法守住坚定的立场，而且在巴黎地区势力强大的共产党当时因为苏德条约的订立而改变了立场。

在表明为什么法国的农民、产业工人、小公务员和小店主们都由得自己被不共戴天的敌人驱赶到自杀式的政策上时，列维先生在他前面已经埋下的铺垫上解释了每一种情况将肯定会引起的反感。贝当政府或德国政府都没有民意基础。对个体和民主过程的尊重是无法抹杀的，因为，正如赫里奥①所说的，"自由不会在

① 爱德华·赫里奥（Édouard Herriot，1872—1957），法国政治家，长期担任激进党的党魁，曾于 1924 年至 1925 年、1926 年和 1932 年三度担任法国总理。

它诞生的国度死去。"

列维先生没有说他确切地知道德国人垮台后会成立什么样的体制。当然，那将会是一个社会主义体制，一部分原因是没有其它体制能够成功运作，一部分原因是那些有钱人因为"通敌合作"而名誉扫地，而且德国人大规模的劫掠简化了工业国有化的任务。他还希望那会是一个民主政权，但他担心它会受到外国的干涉。他没有盲目地追随戴高乐将军，而且不愿意看到像查尔斯·瓦林①这样的前法西斯主义者出现在军事最高领导人的行列里。他说："法国人拥护'戴高乐主义'是因为他们认为那是一场民主运动，但心里充满了疑惑。而因为他们最担心的是军事独裁和军人执政，更是疑心重重。"

许多来自地下宣传的内容表明法国境内的抵抗力量愿意接受戴高乐将军作为临时政府的领导人，直到宪政政府成立，他们不希望与一个独裁体制的斗争是为了建立另一个独裁体制。列维先生在书的结尾发出了这则重要的警告：

> "任何人若是要强迫法国民主制度接受一个不符合其愿望的政府，都会发现他将挑起最血腥和恐怖的内战。"

拉斯基教授撰写了序文，强调了这一点，并提出了对戴高乐主义运动的政治复杂性的疑惑，比列维先生所说的话更有说服力。

---

① 查尔斯·瓦林(Charles Vallin, 1903—1948)，法国政治家，法国社会党领导人之一，在二战前鼓吹法国应该推行法西斯主义。

托马斯·哈代的战争观[1]

托马斯·哈代的杰出诗剧《列王》内容非常庞大，但装帧很粗糙，你会误以为是学校课本，结果就是，它成为一本那种人们读不下去并因此认为一定要给予赞扬的作品。但是，它确实很值得一读，哪怕只是因为它所描写的战争与这场战争诡异地相似。

《列王》是拿破仑战争的历史诗剧，在气氛上，甚至在战略上都很像现在这场战争，而不像1914年至1918年那场战争。确实，事件发生的次序有所不同，但即使如此，它们的相似程度仍令人吃惊。苏德条约就是提尔西特条约[2]，法兰西之战就是耶拿会战[3]，不列颠之战就是特拉法尔加海战，德国侵略俄国就是莫斯科战役，等等等等。（敦刻尔克或许不是科伦纳[4]，而是1792年低地国家的那场灾难性的战役）。而且，意识形态的交杂、卖国贼、背信弃义的贵族和心怀爱国热情的群众、无休止的结盟与背叛，就连侵略恐慌和英国仓促成立国民自卫队等细节，也都能找到现实中的对应。

---

① 刊于1943年9月18日《论坛报》。
② 1807年6月，拿破仑与俄国沙皇亚历山大一世在提尔西特（Tilsit）签订条约，两国结盟，商定共同对付欧洲诸国及英国。
③ 耶拿会战（the Battle of Yena），1806年10月14日—20日，拿破仑率领的法国军队与普鲁士国王腓特烈·威廉三世率领的普鲁士军队之间进行的战役，以普鲁士军队惨败并退出反法同盟而告终。
④ 科伦纳战役（the Battle of Corunna），1809年1月16日，法军在西班牙伊比利亚半岛的科伦纳战胜英军，迫使英军撤离伊比利亚半岛。

但是，《列王》的主要意义并不是与我们这个时代的切合，也不在于它的历史价值，因为哈代并没有展现我们对拿破仑战争背后的原因的了解。这本书的名字充分揭示了它的主题。哈代眼中的战争只是渴望权力的君主们之间的斗争，平民遭受屠戮而得不到任何好处，甚至没有一点得到好处的可能性。巨大而毫无意义的苦难深深地吸引了他，在为《列王》所选择的创作形式里，他那奇怪而神秘的悲观主义得以比在小说里更加自由地宣泄，因为小说需要一定程度的合理性。

哈代的才华在一部不会被上演的戏剧里得以自由发挥，在不知情的情况下——因为《列王》写于1900年前后——成为一部可供谈资的作品。虽然它的大部分内容是无韵诗对话，但它包含了大量的视觉描写，并通过不停地从欧洲的一头转换到另一头，以只能在银幕上才能重现的上天入地的描写，去实现其戏剧效果。除了人类角色之外，里面还有被描述为精灵的角色在进行合唱，并对正在发生的事件作出评论。但即使这些精灵能够预知未来，它们也无法改变或理解事件。根据哈代的人生观，所有的事情都是注定的，人类只是自动机器，但他们是自以为拥有自由意志和苦难承受力的自动机器。所有的一切都依照上苍意志的命令而发生——这让人了解到托马斯·哈代信奉上帝，而且总是把他的上帝称为"其"——我们不理解这背后的目的，从来都没办法理解。在《列王》的关键情节中，这个意志会显现自己，大地变成了一个庞大的大脑，而斗争中的人们看上去就像是无助的细胞或神经元。譬如，在滑铁卢战役最绝望的时刻：

历年的精灵：

在这陈腐的时刻，

岂不知意志动摇的人和矢志不渝的人，

皆是那万物背后意旨的彰显？

在它操纵着世界的帆索时，

我必须再次让其显形吗？

像先前的情景那样，一股透明的东西再一次弥漫着战场……那张网联结着所有似乎分离的躯体，就连威灵顿也和其他人一样身陷网中，让他知道，就像他们一样，他是在行动中寻找行动的目的。在苍白的光亮下，每一排、每一列、每一个方阵、每一支队伍的军人，法国人——还有英国人，神情都恍如睡梦中的人。

即使只是文字，这段描写也极具感染力。在整部作品的语境中，作为拿破仑漫长而绝望的斗争的高潮，这种描写非常感人，让读者觉得《列王》真的是我们这个时代罕有的真正的悲剧作品之一。

你或许会怀疑哈代病态而几乎迷信的人生观能营造多少真正的悲剧效果。你也或许会问为什么《列王》会让人觉得气势恢宏，而哈代的历史观其实非常狭隘。他似乎对拿破仑战争在一部分程度上是一场理念的战争几乎一无所知——他没有提及法国大革命的命运和工业革命的命运也牵涉在内，主要描写的是战争的生动场面，甚至有时候流露出沙文爱国主义的迹象。一切都围绕着拿破仑这个人物，哈代将他写成一个庸俗的冒险分子，而他也正是这么一个人。

那么，为什么拿破仑的故事会令人感动呢？因为个人的野心在宿命论的背景下拥有悲剧色彩，它的野心越大，悲剧色彩就越浓。如果你相信未来是注定的，没有什么人物会像伟人那样令人唏嘘，他们比常人更相信可以主宰自己的命运。

《列王》有些地方的诗句写得很精彩。在这部宏大的、没有固定形式的戏剧中（足足有十九场！）哈代蹩脚的才华得以尽情施展，里面不乏美妙的描写。譬如

> 啊，纳尔逊今安在？
> 信仰，在这个时刻，
> 他或许浸透了海水，在比斯开湾的漩涡中翻腾，
> 或被呼啸的北风吹到北极熊那里，
> 或在加纳利群岛某个平静的洞窟中沉睡，
> 或在大西洋的海岸上躺在亲密爱人的怀抱里，
> 请让我们知道！

这段话的文学手段很有意思，因为它使用了拟声的效果。譬如说，第三行通过长元音词语的运用营造出寒冷的感觉，而接下来的三行轻松的韵律似乎唤起一个点着灯的舒适房间的景象，汉密尔顿夫人在壁炉边等候着，纳尔逊的拖鞋就摆在壁炉的围栏上保暖，炉盘上还放着一盘松饼。

但《列王》的主要魅力并不在于那些诗句，而在于恢宏的气势和军队在迷雾中来回奔突，在俄国的雪天里以数十万的规模死去的狰狞景象，而这一切都毫无意义。哈代的悲观思想既荒谬又令人意志消沉，但他能从中创造出诗作，因为他怀有信仰，从而证明了——就像爱伦·坡、波德莱尔和许多其他作家一样——即使是一个半疯癫的人生观也能成为文学作品的基础，只要它是真诚的。

评哈罗德·约瑟夫·拉斯基的 《反思我们这个时代的革命》^①

这本书令人印象深刻，它勇敢地尝试解答我们生活其中的思想疑团，对什么是社会主义和法西斯主义作出定义。在道明我们应该努力去实现的目标和达成目标的道路中将会出现的危险时，作为亲身参与政治的人士，拉斯基教授避免了只是一味在进行政治宣传，大胆地说出不受欢迎的观点。他的优势在于，他比绝大多数左翼思想家扎根更深，没有罔顾过去，也没有鄙视自己的同胞。但要做一个思想上忠于社会主义，气质上却偏于自由主义的人并不容易；尽管他从未说出这一点，但拉斯基教授的这部著作真正的主题其实是围绕着这个问题展开的。

这在论述俄国革命的那个章节和名为《反革命的威胁》那个长章节里体现得最为明显。拉斯基教授担心极权主义的威胁或许将很快蔓延到那些现在自称奉行民主制度的国家。他清楚地看到，这场战争并没有使英国或美国发生体制上的改变，旧的经济问题在战争结束后将以更具压迫性的形式卷土重来，而且在国家危难关头或许可以被接受的对特权的取缔在没有外敌入侵的威胁

<hr />

① 刊于 1943 年 10 月 10 日《观察者报》。哈罗德·约瑟夫·拉斯基（Harold Joseph Laski, 1893—1950），英国学者、作家，曾于 1945—1946 年担任英国工党主席，伦敦经济学院教授，代表作有《现代国家的自由》、《危机中的民主》等。

时将会受到抵制。因此，他说如果我们在战争期间可以得到群众同意的情况下不贯彻必要的改革，那么，改革可能将会以暴力手段去实现，并将带来漫长的独裁统治。这些话或许是对的。拉斯基教授很清楚自己想要的改革是什么，而没有哪个有思想的人会不同意他的观点。他想要的是：集中所有制、计划生产、社会平等和"积极国家"。然而，他过于乐观地认为这些事情肯定能够与民主和思想自由一同实现——事实上，几乎就像十九世纪的人那么乐观。

拉斯基教授认为法西斯国家不可避免地在本质上热衷于战争，并一遍又一遍地重复着这番话——"反革命分子一定会挑起战争。"事实上，你只需要看看地图就知道大部分反革命分子并没有挑起战争，反而是几乎不惜一切代价在避免战争。德国、意大利和日本印证了拉斯基教授的理论，但其它经历了反革命的过程并采纳了法西斯经济体制的国家，从欧洲到美洲，并没有挑起战争。譬如说，佛朗哥将军、贝当元帅、萨拉查博士和南美那六七个国家的独裁者们想要发动战争吗？法西斯主义的本质似乎并不是它会通过发动战争去解决问题，而是它在没有废除私有制的情况下以非民主的手段解决问题。因此，每一个极权主义国家最终都将在毫无意义的战争中自取灭亡这个想法是站不住脚的。

显然，他在本能上推崇自由，甚至是古典意义上的自由。他对于教育的论述是从与"积极国家"格格不入的个人主义思想出发。他应该意识到，如果社会主义只是意味着集中所有制和计划生产，那么它的性质可能既不民主也不平等。一个阶级森严的社会主义体制（希莱了·贝洛克的"奴役国家"）或许和前者一样都是可能的，而前者的可能性在眼下要高得多。拉斯基教授无数遍重复说如果这场战争不能解决我们当下的经济问题，那么它的胜利对于我们来说将毫无意义，无疑，他是对的。但遗憾的是，他没有更坚定有力地说解决我们的经济问题并不意味着胜利，因为，那就像打败希特勒一样，只是迈向他自己所向往的自由和平等的人类社会的一步而已。

评西里尔·埃德温·密契逊·乔德的
《寻找更美好的世界：年轻士兵历险记》[①]

　　我们知道，一个人的身体由几桶水、几磅石灰和碳加几撮磷构成，一切都是可以精确衡量的。但是，你不能就这么将那些原料堆在一起造出一个人来，同样的原理似乎也适用于一本书，甚至是一本关于政治或社会的书。乔德教授知道战后的世界会面临的一切问题，他也知道所有的答案，但是，某种东西，某个至关重要的火花，或许只是对某种人生哲学的力量的坚定信仰，却付之阙如，结果就是，一则寓言却演变成了一本编年史，甚至一本目录。

　　这本书模仿《爱丽丝漫游仙境》，但这并非明智的选择。一个年轻的士兵在森林里迷路了，遇到了一群象征当代思想潮流的怪物，有代表官僚主义的红头蠕虫、代表马克思主义的深红机器人、能够通过常识解决任何问题的特兰斯博图斯先生、只有声音并一直在宣扬要摆脱世俗的赫德巴克斯先生和其它怪物。在故事的结尾，那个士兵遇到了一位哲学家（顺便提一下，匹克先生[②]画的乔德教授的肖像画是这本书最美妙的地方），后者告诉他要振作起来，不要相信其他人的话，要在信仰和生活间保持微妙的平

①　刊于 1943 年 10 月 21 日《听众》。西里尔·埃德温·密契逊·乔德（Cyril Edwin Mitchinson Joad，1891—1953），英国著名广播员，曾主持《智囊团》节目而名噪一时。

②　莫文·劳伦斯·匹克（Mervyn Laurence Peake，1911—1968），英国作家、插画家，代表作有《吹玻璃的人》、《飞行的炸弹》等。

衡，并保持乐观。不是所有的怪物都有这般荒唐的描写。乔德教授和特兰斯博图斯先生一样具有毕福理奇式城市规划者的缺点，但有趣的是，他觉得最难揭穿的谬论是神秘的赫德巴克斯先生的意见。他告诉那个士兵科学和政治都是愚蠢的，人类的责任是通过冥想、禁食和呼吸训练培养灵性，那个士兵只能嘟囔着回答说"这听起来有点乏味和孤独"。他没有想到去指出如今那些瑜伽修炼者的真正缺陷——事实上，当他们在禁食和冥想时，别人要去工作让他们活下去，而且他们的"灵性"只是金钱和军事安全的副产品。他甚至没有停下来去思考为什么"超脱"的宗教总是在温暖的地区践行。

但是，这本书最重大的缺陷是乔德教授本人的信念，无论它是多么的理性，它缺少即使是他最愚昧的对手所拥有的热情。做一个温和善良的人似乎并不够。指出社会必须制订出解决失业和不公的计划，但计划不能太多，否则就会戕害主动性；指出人类必须有信仰，但不能盲信，否则就会陷入偏执和迫害——这些也不够。理性的享乐主义是糟糕的指导思想，有数以百万计的人准备好以几种愚昧的信仰的名义牺牲自己的热血或让别人流血。无疑，中间道路总是错的，它并不是真理，这就是一个人从乔德教授的书中得出的结论，而他想要表达的却是它的反面。或许带着一点偏执是写出有活力的文学作品的条件。不管怎样，这是一本死气沉沉的书，而莫文·匹克的那些傻兮兮的插画——大部分都是如此——并没有起到什么帮助。

谁才是战犯？评卡修斯的《审判墨索里尼》①

乍眼看上去，墨索里尼的覆灭就像是一出模仿维多利亚时代的情节剧的故事。正义终于获得了胜利，恶人遭到报应，真可谓天道循环报应不爽。但是仔细再想想，这则道德寓言并非那么简单和富于教化意义。首先，墨索里尼犯下了什么罪行？在强权政治中是没有犯罪这回事的，因为根本没有相关的法律。另一方面，墨索里尼的国内政权有某个团体能起诉他并对他进行审判吗？因为，正如这本书的作者充分表明的——事实上，这是该书的主要目的——墨索里尼从 1922 年到 1940 年所犯下的每一桩罪行都被那些现在发誓要审判他的人捧到了天上。

为了证明他的寓言，"卡修斯"想象墨索里尼在英国法庭接受审判，由首席检察官提出指控。一系列控告的罪名令人印象深刻，而主要的犯罪事实——从谋杀马特奥蒂②到入侵希腊，从摧毁农民合作社到轰炸亚的斯·亚贝巴——都无可抵赖。集中营、撕毁和约、橡胶警棍和蓖麻油——每件事情都供认不讳。唯一麻烦的问题是：某些你做过的事情在当时是值得褒扬的好事——就在

---

① 刊于 1943 年 10 月 22 日《论坛报》。卡修斯(Cassius)，英国工党政治家迈克尔·麦金托什·富特(Michael Mackintosh Foot，1913—2010)在这篇文章中的笔名。迈克尔曾于 1945 年至 1955 年、1960 年至 1992 年担任工党议员。

② 吉亚科莫·马特奥蒂(Giacomo Matteotti，1885—1924)，意大利社会主义政治家，1924 年 5 月 30 日，他公开在意大利议会上指责法西斯分子操纵选举和暴力行为，11 天后，他遭到绑架和杀害。

十年前——现在怎么突然间就变成了应该遭受谴责的罪行呢？墨索里尼获准传唤证人，有活着的证人，也有死了的证人，他们的证言表明，从一开始英国舆论界要对此负责的领袖们就鼓励他作出这些事情。例如，这是1928年罗瑟米尔勋爵说过的话：

> "在他的国度(墨索里尼)是致命之毒的一剂良方。而对于欧洲大陆，他一直是功德无量的济世良医。我可以真心满足地宣布自己曾是第一个宣扬墨索里尼之伟大成就的公众人物……他是我们这个时代最伟大的人。"

以下是温斯顿·丘吉尔在1927年说过的话：

> "如果我是意大利人，我一定会全心全意支持你，共同对抗列宁主义的兽欲和狂热，争取胜利……(意大利)指出了对抗俄国流毒的良方。自此之后，所有的大国都将拥有抵御布尔什维克主义这一癌魔疯狂入侵的根本之道。"

以下是摩德斯通勋爵[①]在1935年说过的话：

> "我并不反对(意大利人在阿比西尼亚的所作所为)。我希望澄清一个荒谬的错误观念，那就是同情落水狗是一件善

---

① 约翰·爱德华·伯纳德·希利(John Edward Bernard Seely, 1868—1947)，封号为摩德斯通男爵，英国军人、作家，曾于1900年至1904年担任保守党议员，1904年至1922年及1923年至1924年担任自由党议员。1912年至1914年曾担任英国国防部长。

举……我说过为那些野蛮残忍的阿比西尼亚人输送武器，或默许输送武器，是邪恶的举动，我仍然会拒绝他们，去帮助那些正直高尚的人士。"

以下是达夫·库珀先生①在1938年说过的话：

"关于阿比西尼亚事件，最好还是少说为妙。当一对老朋友吵了一架又言归于好时，重提旧时的芥蒂对他们来说总是危险的。"

以下是《每日邮报》的沃德·普莱斯②先生在1932年的言论：

"无知而偏执的人提起在意大利所发生的事情时，认为那个国家似乎陷入了暴君的统治，他将会被推翻。英国的公共舆论中有些不明真相的人总是对癫狂的少数人抱以病态的同情。这个国家长久以来对法西斯政权所做的伟大工作视而不见。我知道墨索里尼本人曾多次向《每日邮报》致谢，因为本报是英国第一份公正地将他的理想向世人阐述的报纸。"

---

① 阿尔弗雷德·达夫·库珀（Alfred Duff Cooper，1890—1954），英国保守党政治家、外交家，曾担任国防部长、法国大使等职务，代表作有《心碎行动》、《健忘的老人》等。
② 乔治·沃德·普莱斯（George Ward Price，1886—1961），英国记者，长期为《每日邮报》撰稿，负责海外新闻报道，支持英国法西斯分子奥斯瓦尔德·莫斯利，与希特勒关系密切。

如此这般这般。霍尔①、西蒙②、哈利法克斯勋爵③、内维尔·张伯伦、奥斯汀·张伯伦④、霍尔-贝里沙⑤、埃默里⑥、劳合勋爵⑦和许多人都踏上了证人席，每个人都愿意作证，无论墨索里尼是否真的镇压过国内的工会组织、对西班牙奉行不干涉政策、对阿比西尼亚人使用芥子毒气、将阿拉伯人扔下飞机，或创建与英国为敌的海军，英国政府及其喉舌无论发生任何情况都在背后支持他。我们看到 1924 年张伯伦（奥斯汀）夫人和墨索里尼握手言欢，1939 年张伯伦和哈利法克斯勋爵设宴款待他，并恭维他是"阿比西尼亚皇帝"，直到 1940 年劳合勋爵仍在官方宣传册中对法西斯政权大肆吹捧。审判的这一部分让人觉得墨索里尼是无辜的。直到后来，当阿比西尼亚人、西班牙人和意大利人的反法西斯者作出证言，对他不利的真实证言才开始出现。

---

① 萨缪尔·约翰·古尔尼·霍尔（Samuel John Gurney Hoare, 1880—1959），英国保守党政治家，曾担任英国外交部长、海军大臣、内政大臣，1944 年时担任英国驻西班牙大使。

② 约翰·阿尔瑟布鲁克·西蒙（John Allsebrook Simon, 1873—1954），英国自由党政治家，曾担任内政大臣、外交部长、财政大臣和司法大臣等重要职位。

③ 爱德华·弗雷德里克·林德利·伍德（Edward Frederick Lindley Wood, 1881—1959），封号为哈利法克斯伯爵，英国保守党政治家，曾于 1938 年至 1940 年担任英国外交部长，推行绥靖政策，二战期间担任英国驻美国大使。

④ 约瑟夫·奥斯汀·张伯伦（Joseph Austen Chamberlain, 1863—1937），英国政治家，曾于 1924 年至 1929 年担任英国外交部长，是英国前首相内维尔·张伯伦的同父异母的哥哥。

⑤ 莱斯利·霍尔-贝里沙（Leslie Hore-Belisha, 1893—1957），英国自由党政治家，曾担任国防部长、交通部长等职位。

⑥ 约翰·埃默里（John Amery, 1912—1945），英国法西斯分子，在二战时与德国纳粹分子勾结，出卖英军情报和从事纳粹宣传，因叛国罪而被处决。

⑦ 大卫·劳合·乔治（David Lloyd George, 1863—1945），英国自由党政治家，1908 年至 1915 年曾任英国首相。

这本书是虚构的，但这一结论却很真实。英国托利党是不大可能会审判墨索里尼的。除了 1940 年的宣战行为之外，他们根本无法对他提出控告。如果有些人希望看到的"审判战犯"真的发生的话，只有等同盟国爆发革命才有可能实现。但寻找替罪羊，将我们所遭受的苦难统统归咎于某些个体、政党或国家，这引发了另外一连串的思考，其中有的想法很令人不安。

英国与墨索里尼的关系史暴露了资本主义国家体制上的缺陷。承认强权政治没有道义可言，并将意大利收买，让其退出轴心国同盟——这原本是 1934 年后英国可以奉行的外交政策——而这也是天经地义的战略措施。但鲍德温①、张伯伦和其他人可没有这番能耐。要让墨索里尼不敢与希特勒狼狈为奸，除非英国本身的实力足够强大。而这是不可能的事情，因为以谋取利润为动机的经济体制根本无法实现现代化规模的重整军备。

德国人到了加莱，英国才开始进行武装备战。在此之前，英国曾经大量拨款加强军备，但这些钱都流入了军工企业股东的口袋里，武器根本没有造出来。由于他们不愿意削减自己的特权，不可避免地，英国统治阶级对每一条政策都阳奉阴违，对逐渐逼近的危险视而不见。但这种事情所意味的道德沦丧是英国政治的新现象。在十九世纪和二十世纪初叶，英国的政客或许伪善，但伪善意味着道义。而当保守党的议员为英国船只遭受意大利飞机的轰炸喝彩叫好，上议院的成员对以难民身份被带到这里的巴斯克儿童大肆诽谤时，事情就变得很不一样了。

---

① 斯坦利·鲍德温（Stanley Baldwin，1867—1947），英国保守党政治家，曾于 1923—1924、1924—1929 及 1935—1937 年担任首相，奉行绥靖政策，无法节制法西斯主义在欧洲大陆的步步崛起和进逼。

当你想到这些年所发生的一切时——谎言和欺诈、一次又一次地背叛盟友、保守党报刊愚蠢的乐观主义；拒绝相信独裁意味着战争，即便他们就在公然叫嚣战争；有产阶层无法理解集中营、贫民区、大屠杀和不宣而战的错误——你一定会觉得除了愚昧无知之外，道德堕落也是原因之一。到了1937年前后，法西斯国家的本性已经暴露无遗，但那些达官贵人仍觉得法西斯主义是自己的同路人，只要能保住自己的财产，他们愿意接受最卑劣的邪恶。他们蹩脚地玩着马基雅弗利的游戏，玩着"政治现实主义"的游戏，玩着"只要能推进党的事业，一切皆属正当"的游戏——当然，这里的党指的是保守党。

"卡修斯"指出了所有这一切，却回避了其必然的结论。在他的书中只有托利党寡廉鲜耻。他写道："然后，在英国仍然有另一个政党从法西斯主义诞生伊始就憎恨它……这个政党就是英国左翼的工党。"这番话说得没错，但只是真相的一部分。左翼人士的实际行动一直要比他们的理论更加高尚。他们一直与法西斯主义进行斗争，但那些代表性的思想家已经和自己的敌人一样深陷于"现实主义"和强权政治的邪恶世界里不能自拔。

"现实主义"（它总是"欺诈"的同义词）是当代政治大环境的一部分。"卡修斯"的立场不是很牢固，一个人可以编一本名叫《审判丘吉尔》、《审判蒋介石》甚至《审判拉姆西·麦克唐纳①》的书。在每一本书里，你都会发现左翼领袖自相矛盾的情况比起"卡修斯"笔下的保守党的领袖几乎不遑多让。因为左翼政党也

---

① 詹姆斯·拉姆西·麦克唐纳(James Ramsay MacDonald, 1866—1937)，英国工党政治家，英国首位工党首相，于1929—1931年、1931—1935年组阁。

曾经对许多事情视若不见，接纳了一些很可疑的盟友。五年前，保守党对墨索里尼阿谀奉承，而如今他们对他大加责难，让我们听到就觉得好笑，但谁在 1927 年就能预见到有一天左派会欣然接纳蒋介石呢？谁能预见到就在大罢工发生的十年后，温斯顿·丘吉尔会成为《工人日报》的密友呢？在 1935 年到 1939 年间，几乎任何反法西斯的盟友都可以接受时，左翼人士发现自己在赞美穆斯塔法·凯末尔[①]，然后向罗马尼亚皇帝卡罗尔二世[②]示好。

虽然左翼人士的每一个行动都更加值得原谅，但他们对于俄国政权的态度和保守党对于法西斯主义的态度极其相似。他们同样以"因为他们和我们是同一个阵营的"为理由原谅一切。谈论张伯伦夫人与墨索里尼握手的相片固然是个好话题，但斯大林与里宾特洛甫握手的照片要更新一些。大体上说，左翼知识分子在为苏德条约辩护。它"迫于现实"，但就像张伯伦的绥靖政策一样，产生了同样的结果。如果有出路摆脱我们身陷其中的道德困境的话，要走的第一步或许就是明白"现实主义"不会带来好处，而出卖你的朋友，当他们遭受摧残时袖手旁观并不是什么高明的政治智慧。

从卡迪夫到斯大林格勒，这种事情都在发生，但并不是很多人能明白这一点。与此同时，宣传人员的责任是抨击右派，但不是讨好左派。一部分原因是左派总是容易因为自鸣得意而陷入当前的境地。

---

① 穆斯塔法·凯末尔·阿塔图克(Mustafa Kemal Atatürk，1881—1938)，土耳其政治家，土耳其共和国缔造者与首任总统。
② 卡罗尔二世(Carol II of Rumania，1893—1953)，罗马尼亚国王，1930 年至 1940 年在位。

在"卡修斯"的笔下，墨索里尼在传召证人后自己登上被告席。他坚持自己的马基雅弗利信条：强权即公理，胜者为王，败者为寇！他只犯下了一条罪名，那就是失败，他承认对手有权力将他杀掉——但他坚持认为他们没有权利责备他。在行为上他们和他没什么两样，而他们的道德谴责统统都是伪善。但之后又来了三个证人：阿比西尼亚人、西班牙人和意大利人，他们在道德上处于不同的层面，因为他们从未与法西斯主义勾结，也没有机会参与强权政治。三人都要求判处他死刑。

在现实生活中他们会作出这一要求吗？这种事情真的会发生吗？可能性不大，即使墨索里尼落入了那些真的有权力审判他的人之手。当然，保守党人会逃避对战争起因的质问，一有机会就会将全部罪名推到像墨索里尼和希特勒这些臭名昭著的人身上。这样一来，达尔兰[①]和巴多格里奥[②]的行动就容易多了。在逃的墨索里尼是一个很好的替罪羊，但一旦被逮捕归案，他就叫人尴尬了。那些普通老百姓呢？他们会不会冷血地以法律形式杀死他们的暴君，如果他们有机会的话？

确实，历史上这样的处决非常罕见。在上一场战争结束时，"吊死德国皇帝"这句口号是赢得选举的原因之一，但如果真的尝试去这么做的话，英国人的良心或许会感到厌恶。当暴君被处死

---

① 让·路易斯·萨维尔·弗朗科伊斯·达尔兰(Jean Louis Xavier François Darlan, 1881—1942)，法国政治家、军事家，曾于 1939 年担任法国海军总司令，1940 年法国战败后充当傀儡政权维希政府的二号人物，1942 年遇刺身亡。1940 年法国战败迁徙，达尔兰曾与丘吉尔会晤，并保证法国海军不会落入德国人手中，但投靠维希政府后，达尔兰主动配合纳粹政权，几番拒绝英国人要求接管法国海军的要求，并对英军进军法国海域予以狙击。
② 佩特罗·巴多格里奥(Pietro Badoglio, 1871—1956)，意大利军人、政治家，墨索里尼下台后，曾于 1943 年至 1944 年担任意大利总理。

时，动手的应该是他们的人民。那些被外国政府惩罚的人，如拿破仑，都成为了烈士和传奇人物。

重要的不是这些政治流氓应该尝到苦头，而是他们应该身败名裂。幸运的是，很多时候他们确实遭到这一下场。因为那些披着闪亮的铠甲宣扬武力价值观的领导人在关键时刻都不愿意杀身成仁，数量之多令人吃惊。历史上那些伟大的名人可耻地仓皇而逃的事件不胜枚举。拿破仑向英国投降以免遭普鲁士人的清算，尤金尼亚皇后①和一位美国牙医乘着一辆轻便马车仓皇出逃，鲁登道夫②戴上了蓝色的墨镜，一位臭名昭著的罗马尼亚皇帝试图将自己锁在厕所里逃避刺杀，西班牙内战的早期，一个臭名昭著的法西斯分子凭借过人的体力顺着下水道从巴塞罗那逃出生天。

你应该希望墨索里尼有这样的下场，如果他只剩下孤家寡人，或许他就会这么做。或许希特勒也不例外。大家都说如果希特勒穷途末路，他绝不会逃走或投降，而是会以某种戏剧化的方式毁灭，至少会自杀。但那是希特勒顺风顺水的时候。去年局势开始恶化，很难察觉到他的行为有何尊严或勇气可言。"卡修斯"在书的结尾写到了法官的结案陈词，并没有写明判决，似乎希望将这一点留给他的读者。如果由我宣判，我不会判处希特勒和墨索里尼死刑，除非是出于情非得已。如果德国人和意大利人想要对他们进行军事法庭审判，然后枪毙处决，那就由得他们去做好了。或者更好的方法是，由得他们两个带着满满一箱不记名有价

---

① 尤金尼亚皇后（Empress Eugénie，1853—1871），法兰西第二帝国拿破仑三世的皇后。

② 埃里克·弗里德里希·威廉·鲁登道夫（Erich Friedrich Wilhelm Ludendorff，1865—1937），德国陆军元帅、军事理论家，代表作有《全面战争》、《我的战争回忆录》等。

证券逃跑，然后领着瑞士的养老金过上安稳的日子。但不能制造烈士，不能搞出流放圣赫勒拿那种事情。最重要的是，不要有庄严而伪善的"审判战犯"，以缓慢而残忍的方式进行的法律审判过上一段时间就会离奇地使那些被告蒙上浪漫的光芒，将恶棍变成英雄。

评道格拉斯·里德的《以免我们遗憾》、西德尼·达克的《我坐下，我思考，我怀疑》[①]

　　回首过去五年，你会觉得很奇怪：道格拉斯·里德先生竟一直是卡桑德拉式的人物，向我们预言一个没有人关注的纳粹分子将是危险人物的世界。当你想到左翼报刊对《疯人院》的热烈好评时，你会觉得更加奇怪。"反法西斯作品"是大家对它的评价——在当时，任何反对张伯伦的政策的人都被视为反法西斯人士。"与恶龙搏斗太久的人自己变成了恶龙"这个古老的真理在当时被遗忘了。

　　读过里德先生早期作品的读者会记得他很崇拜奥托·斯特拉瑟[②]，他是"黑色阵线"的纳粹党人和希特勒的托洛茨基。里德先生总结了斯特拉瑟的纲领，而且并没有流露出反对它的迹象，其内容与希特勒的纲领其实没什么两样：纳粹主义将继续存在，犹太人会遭到迫害，但没有那么灭绝人性，英国和德国应该携手对付苏联。在这本书里，里德先生并没有提到斯特拉瑟，内容是谈论英国的战后政策，其基调是：回归土地，更多的移民海外，打

[①] 刊于 1943 年 11 月 7 日《观察者报》。道格拉斯·里德（Douglas Reed，1895—1976），英国作家，持反犹立场，代表作有《疯人院》、《以免我们遗憾》等。西德尼·厄尼斯特·达克（Sidney Ernest Dark，1872—1947），英国书评家、作家，代表作有《十二王女》、《伦敦》，翻译了法国作家大仲马的作品。

[②] 奥托·约翰·马克西米安·斯特拉瑟（Otto Johann Maximilian Strasser，1897—1974），德国政治家，纳粹党左翼团体领袖，"黑色阵线"创始人。

倒赤化分子——而最重要的是：消灭犹太人。

里德先生所说的大部分内容——关于土地私有制的罪恶，圈地运动对英国人民造成的戕害——如果不是让人想起一直出现在莫斯利的《不列颠联盟》里的那些文章，如果能加上全面的经济纲领或合理的农业政策，那将会是一篇令人印象深刻的文章。但虽然里德先生与地主作对，他似乎并不仇视私有制。他对圈地运动的主要不满显然是：它对远足造成不便，而且他反对高原地区通电，理由是这样会破坏风景。除此之外，他抱怨中产阶级成了受害者（就连他们闲置的汽车轮胎都被拿走了！），并对官僚阶层和"老外"百般嘲讽。

除了反对法西斯主义者之外，里德先生同样反对找到工作的"老外"，同情因为18B①条款而被监禁的人士。而最重要的是，他反对德国的犹太人值得我们同情这个想法。他似乎认为德国的犹太人并没有遭到迫害或那些事不值一提。其他人确实遭受到迫害，但不是犹太人，所有关于大屠杀等的传闻都只是"宣传材料"。

现在，里德先生的思想的大致倾向令人感到熟悉。构成莫斯利的追随者骨干的前任军官这个群体对于犹太人、赤化分子、外国人、官僚阶层、农业和移民海外的需要等问题也有着同样的想法。但除此之外，里德先生明显流露出对自己的祖国的厌恶。英国的气候、规矩、社会习俗、政治体制令他感到不悦。他在中欧生活了很长时间，能够比较英国与德国的行事方式，并毫不掩饰

① 18B的全称是防务规定第18B条款，该条款赋予了英国政府对被怀疑同情纳粹主义的人实施囚禁的权力。

地表明他喜欢德国人的方式。但里德先生坚信英国必须联合苏联打败德国，并主导欧洲大陆。他希望看到英国战胜德国的愿望从未有丝毫消减。即使在他支持奥托·斯特拉瑟的时候，他会有所保留，声明他自己并不想看到德国再次成为一个军事大国。

正是在这里，心理上的疑团出现了，因为你会问，如果英国像里德先生所相信的那样是一个追捕犹太人的富豪统治的国家，那么为什么他会希望看到英国取得胜利呢？这个问题不能用和平主义者那套熟悉的论调说什么战争会导致法西斯思想进行回应，但值得对它进行思考，因为里德先生是一位很有说服力的作家，文风有简明的报道风格，能够在他庞大的读者群体中造成很大的破坏。

西德尼·达克先生是一位热烈的宣传册作家，直到不久前一直担任《教会时报》的编辑，与里德先生形成了鲜明的对比。他的政治主张几乎和人民阵线的主张没什么两样，值得不了解英国国教运动的政治倾向并轻蔑地认为每一个笃信宗教的人都是反动分子的左翼人士去关注。从某种程度上说，虽然他忠于教会，但几乎可以说他认同左翼正统思想，在难以抉择的问题上接受了过分简单化的解决方案——譬如说，巴勒斯坦问题。此外，达克先生的文学判断力和他的政治思想一样令人感到遗憾。看到他非常激烈地抨击同样信奉英国国教的托马斯·斯特恩斯·艾略特先生，却显然并不理解艾略特先生的创作主旨是什么，令他在《教会时报》的同事感到不悦。但达克先生不是一个怨毒的人：即使对他并不认同的人，他也心存好感。在他最信奉马克思主义的时候，他也没有忘却作为基督徒的根本信仰：每个人都是独立的个体，都有机会得到救赎。

评亨利·诺尔·布雷斯福德的《印度问题》[①]

如果关于印度问题有一点是没有争议的话——或在英国保守党外没有争议——那就是英国应该尽早放弃对印度的统治。但它为达成协议所奠定的基础并没有听上去那么稳当。而基本上，其它每一个问题的答案总是蒙上了主观感情的色彩。布雷斯福德先生比大部分作家在印度问题上有更多的了解，因为他不仅意识到自己的偏见，而且拥有足够的背景知识，不会被那些"专家"唬倒。或许他在印度逗留的时间并不长，或许他连一句印度话也不会说，但和绝大部分英国左翼作家不同的是，他愿意去探访印度，而且更关注的是农民而不是政客。

正如他恰如其分地说的那样，印度的核心问题是贫穷。从出生到死亡，一代又一代的农民被地主或放高利贷者控制——往往他们就是同一批人——耕种着他那方小小的土地，用的是青铜时代的工具和方式。许多地方的孩子们在断奶后几乎没有喝过牛奶，平均的体格是如此悲惨，一个成年男子的正常体重只有98磅。上一次详实的调查结果表明印度人的平均收入是每年62卢比（折合4英镑13先令），同一时期，英国人的平均收入是94英镑。虽然和其它地方一样，印度正在经历城镇化，产业工人的情况比

---

① 刊于1943年11月20日《新政治家与国家》。亨利·诺尔·布雷斯福德（Henry Noel Brailsford, 1873—1958），英国记者，代表作有《为什么资本主义意味着战争》、《财产或和平？》。

起农民好不了多少。布雷斯福德描写了那些住在孟买贫民窟的人，8 口人睡在一个小房间里，400 个人只有 3 个水龙头，每天工作 12 个小时，一年工作 365 天，每周就只挣到 7 先令 6 便士。这些情况单靠摆脱英国的统治是无法改善的，但只要英国继续统治下去，情况就不可能得到显著的改善，因为英国的政策就是阻碍工业发展和保持现状，虽然很大程度上是无意识的。印度所遭受的最过分的残暴对待不是欧洲人而是其他印度人施加的——地主、放高利贷者、收受贿赂的小官和印度资本家，他们残酷无情地压榨劳动人民，而这是西方自从工会势力壮大之后无法做到的。但尽管商人阶级有反英情绪，而且投身民族运动，特权阶级却得依赖英国的武装保护。只有当英国人离开之后，布雷斯福德所说的潜伏的阶级斗争才能够显现。

布雷斯福德所做的是阐述，而不是道德审判，他对英国人对印度所造成的影响到底是好是坏这个问题并没有给出非常明确的答案。正如他所指出的，他们使得人口剧增，却又没有为这些人口提供足够的粮食。他们使印度免于内战或外战，代价就是摧毁了它的政治自由。或许他们为印度带来的最大的馈赠是铁路。如果你研究亚洲的铁路地图，你会发现印度就像是一块白色桌布中间的一张蛛网。这个交通网络不仅使得运送粮食以赈济饥荒肆虐的地方成为可能——现在印度所遭受的饥荒以一百年前的标准去衡量很难算得上是饥荒——而且使得印度可以作为一个整体接受统治，有共同的法律体系、内部的自由贸易和迁徙自由，而且为那些受过教育的少数人确立了英语作为通用语言。印度是一个潜在的国家，而欧洲人口要比它少，而且种族差异巨大，不会是一个潜在国家。但自从大约 1910 年以来，英国的势力一直潜伏着。

英国在印度的统治虽然总是被斥责为"法西斯主义"，但它几乎是法西斯主义的反面，因为它从来没有催生出积极统治的概念。它一直保持着旧式的专制体制，保持和平，征收赋税，其它的事情就听之任之，对它的臣民过着怎样的生活或有着怎样的想法并不感兴趣，只要他们外表上顺从听话就行。结果——从上千件你可以选择的事实中单举一例——直到1943年，整个南亚次大陆仍无法生产一台汽车引擎。不管反方怎么说都行，这一事实证实了布雷斯福德最后的结论："我们在印度的日子结束了。我们没有作出任何创新。"

布雷斯福德觉得未来很黯淡，这是情有可原的。他知道移交权力将会是一个复杂的过程，没办法立刻完成，尤其是身处战争之中，而且它本身并不能解决任何问题。印度的贫穷和愚昧仍然要去解决，而且地主、大型企业和劳工运动之间将会展开斗争。还有就是，像印度这么一个落后的农业国家如何在强权政治的世界里保持独立的问题。布雷斯福德对当前的政治形式描写得很好，非常努力地挣扎着不被主流的左翼正统思想所吞没。他对甘地的受虐性格有明智而审慎的描写，对克里普斯的评述要比大部分英国评论家的意见更加公允——事实上，克里普斯一直遭到英国和印度左翼人士的贬斥——而且正确地强调了各个印度王公贵族的重要性。他们总是被遗忘，但他们是比印度教与伊斯兰教之间假模假样的争端更大的难题。目前印度是一个头疼的问题，很难围绕它写出一本真正的好书。英国的书籍要么虚伪要么不负责任；美国的书籍无知而自命正义；印度的书籍带着怨毒和自卑情结。布雷斯福德很清楚自己知识的不足和无可避免的有失公允之处，他所写出的不仅是一本公开诚恳的书，而且态度不温不火，在这个背景下是非常难得的。如今几乎所有关于大英帝国的书籍都带有朝某个群体发起抨击的味道——抨击毕灵普分子、抨击共产党人、抨击美国人，视乎情况而定。布雷斯福德的这本书主要是为了普通的英国公众而写，那些人比任何人更有能力和责任为印度做点事情，他们的良知是采取行动的前提条件。但美国的公众或许也会发现这本书很有意义。或许有必要提出警告——这可能是因为战争条件所致——里面有许多印刷错误，而且有些数据可能会引起误解。

关于奥斯卡·王尔德的《温德米尔夫人的扇子》的谈话①

（节目先播放了《温德米尔夫人的扇子》的第三幕，然后奥威尔开始谈话：）

您刚刚听到的内容出自奥斯卡·王尔德的《温德米尔夫人的扇子》。这出戏首演于 1892 年，距今已有半个多世纪了。它在舞台上演的次数没有《不可儿戏》那么多，但一直经久不衰，而且渐渐成为或许是王尔德最为成功的剧目。

要评判王尔德并不容易，因为要将他的艺术成就与他的生平分开非常困难，而且他本人一直无法完全肯定想要表达什么内容。和他那个时代的许多作家一样，王尔德声称信奉"为艺术而艺术"——即艺术的理念与宗教、道德或政治无干。他将这句话作为他的信念（"每一件艺术品都是彻底没有意义的"）的基础之一。但在实际创作中，他所写的几乎所有内容都直指某个道德问题，违背了这一宗旨。还有一个矛盾是，他从来不能肯定自己是在抨击当时的道德要求还是在捍卫它。他的戏剧和故事的对话几乎都是优雅的俏皮话，将主宰着维多利亚社会的是非观念撕成碎片。但奇怪的是，它们的中心主题总是指向某个老掉牙的道德规

---

① 播放于 1943 年 11 月 21 日英国广播公司东方节目。

范。譬如说，他的小说《道林·格雷》是一本带着深刻的道德色彩的作品。虽然当时出版时它被斥为愤世嫉俗和轻佻浮夸，其实它是一则宗教寓言。很多时候王尔德是在以轻喜剧的语言表达陈腐的格言。他希望不惜一切代价变得聪明起来，但并不确切地肯定自己想要在什么方面变得聪明。与此同时，他一直未能完全摆脱维多利亚中期的教养的影响。将他从思想的泥沼中解救出来的事情是，他终究是一个真的很有才华的剧作家：他能构思出一部精妙的戏剧，而且他拥有爱尔兰作家总是比英格兰作家更常有的轻松笔触——和大部分英国剧作家一样，王尔德就是爱尔兰人。这些缺陷和这些品质都清楚地展现于《温德米尔夫人的扇子》里。但要完整地理解这部戏剧，你应该参照它的时代背景。

当《温德米尔夫人的扇子》首次上演时，现在所谓的"英国式的伪善"仍然非常强大。反抗被世人接受的信仰，特别是宗教信仰或道德信仰，需要比现在更大的勇气。是非对错的观念不会像某些人所想的那样突然改变或彻底改变，但某些在九十年代似乎非常重要的事情如今似乎变得无足轻重确实是一个事实。这部戏剧探讨的一个主题是离婚。如今没有人会认为离婚是好事，但也不会认为它是生命中一件极其痛苦的事情，更不会认为一个离婚女人的一辈子就这么毁了。而在《温德米尔夫人的扇子》创作期间，一个被接受的事实是，一个离婚女人几乎肯定会被社会遗弃，她的余生都会被排除于上流社会之外。我们应该记住这一点，它赋予了这部戏剧的某些场景和王尔德对当时的道德规范的抨击以意义。

我会尽量简洁地概述这部戏剧的情节。温德米尔夫人是一个情深义重而品性高洁的年轻女士，她相信自己的丈夫对自己不忠，与一个名为埃琳妮夫人的劣迹斑斑的女人有染。其实她想错了。她的丈夫确实与埃琳妮夫人有接触，但并不是出于她所想象的原因。埃琳妮夫人是温德米尔夫人的生母。但她也是一个离婚女人。没有人告诉温德米尔夫人她是一个离婚女人的女儿——在当时这被认为是几乎无法忍受的事情——她一直以为自己的母亲死了。埃琳妮夫人在勒索温德米尔勋爵，威胁说她会向女儿揭露自己的身份。她对他的要求不只是要钱，而且还要求他让她重回上流社会。温德米尔夫人有一位仰慕者达林顿勋爵，他在劝说她离开丈夫和自己私奔。（顺带提一下，我得指出王尔德的戏剧里老是出现王公贵人是那个时代的特征。那时候英国公众热衷于在舞台上看到拥有贵族头衔的角色，大部分剧作家会以幽默的笔触去描写他们。）换作是平时，温德米尔夫人是不会听从达林顿勋爵的，但最后，她的妒忌促使她作出离开丈夫的决定。她去了达林顿勋爵的府邸，准备和他离开英格兰。埃琳妮夫人得悉了发生什么事情，当她想到自己的女儿就要走上自己曾经走过的道路时，她的母性本能回来了。她尾随女儿来到达林顿勋爵的府邸，希望能说服她回心转意。一会儿你们将会听到那一幕。我不会对发生的事情作详细描述。重要的是，埃琳妮夫人作为幡然醒悟的母亲，将所有的责任都揽到自己身上，将自己的女儿从悬崖边上救了回来。温德米尔夫人回到丈夫身边——因为这是一出喜剧，必须有快乐的结局——埃琳妮夫人也终于得偿所愿，回到了上流社会。她嫁给了一个傻乎乎但心地善良的老头。

你可以了解到，正如我所概述的，这出戏剧按照当时的标准而言是一个没有危害甚至有劝世意味的故事。某个人是别人的孩子，养父母知道这一点，但孩子被蒙在鼓里，这是维多利亚舞台上最讨喜的桥段之一。母亲为了自己的孩子作出牺牲是另一个最讨喜的桥段。受到冤屈怀疑的人只能默默承受而不是揭露某个要命的秘密——这个角色由温德米尔勋爵担当——也是一个最讨喜的桥段。埃琳妮夫人的行为在性格上是突然而剧烈的改变，这在维多利亚时期的小说里司空见惯，但在现实生活中并不存在。她先是对自己的女儿不闻不问长达二十年之久，而且一生中的目标就是回到所谓的"上流社会"，甚至愿意通过勒索这一最乖戾的方式达到目的。然后，在危难时刻，我们看到她为了一直以来只是当作棋子的女儿放弃了自己的计划。在心理学意义上这是很荒唐的，虽然王尔德能够通过高超的文笔令它似乎可信。就情节和主要事件而言，这出戏剧是一部浪漫剧，带有情节剧的笔触。但这并不是你在阅读剧本或观看演出时的感觉。我们或许可以猜测在当时它所带给观众的感觉也并非如此。这部戏剧看起来并不浪漫和有感召力，而是让人觉得很轻佻和胆大妄为。为什么呢？因为除了那几个主要角色之外，还有一帮"世故复杂"的人不停地抨击着王尔德的时代盛行的所有信仰——在很大程度上，我们这个时代的信仰也遭到了抨击。从语言与情节之间的矛盾中，你可以看出王尔德并不肯定到底自己的主旨是什么。

王尔德最杰出的才华是他能写出那些很浅薄的、被称为警句的俏皮话。这些话被硬生生地插入内容中，就像一个蛋糕上的点缀。它们几乎都是以揭穿当时人们信奉的教条为形式，例如宗教信仰、爱国情怀、荣誉、道德、家族忠诚、公益精神等等。像"我什么都能够抵制，除了诱惑之外"、"人会变老，但从来不会变好"或"当她的第三任丈夫死去时，她的头发由于悲痛而变成了纯金色"几乎充斥着王尔德所写的每一页。这种俏皮话的本质，是不惜一切代价与大众作对。显然，这种俏皮话的本质在真的有强烈而高亢的大众意见去对付时更能起到效果。像"在这个世界上，没有什么能与已婚女人的奉献相比，而已婚男人对此却一无所知"这样的话在1892年会让人感到吃惊，但在1943年则不然，也显得没有那么有趣了。但是王尔德很擅长这种事情，写得如此自然，你甚至会说他的对话即使似乎不再惊世骇俗或带着坏坏的意味时仍然很有魅力。在没有严肃的情感涉入时，他能很好地把握角色和情景。但他的魅力在于他精巧流畅的对话，比起英国的其它舞台剧，它冗余的内容少一些，套路隐藏得更深一些。

王尔德生活在文学刚刚得到解放的年代，能够忍受维多利亚时代的传统遭到抨击。因此，通过嘲笑他所生活的社会并以此成名是自然而然的事情，但那个社会最后作出了复仇，王尔德因为一桩性犯罪而被判刑入狱。如果他生活的年代更早一些的话，在他所有的作品（《不可儿戏》和几则短篇小说除外）中都非常明显的感情用事和情节剧手法或许会占得绝对上风。我可以想象，比方说，他会成为一位煽情的小说家。如果他生活在我们这个时代，当揭露似乎不再是有必要去做的事情时，很难断言他会写出什么样的作品。除了他天生的机智和成名的强烈愿望之外，他还有其它什么品质呢？他靠推倒一尊已经摇摇欲坠的偶像而轻易成名，而偶像在倾倒时压死了他，因为王尔德未能从他遭受审判和监禁中恢复过来，被释放后很快就去世了。他主要的文学成就是一大堆笑话，它们流传下来是因为它们写得很机巧精致，而且就连王尔德本人也搞不清楚自己的真正含义到底是什么。

马克·吐温——御用小丑[①]

马克·吐温登堂入室，跨过《人人丛书》高贵的门槛，但他入选的作品只有《汤姆·索亚历险记》和《哈克贝利·芬历险记》这两本已经相当出名的伪"儿童读物"（它们其实根本不是儿童读物）。他最优秀且最具特点的作品——《苦行记》、《国内的白痴们》甚至《密西西比河上的生活》——在我国却很少有人记得，虽然毫无疑问，在美国，由于爱国主义总是和文学判断交织在一起，这些作品将一直流传下去。

虽然马克·吐温写过的书种类之多令人惊讶，从矫揉造作的《圣女贞德的生平》到一本诲淫诲盗从未公开发行的小册子，但他最好的作品都是围绕着密西西比河和西部偏僻的矿镇这两个主题。马克·吐温生于 1835 年（他出身南方家庭，家道小康，拥有一两个奴隶），少年时期和成年后的初期适逢美国的黄金时代，当时平原刚刚开发，财富和机会似乎无穷无尽，人们觉得自己是自由人，而事实上他们也的确是自由人，无论是从前还是今后几个世纪，都不曾也不会再有那样的自由了。《密西西比河上的生活》和上文提及的另外两本书都是大杂烩，收录了趣闻轶事、风景描写和既严肃又诙谐的社会纪实。但它们的共同主题或许可以用这么一句话概括："这就是人在不怕丢饭碗时做出的事情。"马克·

---

① 刊于 1943 年 11 月 26 日《论坛报》。

吐温在写这些书时，心里并没有想将其写成对自由解放的赞美诗。他主要看重的是"性格"描写，当经济压力和传统约束统统都不见时，人性会变得多么光怪陆离，乃至步入疯狂。他所描绘的筏工、密西西比河的引航员、矿工、强盗或许并没有过于夸张的描写，但他们不同于现代人，而且彼此也不一样，就像一座中世纪大教堂千姿百态的石像鬼雕塑。他们的个性是如此奇特，有时甚至可用"狰狞"加以形容，因为没有外部的压力对其进行约束。那时候国家几乎等同于无物，教会势力软弱，而且众口不一，土地可以予取予求。如果你不喜欢你的工作，你大可以往老板的眼睛揍上一拳，然后继续向西边进发。而且，钱多的是，流通中最小的货币价值相当于一个先令。美国的拓荒者不是超人，也不是特别勇敢的人。几个强盗就足以震慑整个镇上那些硬朗健壮的淘金矿工，因为他们缺少公益精神制服那些歹徒。他们甚至没办法摆脱阶级差别。那些在矿镇上横行霸道的亡命之徒马甲口袋里别着一把德令加手枪，身上背负着二十桩命案，却穿着长礼服，戴着光亮的礼帽，坚称自己是一位"绅士"，非常讲究餐桌礼仪。但至少在那个时候，一个人的命运不是一出生就被决定了。当这片土地仍是自由的时候，"从小木屋到白宫"的神话就可能实现。在某种意义上，巴黎的暴民攻陷巴士底狱，正是为了实现这一目标。当你在阅读马克·吐温、布雷特·哈特[1]和惠特曼时，你会觉得他们的努力并没有白费。

然而，马克·吐温的目标并不仅仅只是当密西西比河生活和

---

① 弗朗西斯·布雷特·哈特(Francis Brett Hart, 1836—1902)，美国诗人、短篇小说家，其代表作多以淘金热为主题。

淘金热的纪实作家。生前他就已经是名扬天下的幽默作家和滑稽演说家。在纽约、伦敦、柏林、维也纳、墨尔本和加尔各答，无数听众被他的笑话逗得前仰后合，但这些笑话如今听起来已经几乎统统不再好笑了。（值得注意的是，马克·吐温的演讲只在盎格鲁-撒克逊和德国听众中受到欢迎。相对成熟的拉丁民族——他抱怨说这些民族的幽默总是离不开性爱和政治——对他的演讲并不感冒。）但此外，马克·吐温略带做作地扮演着社会批评家，乃至扮演一个哲学家。他有一种打破旧习的，甚至革命性的气质，他想追随火热的内心，但不知何故却从未实现。他原本可以成为谎言的揭露者和民主的先知，地位比惠特曼更加崇高，因为他比后者更加健康，更加幽默。然而，他却变成了暧昧的"公众人物"，接受各国外交官的吹捧和王公贵族款待。他的生平反映了内战后美国生活的堕落。

有时候人们会将马克·吐温和他同时代的安纳托尔·法郎士[①]进行比较。乍听起来这一比较似乎毫无意义，但事实并非如此。这两人在精神上都师承伏尔泰，两人都有着玩世不恭愤世嫉俗的生活价值观，以快乐掩饰天生的悲观情绪。两人都知道现行的社会秩序只是一个骗局，而它所重视的信仰大部分都是幻觉。两人都是偏执的无神论者，深知天地不仁以万物为刍狗的本质（马克·吐温受到了达尔文的影响）。但是，两人的相似也就到此为止。法郎士不仅更加博学而富有修养，更具审美能力，而且他更加具有勇气。他对自己所不相信的事情大胆提出抨击，不像马

---

① 安纳托尔·法郎士（Anatole France，1844—1924），法国作家、诗人，曾获得 1921 年诺贝尔文学奖，代表作有《苔伊丝》、《企鹅岛》、《天使之叛》等。

克·吐温那样总是躲在"公众人物"的亲切面具下面，充当御用小丑。他敢于触犯教会，在一场争论中站在不受欢迎的那一边——比方说，德雷福斯案①——而马克·吐温除了在短篇散文作品集《论人的本质》中之外，从来不会对既有的信仰进行攻击，让自己陷入麻烦。而且他从来无法摆脱一个或许很美国化的观念，那就是：成功和优点总是同一回事。

《密西西比河上的生活》有一个小地方展现了马克·吐温性格中的主要弱点。在这部自传体作品的前半部分，日期被改动过了。马克·吐温把自己描写成一个当时只有十七岁的密西西比河上的引航员，而事实上当时他已经是个年近三旬的青年。他这么做是事出有因。这本书的前半部分还描述了他参加美国内战的经历，而这段经历并不那么光彩。而且，马克·吐温一开始参加的是南军，假如他真的打过仗的话。后来，在战争结束之前，他转而加入了北军。这种变节行为在一个小男孩身上比在一个男人身上更容易让人谅解，这就是要改日期的原因。然而，显而易见的是，他转投北军是因为他看到北方将会获胜，而只要有可能，他将与强者为伍。马克·吐温一生都认为强权就是公理。在《苦行记》中有一处有趣的关于强盗史莱德的描写，此人无恶不作，身负二十八条人命。马克·吐温很钦佩这么一个讨厌的恶棍。史莱德成功了，因此他就配得上赞美。这种观点时至今日仍非常普遍，用一句著名的美式表达来说就是"会来事"。

---

① 德雷福斯案（the Dreyfus Case）：指 1894 年拥有犹太人血统的法国炮兵上尉阿尔弗雷德·德雷福斯（Alfred Dreyfus）被指控与德国勾结出卖军事情报。1906 年因为指控没有证据，德雷福斯被无罪释放，继续在法国军队服役，直至一战结束。

美国内战结束后进入了拼命捞钱的时代，像马克·吐温这样的人都在追求成功。以亚伯拉罕·林肯为代表的简朴敦厚、嚼着烟草的旧式民主逐渐消失。如今是廉价移民劳动力和大企业发展的年代。在《镀金时代》中，马克·吐温温和地讽刺了同时代的人，但他也投身于席卷一切的狂热中，生意大起大落。有好几年他甚至放弃了写作，专心下海经商，把时间浪费在插科打诨上，不仅参加巡回演讲和公共宴席，而且还写了一本名为《亚瑟王宫廷里的扬基佬》这样的穿越小说，刻意吹捧美国生活中最糟糕庸俗的一切事物。他原本可以成为一个略带土气的伏尔泰，却变成了世界前卫的餐后演说家，凭着自己的那些趣闻轶事和让商人觉得自己是慈善家的能力讨人喜欢。

许多人通常认为马克·吐温荒废了自己的文学才华，要责备的人是他的妻子。确实，她彻底主宰了马克·吐温。每天早上他得把上一天的手稿给她过目，而克莱门斯太太（马克·吐温的真名是萨缪尔·克莱门斯）会拿着蓝色的铅笔进行批阅，将她认为不合适的地方统统删掉。即使以十九世纪的标准去衡量，她也算是一个很不宽谷的审稿人。威廉·狄恩·霍威斯[①]曾在其作品《我心中的马克·吐温》中记载了因为《哈克贝利·芬》里写了一句粗话而引发的争吵。马克·吐温向霍威斯诉苦，霍威斯承认那个词"确实像是哈克会说的话"，但他又认同克莱门斯太太的意见，那个词是千万不能刊印出来的。那个词就是"地狱"。但是，没有哪位作家真的是自己妻子精神上的奴隶。克莱门斯太太无法阻止马

[①] 威廉·狄恩·霍威斯（William Dean Howells, 1837—1920），美国作家、批评家，曾担任著名文学刊物《大西洋月刊》的编辑，代表作有《每天都是圣诞节》、《塞拉斯·西帕姆发迹史》等。

克·吐温创作自己真正想写的书。她或许可以迫使他更轻易地向社会屈服，但这种屈服之所以会发生，是因为他性格中天生的弱点：他无法蔑视成功。

马克·吐温有几本书将会流传下去，因为这些书具有非常高的社会历史价值。他的一生涵盖了美国扩张的伟大时代。童年时带着野餐盒去看废奴主义者被处以绞刑对他来说是家常便饭，而在他死的时候，飞机已经不是什么新鲜事儿了。这一时期的美国产生的文学作品相对较少，要不是因为马克·吐温，我们想象中的密西西比河上的明轮船，或横穿平原的公共马车将会变得黯淡无光。但大部分研究过马克·吐温作品的人都觉得他原本可以创作出更好的作品。他一直给人以一种欲言又止的奇怪感觉，以至于《密西西比河上的生活》以及其它作品似乎被笼罩在另一部更清晰伟大的著作的阴影之下。有意思的是，在马克·吐温的自传中，他开宗明义地写道，一个人的内心世界是无法以言语进行表述的。我们不知道他原本想说些什么——或许，那本没有发行的小书《1601》能给予我们一点提示，但我们猜想这本小册子不仅会摧毁他的名誉，而且还会断了他不少财路。

评艾利森·皮尔斯的《西班牙的变迁：1937年至1943年》，劳伦斯·邓达斯的《西班牙面具的背后》^①

这两本书的书名表明我们对西班牙内战之后在西班牙所发生的事情一无所知。那里发生了饥荒和瘟疫，许多人被关进监狱，政府明显是轴心国的友方——我们所知道的就这么多。对于其它事情的看法受到作者的政治倾向的影响，因此，你必须一直提醒自己邓达斯先生是亲共和国派，而皮尔斯教授是温和的亲佛朗哥派，这真是令人感到遗憾。

皮尔斯教授将一部分篇幅用于描写内战，但他最好的章节描写的是过去四年来的情形。他认为佛朗哥的政权一度得到大部分人的支持，它的政治迫害或许被夸大了，而且事实上它并没有得到纳粹政权实质性的援助。但是，他并不相信它能长期执政，虽然他希望建立自由君主体制，但他认为极左政权的成立是有可能发生的。

值得注意的是，皮尔斯教授似乎对于"不卷入战争"的西班牙政府和我们一直并不友好感到很吃惊和难过。他列举了许多挑

① 刊于 1943 年 11 月 28 日《观察者报》。埃德加·艾利森·皮尔斯(Edgar Allison Peers，1891—1952)，英国学者、作家，研究西班牙的专家，代表作有《西班牙的困境》、《西班牙、教会与秩序》等。劳伦斯·约翰·邓达斯(Lawrence John Dundas，1876—1961)，英国保守党政治家。

衅行径和西班牙媒体的造谣生事，似乎这些事情在某种程度上与佛朗哥之前的记录有矛盾。但事实上，关于皮尔斯与他那些更具影响力的追随者们会同情哪一方这件事情并没有多少疑问。在1936年的时候，指出佛朗哥是我们的敌人的朋友会是很有意义的事情，但那个时候皮尔斯教授并没有这么做。没有人会指责他歪曲事实，但他那时候写书的基调无疑使得国民军在英国人的眼中变得更加可敬。如果书籍能够对事件产生影响，佛朗哥政权的建立应该有皮尔斯教授的一部分功劳。现在他不应该因为佛朗哥的行为和当初每一个共和国的支持者所预测的一样而感到惊讶。

邓达斯先生的书围绕着一个纯属猜测但很有意思的想法而展开：一开始的时候军方策划的是另外一种性质的政变——属于保守派但不是法西斯的政变——但由于桑乔约①的死和国民军第一次政变未能成功而导致接下来一系列事件的发生。国民军不得不向德国人和意大利人求援，而他们则提出了条件。这件事情的重要性在于，正如邓达斯先生所说的，它所建立的政权"并不是西班牙人的政权"。它是一个依照外国人的纲领而建立的政权，在一个普通的西班牙人眼中，即使是在一个贵族眼中，这也是不可忍受的，因此，在危机时刻它或许会被证明是脆弱的政权。这本书记录了关于西班牙内战在马约卡的一些有趣的细节。但邓达斯先生预测如果盟军打到欧洲的话，佛朗哥会为了轴心国而参战，他肯定猜错了。小独裁者们可没有忠诚可言。

---

① 霍斯·桑乔约·萨坎内尔（José Sanjurjo Sacanell，1872—1936），西班牙军人，曾与佛朗哥联手发动政变意图推翻西班牙共和政府，1936年死于空难。

评亚瑟·科斯勒的《来来去去》，菲利普·乔丹的《乔丹的突尼斯日记》[①]

过去十几年来，生活在英国的我们主要是通过外国人接受政治教育的。对于"冷战时期"的独裁者们来说，一个好处就是英国的群众并不了解极权主义的本质。

欧洲的政党在进行野蛮的战争，他们成立了形形色色的"X衫军"，起了各种各样令人摸不着头脑的名字，这一切被我们以"与我们无干"为理由而置之不理。没有几个人意识到我们对西班牙人、捷克人、奥地利人和其他人的冷漠意味着几年后将轮到我们被轰炸。

但幸运的是，有人在说话，大部分人是反法西斯的难民。他们在荒野中高声疾呼，而他们当中或许除了席隆[②]之外，亚瑟·科斯勒的声音是最有效的。《西班牙证言》和《正午的黑暗》比其它任何书籍都更能让我们了解革命和反革命的本质。在《来来去去》中(和《正午的黑暗》一样以小说为体裁)，科斯勒先生更深入地探讨这件事情，并提出了革命者自身的动机乃至更复杂的关于这场战争本质的问题。

它算不上一本非常优秀的小说，因为它由主题驾驭角色，而

---

① 刊于 1943 年 12 月 9 日《曼彻斯特晚报》。
② 菲利普·乔丹(Philip Jordan)，情况不详。

不是角色驾驭主题，但是，作为我们这个时代的寓言，它很有趣而且很有价值。一个年轻人刚刚从一个被纳粹占领的国家逃出来，那个国家可能就是匈牙利。他逃到一个中立国，那显然是葡萄牙。他本来是一个共产党员，在法西斯的监狱里遭受了难以言状的折磨。他渴望为英国打仗，那个时候它是唯一与纳粹主义进行抗争的国家。但是，很快他就被迫了解到两个真相。

第一个真相是，英国所进行的战争和他所进行的战争并不是同一场战争。他们对反法西斯主义斗争并不感兴趣，而且他对他们来说并没有利用价值，过了好几个月他们才为他安排前往英国的行程。而且，他们的宣传既老套又无能，无法对抗纳粹新秩序的世界图景，英国文化委员会的愚昧令他抓狂，又被一个年轻的纳粹知识分子大肆嘲笑。对于这个纳粹分子的理论他找不到真正的回应。他发现的第二个真相是，他的动机非常可疑。他去看一个精神分析师，后者向他证明他与社会的抗争纯粹只是个人问题，源于一个童年时的创伤。他与资本主义的斗争其实是他与父亲的斗争。随着被埋葬的童年回忆被老练地挖掘出来，他被迫意识到这就是真相。他只是一个神经质的人。难道所有的革命者都只不过是神经质的人吗？那个年轻的纳粹分子一针见血地指出，反对所有左翼运动的最有力的理由是，参加左翼运动的女人都很丑。

到了这时，去英国参加反法西斯斗争已经失去了它浪漫的色彩。那个年轻人申请去仍然保持中立的美国。他得到了批准，而且上了船，但这时他却回心转意。没有人知道原因——或许只是因为想要以同样的方式逃命的其他难民令人生厌的模样。于是，他最终还是去了英国，并很快被派回自己的祖国执行破坏任务。

他乘着降落伞飘往地面时仍然不清楚自己的动机是什么。但是，他已经选择了英国，或许选择了死亡，而不是美国和安全，即使在美国有一个女孩正等着他。

如果要说有道德意义的话，那就是，这场斗争超越了个人的意义。一个人的事业并不会因为他出于错误的理由去支持它而不再正确。作为一部小说这本书并不算成功。那些情节完全不真实，而且人物过于"典型"，而且过于雷同。但是，作为一则寓言它是成功的。它是一个以传统形式出现的关于诱惑的故事。那个年轻的纳粹分子象征着尘世，那个美国女孩象征着肉体，而那个精神分析师则象征着魔鬼。故事里没有提及的是天国，牺牲不会带来回报，但它仍然发生了。

这本书的另一个特点是它对纳粹恐怖主义进行了迄今为止最动人心魄的描写。无论你多不喜欢恐怖故事，都应该将这种事情记录下来。它们真的发生了，稍稍改变一下情景，它们将会在这里发生。对我们来说，幸运的是，有几个逃脱的受害者对我们发出了警告。

这本匆忙编撰的书（里面是乔丹先生从 1942 年 6 月至 1943 年 5 月的日记，另外还有几篇当时他为《新闻纪实报》写的文章）的有趣之处在于实际所发生的事情和乔丹先生获准说出的事情之间的对比。从头到尾它都在诉说着两个牢骚，那个比较小的牢骚是美国人把英国人的功劳都抢走了，而那个比较大的牢骚是北非战役的政治斗争处理得非常糟糕。不消说，乔丹先生的评论没有一句能够通过审查。事实上，他很快就不得不停止对政治局势的评论，因为他发现对地方政府的谴责被篡改成了对他们的赞美。

至于军队，乔丹先生把他们捧上了天。他不厌其烦地说他们和善可亲、适应力强和纪律严明，而且作战英勇。英国军队是世界上最好的军队。而且他没有发现北非远征的军事行动有什么可以诟病之处。第一次登陆是一场赌博，却是一场博得过的赌博，当第一次尝试攻占突尼斯的行动失败后，解决隆美尔只能被迫延期。

让他感到愤怒的是与达尔兰达成交易的政策——他认为这或许是必须采取的临时行动，但几乎没有触动维希政权。由于墨菲先生①的宽容，坦诚的亲法西斯派的官员保住了他们的工作，戴高乐的支持者们仍然被冷落，甚至遭受迫害，西班牙人和其他反法西斯难民仍被关在集中营里，甚至贝当政权的反犹政策在一开始的时候没有被纠正。

最大的遗憾是，这些事实当时在英国和美国没有更加广为人知。即使到了现在，我们对北非的情况也所知甚少，而乔丹先生帮助我们填补了一些空白。

他目睹了许多前线作战，他参加了卡萨布兰卡会议，攻占突尼斯的第二天他就去了那里。这本日记或许有些地方被改动过。一听说达尔兰接受委任的消息，乔丹先生就说要是达尔兰在任职时出事②就好了——如果他当时真的说过这番话，的确很有先见之明。但是，虽然"事件"确实发生了，达尔兰的政策仍在继续，乔丹先生作出了有意义的工作，让人们了解到这件事。

---

① 罗伯特·丹尼尔·墨菲（Robert Daniel Murphy，1894—1978），美国外交家，曾担任美国驻法国维希政府公使。
② 1942年12月24日，达尔兰遇刺身亡。

评威廉·亨利·戴维斯的《诗集》①

　　看到一大堆威廉·亨利·戴维斯的作品和看到在诗选集中刊载的几首他的诗感觉不大一样。就手法而言，几乎他的任何诗作都很有代表性。他的一大缺陷是缺乏变化——或许你可以将其称为平淡无奇，因为他给人一种喝了一口又一口泉水的感觉，觉得很清冽可口，但喝了一两品脱后就会想去喝威士忌。另一方面——或许那些诗选集就是在这一点上没有如实地表现他——他的题材非常驳杂。不仅他多年来浪迹寄宿旅馆的经历提供了大量的素材，而且他展现了独特的病态色彩。在羊羔和野花后面，是波德莱尔式的娼妓、酗酒和死尸。在像《老鼠》和《来到地下》这样的诗作里，他并没有逃避任何作家最为恐惧的题材。但他的手法总是一成不变，或几乎没有改变：四月天的浮云和坟墓里正在腐烂的女孩的尸体以几乎一成不变的语调讲述着。

　　从这本收集了六百多首作品的诗集里，你可以了解到戴维斯有很好的品位。如果他缺乏生机，至少他拥有一种天生的优雅气质。他没有一首诗是完美的，每一首诗你都会找到一个不必要的词语或读起来很难听的韵脚，但没有一首诗是低俗的。此外，无论他的诗读起来有多么空洞，没有一首诗你能指责它写得很傻。和布莱克一样，他表面上似乎不害怕傻气，因此反而避免了傻

① 刊于 1943 年 12 月 19 日《观察者报》。

气。或许（又与布莱克很相似）这一外表在一部分程度上带有欺骗性。而且他并没有表面上那么具有艺术性。戴维斯最好的品质和他的一部分缺点，可以从《两个孩子》这首得享盛名的诗里看出来：

> "啊，小男孩！我看到
> 你有一把木铲。
> 你在掘沙，
> 掘得这么深——为了什么？"我问道。
> "这里有金矿，"他说道，
> "就在我站的地方下面，
> 二十头大象
> 都没办法搬走。"

> "啊，拿着羊毛的小女孩！
> 你正在做什么？"
> "给一只小鸟织袜子，
> 让它的脚免遭雪冻。"
> 这两个孩子，
> 那么欢乐、娇小而自豪。
> 那个小男孩在为自己掘墓，
> 那个小女孩在为自己织裹尸布。

这首诗差点就被写成一首愚蠢和多愁善感的诗了！但重要的是，它并没有变成这样。很难说戴维斯是否故意为之。这首诗开头的那种矫揉造作的语言或许是又或许不是故意要增加结尾那两个精彩的句子的感染力。但不管怎样，无论它是不是有意为之，戴维斯总是能够避免经常似乎在等候着他的傻帽和低俗。

这本书的护封引用了约翰·斯奎尔爵士和巴西尔·德瑟林科特①对戴维斯的评价：前者说他欣赏戴维斯胜过欣赏那些"当代流行诗人"（这在当时或许指的是托马斯·斯特恩斯·艾略特），后者则认为戴维斯是"我们英国传统的支持者"。戴维斯得到了许多这类称赞，并被当作抨击许多其他当代作家的大棒，因为他没有迫使任何人进行思考。不要让读者去思考——因此，如果有可能的话，阻止文学的发展——这就是经院批评家的目的。但戴维斯并不像是约翰·斯奎尔爵士和德瑟林科特先生所说的是古老传统的恢复者。他不属于任何诗派，也没有师承哪位前辈，而且他对后来的诗人也没有什么影响。根据他自己的描述，他是由虔诚的祖母一手带大的，她只有几本书：《失乐园》、《天路历程》、《年轻人的夜思》和（应该有）《圣经》。他偷偷读过雪莱②、马洛③和莎士比亚的作品，就像别的小男孩会偷偷读萨斯顿·布莱克④的作品一样。三十四岁的时候，他开始写诗，那时候他还住在寄宿旅馆里，从来没有踏足文坛。他给人的印象是在模仿十七世纪的诗人，总是有很多地方看得出模仿的痕迹，虽然可能并不是剽窃。

---

① 巴西尔·德瑟林科特(Basil de Sélincourt，1877—1966)，英国作家、记者，代表作有《英国人的秘密和其它散文》、《精神的宗教》。
② 珀西·比希·雪莱(Percy Bysshe Shelley，1792—1822)，英国浪漫主义诗人，代表作有《解放了的普罗米修斯》、《自由颂》等。
③ 克里斯朵夫·马洛(Christopher Marlowe，1564—1593)，英国诗人、戏剧家，代表作有《马耳他岛的犹太人》、《浮士德博士》等。
④ 萨斯顿·布莱克(Sexton Blake)是英国侦探漫画和小说系列中的主人翁，从创刊至终刊历史跨度有八十多年。

在完成了第一批诗作后，戴维斯试过挨家挨户地卖诗，一本三便士——不消说，他失败了。

　　奥斯伯特·西特韦尔爵士撰写了亲切而详实的序文。有趣的是，戴维斯小时候，他的祖母曾经在揍他的时候警告过他，如果他不洗心革面的话，他的下场不会比那个"辱没家门"的表哥好到那儿去。这个表哥就是亨利·埃尔文①爵士。这本诗集编辑得很好，价格也很公道。它的封面很顺眼，印刷很精美，而且——按照当下的标准——用的是很好的纸张，可以当作一件便宜而吸引人的圣诞礼物。

---

　　① 亨利·埃尔文(Henry Irving, 1838—1905)，英国舞台剧演员，曾塑造了许多莎士比亚戏剧的经典角色。

社会主义者能快乐吗？ ①

　　想到圣诞节就几乎会自发地想起查尔斯·狄更斯，这是因为两个非常好的理由。首先，狄更斯是少数对圣诞节作过描写的英国作家之一。圣诞节是最受欢迎的英国节日，诞生的文学作品却惊人得少。圣诞颂歌大部分起源于中世纪，罗伯特·布里奇斯②、托马斯·斯特恩斯·艾略特和其他作家写过几首诗，还有就是狄更斯，除此之外就没有其它的了。其次，狄更斯能栩栩如生地描写出欢乐的一幕，这在现代作家里是很少见的，几乎绝无仅有。

　　狄更斯曾经两次成功地描写了圣诞节——《匹克威克外传》广为人知的一章和《圣诞颂歌》。根据列宁的妻子所说，列宁临终前曾让她念《圣诞颂歌》给他听，他觉得这篇作品的"资产阶级情怀"让人完全无法忍受。从某种意义上说列宁是正确的，但如果他当时的身体状况好　些的话，他或许会注意到这个故事蕴含着一些有趣的社会意义上的暗示。首先，无论狄更斯对圣诞的图景多么浓墨重彩地勾勒，无论小提姆的"感伤"有多么令人讨厌，克拉奇特一家给人的印象是他们在自得其乐。他们很快乐，

---

① 刊于 1943 年 12 月 23 日《论坛报》。乔治·奥威尔以"约翰·弗里曼"的笔名发表。

② 罗伯特·西摩·布里奇斯（Robert Seymour Bridges，1844—1930），英国诗人，曾是 1913 年至 1930 年的英国桂冠诗人，代表作有《尼禄》、《尤利西斯的归来》等。

正如威廉·莫里斯①的《乌托邦的消息》里面的人不快乐。此外——狄更斯对这一点的洞察是他的作品魅力的秘密之一——他们的快乐主要源于对比。他们如此兴高采烈是因为他们终于可以吃上饱饭了。狼就在门口，但它正摇晃着尾巴。圣诞布丁的香气飘荡于当铺和血汗工厂的背景之上，语带双关地，斯库鲁奇的幽灵就站在餐桌旁边。鲍勃·克拉奇特甚至想为斯库鲁奇的健康干杯，但克拉奇特太太断然拒绝了。克拉奇特一家能尽情地享受圣诞节，因为圣诞节一年只有一回。他们的快乐令人信服，只因为在狄更斯的描写中那是不完整的快乐。

另一方面，所有对永恒幸福的描写，从最久远的历史开始，都以失败告终。乌托邦(巧合的是，乌托邦这个杜撰出来的词语并不是"美好的地方"的意思，而是"乌有之乡"之义)是过去三四百年来文学作品的盛行主题，但那些"令人羡慕"的乌托邦总是让人倒尽胃口，而且都毫无活力。

在现代的乌托邦中最为人所熟知的当数赫伯特·乔治·威尔斯的作品。威尔斯对未来的展望在他的早期作品中有所提及，在《期盼》和《现代乌托邦》中作了部分描写，在二十年代早期的两部作品《梦境》和《天神一样的人》中得到了最淋漓尽致的描绘。你看到了威尔斯希望看到的世界图景——或者说，他认为自己希望看到。那个世界的基调是文明的享乐主义和科学的好奇心。我们现在所承受的罪恶和苦难都统统消失。愚昧、战争、贫穷、肮脏、疾病、挫折、饥饿、恐惧、辛劳、迷信不复存在。照这

---

① 威廉·莫里斯(William Morris, 1834—1896)，英国社会主义者、小说家、艺术家，代表作有《世俗的天堂》、《乌托邦的消息》等。

样说来，我们无法否定那正是我们都在盼望的世界。我们都希望消灭威尔斯想要消灭的那些事情。但有人真的想生活在威尔斯的乌托邦世界里吗？恰好相反，拒绝生活在像那样的世界，拒绝在卫生健康、遍布赤身裸体的女教师的花园郊区里一觉醒来，已经成为了一种自觉的政治动机。像《美丽新世界》这样的书反映了现代人对于他们有能力缔造的理性享乐主义社会的恐惧。一位天主教作家不久前说现代乌托邦在技术上已经可以实现了，接下来，如何避免乌托邦的出现已经成为了一个严肃的问题。法西斯运动就在我们眼前发生，我们不能把这番言论看成只是愚蠢的话语，因为法西斯运动的一个源头就是对过于理性和过于舒适的世界的抵制。

威廉·莫里斯的小说《乌托邦的消息》把乌托邦式的社会主义和科幻描写结合在一起。所有"美妙的"乌托邦似乎都差不多，假定它是完美无瑕的，却无法让人觉得快乐。《乌托邦的消息》是威尔斯式乌托邦的假道学版本。每个人都友善讲理，所有的物品都由自由社供给，但给人留下的印象却是落花流水一般的忧愁。萨缪尔爵士[①]曾写了一部相同主题的作品《未知的国度》，读来更是令人感伤。本萨伦的居民（这个词取自于弗朗西斯·培根[②]）给人的感觉是，他们认为生命只是一件痛苦的事情，要尽量波澜不惊地度过。他们所有的智慧带给他们的只有永恒的消沉。

[①] 萨缪尔·巴特勒(Samuel Butler，1835—1902)，英国作家，作品抨击维多利亚时代英国社会的伪善与浮华，代表作为半自传体作品《众生之路》，并翻译出荷马史诗《伊利亚德》与《奥德赛》。

[②] 本萨伦(Bensalem)是英国学者弗朗西斯·培根(Francis Bacon)的作品《新亚特兰提斯》(New Atlantis)中的城市名，寄托了作者对人类理想家园的构想。

而更令人印象深刻的是，乔纳森·斯威夫特，有史以来最具想象力的作家，在构建一个"美妙的"乌托邦世界时比起其他作家也没能取得更大的成功。

《格列佛游记》的前半部分或许是文学史上对人类社会最无情的鞭挞。里面的每个字在今天仍富有意义，有几处是对我们这个时代的政治恐怖的详实预言。然而，斯威夫特在尝试描述他所崇拜的种族时却失败了。在结尾部分，与讨人嫌的耶胡相对比，我们看到了高贵的慧骃，它们是有高等智慧的马，不会像人类那样犯错。这些马品性高洁，而且通情达理从不犯错，实在是一群令人觉得索然无味的生物。和其它生活在乌托邦的住民一样，它们最关心的就是避免操心劳碌。它们过着平淡无奇、逆来顺受的"合理"生活，不仅从来没有体验过争吵、混乱或危险，而且毫无"激情"可言，包括性爱。它们以优生学的原则选择配偶，避免忘情的恋爱，而且在寿命将至时似乎很愉快地赴死。在书中的前半部分，斯威夫特描写了人类的愚蠢和卑鄙会将他们引向何方；但是，把愚蠢和卑鄙去掉后，显然就只剩下半死不活的日子，几乎不值得一过。

尝试描写具体的来生快乐也没有取得成功。就像乌托邦一样，天堂彻底令人失望——值得一提的是，倒是地狱在文学作品中占据了显著的地位，关于它的描写总是非常具体，而且让人觉得可信。

基督教的天堂，就它通常被人描绘出来的情景而言，往往乏人问津。几乎所有的基督教作家在写到天堂时，要么坦白地说那是无法形容的地方，要么虚构出一个虚无缥缈的地方，那里装饰着黄金和宝石，永无休止地唱着赞美诗。确实，这一幕情景激发出了世界上最美妙的诗作：

> 您的高墙以玛瑙筑成，
> 您的壁垒以钻石铸就，
> 您的大门镶嵌着东方的珍珠，
> 超越富裕与珍稀！

或者：

> 圣哉，圣哉，圣哉，众圣皆崇拜您，
> 摘下黄金冠冕，环绕晶莹之海，
> 智天使与炽天使跪拜在您面前，
> 过去如是，现在如是，未来亦将如是！

但它无法做到的是描述一个普通人想要去的地方或置身其中的情形。许多宗教复兴运动的牧师，许多耶稣会的神父（比方说，参阅詹姆斯·乔伊斯的《艺术家的画像》中那段恐怖的布道）口中所形容的地狱把他们的信众吓得魂飞魄散。但一谈到天堂，他们用的就只有"极乐"和"至福"这几个词语了，根本不会去尝试道明里面到底有些什么事物。或许关于这一主题最生动的描写是德尔图良①的名篇，解释在天堂里的一大乐事就是看着那些受谴之人受到折磨。

---

① 昆图斯·塞浦提穆斯·弗罗伦斯·德尔图良（Quintus Septimius Florens Tertullianus，160—225），基督教神学家，第一位以拉丁文撰写基督教神学作品的作家，代表作有《护教学》、《灵魂的见证》等。

异教徒对天堂的想象也好不到哪里去。你会觉得极乐世界总是暮气沉沉；众神居住的奥林匹斯山上有美酒佳肴，有神女仙女相伴——戴维·赫伯特·劳伦斯将她们形容为"不朽的婊子"。那个地方比起基督教的天堂或许更有家的感觉，但你不会想长久地呆在那里。至于穆斯林的天堂——每个男人可以得到七十七位美女，所有人都在异口同声地竞相争宠——那只会是一个噩梦。唯灵论者也好不到哪里去，虽然他们总是安慰我们"一切都是光明美好的"，却无法描述出任何让一个有思想的人觉得可以忍受的来世的消遣活动，更别说有吸引力了。

尝试描述非乌托邦或来世的快乐，只是纯粹的感官快乐，也是一样的结果。它们总是让人觉得虚幻或低俗，或二者兼而有之。在《圣女贞德》的开头，伏尔泰描写了查尔斯九世和他的情妇艾格尼丝·索雷尔的生活。他写道，他们"总是很快活"。他们的快活是什么呢？显然就是永无休止的盛宴、饮酒、狩猎和做爱。这种生活过上几个星期有谁不会觉得腻歪呢？拉伯雷描写那些幸运的人儿在来生的美妙生活，让那些在今生过着痛苦生活的人得到安慰。他们唱着一首歌，歌词大体上翻译过来是："跳起来，舞起来，玩游戏，喝红酒，喝白酒，终日无所事事，一心只数金币。"——说到底，这种生活听起来多么无聊！永恒的"美好时光"这个概念的空虚在布吕赫尔①的画作《游手好闲者的世界》中得到淋漓尽致的体现，里面画着三个大胖子正头靠着头在熟睡，旁边还有煮鸡蛋、烤猪蹄什么的，准备大快朵颐。

---

① 老彼得·布吕赫尔（Pieter Brueghel the Elder，1525—1569），荷兰文艺复兴时期画家，以描绘风景和农民画像而著称。

除了以对比的方式外，人类似乎没办法形容幸福，就连想象似乎也做不到。这就是为什么各个时代对天堂或乌托邦有着不同的概念。在前工业社会，天堂被描述为一个永恒安宁的地方，而且用的是黄金铺地，因为那时候的人普遍都很辛苦，而且都很穷。穆斯林的天堂里的那些美女反映了一夫多妻制的社会，大部分女人的归宿是成为富人的妻妾。但这些"永恒的幸福"的写照总是以失败告终，因为一旦幸福成为永恒（永恒被想象为无尽的时间），对比就不再起作用了。已经成为我们的文学作品的一部分的某些传统手法所源起的物质条件如今已经不复存在。对春天的膜拜就是一例。在中世纪，春天并不意味着燕子和野花。它意味着经过几个月在烟熏火燎、没有窗户的小木屋里以腊肉为食后终于吃上了绿色的蔬菜、牛奶和新鲜的肉类。春天的歌曲是快乐的——

> 啥都不用做，一心就吃喝，好好享受快乐。
> 感谢上天的恩赐，过一个快活年，
> 买肉很便宜，姑娘多可亲，
> 精力充沛的小伙子们到处游荡，
> 多么快乐，在多么快乐的人群中！

因为快乐是有原因的。冬天过去了，那就是美妙的事情。圣诞节本身是一个始于基督教之前的节日，或许它的起源是为了在难以忍受的北方冬天有一个机会可以狂吃滥饮。

除了逃避劳累和痛苦之外，人类无法相信快乐是怎样的情形，这为社会主义者带来了严肃的问题。狄更斯能描写一户穷苦家庭狼吞虎咽地吃着一只烤鹅，让他们看上去似乎很快乐。另一方面，生活在完美世界的人似乎并不感到快乐，还总是心带厌恶。但显然，我们不会向往狄更斯所描述的世界，或许也不会向往他所能想象的任何世界。社会主义者的目标不是一个到最后因为某个老绅士派发火鸡而解决问题的社会。我们所追求的，不就是一个"慈善"无须存在的社会吗？我们想要的是一个领取分红的斯库鲁奇和腿脚肿胀的小提姆都是不可想象的世界。但这意味着我们追求的是一个没有痛苦和无须努力的乌托邦吗？

我要大胆地说出《论坛报》的编辑可能并不认可的话：社会主义的真正目标并不是快乐。快乐一直只是附带产生的结果，就我们所知，将来或许也一直都会是这样。社会主义的真正目标是四海之内皆兄弟的情谊。大家都普遍认同这一点，但它没有经常被提及，即使被提及声音也不够响亮。那些毕生在进行令人心力交瘁的政治斗争的人，或在内战中被害的人，或在盖世太保的秘密监狱里受尽折磨的人，他们并不是想建立一个有中央供暖、空调和灯火通明的天堂；他们想要的是缔造一个人人相亲相爱的世界，而不是充满欺骗和仇杀的世界。他们希望以实现那个世界作为第一步，之后将何去何从就不是很确定了，尝试对它作出详尽的预测只会混淆这个问题。

社会主义思想必须作出预测，但这只局限于空泛的预测。你必须经常树立只是模糊可见的目标。比方说，现在世界正在打仗，需要和平。但是，这个世界从未有过和平，除非高贵的野蛮人曾经存在过。这个世界需要的是能够隐约感觉到存在但无法准确描述的事物。这个圣诞节，成千上万的士兵将在俄国的冰雪中流血牺牲，或淹死在冰冷彻骨的水域里，或在太平洋沼泽遍布的岛屿上用手榴弹把彼此炸成碎片。无家可归的孩童在德国城市的废墟中翻寻着食物。让这些事情不至于发生是一个好目标。但要详细地描述一个和平的世界是怎样的情景则是另外一回事了。

几乎所有乌托邦的创造者都像是患了牙痛的人，因此他们认为快乐就是没有牙痛。他们想要缔造一个完美的社会，让那些因为短暂才拥有价值的事情成为永恒。更明智的做法是指出有些纲领是人性必须遵从的，制订出大体的方针，但具体的预言则不是我们要做的事情。任何尝试想象出完美世界的人只会暴露出自己的空虚。就连斯威夫特这样的伟大作家也一样，他能深刻地鞭笞主教或政客，但当他试图创造出一个超人时，却只让人觉得那些臭烘烘的耶胡要比文明的慧骃有着更宽阔的发展空间——而这绝对不是他的创作意图。

评兰斯洛特·霍格本的《格罗沙语》、康普顿·麦肯锡的《罗斯福先生》[①]

霍格本教授为他这本有趣的小书起了一个副标题《民主世界秩序的辅助语言的草案，语义学原则应用于语言设计的尝试》，而"草案"这个词值得强调。

格罗沙语是一门新的语言——霍格本教授自己发明的语言。但是，他并没有尝试强行将它推广到整个世界。他只是说要"进行探讨"——当这场战争结束时，创造一门令人满意的国际语言的基础或许将会形成。

他认为如果一门普世第二语言最后要被全世界所接纳，它必须由国际专家团队进行设计，或许这是正确的意见。

迄今为止经常发生的事情是，某个人发明了一门新的语言，有人说"我能对它进行改善"，然后这个过程一直持续下去，直到那些被发明出来的语言，如果它们被使用的话，将创造出一座比自然语言更糟糕的巴别塔。

人工语言似乎有三百多门，有五到六门（除了基本英语之外）仍在使用。

---

① 刊于 1943 年 12 月 23 日《曼彻斯特晚报》。兰斯洛特·托马斯·霍格本 (Lancelot Thomas Hogben, 1895—1975)，英国动物学家与医疗数据统计学家，曾构思出格罗沙语，作为国际性通用语言。康普顿·麦肯锡(Compton Mackenzie, 1883—1972)，英国作家，苏格兰民族主义者，作品多扎根苏格兰本土文化，代表作有《甜美的威士忌》、《格伦皇朝》等。

和中文一样，格罗沙语是一本纯粹的"孤立"语言。它的单词没有任何词形变化，意思由句序决定，并通过少数几个"虚词"表明时态等。

　　当然，这么做很有好处。没有词形变化的语言比较好学，特别是对于那些母语没有词形变化的数亿亚洲人来说更是如此。

　　而且它能够以图片的形式去教初学者。这本书里列举了几个例子。例如，一幅两个红皮肤的人在一间黑房子里的图片被标注为"bierythrohomini in melanodomi"，而一幅前面有两棵黑树的红房子被标注为"bi melanodendraanteroerythrodomi"。你几乎没办法用这个方法去标注一门欧洲语言，或许英语会是例外，它本身也没有多少词形变化。

　　格罗沙语的词汇以拉丁语和希腊语为基础——或许希腊语更加重要一些，因为霍格本教授希望尽可能地使用已经国际通行的词汇，大部分是科学与技术的词汇。

　　几乎整个受过教育的世界都已经知道像"photo"（光）、"phono"（声音）、"ptero"（翅膀）、"graph"（图画）、"geo"（土地）、"micro"（微小)等词根的含义。格罗沙语的词汇就是基于这些词根。任何受过教育的欧洲人，或许受教育程度最高的印度人和日本人，一看到格罗沙语的"hydro"这个词就知道它与水有关。

　　构建词汇的一个主要着眼点是词语的经济性。根据霍格本教授所说，它可能只需要750个词语就能勉强使用，比基础英语所需的最小词汇量要少一些。

　　任何记忆力不错的人或许能够在几个星期内掌握这些单词。任何学过拉丁语和希腊语的人看到许多格罗沙语的句子时都能够猜出它们的意思。

在阐述了格罗沙语的好处之后，现在谈一谈为什么我绝对不相信这门语言会有前途。

首先，很难相信任何人工语言，即使得到认同，能与已经有数亿人在说的语言相抗衡。霍格本教授的主要敌人是基础英语。基础英语或许要比格罗沙语稍微难学一些，但反对这门语言的真正原因是猜疑，许多人肯定会觉得它是英国和美国实施帝国主义统治的工具。

它的好处在于能够直接与两三亿人沟通，抵消了这个劣势。而且，任何想从基础英语过渡到标准英语的人可以阅读遍及世界的媒体和积累了几百年的文学作品。

其它几门大的自然语言也是如此。一门人工语言就没有这些优势。即使它要拥有自己的技术文献也需要经过多年的翻译工作。

我的另一个批评意见，或许在我没有学会格罗沙语之前不应该提出来，但我还是想提出来。那就是，我很怀疑霍格本教授是不是创造语言的合适人选，或许只是适合严格的技术用语。

他所写的英文表明就像一个聋子听音乐一样，他对语言毫无感觉。单是列举他的序文中的两句话就足够了：

"如果我们恰如其分地考虑皮亚诺对待雅利安语言冗余的词形变化的态度，结论则不得而知。"

还有一句：

"我们不能拿本地话的俚语当打水漂那样一串串地打出去，这些俚语开出的药方尽是一些恶名昭彰的词语搭配，拿'put up with'代替'tolerate'，或拿'put at a loss'代替'bewilder'。"

很难相信用自己的语言写出这样的话的人所创造出来的语言会值得信赖。

当然，国际语言的创造目的不是为了文学，但如果它们要用作对抗霍格本教授所恐惧的民族主义的武器的话，那么它们就不能仅仅是技术和科学的术语。它们必须能够以最清晰的方式表达非常微妙的含义，但那样的话它们必须由真心在乎语义清晰，愿意去查阅"恶名昭彰"(egregious)这个词的含义的人去创造。

不过，这仍然是一本很有启迪意义的书，甚至可以说是一本重要的书。即使不会被接纳或被作为某种语言的基础，它引起了普世交流媒介的迫切需要和几门活着的语言被用于帝国主义侵略的狰狞前景的关注，这些都是好事。

在这本入门书之后将会出 本有 8 000 词汇的英语——格罗沙语辞典。

直到现在，英国的群众对罗斯福总统的了解并不多，应该有一本比麦肯锡先生的书更好的作品对他进行介绍。这本书似乎是匆忙写成的，虽然一开始的时候有许多细节(事实上，罗斯福先生的早年生活和那些交游广阔的人一样乏善可陈)，它并不能让英国的普通读者对美国政坛有清楚的认识。

在局外人的眼里美国政坛扑朔迷离，而麦肯锡先生并没有将这个谜团解释清楚。而且他太执迷于英雄崇拜。罗斯福总统是一个伟人，而且是英国的朋友，英国人民需要他继任，正是因为这个原因，我们更要批判地看待他。

从这本书里你很难看到罗斯福先生拥有凡人的缺点，你甚至无法了解到他所承担的强大而狰狞的压力。这本书最好的内容是那些插图，大部分是相片，内容很有趣，而且数量很多，或许证明了这本书物有所值。

"教士的特权"：萨尔瓦多·达利小记[①]

自传只有写了一些不光彩的事情时才可信。一个替自己说好话的人或许是在撒谎，因为任何生活从内部进行观察都只是一连串的失败。但是，即使是最明目张胆、毫无诚信的作品（弗兰克·哈里斯[②]的自传体作品就是一例）也能在不经意间勾勒出作者的真实面目。达利最近出版的《生活》就是这么一本书。里面所描写的一些事情根本难以置信，其它事情都被重新编排并加以美化，不仅缺乏人文情怀，就连一以贯之的日常生活情节也都被删除了。即使达利本人也认为自己是病态自恋的，他的自传只不过就是在粉色霓虹灯下的一场脱衣舞表演。但作为一部在机器时代才会出现的白日梦和反常本能的笔录，它还是蛮有价值的。

下面是几则达利的生平记述，从他幼年时期开始。哪一些是真实的，哪一些是虚构的并不重要。重要的是，它们是达利想要去做的。

他六岁的时候适逢哈雷彗星经过地球，大家都很是兴奋：

[①] 成文于 1944 年。教士的特权（Benefit of Clergy），指欧洲中世纪的教士阶层享有的特权，不受世俗法庭的司法管辖。萨尔瓦多·达利（Salvador Dalí，1904—1989），西班牙超现实主义画家，其作品和创作理念对二十世纪的美术、雕塑、戏剧、时装、建筑都有深刻影响。

[②] 弗兰克·哈里斯（Frank Harris, 1856—1931），爱尔兰裔美国作家，代表作有《我的生命与爱情》、《忏悔录》等。

突然间，一位我父亲办公室的职员出现在客厅的门道里，说在露台就可以看到哈雷彗星……穿过门厅的时候我看到三岁的妹妹正不显眼地爬过门道。我停下脚步，犹豫了一秒钟，然后当她的头是皮球狠狠地踢了一脚，然后跑开了，心里因为这个野蛮的举动而充满了"精神错乱的喜悦"。但父亲就在我身后，抓住了我，把我带到他的办公室，作为惩戒，我被关在那里直到吃晚饭。

而就在这件事发生的一年前，达利"突然间兴之所至"将另一个小男孩从吊桥上推了下去。还有几件类似事件被记录了下来，包括（发生在他二十一岁的时候）踢打践踏一个女孩，"直到他们不得不把浑身是血的她架开，不让我碰到她"。

他五岁的时候抓住了一只受伤的蝙蝠，关进了一个铁皮桶里。第二天早上他发现那只蝙蝠就快死掉了，身上爬满了蚂蚁，正在啃食它。他把蝙蝠连同蚂蚁放进嘴里，几乎一口将其咬成两半。

在他少年时，一个女孩疯狂地爱上了他。他会亲吻她，抚爱她，让她达到最兴奋的程度，却不肯再进一步。他决心要一直这么做长达五年（他称之为"五年计划"），享受她的屈辱和这么做带给他的权力感。他总是告诉她五年计划一过他就会抛弃她，而时间一到他确实就这么做了。

直到成年他仍然有手淫的恶习，而且显然喜欢在一面镜子前这么做。而正常做爱时他却是性无能，这似乎一直持续到三十岁左右。当他与妻子盖拉第一次相遇时，他很想将她从悬崖上推下去。他知道她希望他能为她做些什么事情，两人初吻之后，他作了表白：

> 我拉着盖拉的头发把她的脑袋往后扯，因为歇斯底里而浑身战栗。我大声问道：
>
> "现在，告诉我，你要我和你做什么！但你要慢慢地告诉我，看着我的眼睛，最低俗最淫荡地把我们感到最羞愧的字眼说出来！"
>
> 接着，盖拉将她最后一丝愉悦的表情转为自我专横的凶狠，回答道：
>
> "我要你杀了我！"

这个要求令他有点失望，因为这是他已经萌发的念头。他有过把她从托雷多大教堂的钟楼上推下去的念头，但并没有这么做。

西班牙内战发生时，狡猾的他没有投靠哪一个阵营，而是去了意大利。他觉得自己越来越向往贵族阶层，经常参加时尚的沙龙，为自己找到了富有的赞助人，与胖乎乎的诺阿耶子爵①合影，将他形容为自己的"米西纳斯"②。欧战爆发之前，他一心只想着找一个地方能享受到美食，又能在危险到来之前赶紧溜之大吉。他在波尔多定居，法国爆发战事时又及时逃到了西班牙。他在西班牙呆了很久，写了几篇斥责"赤祸"的文章，然后去了美国。

---

① 查尔斯·德·诺阿耶(Charles de Noailles, 1891—1981)，法国贵族，曾资助许多艺术家。
② 盖乌斯·米西纳斯(Gaius Maecenas, 70 BC—8 BC)，古罗马帝国皇帝奥古斯都的大臣，著名的外交家，曾提携诗人维吉尔和贺瑞斯。

故事的结局很体面。到了三十七岁，达利变成了一位顾家的丈夫，戒除了他的恶习，至少是一部分恶习，完全皈依了天主教。而且你猜想得到，他挣了一大笔钱。

但是，他仍然对自己的超现实主义时期的画作充满了自豪感，比如《伟大的手淫者》、《一架三角钢琴与一具骷髅的鸡奸》等等。这些作品的摹本贯穿整本书的始终。达利的许多画作都只是具象主义，体现了后来值得注意的典型特征。他的超现实主义画作和相片有两个突出的特征：性乖张与恋尸癖。性指向与象征——有的广为人知，就像我们的老朋友高跟鞋；其它的，如那根拐杖与那杯热牛奶，是达利本人的专利——总是一再地出现，还有就是相当明显的关于屎尿屁的主题。在他的画作《阴郁的游戏》中他说道："抽屉被溅满了排泄物，以如此精妙和现实主义的得意形式呈现，让所有那些超现实主义者苦恼地思考着：难道他有食粪癖吗？"达利坚定地补充说他并不是这样的人，而且他认为这种行为失常"令人恶心"。但他对排泄物的兴趣似乎距此也仅有一步之遥了。即使在他讲述自己看着一个女人站着撒尿的经历时，他依然非要补充一个细节：她没有撒准，弄脏了她的鞋子。一个人不可能沾染所有的恶习，达利自豪地说自己不是同性恋，但除此之外，他似乎展现出一个人所能想象的全部变态特征。不过，他最突出的特征是他的恋尸癖。他本人坦诚地承认了这一点，宣称自己已经痊愈了。死者的脸庞、骷髅、动物的死尸在他的画作里经常出现，他所吞食的那只垂死的蝙蝠上面的蚂蚁更是出现过无数次。有一幅照片展现的是一具挖掘出土的尸体，已经高度腐烂了。另一幅照片展现的是死驴在三角钢琴上面腐烂，它是超现实主义电影《一只安达鲁狗》的一幕。达利仍然带着极大的热情回忆着这些驴子：

> 我把几大锅黏糊糊的浆糊倒在这些驴子的身上，"制作"了腐烂的肉体。我还把它们的眼窝挖空，用剪刀把它们剪开，让它们更大一些。我还以同样的方式残暴地将它们的嘴巴剪开，让它们的两排牙齿暴露出来，营造更好的效果。我还在每张嘴上划了几道口子，这样看上去似乎这些驴子已经腐烂了，比它们自己的死相更加令人作呕。在这些驴子上方，我用那台黑色钢琴的琴键组成了另外几排牙齿。

最后是那幅照片——显然是伪造的相片——《在出租车里腐烂的模特儿》。在一个看上去已经死去的女孩浮肿的脸庞和胸脯上方，巨大的蜗牛正在蠕动。在相片下方的字幕里达利注明这些是勃艮第的蜗牛——就是那种可以吃的蜗牛。

当然，这本长达 400 页的四开本的书里记述了比我提到的更多的内容，但我认为我并没有对他的道德基调和精神气质作出不公的描述。这是一本令人作呕的书。如果一本书的内容能让人有生理上感到恶心的效果，那这本书将当仁不让——这可能会让达利觉得开心，他曾经往自己身上涂满用羊粪在鱼胶里熬制的油脂，把自己未来的妻子吓得够呛。但是，必须承认，达利是一位才华横溢的画家，而且从他的画作的精细和稳健看，他工作非常努力。他爱出风头，而且野心勃勃，但他不是一个骗子。他比大部分斥责其道德和嘲笑其天分的人要有才不知多少倍。这两方面的事实一结合就引发了一个缺乏共识却很少真正有人探讨的问题。

这个问题的关键就是，你所看到的是对理性和体面确凿无疑的正面攻击，甚至——达利的部分作品就像色情明信片那样毒害想象力——是对生命本身的攻击．他的作品和想象力很有争议，但他的世界观、他的性格和作为一个人的最基本的体面则不存在争议。他就是一只反社会的跳梁小丑。显然，这种人不值得推崇，而能够让他们飞黄腾达的社会一定是出了问题。

如果你把这本书和里面的插画给埃尔顿勋爵[①]、阿尔弗雷德·诺耶斯先生[②]和《泰晤士报》的社论作家等为"知识分子的没落"而欢欣鼓舞的人看——事实上，给任何"理智的"、痛恨艺术的英国人看——不难想象你会听到怎样的回答。他们会干脆地拒绝承认达利有什么优点。这些人不仅无法承认道德上堕落的事情可能在审美上是正确的，而且他们对每个艺术家的真正需求就是要他和他们勾肩搭背，告诉他们思想并不重要。而且，在眼下他们或许是非常危险的人物，因为新闻部和英国地方委员会把权力放在他们手中。他们的冲动不仅是在每一个新的天才冒起的时候将他们打压下去，而且还要阉割历史。看看目前正在这个国家和美国进行的新一轮对知识分子的围捕，他们不仅叫嚣着反对乔伊斯、普鲁斯特和劳伦斯，甚至连托马斯·斯特恩斯·艾略特也不放过。

但如果你和那些能看到达利的优点的人谈话，你所得到的回应也好不到哪里去。如果你说达利虽然是很有才气的画家，却是

---

① 戈弗雷·埃尔顿(Godfrey Elton，1892—1973)，英国历史学家，代表作有《法国革命理念》等。

② 阿尔弗雷德·诺耶斯(Alfred Noyes，1880—1958)，英国诗人，代表作有《剪径强盗》、《管风琴》等。

个下流的恶棍，他们会把你当一个野蛮人看待。如果你说你不喜欢腐烂的尸体，还有那些喜欢腐烂的尸体的人精神上有毛病，他们会认为你缺乏审美意识，因为《在出租车里腐烂的模特儿》是一件优秀作品。在这两种谬论之间没有中间地带；或者说，中间地带是存在的，但我们很少听到关于它的讨论。一方面是"文化布尔什维克主义"①，另一方面是（虽然这句话本身已经过时了）"为艺术而艺术"。海淫海盗是一个很难坦诚地进行探讨的问题。人们要么害怕表现出一脸惊诧，要么害怕没有表现出一脸惊诧，无论如何都无法明晰艺术和道德之间的关系。

可以看到，为达利辩护的人的理由类似于教士的特权：艺术家不应该受制于普通人的道德律令。"艺术"就像一个咒语，只要一念出来就万事大吉：踢小女孩的头没什么大不了的，就连像《黄金时代》这么一部电影也没什么大不了的。②而且达利在法国享福多年，当法国遇到危险时就抱头鼠窜也没什么大不了的。只要你的绘画才能足以通过考验，你做什么都能得到原谅。

你可以看到，如果你将这一看法延伸到普通犯罪的话，它是多么荒谬。在我们这个时代，如果某位艺术家是一位杰出的天才，那他就被允许作出一定程度的不负责任的事情，就像怀孕的女人一样。但是，没有人说一个怀孕的女人可以杀人，也没有人说艺术家就可以这么做，无论他多么有才。就算是莎士比亚复生，如果我们发现他最喜欢的消遣是在火车的车厢里强奸小女

---

① 原文是德语"KULTURBOLSCHEVISMUS"。
② 原注：达利提起过《黄金时代》，并补充说它的第一次公演被暴徒们中断了，但他没有具体讲述是怎么一回事。根据亨利·米勒对事件的记述，里面有非常露骨真切的女人排便的镜头。

孩，我们也不会告诉他可以继续这么做，只要他能再写出一部像《李尔王》这样的作品就行。话又说回来，最卑劣的罪行不一定总是会被惩罚。鼓励恋尸癖幻想所造成的危害不亚于赛马场上的那些扒手。你应该在脑海里同时确认两个事实：其一，达利是一位好画家；其二，他是一个令人讨厌的人。这两个事实从某种意义上说并不互相妨碍或影响。我们对一面墙的第一个要求是它能立得起来。如果它能立得起来，那它就是一面好墙，至于竖起那面墙是为了什么目的就是另外一回事了。但是，就算是这个世界上最好的墙，如果那是一面集中营的围墙的话，它就应该被推倒。同样的，我们可以说："这是一本好书或一幅好画，但应该由绞刑吏将其销毁。"除非你能说出这番话，或者至少要想到这番话，否则你就是在逃避画家也是人和公民这个事实。

当然，达利的自传或画作不应该被查禁。除了曾经在地中海港口小镇里兜售的那些肮脏的明信片，打压任何作品的政策都让人觉得不踏实。而达利的幻想或许有助于反映资本主义文明的腐朽。但他显然需要得到诊断。比起他是怎样的人，更重要的问题是他为什么会变成这样。达利有病态思想应该是毋庸置疑的事情，虽然他声称自己皈依了天主教，但或许其病态思想并没有多大的改变，因为真正的忏悔者和那些精神恢复正常的人不会那么得意洋洋地炫耀自己过往的罪恶。他是整个世界的病态的表征。重要的不是将他斥责为应该被鞭笞的下流坏子，或因为他是一个天才而为他辩护，说他不应该被人质疑，而是找出为什么他体现这些特别的行为反常的原因。

答案或许从他的画作里可见端倪，我没有能力对其进行分析，但我可以指出一个线索，或许能够解答一点疑惑。那就是过

时而矫饰的爱德华画风，也就是达利不做超现实主义者时留恋的
风格。达利的一部分画作让人想起了丢勒[1]，有一幅作品（第113
页）似乎展现了比亚兹莱[2]的影响，而另一幅作品（第269页）似乎
取材于布莱克，但最一以贯之的特征是爱德华风格。当我第一次
打开这本书，看着上面不计其数的页边插画时，我有一种似曾相
识的感觉，但没办法立刻得以确认。我看着第一部分开头（第7
页）的那个装饰性的烛台，它让我想起什么呢？最后我琢磨出来
了。它让我想起了一本低俗的、打扮得花里胡哨的大部头安纳托
尔·法郎士作品集（译本）。那是在1914年前后发行的，有装饰性
的章节标题和依照其风格制作的底饰。达利的烛台一端刻着一头
蜷曲的、看上去像鱼的动物，看上去出奇地熟悉（似乎是取材于普
通的海豚），另一头是燃烧的蜡烛。这根蜡烛在一幅接一幅的画作
中出现，是一位非常熟悉的老朋友。你会发现在它两边有同样古
怪的蜡块，就像那些伪都铎时期乡村酒店里常见的假扮成烛台的
电灯。这根蜡烛和它下面的设计带着一种浓浓的矫情的感觉。似
乎为了抵消这种感觉，达利在整幅画上到处泼墨，但没有收到成
效。同样的感觉一页页地不断涌现。比方说，第62页底部的设计
几乎有一种小飞侠彼得潘的感觉。第224页的女性角色虽然头盖
骨被拉得长长的，好像一根巨大的香肠，但其实是童话书里的巫
婆。第234页的马和第218页的独角兽可能是向詹姆斯·布兰

---

[1] 阿尔布雷希特·丢勒（Albrecht Dürer，1471—1528），德国文艺复兴时期油
画家、版画家、雕塑家及艺术理论家，代表作有《四使徒》、《亚当和夏
娃》等。

[2] 奥伯利·比亚兹莱（Aubrey Beardsley，1872—1898），英国插画艺术家，创
办杂志《黄皮书》，其作品为二三十年代的中国文坛所重视。鲁迅对他的
评论可参阅《集外集拾遗》。

奇·卡贝尔①致意的插画。第97页、第100页和其它地方所描绘的那些很娘娘腔的年轻人都给人以同样的印象。怪诞的感觉一直挥之不去。将骷髅、蚂蚁、龙虾、电话和其它东西去掉，那你就会时时回到巴利、拉克汉姆、邓萨尼②和《彩虹尽头》的世界。

奇怪的是，达利的自传中有一些肮脏下流的内容与时代有着紧密的联系。当我读到我在本文开头所引用的章节时，就是他往妹妹的头上踢了一脚那一段，我又有一种依稀相识的感觉。那是什么呢？当然了！就是亨利·格雷厄姆的《为没有亲情的家写的无情的诗》。那些韵文诗在1912年前后非常流行，其中一首是这么写的：

> 可怜的小威利哭得如此伤心，
>
> 他是个伤心的小男孩。
>
> 因为他扭断了妹妹的脖子，
>
> 茶点的时候没有果酱吃。

这简直就是以达利的轶事作为范本。当然，达利知道自己对爱德华时代的偏爱，并以风格模仿画的形式充分利用了这一点。他坦言他特别钟情1900那一年，声称1900年的每件装饰品都充满了神秘感、诗艺、性欲亢奋、疯狂、性变态等等。但是，风格模

---

① 詹姆斯·布兰奇·卡贝尔(James Branch Cabell, 1879—1958)，美国作家，代表作有《曼努尔的生平》、《梦魇三部曲》等。

② 爱德华·约翰·普兰基特(Edward John Plunkett, 1878—1957)，封号是邓萨尼男爵(Baron of Dunsany)，爱尔兰作家、剧作家，代表作有《最后的革命》、《时间与诸神》等。

仿总是意味着对被模仿物的真正的情感。一个知识分子会屈服于同向的非理性甚至幼稚的冲动，即使不是普遍规律，也是很常见的事情。比方说，一个雕刻家对平面和曲线很感兴趣，可他同样喜欢脏兮兮地把玩黏土和石头。一个工程师喜欢工具的触感、火车头的噪音和机油的味道。一个精神病学家总是自己会有性方面的失常。达尔文成为生物学家的一部分原因在于他是一位乡绅，而且喜欢动物。因此，或许达利对爱德华时代的事物乖张的崇拜（例如，他对 1900 年地铁入口的"探索"）只是一个更深层的无意识爱慕的表现。那些不计其数的笔触美妙的插画被取了庄严的名字，如《夜莺》、《一只手表》等等，在他的作品的页边随处可见。或许这只是一个玩笑。在第 103 页穿着灯笼裤拿着扯铃在玩耍的那个小男孩则是一件完美的时代风格作品。但或许这些事物之所以出现，是因为达利没办法不去画这种东西，因为那是他真正所属的时代和风格。

如果是这样的话，他的荒诞就在一部分程度上能得到解释。或许那是一种让他觉得自己并不平凡的方式。毋庸置疑，达利拥有两个天赋，一个是绘画，另一个是残暴的自我主义。在书中第一段他就写道："七岁的时候我想要成为拿破仑。从那时起我的理想就一直在成长。"这番话是在营造令人惊诧的效果，但无疑在本质上是真实的。这种感觉非常普遍。有人曾经对我说过："我知道我是个天才，早在我知道我会是一个天才之前就已经是了。"假如你什么才华也没有，只是一个自私自利的人，肢体毫无灵活性可言，假如你真正的才华只有美术学院水平的表现手法，你真正配当的就只是一个科学书籍的插画作家，那么，你要如何成为拿破仑呢？

出路总是有一条：在道德上沉沦，做一些惊世骇俗和伤害别人的事情。五岁的时候将一个小男孩推下桥，拿一根鞭子抽一个年迈的医生的脸，把眼镜都打碎了——至少他梦想的就是做出这些事情。二十年后，用剪刀把死驴的眼睛挖出来。照这些事情去做，你总是能觉得自己拥有独创性。而话又说回来，这么做好处可多咧！这可比犯罪安全多了。将达利的自传进行总结，显然可以看出，他并没有因为他的古怪性情而吃到苦头，而如果他早生几年，情况可就不一样了。他在二十世纪二十年代这个腐朽的世界里成长，那时候到处都在附庸风雅，每个欧洲的首都尽是贵族和食利阶层，他们放弃了运动和政治，热心于资助艺术。如果你朝他们扔死驴，他们就会朝你扔钱。蚂蚱恐惧症——几十年前那只会引起窃笑——如今成了有趣的"心理情节"，能够从中牟利。当那个世界在德国军队面前分崩离析时，美国在等候着。你甚至能够再加上宗教的皈依这个因素，轻轻地一跳，不带一丝忏悔，就从巴黎的时尚沙龙圈子来到亚伯拉罕的怀抱。

或许这就是达利的历史的主要概括。但为什么他会变得如此怪诞？为什么向附庸风雅的公众"兜售"像腐烂的尸体这样的惊世骇俗之举如此简单呢？——这是心理学家和社会批评家的问题。马克思批评主义将这种现象斥为超现实主义，说它们是"资产阶级的腐朽"（他们喜欢用"恋尸癖的毒害"和"堕落的食利阶层"这些语句），如此而已。虽然这或许陈述出了事实，但它并没有将事情解释清楚。人们还是想知道为什么达利会有恋尸癖的倾向（而不是同性恋者），为什么食利阶层和贵族愿意买他的画，而不是像他们的爷爷辈那样打猎和做爱。仅仅在道德上进行谴责无济于事。但你不应该以"超然姿态"假装说像《在出租车里腐烂的模特儿》在道德上没有问题。它们是病态的、令人作呕的作品，任何研究都应该以这个事实作为出发点。

评乔利的《军队与革命的艺术》 [1]

正如我们所了解的,社会最终依赖的是暴力。而且,我们生活在一个赤裸裸的暴力似乎比经济力量愈发重要的年代。因此,无论是从革命的角度还是反革命的角度,陆军、海军和空军的结构和政治思想成为了最重要的问题。正如李德尔·哈特上尉在这本书的序言中所指出的,军队与社会的关系并没有得到应有的研究。乔利夫人的这本书虽然留下了一些空白,却是一个很有启迪意义的介绍。

她所研究的每一次革命或内战都蕴含着两个事实。第一个事实是,在现代世界,民众的暴动无法与发挥战力的正规军抗衡。在每一个似乎与这个判断相矛盾的例子里,要么有外国势力的干涉,要么军队对叛乱者心怀同情,要么有某个严格来说与军事无关却能够影响局势的隐藏因素。一个合适的例子就是爱尔兰内战,乔利夫人对它进行了相当深入的研究。这个例子里的隐藏因素是英国(和美国)的民意。爱尔兰民族主义者的策略不是进行真正的战斗,如果真的打起来他们一定会被击败,而是使得英国人在道义上无法发动反击。他们使用游击战的策略(暗杀、化装成平民突然袭击没有武装的士兵等等),本来这会招致无情的打击报复,但英国政府没办法做到这一点,不是因为他们富有同情心,

---

① 刊于 1944 年 1 月 2 日《观察者报》。乔利(K. C. Chorley),情况不详。

而是因为英国的民意对爱尔兰人怀有同情，而且世界舆论无法被忽略。同样的游击战策略对日本人的影响不大，他们不会让外国人踏足他们的统治区，而且没有人与他们作对。自从机关枪发明以后，自发的叛乱总是以失败告终，除非它们是由军队发动的，或军队在抗击外敌的战争中被击溃。

乔利夫人所指出的第二点是，在政治意义上"军队"指的总是军官。除非战事失利或在一场漫长的战争结束时，否则低层士兵总是在政治上茫然无知，特别是长期服役的职业军人。另一方面，军官阶层更有政治意识，在社会阶层上更加趋同，他们倾向于认为自己不是国家的仆人，而是某个政党。政府遭到军官阶层以发动兵变相威胁的例子不胜枚举。乔利夫人总结认为，永远不能信赖一支军官阶层来自社会高层的军队会支持"左翼"政府。

这引发了军队能否进行民主化这个难题。任何政府，特别是"左翼"政府，必须拥有政治上可靠的军官，但问题是，他们必须懂得军事。一支真的实现了民主的军队无法发起反动的兵变，乔利夫人举了瑞士军队作为例子。但是，这支军队从未参战，而它的结构正是以这一点为条件。英国或苏联没办法满足于组建民兵部队，里面的军官一辈子只需要服役 400 天。现代机械战争所需要的漫长的训练和严格的纪律或许会产生反民主的倾向。乔利夫人对法国革命、俄国革命和西班牙内战的评论表明，就连革命军队里也远远谈不上平等。一支军队只有通过成立士兵委员会和设置政治代表才能保持民主，这两个制度是衡量民主的标杆。

乔利夫人建议，从民主政府的角度看，重要的事情是确保军官团体不从反动阶层中选拔。情况或许会是这样，但也有可能一个职业军官的社会出身与他的政治思想没有关联。现代的军事作战方式，以及它们所需要的纪律，或许会产生一个类型的军官，他们的思想会大致相同，无论他是公爵的儿子还是工人的儿子。乔利夫人的这本书让人觉得疏漏了这一方面的内容，那就是，在讲述红军在革命时期和内战时期的情况之后，她没有提到这支军队后来的演变。

还有其它方面的遗漏，这似乎是一个遗憾——虽然或许这个话题需要另一本书的篇幅去讲述——关于南美的情况完全没有提及，至少那是每一种可能设想到的革命形势的实验田。但这是一本很有价值的书，虽然是从"左翼"的角度写成的，但它是这些日子以来最客观的作品。

评韦维尔伯爵元帅的《埃及的艾伦比》①

　　韦维尔勋爵本人的军事生涯与艾伦比很相似，因此，他对于这个主题所说的话值得特别重视。和艾伦比一样，在西线的战事仍在惨烈进行的时候，他被派到中东，获得了一场辉煌的胜利。而就像艾伦比一样，他放弃了他的军事指挥官职位，担任一份重要而吃力不讨好的民政管理职位。

　　当然，他不是在利用艾伦比诉说自己的心声，但从他对埃及的局势和最终达成的协议所作的评论看，他自己很希望将其在印度付诸实践。

　　和三年前他出版的另一本作品一样（《艾伦比——对一位伟人的研究》），韦维尔勋爵的主旨是，艾伦比的功劳从来没有得到应有的承认。

　　艾伦比有许多才华，但它们并不包括个人魅力或讨好公众。他在巴勒斯坦获得的大胜在公众的心目中被劳伦斯上校辉煌的功绩所掩盖。韦维尔爵士坚持认为艾伦比与埃及达成了一份相对体面的协议，但这份功劳被夺走了。

　　无论艾伦比的政府取得了怎样的客观成就，可以肯定的是，

---

① 刊于 1944 年 1 月 6 日《曼彻斯特晚报》。亚奇伯德·韦维尔（Archibald Wavell, 1883—1950），英国陆军元帅，二战时曾先后担任中东战区和印度战区总司令。埃德蒙德·亨利·欣曼·艾伦比（Edmund Henry Hynman Allenby, 1861—1936），英国军人，曾于 1919 年至 1925 年担任埃及与苏丹总督。

他认为艾伦比捍卫了英国和埃及的利益，不去计较这个过程中自己的荣辱得失。

和困难时期的所有帝国政府一样，艾伦比被斥为一个顽固的反动分子和卑躬屈膝的自由党人。在埃及民族主义者眼中，他是帝国主义压迫的象征；而在生活在埃及的英国人眼中，他似乎在以不明智的仁政鼓励埃及人发起暴动。

英国本土对埃及的情况一无所知，而英国的政治家在冷落埃及人和对他们许下不可能实现的承诺之间变幻无常。

艾伦比在埃及六年的故事是在国王福阿德①、艾伦比自己、人民代表党②的党员、英国外交部、埃及的英国商界和形形色色的人之间的周旋斗争，其中有各种阴谋诡计和行刺谋杀。

埃及的局势极其复杂。英国自本世纪初就开始控制苏丹，而埃及被暗中控制更要早得多。

当土耳其参战时，有必要考虑它与埃及合并，因为当时埃及在理论上仍是土耳其的疆域的一部分，建立起了藩属政体，直到1922 年埃及宣布独立。

1914 年至 1922 年间，埃及一直在实施戒严。与此同时，一场活跃的埃及民族主义运动已经开始，由于它是埃及群众的运动，情况变得更加复杂。旧的统治阶级和高官原来是土耳其人。新崛起的政治家代表了埃及人民的理想，但没有行政管理的经验，而且没有承担责任的决心。

———————————

① 福阿德一世（Fuad I, 1868—1936），埃及与苏丹的国王，努比亚、科尔多凡和达富尔的领导人。
② 人民代表党（the Wafd Party），埃及民族自由主义政党，在二十世纪二三十年代曾经是最有影响力的政党。

韦维尔勋爵表明艾伦比从一开始就意识到宣布埃及独立的必要。如果他能够随心所欲地做事的话，他会立刻这么做，并让民族主义政治家成为朋友，而不是敌人。

但是，一开始的时候英国政府并没有准备好作出让步，并犯下了逮捕并驱逐受民众欢迎的人民代表党领导人萨德·扎格鲁尔①的严重错误，后来他成为埃及的总理。

最基本的事实是埃及对自治的渴望是真切的，而且是不容忽视的。但像埃及这么一个弱小的国家是无法获得完全独立的，而英国在苏伊士运河对她仍然具有重要意义的时候不会放松对埃及的控制。

通过某种安排让埃及实施自治但允许英国保留必要的军事和商业设施显然是可能的，而这正是艾伦比的目的。但要到很多年之后这一点才得以实现，因为谈判一开始就步入歧途。民族主义者被迫以激烈的方式与英国人作对，很容易就煽动起民众对英国占领的反对，奉行自由主义的政客根本没有追随者。

1922年埃及被宣布为一个独立国家（韦维尔勋爵坚称这是艾伦比的功劳），但这并没有让政府的工作变得更加轻松。

任何希望保住自己的民意的埃及政治家都被迫提出英国撤军和完全还政苏丹的要求——而显然英国是无法满足这些要求的——层出不穷的谋杀使得英国社区非常愤慨，鼓噪着要以"强硬手段"进行报复。

还有两件事情使得情况变得更加复杂。其一是国王的阴谋，

---

① 萨德·扎格鲁尔（Saad Zaghloul，1859—1927），埃及革命家、政治家，曾是人民代表党的领袖，曾于1924年1月到11月担任埃及总理。

他想要让自己成为独裁者；其二是英国政客的不智之举，特别是拉姆西·麦克唐纳，他在1921年周游全国，许下种种华而不实的承诺——让埃及人感到很惊讶——但等到他上台后却没有兑现承诺。

但是，1922年的独立宣言是迈向前进的真实的一步。三年后局势有所稳定，但极具讽刺意味的是，它是由另一场谋杀带来的。苏丹总督李·斯塔克①爵士在1924年底被受民族主义煽动的学生刺死，这件事给了艾伦比采取行动的机会，使得英国与埃及的关系更加稳定，即使并未变得更加友好。

扎格鲁尔的政府辞职了，对英国敌意较轻的政治家掌握了权力。艾伦比在第二年辞职，因为他与英国内阁意见不合。

即使到了现在也无法确切地知道艾伦比是不是像韦维尔勋爵所说的那么伟大。正如韦维尔勋爵有时候承认的，他不是一个很有趣的人，虽然他有很多才华，有时候是出人意表的才华，因为他除了是一个优秀的士兵之外，还热爱鸟类和花卉，有出色的文笔，能够阅读希腊语著作。

正如韦维尔勋爵所指出的，他最伟大的品质不在于智力，而在于道德。他不会为了保住自己的职位而接受不靠谱的政策，而且他对自己的名誉毫不在乎。在韦维尔勋爵担任情况更尴尬的印度总督时，艾伦比绝不算是一个糟糕的榜样。

---

① 李·奥利弗·菲茨莫里斯·斯塔克(Lee Oliver Fitzmaurice Stack，1868—1924)，英国军人、政治家，曾担任英属埃及苏丹总督，于1924年11月遇刺。

评卡尔顿·肯普·艾伦的《民主与个体》、雷吉纳德·乔治·斯德普顿的《迪斯雷利与新时代》[①]

马克思主义或许不是万能的，但它是检验其它理论的有用的试金石，就像用来敲打火车头轮子的那种长柄锤头一样。咣！这个轮子结实吗？咣！这个作者是资产阶级吗？这是一个粗糙的问题，忽略了很多内容，基于“谁是受益者”这一原则，并预先假定你知道“利益”是什么意思。如果你向一本自命不凡的书提出这个简单的问题：这个作家有没有考虑到社会的经济基础呢？你会惊讶地发现它突然间变得如此空洞无物。

这两本书——其中一本的作者是老式的自由主义者，另外一本的作者是老式的保守党人经过重新包装并与时俱进——都经不起这个考验，或在部分程度上失败了。虽然艾伦先生对民主的运作机制进行了深入而高水平的探究，但总是让你有一种不真实的感觉，因为他似乎一直不愿意承认经济不平等使得民主根本无法运作。探讨如何使议会更能代表民意，或让个体更加具有公共精

① 刊于1944年1月16日《观察者报》。卡尔顿·肯普·艾伦（Carleton Kemp Allen，1887—1966），英国学者，代表作有《民主必胜》、《法律与混沌》等。雷吉纳德·乔治·斯德普顿（Sir Reginald George Stapledon，1882—1960），英国土地学家、环保主义者，代表作有《土地：今天与明天》、《经营土地的方式》等。本杰明·迪斯雷利（Benjamin Disraeli，1804—1881），犹太裔英国政治家，保守党人，曾于1868年及1874—1880年两度担任英国首相。

神，或让法律更加公正，或让自由更有保障并没有多少意义——除非你以"谁掌握了真正的权力"这个问题作为开始。如果社会的经济结构是不公正的，它的法律和政治体制必定是在维护这一不公。法律形式上的修修补补无济于事，就连"教育"这剂灵丹妙药也不会有太大的作用。

虽然艾伦先生对我们的社会的某些方面并不满意，但他似乎认为英国是一个民主国家。在部分程度上他是对的，但他总是低估了金钱与特权的力量。比方说，在听完法律面前人人平等这个理念后，又得悉富人能够请得起最好的律师总是会令人感到惊讶。另一方面，艾伦先生强调了英国是一个相对体面的社会，政府并不腐败，没有宪兵队，能够容忍少数派，拥有言论自由——在理论上——和出版自由，这些都是对的。如果民主意味着由人民实施统治，那把英国称为民主国家是荒谬的。它是一个被种姓体制的幽灵困扰的寡头统治体制。但如果民主意味着一个你能走进最近的酒吧并说出你对政府真实的想法，那么英国确实是一个民主体制。在任何国家，有两件事至关重要：它的经济体制和它的历史。不管怎样，艾伦先生在描述英国时并没有忽略第二点。但如果他对马克思的著作稍有涉猎的话，他或许会认识到在百分之五的人掌握重要的一切时，像复合投票制或个人自由的限制这样的问题并不是那么重要。

在某种意义上，乔治·斯德普顿爵士这本内容前后矛盾的书——这本书关于迪斯雷利的内容并不多，而是对现代生活的评论，以介绍迪斯雷利的内容作为起点——表明他要比艾伦先生对社会的本质有更清楚的认识。他对农业的偏爱让他能够抓住真切的内容，而且他或多或少地知道他生活在一个什么样的世界，意识到精神要比形式更加重要。但他似乎认为在不改变经济的情况下可以实现社会的改变。他想要一个比我们这个社会更加简单、不那么追求享乐、更加重视农业的社会。那个社会更加强调责任和忠诚，而不是"权利"和金钱纠葛。他所说的许多内容，他对他最感兴趣的主题——英国农业的衰落——的讲述非常尖锐而且让人很有触动。但是，他从来没有明确地提到他是不是愿意进行激进的财富重新分配。虽然他几乎每一页都提到农业，但他甚至没有表明他对土地私有制的观感。虽然他合情合理地痛惜英国人抛弃土地，但当他解释为什么他们会抛弃土地时，他只给出了流于表面的原因。

迪斯雷利的名字现在仍然备受敬仰，因为许多人认识到享乐主义和追求利润的动机无法让这个社会保持健康。迪斯雷利有一种高贵的责任感。他的思想里没有"进步的个人利益"和"落后者遭殃"，但他承认世袭特权，能够将这个想法与对许多问题非常开明的看法结合在一起，因为作为一个外国人，他对英国的贵族体制有着无由来的崇拜。他所向往的社会是道德化的封建社会，既不是财阀统治，也不是平均主义社会。这正是他对新保守党人的吸引力，他们知道自由放任的资本主义已经结束了，但他们害怕真正的解决方案。他们想要更多的慈善，而不是更多的公正——比方说，重新分配收入，但不是重新分配财产。换句话说，他们想要一个更美好的社会，还是由同样的人执政。但不幸的是，正是因为这帮人世界才搞成这个样子。看到像乔治·斯德普顿爵士这么一个富于同情心的人在追逐虚无缥缈的鬼火，真是让人感到难过。

评詹姆斯·伯恩汉姆的
《马基雅弗利的信徒》①

众所周知，有些罪孽、罪行和恶习如果没有被禁止的话就会失去吸引力。甘地先生曾经描述过他童年时偷偷溜到巴扎集市里偷吃一盘牛肉那种令人战栗的快乐，而我们的爷爷那一代人用女演员的绸缎拖鞋盛香槟喝，觉得妙不可言。

政治理论也是如此。任何明显不诚恳和不道德的理论（当下最喜欢用的词是"现实主义"）从来就不缺因为这个原因而接受它的信徒。这一理论是否成立和它能否达成希望的目标几乎没有被质问。似乎它不讲究体面这件事本身就被接受为是它行之有效、理论成熟和富有效率的证明。

伯恩汉姆先生的管理革命理论对美国的商人说出了他们想要听到的话，赢得了盛大却很短暂的声名，现在他阐述了自己从马基雅弗利及其现代信徒莫斯卡②、帕累托③、米歇尔斯④和乔治

---

① 刊于 1944 年 1 月 20 日《曼彻斯特晚报》。
② 盖塔诺·莫斯卡（Gaetano Mosca, 1858—1941），意大利政治学家，崇尚精英主义理论，与威尔弗里多·帕累托和罗伯特·米歇尔斯并称为精英主义学派的代表人物。
③ 威尔弗里多·帕累托（Vilfredo Pareto, 1848—1923），意大利社会学家、经济学家和哲学家，拥戴墨索里尼的法西斯统治，精英主义学派的代表人物。
④ 罗伯特·米歇尔斯（Robert Michels, 1876—1936），德国社会学家，崇尚精英主义理论，在意大利从事法西斯主义活动，精英主义学派的代表人物。

斯·索雷尔^①那里继承的政治学说，不过，索雷尔是否真的属于这个思想流派还存有疑问。

伯恩汉姆先生从这些作家的教诲中所勾勒出的世界图景是这样的：

> 在很大程度上，进步只是一个幻觉，民主不可能实现，不过是欺骗群众的有用的工具。
>
> 社会不可避免要由寡头政权统治，他们依靠暴力和欺诈窃居高位，他们唯一的目的就是为自己攫取越来越大的权力。任何革命都只是意味着城头变幻大王旗而已。
>
> 人作为一种政治动物，只会为了自私的动机而行动，只是他一直受到谬误的摆布。
>
> 为了集体的利益而采取有意识的经过规划的行动是不可能的事情，因为每个群体都只想着为自己谋利益。
>
> 政治只不过是争权夺利，人类的平等和友爱都只是空洞的言辞。
>
> 所有的道德法则，所有"理想主义的"政治概念，所有的未来会有更美好的社会的宣传都只是谎言，以掩盖赤裸裸的争权夺利，无论是有意还是无意。

在阐述了这一观点后，伯恩汉姆先生又补充了自相矛盾的话，说对权力加以约束会是一件好事，尤其是言论自由。他还和

---

① 乔治斯·索雷尔（Georges Sorel，1847—1922），法国哲学家和工团主义理论倡导者，其观念更偏向于反精英主义。

帕累托一样，指出如果统治阶级不从群众中吸收能干的人以自我更新的话，它就会步入腐朽。

他甚至在一处地方发现自己承认盎格鲁-撒克逊式的民主有其存在的价值，而且德国人如果没有镇压内部的反对意见的话，原本是可以避免某些战略错误的。

但是，对言论自由的突然青睐占据了一两个章节，或许只是伯恩汉姆先生与罗斯福政府之间的争执的一部分。他以盼望一个新的统治阶级的出现作为结尾，他们将实施"科学的"统治，有意识地利用暴力和欺诈，但他们也会稍微做点公益，因为他们知道这样做也是为了自己的利益着想。

现在，当你研究这么一个政治理论时，你会注意到的第一件事是，它比它声言要揭穿的理性主义理念其实并不更加科学。伯恩汉姆先生设想的前提是，一个相对体面的社会——比方说，一个人人都能吃上饱饭和战争成为过去的社会——是不可能实现的，并认为这是一个公理。

为什么这种事情不可能实现呢？作出这一武断的设想怎么就"科学"了呢？

这本书从头到尾都在暗示说，安宁而繁华的社会在未来是不可能存在的，因为在过去它从未存在过。以同样的理由，你也能在1900年证明飞机不可能实现的，而就在几个世纪前，你还可以"证明"文明必须建立在奴隶制之上，否则将无以为继。

事实上，马基雅弗利的大部分教导都被现代技术的兴起证明是没有意义的。

马基雅弗利曾经写道，人类的平等，即便并非不可能实现，也肯定是不可取的事情。在一个普遍贫困的世界里，需要有特权阶级将文明的艺术延续下去。而到了现代世界，没有物质上的理由证明为什么每个人不能过上高水准的生活，这个需要就消失了。

人类的平等在技术层面上是可能实现的，无论精神层面的困难有多大。当然，帕累托、伯恩汉姆先生和其他人的哲学都在努力回避这一不受欢迎的事实。

对待马基雅弗利的教导的科学方式是找出有哪个政治家以他的理论作为指导思想，以及他们曾经到底有多么成功。伯恩汉姆先生基本上没有进行这个实验。他确实提到了亨利八世的首相托马斯·克伦威尔①总是在口袋里随身带着《君主论》作为马基雅弗利的权威性的证明，却没有补充说克伦威尔最终一败涂地。

在我们这个时代，马基雅弗利和帕累托的忠实学生墨索里尼似乎并没有取得非常辉煌的成功。而纳粹政权以马基雅弗利的原则为基础，被自己肆无忌惮地召唤起来的力量轰得粉碎。

这个政治里似乎没有"好的"动机，除了暴力和欺诈之外别无其它的理论有个漏洞，那就是，马基雅弗利理论体系甚至经不起自己在物质上所取得的成功的考验。

在《管理革命》中，伯恩汉姆先生预言英国很快就会被征服，德国将等到英国垮台之后才进攻俄国，而那时候，俄国将土崩瓦解。显然，这些预言都是一厢情愿，刚说出来就被证明是错误的。

在现在这本书里，他聪明地不去预测任何具体的事情，却还

---

① 托马斯·克伦威尔(Thomas Cromwell, 1485—1540)，英国政治家，亨利八世的亲信，曾担任首席国务大臣，帮助亨利八世对抗教廷和推行政治改革，权倾一时，引起亨利八世的猜忌，被秘密囚禁和处决。

是摆出同样一副全知全能的姿态。令人疑惑的是，他和许多像他那样的人怎么会将一则陈腐的格言印在脑海里。

他们的智慧用"不讲诚信就是最好的政策"这句话就可以总结。事实上，这一浅薄幼稚的思想——就因为它听起来"很现实"和成熟而为人所接受——对于英美知识分子来说并不是什么高明的理论。

评约书亚·特拉切腾堡的《魔鬼与犹太人》、埃德蒙德·弗雷格的《为什么我是犹太人》，维克多·戈兰兹译本[①]

是时候"大众观察"或某个类似的团体对反犹主义的盛行进行全面的调查了，虽然现在这场战争使得这个问题很微妙。对于犹太人的偏见流传很普遍，而且或许正在壮大。但关键是要判断在何种程度上它是真正的反犹主义——一个本质上不可理喻的信条，还是说它只是排外情绪和经济上的牢骚在心理上的合理化作用。

对反犹主义的解释通常可以分为"传统"和"经济"两类。这两类解释都无法完全令人满意。左翼思想家大体上接受的是第二种解释，认为犹太人只是统治者用来遮掩自己的错误的方便的替罪羊。庄稼歉收或失业增加都怪犹太人——情况大体上就是这样。问题是这并没有解释为什么被挑中的群体总是犹太人而不是其它少数族裔，为什么那些没有强烈的经济上的不满的人也会有反犹思想，为什么它会和不相干的巫术信仰搅和在一起。但是，

---

① 刊于 1944 年 1 月 30 日《观察者报》。约书亚·特拉切腾堡（Joshua Trachtenberg，1904—1959），美国犹太法学博士，耶路撒冷希伯来大学教授，代表作有《新的视角》、《弥赛亚神秘主义者》等。埃德蒙德·弗雷格（Edmond Fleg，1874—1963），犹太裔法国作家，代表作有《倾听你的声音，以色列》、《主是我们的上帝》等。维克多·戈兰兹（Victor Gollancz，1893—1967），英国出版商、左翼事业的支持者，代表作有《工业主义的理想》、《在最黑暗的德国》等。

另外一种解释认为反犹主义是源自于中世纪的传统，但正如这两本书所展现的，这无法解释所有的事实。

埃德蒙德·弗雷格在他这本很有感染力的小书里——它讲述了在经过多年的怀疑后，他回归了父辈的信仰——表明犹太人之所以被迫害，只是因为"他们是犹太人"，也就是，因为他们身处异地他乡仍坚持自己的宗教和文化身份。但全世界有很多其它的少数群体也在这么做，很难相信现代欧洲会在乎信条的问题，就因为他们不信奉基督教而去迫害他们。

特拉切腾堡先生认为反犹主义是中世纪的残余，不知道为什么，现代世界忘了将它铲除。他列举了许多例子和丰富的插图，认为对犹太人的迫害始于中世纪早期。他们遭受私刑，被火烧车裂，被一个又一个国家驱逐，被指控投毒、鸡奸、与魔鬼通灵、以生人为祭、喝儿童的鲜血、勾引童女基督徒、散发出独特而难闻的气味、尸位素餐、骑扫帚、生下猪崽——事实上，几乎什么罪名都有。虽然他们是"异教徒"，却又不合逻辑地被视为"异端"。对犹太人最恶劣的迫害与对异端的追捕发生在同一时期——大概是从十二世纪开始。宗教改革并没有为他们带来好处，因为在新教徒的眼中他们也是异端。马丁·路德就是一个激烈的反犹主义者。

特拉切腾堡先生轻易地证明了中世纪对待犹太人的态度之非理性的本质。除了指控犹太人是放高利贷者之外，没有其它清晰的根据。而他指出，随着放高利贷变得有利可图，基督徒也进入这个领域参与竞争。如果他将调查延伸到现代，或许他会补充说现代关于犹太人的想法也大都是非理性的——比方说，法西斯主义者认为犹太人既是资本家又是共产党人，或那些贫穷的犹太工人其实都是百万富翁。

但是有两件事情无法得到解释。一件事情是，为什么对犹太人的迫害始于基督教创立之前。第二件事情是——如果特拉切腾堡先生的观点是正确的——为什么这个中世纪的迷信会延续下来，而许多其它迷信都已经消失。根据特拉切腾堡先生所说，现在已经很少有人相信巫术了，而在1450年到1550年间光在德国就有十万人被处决。为什么还有这么多人仍然相信犹太人"身上有怪味"，或相信他们挑起战争，或相信他们在密谋征服世界，或相信他们是经济萧条、革命和性病的罪魁祸首呢？整个问题需要进行冷静的调查。我们或许会发现各种形式的反犹主义很普遍，就连受过教育的人也概莫能外，这应该引起我们的警惕，但不应该阻止我们。

评马克·吐温的《汤姆·索亚》与《哈克贝利·芬》、牛津与阿斯奎斯伯爵夫人的《野史》①

人人丛书的编辑说《汤姆·索亚》与《哈克贝利·芬》是"马克·吐温最好的作品",这么说是错的,但这两本书确实在他会被记住的六七部作品之列,而且它们所反映的马克·吐温成长的时代背景很有意思——不仅是环境背景。

马克·吐温最好的作品都与密西西比河或西部矿镇有关。让他脱离那个环境——他在年少时和刚刚成年时所了解的环境——他总是显得很笨拙,无论是尝试写行记、小说还是圣女贞德的生平。从某种意义上说他从未长大,他从未在最重要的问题上有过坚定的决心,而且直到他三十好几的时候似乎从未有什么重大的事情发生在他身上。

十九世纪四十年代在密西西比河畔的美好童年是他直到老年仍在开采的矿藏。它缔造了上面提到的那两本书,还有《苦行记》、《老实人在国内》和《密西西比河上的生活》,阿诺德·本涅特夸张地将其描述为"我愿意以萨克雷和乔治·艾略特的全集去

① 刊于 1944 年 2 月 3 日《曼彻斯特晚报》。牛津与阿斯奎斯夫人玛格特·阿斯奎斯(Margot Asquith, Countess of Oxford and Asquith, 1864—1945),苏格兰裔英国女作家,丈夫是赫伯特·亨利·阿斯奎斯(Herbert Henry Asquith),曾于 1908 年至 1916 年担任英国首相,代表作有《我对美国的印象》、《各地各人》等。

交换的无与伦比的杰作"，但他这么说是可以理解的。

《哈克贝利·芬》要比《汤姆·索亚》在内容上与《密西西比河上的生活》有更多的重叠。

大家都知道它的故事，假如说它有故事的话。它讲述了一个离家出走的男孩，那种衣衫褴褛无家可归的男孩，在美国西部不仅存在，而且长大后会成为很体面的人。他与一个逃跑的奴隶乘着一只木筏顺河而下。他们经历了难以置信的冒险（最精彩的冒险是他们与两个流氓相遇，那两人声称自己是国王和公爵，在沿岸的城镇行骗），但这本书的真正主角是密西西比河本身。

虽然书里很少有风景描写（故事是用哈克贝利·芬自己的话去讲述的），这条宽广、温暖、泥沙俱下、无法控制的大河在泛滥时能将整个村庄夷平，也能缔造嚼着烟草、闲适好客的生活，似乎是每一页的主宰。

《哈克贝利·芬》是《汤姆·索亚》的续篇，而汤姆本人在书的结尾再次出现，并带来了早期作品标志性的天真气氛。

哈克是一个纯粹的野孩子，却很早慧，重视自由甚于其它一切事物，却又在本质上不是一个浪漫的人。汤姆是一个更加典型的美国男孩，出生于一户好人家，愚昧无知却又充满好奇心，头脑里想的都是冒险故事和少男少女的恋爱。

在两代人的时间里最好的描写童年的书来自美国并非出于偶然。像《汤姆·索亚》这类书或《海伦的宝贝》、《小妇人》这类书真正的秘密在于十九世纪的美国是一个非常适合年轻人的地方。

美国男孩梦想成为总统，或成为密西西比河上蒸汽船的领航员。他不会一早就想到自己会在银行或保险公司里谋一份差事。

但最重要的是，马克·吐温和其他作家所描写的大度慷慨的生活是以清教徒主义作为基础的。

那时候清教徒主义的伦理和宗教信仰仍然很坚定。家庭仍然是强大的组织体。汤姆·索亚或许可以离家出走，在林子里过上一周的荒野生活，但家里总会有波利阿姨、她的《圣经》和面包圈。虽然他对主日学校毫无兴趣，但他坚信如果他不去做祈祷的话会遭雷劈。他很迷信，大部分是从黑人那里学来的。他接受的只是最基础的教育（阅读、写作、算术），并辛苦地记住了很多圣诗和《圣经》的内容，但他从来没有听说过电影或汽水售卖机，这对他来说是好事。

这两本书中，《汤姆·索亚》或许更好一些。

它有一个结构得当而且很可信的故事，而且它不是以方言写成的，而方言使得《哈克贝利·芬》每次读上一小段就会觉得很累。

这两本书作为社会史很有价值。如果人人丛书决定重印《苦行记》和《老实人在国内》就太好了。这两本书现在很难买到。与此同时，《汤姆·索亚》是了解马克·吐温作品的很好的入门读物，可以算作他的另一本篇幅更长的杰作《密西西比河上的生活》的序幕。

《野史》是对牛津夫人自传的修饰，读完之后你会觉得很诧异：一个认识从格莱斯顿之后每一位首相的人怎么对他们的评论如此之少呢？一个享受到每一次教育机会的人怎么就写出这么糟糕的作品呢？

这本书里充斥着"最"字——"他真是最慷慨的人"、"历史上最大度的男人"、"我认识的最棒的人",等等等等——过去五十年来我们的政治高层就像是一群无趣的天使,只有两个人例外,那两个人当然就是拉姆西·麦克唐纳和劳合·乔治。

这本书里最精彩的篇章描写了张伯伦辞职前夜的唐宁街十号。但一则或许很有价值的信息再一次被隐瞒了。张伯伦告诉牛津夫人"我无法原谅的只有一个人"。

这个人到底是谁值得去探究。除了几处像这种吊人胃口的描写之外,这本书的内容乏善可陈,而且有些篇章显得语无伦次。

评查尔斯·狄更斯的《马丁·瞿述伟》^①

《马丁·瞿述伟》最后几期刊载已经过去一百年了，虽然它创作于狄更斯生涯的早期（如果将《匹克威克外传》看成是一部小说的话，那它就是他的第四部小说），比起他的其它作品，除了《博兹札记》之外，它更像是一个大杂烩。在世的人没有几个能够凭记忆概括其故事情节。《雾都孤儿》、《荒凉山庄》或《远大前程》这几部作品都有其中心主题，有时能用一个词进行总结，而《马丁·瞿述伟》的几个组成部分彼此之间并没有紧密的联系，就像一只猫咪在钢琴上走过时发出的响声。那些最好的角色都是"不同凡响的人"。

当人们想到《马丁·瞿述伟》时他们会记起什么呢？美国式的插曲、甘普太太和托杰斯一家（特别是拜利）。马丁·瞿述伟本人就像黏合剂，马克·泰普莱是一个乏味的、自相矛盾的人，佩克斯尼夫在一部分程度上也是失败的角色。讽刺的是，狄更斯应该尝试过要将佩克斯尼夫塑造成一个伪君子的典型形象，但并没有成功，与此同时却无意间在描写美国的那几章里完成了极具穿透力的对于伪君子的描写。狄更斯的幽默才华取决于他的道德情怀。当他发现了新的罪孽时，他的作品写得最为有趣。谴责佩克斯尼夫无法调动他的特别能力，因为，说到底，没有人会认为虚

---

① 刊于 1944 年 2 月 13 日《观察者报》。

伪是好事。但在当时，要看透美国民主的虚伪，甚至要了解到甘普太太是社会并不需要的奢侈品，确实需要有狄更斯的眼光。这本书缺乏任何真正的中心主题这一点从它糟糕的结局就可以体现出来。狄更斯好像融化在蜜糖里——总是说一些并非出自真心的话——最后一章有整整几个段落都是空洞的韵文诗：

> 你的生命充满了宁静与快乐，汤姆。
> 在温柔的氛围中，时时地，
> 记忆悄悄地回到耳边，
> 或许你将听到旧爱的声音，
> 但那是美妙而温柔的回忆，
> 就像有时候我们抱着死者时的感觉，
> 你不会感到痛苦或难过，感恩上帝！

　　但是，能写出这种东西的人也能够记录下贝莉的对话，不仅能创造出甘普太太这个角色，还能锦上添花地创造出哈里斯太太这个形而上学的疑团。

　　《美国纪行》体现了狄更斯撒几个小谎以突出他所认为的重大真相的写作习惯。无疑，他所描写的许多事情确实发生了（那时候的旅行者向他证实了某些细节），但他笔下的美国社会大体上不可能是真实的：不仅是因为没有哪个社区会彻底败坏，而且真实生活的混沌被刻意忽略了。每一个事件，每一个角色，都只是为了展现狄更斯的主旨而写的。而且，他对美国人的最强烈的指责，说他们一边在炫耀民主，一边又在依靠奴隶的劳动，这显然是不公平的。它在暗示美国人大体上默许了奴隶制，而就在二十年前，一场血腥的内战正是为了奴隶制而打响的。但是，狄更斯描写这些，目的是为了突出他所认为的美国人的真正缺点、他们对于欧洲无知的轻蔑和对自身优越性的并不成立的信念。或许，确实有一些美国人会去编辑毁谤他人的报纸或说像"以鲜血作为献给自由的祭酒"这样的话，但对这些话过度强调会败坏整篇文章。毕竟，一位讽刺作家的任务是要清楚地表达出他的观点，而这些章节比起《美国纪行》更经不起时间的考验。

对我们来说，《美国纪行》的精神氛围与那些到过苏俄的英国人所写的作品的精神氛围很相似。这些纪实报道有的说苏联样样都好，有的说苏联样样都不好，但几乎所有的作品都是以宣传工作者的角度去书写的。一百年前，美国是"自由的土地"，在欧洲的心目中与现在的苏俄差不多。《马丁·瞿述伟》就相当于1844年版本的安德烈·纪德的《从苏联归来》。当时它标志着狄更斯对世界的态度的改变，比起纪德的作品，它更加暴戾和不公，很快就被遗忘。

《马丁·瞿述伟》的创作可以说是狄更斯的文学生涯的转折点，那时候他正逐渐摆脱滑稽作家的身份，而渐渐向小说家靠拢。时代在改变，新的小心谨慎的中产阶级正在崛起，而狄更斯太过活跃，无法不被他所生活的环境所影响。《马丁·瞿述伟》是他最后一部完全没有体系的作品。虽然不乏才华闪耀之处，但你会觉得，如果狄更斯放纵自己的这个性情一直写下去，或许他将写不出《艰难时世》和《远大前程》。

评简·福成与让·波顿的 《伊丽莎白·内伊》[①]

伊丽莎白·内伊[②]是拿破仑麾下元帅[③]的孙女，欧洲第一位女雕塑家，有人说她的一生是十九世纪最非同凡响的生平，这么说并非言过其实。不管怎样，它的特别之处在于它是两段分离的生活，每一段都让人觉得很熟悉，但彼此之间似乎格格不入。

伊丽莎白·内伊生于三十年代的西德，父母是虔诚的天主教信徒，父亲是雕塑家，为教堂制作雕像。从童年开始她就说自己也要成为一名雕塑家，她的母亲试图让她放弃这个想法，因为这似乎是一个荒诞不经的想法，她赖在床上绝食，直到母亲勉强同意她开始学业。

如今女人当雕塑家似乎不是什么大不了的事情，但在十九世纪中期这似乎是一个惊世骇俗而且荒诞不经的想法，因为别的且不说，人们认为女人是不可能研究裸体模特或上解剖课的。骨头和肌肉结构是男性的秘密，就连伊丽莎白，虽然她最后获得去慕尼黑和柏林进修"写生"课程的机会，也得每时每刻将模特用布

[①] 刊于 1944 年 2 月 17 日《曼彻斯特晚报》。简·福成(Jan Fortune)，情况不详。让·波顿(Jean Burton)，情况不详。

[②] 弗朗西斯卡·伯纳蒂娜·威尔海米娜·伊丽莎白·内伊（Franzisca Bernadina Wilhelmina Elisabeth Ney, 1833—1907），德国女雕塑家。

[③] 米歇尔·内伊(Michael Ney, 1769—1815)，拿破仑的爱将，曾被拿破仑称为"勇者中的勇者"。

遮起来。

三十岁的时候，她获得了辉煌的成就，工作非常忙碌，为欧洲一半的名流制作半身像。但头几年她经历了非常艰苦的挣扎，在这个过程中，她的性格中古怪的矛盾开始显现出来。

首先，她是一个热情的女权主义者，打心眼里鄙视男性，认为结婚是最可耻的事情，但与此同时，她愿意以最肉麻的方式接近任何她认为有能力帮助她的男人。她甚至赢得了讨厌女人的叔本华的心，让他怀疑究竟不是每个女人都是腿短无脑的生物。

虽然她是一个女权主义者，而且鄙夷公众舆论，但她并不信奉民主。甚至她对雕塑的热情是否出于真正的美学欣赏也值得怀疑。当有人问她为什么那么想去柏林学习时，她的回答是："见到世界上的伟人。"她的前半生可以说非常成功。

在近十年的时间里，她是欧洲最有名望的人之一。俾斯麦、加里波第、叔本华和维多利亚女王都是她的座上宾，小说家古特弗雷德·凯勒①和著名的旅行家与自然科学家冯·洪堡②是她的朋友；瓦格纳的情人克丝玛·冯·布洛是她痛恨的敌人。

对于这么一个女人来说，那是一个美好的时代，因为在十九世纪中期，虽然绘画和雕塑都处于低潮，但艺术开始被严肃对待。那时候德国有很多小公国，君主们都很开明，所有的人都在窥探音乐家的爱情故事，一出新的歌剧能够引起轰动，而对散文风格的探讨可能会以决斗而告终。

---

① 古特弗雷德·凯勒(Gottfried Keller，1819—1890)，瑞士诗人、作家，代表作有《亨利·格林》、《七个传说》等。
② 弗里德里希·威廉·海因里希·亚历山大·冯·洪堡(Friedrich Wilhelm Heinrich Alexander von Humboldt，1769—1859)，德国科学家、地理学家，代表作有《新大陆热带地区旅行记》、《宇宙》等。

在这样的背景下，伊丽莎白·内伊过着奢华而热爱冒险的生活，就像是没有那么肮脏的伊莎多拉·邓肯[1]的生活。

但到了六十年代末，一切突然奇怪地结束了。1863 年伊丽莎白与年轻的苏格兰生物学家埃德温·蒙哥马利结婚。直到她死去的那天，她一直将这件事情保密——因为在她的眼中，婚姻是"资产阶级的举动"和耻辱——对所有人说她是蒙哥马利的情人。

几年后她突然间很想为巴伐利亚公国国王路德维希二世[2]制作雕像。路德维希二世后来在八十年代中期被废黜并死于癫狂。这不是一件容易的事情，因为路德维希二世——那时候被怀疑神志不清——不愿意见任何女人。

经过两年的筹划和恭维讨好，伊丽莎白达成了愿望，然后，在雕像仍没有完成时，突然和蒙哥马利逃到了美国。她怀孕了，或许这是旅程的一部分原因，但显然还有别的原因，不过这本书的作者并没有讲明。蒙哥马利一家在得克萨斯州买了一个大庄园，但接下来的三十年里因为经营不善而损失了很多钱。

在他们所生活的边远纯朴的村庄里，伊丽莎白继续穿着她喜爱的希腊服装，有时候则穿上男装，腰带里别着两把左轮手枪。她还强迫她的大儿子穿希腊服装，被村里别的男孩嘲笑，这使得他非常痛恨母亲，天底下大概没有几个儿子的仇恨会大到这个地步。

---

[1] 伊莎多拉·邓肯(Isadora Duncan，1878—1927)，美国女舞蹈家，一生曾与多位男性有染。

[2] 路德维希二世(Ludwig Otto Friedrich Wilhelm，1845—1886)，德国巴伐利亚国王，在位时热心促进文化发展，大力支持瓦格纳的歌剧创作，并修筑了许多美丽壮观的城堡。

最奇怪的事情是，她几乎放弃了雕塑长达二十年之久，然后，当她变成了一个白发苍苍的老妪时，又开始从事雕塑创作，为自己赢得新的名声。得克萨斯的所有公众人物都委托她制作雕像，她甚至穿梭于大西洋两岸，受到新一代艺术家的推崇，并完成了巴伐利亚的路德维希二世雕像这件作品。

　　她死于1907年，是全美国备受尊敬的名人。得克萨斯的群众曾经认为她是一个不检点的外国女人，现在认为她是本州的象征——她有合法的婚姻，但在生时没有人知道这件事。她的丈夫在四年后也死去了，身后留下一沓如今已经被遗忘的科学论文。

　　这本书有许多伊丽莎白·内伊的作品的相片。一些雕塑带有一个糟糕的时代的明显烙印，其它作品在相片里很难进行判断，但她自己的头像和麦克白夫人的雕像，或许是她的自画像，表明为什么即使是欧洲最忙碌的大人物也愿意将时间留给她。

评阿尔弗雷德·诺耶斯的《深渊的边缘》①

　　虽然这本书内容语无伦次，而且有几处地方很傻帽，但它提出了一个真正的问题，而且能引起读者的思考，即使他们的思考只有从诺耶斯先生停止的地方开始才有意义。他的主题是西方文明正面临毁灭的危险，而它之所以会落至这般田地不是因为经济失调，而是因为对于绝对善恶的信仰的衰微。社会的稳定有赖于对行为的约束，而这些约束正被摧毁：

> 　　当今数以百万计的人接受的教育是信奉为了自身的利益，任何公约或承诺，无论它们是多么庄严地进行了宣誓，都需要以"现实主义"或"冷静的政治家"的心态进行考量，将其视为"一纸空文"，即使违背公约或承诺意味着一夜之间将数百万熟睡中的无辜百姓杀害——在这样一个世界里，我们能够信任什么承诺，能够再达成什么坚定的共识呢？

　　这一番质问掷地有声，诺耶斯先生以各种方式一而再再而三地重复着。在我们所生活的乱世，就连维护起码颜面的审慎理由也正被遗忘。政治，无论是国内政治还是国际政治，或许比起以

---

① 刊于 1944 年 2 月 27 日《观察者报》。

前并没有变得更加不道德，但新的情况是普通人渐渐在权宜利弊的教条的影响下变得麻木不仁，默许纵容最为残暴的罪行和苦难，如果是出于"军事上的必要"还能暂时失忆，让双手沾满鲜血的刽子手一夜之间摇身一变成为公众的恩人。新出现的现象还有各个极权体制对于客观真实是否存在的质疑，和进而发生的对历史的大肆篡改。诺耶斯先生对所有这些现象表示强烈的抗议，这是很正确的，甚至可以说，或许他低估了"现实主义"对于常理所造成的破坏，"现实主义"与生俱来地认为欺诈总是有利可图。事实上，道德标准的沦丧似乎还摧毁了对可能性的把握。诺耶斯先生说知识分子受极权主义思想的荼毒比普通民众更甚，我们沦落到这般境况他们要负上一部分责任，这也是对的。但他对这种情况分析得出的原因却非常肤浅，提出的补救方法即使从可行性的角度去考虑也很值得怀疑。

首先，诺耶斯先生从头到尾一直在说，一个体面的社会只能建立在基督教的教义之上，而这是不成立的。这就等于在说，美好的生活只能在大西洋沿岸地区才能实现一样。世界上只有四分之一的人口名义上是基督徒，而且这个比例正在不断地减少。亚洲大部分人口不是基督教徒，而且如果没有奇迹出现的话，他们永远不会皈依基督教。我们是说一个体面的社会在亚洲无法成立吗？如果是这样的话，这个社会无论在什么地方都无法成立，革新社会的整个尝试或许将会提前被放弃。诺耶斯先生认为因为基督教信仰曾经存在于历史中，所以它能在欧洲重新确立，他或许想错了。我们的时代真正的难题是在社会所赖以建立的信仰——即对于个体不朽的信仰——被摧毁之后重新确立绝对善恶的观念。这需要有信仰，而信仰与盲信是不一样的。诺耶斯先生似乎并没有完全理解个中的区别。

接着就是加诸"高雅人士"（诺耶斯先生最喜欢的称呼是"我们的伪知识分子"）身上的对于摧毁道德标准要承担的罪责大小的问题。诺耶斯先生所写的内容与二十年前的《伦敦水星报》的内容没什么两样。"高雅人士"沮丧堕落，抨击宗教、爱国主义、家庭等，而且他们似乎得为希特勒的崛起承担责任。现在这番话遭到了事实的驳斥。在关键的时候，正是诺耶斯先生所厌恶的"伪知识分子"发出抗议反对法西斯主义的恐怖，而保守党和教会的媒体却在竭力让他们闭嘴。诺耶斯先生谴责绥靖主义政策，但他所属的教会及其媒体在这个问题上又持什么样的态度呢？

另一方面，他所认同的那些知识分子似乎站在了强权的一边。其中一个当然就是卡莱尔，他是当今强权崇拜和成功崇拜的缔造者之一，为第三次德意志侵略战争欢欣鼓舞，就像庞德为第五次德意志侵略战争喝彩助威一样。另一个则是吉卜林。吉卜林不是极权主义者，但他的道德观很值得怀疑。诺耶斯先生在书中开头写道，在魔鬼[①]的帮助下一个人是无法摆脱邪恶的，但他因为反英书籍仍在英国出版并在英国的报纸中得到赞誉而义愤填膺。难道他就没想过，如果我们禁止这种事情，我们与敌人也就没有什么区别了吗？

---

① 原文是 Beelzebub（别西卜），天主教中地狱七恶魔之一。

评哈利·勒温的《詹姆斯·乔伊斯》^①

我们这个时代没有哪一个以英语写作的作家能像詹姆斯·乔伊斯那样引起争议，即使在那些声称是他的追随者的人当中也存在着意见分歧。《芬尼根守灵夜》是乔伊斯的杰作吗？还是说，它只是一部大而无当、没有真情实感的字谜天书呢？大体上说，勒温先生是《芬尼根守灵夜》的拥趸。他为乔伊斯后期作品的晦涩和言之无物进行辩护。虽然他不会去说服那些不喜欢这类作品的人，但至少他能展现乔伊斯的主旨和《芬尼根守灵夜》与另一部不那么晦涩难懂的作品《尤利西斯》之间的联系。

现在可以开始正确地看待乔伊斯了，似乎他的作品是一个悲剧冲动逐渐减弱的过程，从一个小说家渐渐地演变为一个卖弄词汇的作者。如果你将乔伊斯创作于 1910 年前后并出版于 1914 年的短篇小说集《都柏林人》与出版于 1922 年的《尤利西斯》进行比较的话，你会注意到后者的艺术品位有了很大的提高，但情感没有那么真挚。

《都柏林人》除了"格局狭小"之外，有很多地方文笔很蹩脚，但它是出自于为身边的人感到难过，为他们扭曲而悲惨的生活感到义愤填膺的人的手笔。里面最后一则故事《死者》是英语文学里最富于感染力的故事之一。正如勒温先生恰如其分所说

---

① 刊于 1944 年 3 月 2 日《曼彻斯特晚报》。

的，《尤利西斯》在构思时主要是秉承戏谑的态度，但即使在它原本应该感人的部分，它也无法做到感人。那个原本的主角史蒂芬·迪达勒斯，在之前的作品《艺术家的画像》里，他的问题至少读来让人觉得真实，在《尤利西斯》里则被普遍认为完全无法让人接受。就连莱奥普尔德·布鲁姆也是如此——虽然他值得同情，但当他的境况很可悲的时候不知怎地并没有引来多少怜悯。

即使一个人事先有一定的了解，《尤利西斯》也是一部很难懂的书。勒温先生对这本书的几章介绍对于那些第一次阅读它的读者来说会提供很有帮助的指导。它们帮助解决了表面上的困难，但《尤利西斯》的一大缺陷依然存在——那就是，要完全肯定它的创作主旨是什么是不可能的事情。它最开始同时也是最主要的动机是尝试描绘生活的真实面貌，或者是通过将当代与过去进行比较，从而贬斥当代的尝试。或许第二个动机才是主要的动机，否则很难理解为什么这则1904年的都柏林的故事要如此煞费苦心地套入《奥德赛》的框架。

奥德修斯的历险的每一个故事都以琐碎和滑稽的方式得以重现。奥德修斯本人被矮化成了一个捉襟见肘的犹太广告画家莱奥普尔德·布鲁姆，独眼巨人变成了一个患了水肿的新芬党党员，塞壬女妖变成了两个酒吧女郎，而布鲁姆拼命地大吃肝脏和熏肉，忠贞的佩内洛普变成了莫莉·布鲁姆，有二十五个男人在追求她，等等等等。

如果乔伊斯在明确地表达一个主题，他似乎在说："看看自青铜时代以来我们堕落成了什么样子吧！"但有几个事件很无聊，很没有说服力，故事里一而再再而三地充斥着文字上的小机灵，正是这一点使得这本书显得零碎杂乱，但这也是它的主要魅力。

勒温先生似乎低估了《尤利西斯》的文笔。这本书就像一个内藏珠玉的垃圾堆：精彩的诗一般的散文语句（"波涛、海浪、萧萧嘶鸣、烈烈风中的战马"），栩栩如生的文字描述（比方说，一间肉铺的描写："羊嘴血淋淋地包在纸里，流出鼻屎滴在锯末上"），对报纸文章和爱尔兰青铜时代史诗的模仿，有几篇十分搞笑，还有描写思想过程的实验，例如《点铜成金》那一章和布鲁姆的内心独白，在此之前没有人尝试过以英语进行这样的描写。

但有一些章节，就像《哈姆雷特》里面那些冗长空洞的对话，实在是非常乏味。而且，和许多英国与爱尔兰的小说家一样，乔伊斯无法抵制插科打诨的诱惑。而且他无法抵制进行文学创作实验的诱惑：在《尤利西斯》里，就连一只狗在吠也被不相干地写成了一首诗。《尤利西斯》有很多优点，唯独欠缺作为一部小说的优点。如果以别的方式进行表达，《死者》仍不失为一则好故事，但在《尤利西斯》里，文笔已经盖过了主题。

显然，对于职业作家来说，《尤利西斯》是一部更具原创性也更加有趣的作品，但如果从长远来看，《都柏林人》和《艺术家的画像》的地位在它之上，那也并不是什么让人吃惊的事情。

《芬尼根守灵夜》以《尤利西斯》的结局作为开篇——在《尤利西斯》里，布鲁姆沉沉睡去，而《芬尼根守灵夜》的整个故事就发生在一个都柏林的酒店老板汉弗莱·齐姆普登·伊尔威克的梦境中——文字最后取得了胜利。没有感情上的兴趣，没有任何尝试，整本书就以乔伊斯将许多或仍然存在或已经消亡的语言的词汇杂糅演变而成的私人语言写成。

勒温先生说乔伊斯这么做是为了"摆脱历史的梦魇"，这句话似乎是在说，汉弗莱·齐姆普登·伊尔威克的名字缩写似乎代表了"到处都有孩子"①和"每个人都到这儿来"②，象征整个人类。但是，将这么多的寓意强加在他身上，伊尔威克失去了个体性的趣味。

乔伊斯的几个掉书袋的词语很有表达力，而且颇具独创性（比方说，用"一团乱麻"描述张伯伦先生的外交政策），但大体上这本书不堪卒读，除非你将它当成是字谜游戏。勒温先生确实将其形容为游戏，并说从中挖掘出隐藏的寓意是很有意思的事情，这或许是真的，但你有权利说这并不是一个人在艺术品身上所寻找的魅力。

对于《芬尼根守灵夜》，你可以暂时不予置评：再过十五年，它将得到理解或被遗忘。但现在《尤利西斯》又能够以合法途径买到了，任何关心当代文学的人都不能将其忽略而不去读它。勒温先生的书是它的优秀介绍；事实上，他对其它作品的深入探讨将帮助我们正确地看待《尤利西斯》。

---

① "到处都有孩子"的原文是 Haveth Childers Everywhere。
② "每个人都到这儿来"的原文是 Everyone Comes Here。

评亚奇伯德·韦维尔挑选并注释的
《别人的花朵》①

　　韦维尔勋爵的这本选集的大部分诗歌或许能够在别的选集里找到，但在图书馆遭受轰炸或暂时关闭而且几乎所有的书籍都绝版的时候，这没什么好抱怨的。下面是从这本书的两百来首诗歌中随机挑选的一些作品：

　　《浪高千寻的林肯郡海岸》（珍·英格洛②）、《快乐的格罗斯特》（拉迪亚·吉卜林）、《我经历过欠债、恋爱和酗酒》（亚历山大·布罗姆③）、《鲁拜集》、《我与死亡不期而遇》（艾伦·西格④）、《猫头鹰与猫咪》（爱德华·利尔⑤）、《纯真之歌》（布雷克）、《布洛格拉姆主教的致歉》（勃朗宁）、《她很穷，但她很诚实》（阿农⑥）、《天堂的猎犬》（弗朗西斯·汤普森⑦）、《致他的腼

---

① 刊于 1944 年 3 月 12 日的《观察者报》。
② 珍·英格洛（Jean Ingelow，1820—1897），英国女诗人、作家，代表作有《浪高千寻的林肯郡海岸》、《王子的梦》等。
③ 亚历山大·布罗姆（Alexander Brome，1620—1666），英国诗人，代表作有《狡猾的爱人》等。
④ 艾伦·西格（Alan Seeger，1888—1916），美国诗人，代表作《我与死亡不期而遇》等。
⑤ 爱德华·利尔（Edward Lear，1812—1888），英国画家、作家、诗人，擅写打油诗，代表作有《乌龟、甲鱼和海龟》、《无厘头歌曲和诗歌》。
⑥ 阿农（Anon），情况不详。
⑦ 弗朗西斯·汤普森（Francis Thompson，1859—1907），英国诗人，代表作有《天堂的猎犬》、《神的国度》等。

腆的情人》(玛维尔[①])、《我们如何战胜幸运儿》(亚当·林赛·戈登[②])、《一个预见到命运的爱尔兰飞行员》(威廉·巴特勒·叶芝)、《辛娜拉》(厄尼斯特·道森[③])、《梦境中的行商》(托马斯·拉维尔·贝多斯[④])。

找到所有这些诗要比大部分人有更多的藏书,而韦维尔勋爵的选择要比这张清单所展示的更加广阔。但他说它是"一本纯粹的个人选集",由"我能背诵出全部或大部分内容"的诗歌组成。和很多人一样,他喜欢在开车或骑马时自顾自地朗诵诗句(但他补充说他散步时不会这么做),而且他承认他更喜欢那些能够朗诵的诗句。这或许解释了为什么他会在选集中加入切斯特顿的几首明显的"伪"战斗诗篇。在引用一首描写伦敦遭受空袭的诗时,韦维尔勋爵补充了这则脚注:

> 1941年4月初我从开罗飞往昔兰尼加的巴尔塞,准备应付隆美尔的反击时,途中我在一份埃及报纸上读到这几节诗。当时我身体不大舒服——因为轰炸机里很局促,而且阴风阵阵——我知道自己的精力不足以支撑我指挥一场大型反攻。读着这首诗并默记它,让我舒缓了身体和精神的不适。

① 安德鲁·玛维尔(Andrew Marvell, 1621—1678),英国诗人,代表作有《花园》、《致他的腼腆的情人》。
② 亚当·林赛·戈登(Adam Lindsay Gordon, 1833—1870),澳大利亚诗人、作家,代表作有《秋之歌》、《泳者》。
③ 厄尼斯特·克里斯朵夫·道森(Ernest Christopher Dowson, 1867—1900),英国诗人、作家,代表作有《辛娜拉》、《可笑的面具》等。
④ 托马斯·拉维尔·贝多斯(Thomas Lovell Beddoes, 1803—1849),英国诗人、剧作家,代表作有《死亡的笑话集》、《梦境中的行商》等。

这首诗其实很糟糕①，但这些诗句出自一位真正热爱诗歌的人的手笔。诗歌的一个奇特之处在于它总是在不合时宜的时候带来最强烈的冲击（比方说，当你躲避牛津圆环的交通时）。虽然我们没有韦维尔勋爵那么惊人的记忆力，但除非你愿意耗神去背诵诗歌，否则你不能说自己在乎诗歌。

评价一本选集时不可避免地总会找到缺点，对于这本选集可以提出几个严重的缺点。你可以原谅韦维尔勋爵给勃朗宁和吉卜林太多的篇幅，但在太多的情况下，当一个诗人只有一首诗入选时，他总是选择了一首不靠谱的作品。比方说，如果萨克林②只能有一首诗入选，那首平庸的《为什么你这么苍白和憔悴，亲爱的恋人》入选，而不是那首知名度小一些但水平更高的《婚礼之歌》，令人感到遗憾。又或者，如果从《英戈尔兹比传说》中只选一首诗，为什么选《圣卡斯伯特叙事诗》，而不是《圣邓斯坦叙事诗》或《什鲁斯伯里的布洛迪·雅克》呢？萨克雷的代表作选了《鼓的传说》和《布伦特福德之王》，《法式海鲜汤之歌》会是更好的作品。杰拉德·曼利·霍普金斯③的作品都很难找到，应该全部重印，却只选了四首平淡无奇的诗。而且希莱尔·贝洛克的早期杰出作品《现代旅行者》只引用了一小段内容，也是一个遗憾，这首诗现在似乎根本找不到了。

---

① 原注：格雷塔·布里格斯（Greta Briggs）的《遭受轰炸的伦敦》。开头是这样的："我的名字是伦敦，我面临过许多危难的时刻，我一直在战斗，在统治，在交易，已历千年之久……"
② 约翰·萨克林（John Suckling, 1609—1641），英国诗人，代表作有《鬼怪》、《婚礼之歌》等。
③ 杰拉德·曼利·霍普金斯（Gerard Manley Hopkins, 1844—1889），英国耶稣会牧师、诗人，代表作有《死尸的安慰》、《致基督我们的主》等。

你可以将不满的清单继续写下去——但是，这些抱怨到最后表明唯一完美的选集只能由你自己来选。至少这本选集里有一部分作品是能够取悦在乎诗歌的人，虽然有的读者读到《勒班陀》或纽伯特①的《德雷克的鼓》（为什么不是那首更脍炙人口的《生命的火炬》呢)会觉得别扭，但是，他们得尊重天主教徒的品位，能从莎士比亚的十四行诗《帕特里克·斯宾瑟爵士》和《残忍而美丽的姑娘》里寻找到快乐。

韦维尔勋爵根据诗歌的主题对所选的诗歌进行排列，并补充了注解。他说这是应出版商的要求，不用把它太当回事儿。但是，它们都很有可读性，特别是他对战争诗歌的评价。他不喜欢现代诗歌——也就是 1919 年之后所写的诗歌——但谦虚地承认他可能是错的。当一首诗没有标题时，他会自己起一个标题，有时候效果还不错。复述《亨利四世》中的片段就干得很不错，但急性子的人会抱怨这本书"华而不实"。这本选集并不完美，但很有水平，让人感到编撰这本书的人将他的才华浪费在世界上最吃力不讨好的工作②实在是很令人遗憾。

---

① 亨利·约翰·纽伯特(Henry John Newbolt，1862—1938)，英国作家、历史学家，代表作有《生命的火炬》、《我的时代的世界》等。
② 韦维尔爵士在 1943 年 6 月被指派为印度总督。

评威廉·比奇·托马斯的《乡村生活方式》[①]

公众会认为威廉·比奇·托马斯爵士到底是一位战地记者还是一个自然主义者仍无法肯定，但在这件事情上他自己并没有存疑。在他眼中，这个世界的中心是英国的村庄，和村庄周围的树林和篱笆，而不是城镇和人。

在漫长的一生中，他走遍了整个世界，交游广泛，从乔治·梅雷迪斯[②]到贝当元帅，从弗兰克·哈里斯[③]到西奥多·罗斯福都认识，但在英国东部的湿地看到一只麻鸦，在加拿大落基山脉看到一头灰熊，或在新西兰看到一条12磅重的鳟鱼对他来说比见到任何名人都更重要。

就连索姆河战役对他来说之所以难忘，也是因为在炮火轰鸣中他第一次看到一只灰色的伯劳鸟。

这本书在某种程度上是一部自传，但它公允地给了潜在的读者一个警告："如果你不喜欢'自然主义'作品，那就走开吧。"

威廉爵士的回忆是从七十年代初期的一个乡郡小村庄开始的，他的父亲是那里的乡村牧师，"有四种动物给我们带来了大部分的欢乐……马驹、小狗、兔子和狐狸。"

---

① 刊于 1944 年 3 月 23 日《曼彻斯特晚报》。
② 乔治·梅雷迪斯(George Meredith, 1828—1909)，英国作家、诗人，代表作有《利己主义者》、《哈利·里奇蒙历险记》等。
③ 弗兰克·哈里斯(1856—1931)，爱尔兰裔美国编辑、记者，曾担任《伦敦晚报》、《半月评论》等刊物的编辑。

后来他在什鲁斯伯里和牛津打破了四分之一英里跑步的记录，和诺斯克里夫勋爵[①]共度周末，并在法国占领鲁尔区那段悲哀的岁月进行"报道"，但没有什么事情比得上乡村的童年生活那么生动。

> 那些"生活的必需品"有好多我们都没有。没有单车，当然也没有汽车，没有电话，没有无线电，没有留声机，没有罐头水果——只有一些让人讨厌的风干的苹果——没有西红柿，没有香蕉，没有不用上发条的手表，没有几个游戏……我们骑马去九英里外的最近的城镇，它们的蹄子激起了几英寸高的白色尘土。

不用说，威廉爵士就喜欢这样，包括运动的匮乏，虽然他是一位天生的运动员，但他正当地抗拒运动的"专制"，在他童年时，运动正开始普及。

自始至终威廉爵士将自己形容为一个"乡下人"，但对他来说，"乡下"意味着运动、观鸟和采集植物，而不是农耕。而且他的书引起了一定程度的对于这一类文学作品的怀疑。

无疑，某种对于所谓的"自然"的热爱——顺着一条溪流飞掠的翠鸟、一只灰腹红雀的长满苔藓的鸟巢、阴沟里的毛翅蝇——在英国的传播非常广泛，跨越了年龄层，甚至跨越了阶级区别，在某些人身上甚至到了着迷的程度。

---

① 阿尔弗雷德·查尔斯·威廉·汉姆斯沃（Alfred Charles William Harmsworth，诺斯克里夫子爵，1865—1922），英国报业大亨，《每日快报》和《每日镜报》的创办人。

这是不是一个健康的迹象则是另一个问题。这一部分是由英国国土狭小、气候宜人和风景多变这些特征引起的，但也可能与英国农业的衰落有关。真正的农民不会在乎什么风景如画，不会修建鸟类保护区，对不直接影响他们的植物或动物根本不感兴趣。

在许多语言中，所有的小型鸟类都叫同一个名字。就连在英国，一个真正的农场工人总是以为青蛙和蟾蜍是同一物种，而且总是认为所有的蛇都有毒，用舌头叮人。

事实上，那些真正与自然接触的人都没有理由去热爱它。在英国的东海岸，老式的渔民小屋都背对着大海。在渔民的眼中，大海只是敌人。

威廉爵士对于土地多愁善感的态度在他为战争时期兔子灭绝感到遗憾这件事情上暴露无遗。或许他也会对农业更致命的敌人野雉的绝种感到遗憾。

"自然主义"作品是过去两百年来发展起来的。它们当中第一部，或许也是最好的作品是吉尔伯特·怀特①的《塞尔伯恩自然史》。

威廉爵士将它与写于一个世纪前的伊萨克·沃顿②的《钓客大全》相提并论，但沃顿的这本书局限性更大，实用性更强，似乎并不属于这一类别。

---

① 吉尔伯特·怀特(Gilbert White, 1720—1793)，英国作家，代表作有《塞尔伯恩自然史》。
② 伊萨克·沃顿(Izaak Walton, 1594—1683)，英国作家，代表作有《钓客大全》、《沃顿生活小记》等。

最典型的"自然主义作家"是威廉·亨利·哈德森[1]和理查德·杰弗里斯[2]。你或许会猜想威廉·比奇·托马斯爵士模仿的对象是杰弗里斯。但杰弗里斯极具魅力，而且观察入微，但奇怪的是，没有什么人情味。在一本作品中，他描写了关于英国的白日梦：人类灭绝了，只有野生动物存活。

威廉·亨利·哈德森也有着同样的世界观，他唯一成功的小说《绿色的高楼大厦》有一个半人半鸟的主角。哈德森还写了一篇热情洋溢的散文，描写了一片被蒲公英侵占的农田的景色。

这种程度的自然崇拜在本质上是反社会的。克拉比[3]，一个真正的乡下人，表达出了相对比较正常的态度。他写过至少一篇反对野花的苛评，在他的眼中，那些野花只不过是杂草。不用说，威廉爵士并不认可克拉比。

威廉爵士与萧伯纳、巴利、马克斯·毕尔邦[4]和詹姆斯·路易斯·加尔文[5]差不多是在同一时期开始登上文坛。那是诺斯克里夫勋爵刚刚创办《每日快报》的兴旺发达的日子。在这本书里，写得最好的或许是对记者岁月的回忆。

1914 年至 1918 年的那场战争几乎没有被提及，虽然直到战争的头一两年，整个英国的出版界只允许派遣五个记者上前线，还

① 威廉·亨利·哈德森（William Henry Hudson，1841—1922），英国作家，代表作有《绿色的高楼大厦》、《很久以前在那遥远的地方》。
② 约翰·理查德·杰弗里斯（John Richard Jefferies，1848—1887），英国作家，代表作有《南方乡村的野生动物》、《业余偷猎者》等。
③ 乔治·克拉比（George Crabbe，1754—1832），英国诗人、牧师，代表作有《乡村》、《市镇》等。
④ 亨利·马克西米安·毕尔邦（Henry Maximilian Beerbohm，1872—1956），英国作家、漫画家，代表作有《朱莱卡·多布森》、《快乐的伪君子》等。
⑤ 詹姆斯·路易斯·加尔文（James Louis Garvin，1868—1947），英国记者、作家，代表作有《和平的经济基础》、《约瑟夫·张伯伦生平》等。

遭到百般阻挠，了解不到任何情况。

　　这本书的结局呼吁保护和复兴英国农村，这一点每个人都会表示认同，但威廉爵士想象中的英国农村理想图景或许兔子太多，而拖拉机太少了。

评德里克·利昂的
《托尔斯泰的生平与作品》[①]

　　托尔斯泰的成年生活——最开始时，他是一个才华横溢、放荡不羁、追求功名的年轻贵族，最后成了一个备受折磨的老头，抛弃了一切，或者说，抛弃了一切他的家人所允许抛弃的东西——确实很有戏剧色彩，但仍比不上他的作品那么有趣。利昂先生的传记中最有价值的部分是他仔细地阐明了托尔斯泰的每一部的作品与他的思想进步是联系在一起的。

　　托尔斯泰的信念经过将近五十年的发展，可以用"无政府主义的基督徒理想"加以形容。归根结底，所有的物质追求、所有的暴力、所有的革命、所有的法律和政治都是邪恶的。除了克己灭私之外别无快乐，人类没有权利，只有责任，活在世界上唯一要做的事情就是服从上帝的意旨。所有这些都是他从福音书上领悟到的，但在他的信仰完全形成之前，他已经接纳了两条很难称得上是基督教思想的教义。一条是严格的命定论。托尔斯泰认为一个人的行动都是预先就决定好的，他唯一的自由在于了解这一必然性。另一条是对人生本苦的信念，而且身体愉悦是邪恶的，这一信念如此极端，没有任何教会予以

---

① 刊于 1944 年 3 月 26 日《观察者报》。德里克·刘易斯·利昂（Derrick Lewis Leon，1908—1944），英国作家，曾撰写过关于列夫·托尔斯泰和马塞尔·普鲁斯特的传记。

支持。

利昂先生的文风就像一个门徒，他并没有严肃地回答许多人所提出的质问，虽然他提到了这一点——托尔斯泰后期的作品大部分反映了他的自私自利。他将自我弃绝延伸到了基本上放弃生命过程的地步——例如，说出婚姻究其本质是"痛苦与奴役"这样的话——值得怀疑的是，他这么说是不是意味着他本人过得不快活，想让别人也过得不快活。当然，托尔斯泰非常了解利己主义的危险，事实上，他的一生从某种意义上说就是在不断地与利己主义进行斗争，但他并没有看到利己主义在他身上的体现并不是对于功成名就的渴望，而是思想专横的滋味：他评述莎士比亚的文章就是一个很好的例子。

然而，他的传记既振奋人心，又带有悲剧色彩，我们仍然可以感觉到他是一个了不起的人，即使他只写了那些宣传册。他对我们这个时代的生活的直接影响并不是很大，因为他放弃了所有建功立业的途径。但透过个人的影响，他发挥了非常大的间接作用。没有人能在读完托尔斯泰的作品后能摆脱那种对于战争、暴力、成功、政治和"伟人"的感觉——但是，讽刺的是，他不吐不快的内容在他中期的作品《安娜·卡列尼娜》和《战争与和平》中得到了最淋漓尽致的表达，但后来他带着几乎是批判的态度去看待这两部作品。

遗憾的是，在通篇描写中，利昂先生对于可怜的托尔斯泰伯爵夫人表达出难以释怀的敌意，因为他认为在每一次意见分歧中，伯爵夫人一定是错的一方，对身为一位作家的妻子最困难的问题之一没有进行探讨——这个问题就是文字里的性格与私人生活里的性格之间的冲突，或者换个说法，热爱人类与做一个普通的体面人之间的矛盾。除此之外这是一本杰出的作品，虽然你不会建议别人去买价值二十五先令的书，至少能借到这本书的人可以去读一读。

评莫里斯·科里斯的《她是女王》、玛格丽特·米德的《萨摩亚的成年》 [①]

关于缅甸的记录很不齐全，就连那些知道它的现代史的人对它在 1884 年之前的历史也只有模糊的了解。那时候英国人进入曼德勒，缅甸的末代国王锡袍 [②] 被流放到印度，随行的还有他那 500 名嫔妃。

科里斯先生写的是十三世纪末的内容，那时候缅甸自伊洛瓦底江三角洲一带的统治者是鞑靼人。

那时候缅甸的首都是帕甘，如果这两年没有遭受轰炸的话，它那巍峨的废墟仍然存在。1260 年前后，在上缅甸的山区，一个农家女孩诞生了，取名玛索，出生时有人看见一条眼镜王蛇在她的摇篮边舞蹈，大家都认为这个女孩前途不可限量。

预言实现了。玛索成为两任国王的妻子，在第二任国王在位期间，由于他是个半白痴，她成了王国的实际统治者。直到鞑靼人入侵之前，科里斯先生所描写的那个社会遵循着远古的亚洲模式。在和煦的天空下，生活就是悠久的歌唱、舞蹈、纳妾、谋杀、内战、捕猎和宗教仪式。

---

① 刊于 1944 年 4 月 6 日《曼彻斯特晚报》。玛格丽特·米德（Margaret Mead，1901—1978），美国人类学家、文化学家，代表作有《男性与女性》、《三个原始部落的性别与气质》等。

② 锡袍·敏（Thibaw Min，1859—1916），缅甸甘榜王朝（the Konbaung dynasty）末代国王，1878—1885 年在位。

那是一个高度文明的社会，但任何国王能够得享天年是极其罕有的事情。佛教正取代万物有灵论，诗歌被高度重视，宫廷与印度和中国保持着友好的关系。它的女奴最远来自波斯。它甚至模糊地听说过远东的野蛮部落。但不幸的是，鞑靼人的酋长忽必烈汗看中了缅甸，帕甘王朝注定将被毁灭。

顺带提一下，忽必烈派遣出使缅甸作为侵略铺垫的使节中，有一个就是马可·波罗。

除了一个逃脱鞑靼人侵略的中国人常献忠外，玛索是宫廷里唯一理智的人，如果她没有受到掣肘的话，或许她能让王国免遭毁灭。

结果，那个愚蠢的国王派遣军队在平原进行决战，就像其它军队一样，他们在鞑靼人的骑兵面前不堪一击。

鞑靼人的秘密武器是弩（"合成弩"），是用水牛的角做成的，比当时其它武器更具威力。他们的弩兵将缅甸的大象扎成了箭垛，这些庞然大物疼得发狂，将缅甸军队撞散践踏。

帕甘被洗劫一空，国王和王室带着嫔妃妻妾、王家的财宝、当年的稻谷收成、神圣的白象和带得上的尽可能多的奴隶，乘着驳船顺着伊洛瓦底江逃跑了。在下缅甸他们获得了安全，因为鞑靼人的骑兵无法穿越沼泽，就像在世界的另一端他们被德国的森林所阻隔一样。

但是，国王还没到达就被他的一个儿子毒死了。他准备谋朝篡位，向鞑靼人臣服效忠。玛索已经忍受够了宫廷生活，嫁给了常献忠，然后抛下她那些价值连城的华服，回到养育她的村庄。

这个故事大部分内容是真实的，或者说，科里斯先生相信是真实的。虽然曾被扩充成小说，但它源自《璇宫纪史》，那是缅甸国王孟既①于 1829 年命令编撰的缅甸历史。

它或许详实地描述了缅甸从中世纪到英国入侵之前的风土人情。即使是 13 世纪的服饰,按照马可·波罗的描述,也和 1800 年锡袍登基的时候所穿的现代服饰没什么两样。锡袍登基后就将他的兄弟统统处死,这件事与科里斯先生的故事倒是很契合。

这本书有一些很有趣的插画,包括一幅据信是忽必烈汗的肖像画。

萨摩亚与缅甸相隔天南地北,但奇怪的是有一两个习俗——比方说,所有的男性从腰部到膝盖都画满了纹身——直到不久前都是两个民族所共有的风俗。

米德小姐对少女的心理很感兴趣,在二十年代决定对这个问题的研究最好得在原始社区进行,于是在萨摩亚的一个村子里居住。在普通读者的眼中,这本书关于纯心理学的内容或许没有社会学方面的信息那么有价值,因为萨摩亚是一个殖民发展的快乐典型。美国政府和传教士都奉行对传统生活尽可能不予干涉的原则,只有几个过于恶毒的传统,比方说吃人肉和公然交媾,被废止了。

萨摩亚人信奉基督教(他们是公理会信徒——他们是被伦敦传教协会教化皈依的),但他们知道如何将基督教与他们自身的需要进行结合,将那些不符合他们的传统思想的教义统统抛弃。

比方说,他们不相信原罪。除了火柴、棉布和其它小物品之

---

① 孟既(Bagyidaw,1784—1846),缅甸甘榜王朝的国王,1819 年至 1837 年在位。

外，他们并没有接纳机器文明，就连文明世界的疾病对他们造成的影响也不像它们对波利尼西亚人造成的影响那么大。

这一部分无疑是因为萨摩亚群岛太贫穷了，不值得进行剥削。但不管怎样，萨摩亚人是原始民族中的幸运儿，美国政府和传教士的开明态度值得赞扬。

评埃德蒙德·布兰登的《板球国度》①

　　板球会激起强烈的情感，既有"赞同的"情感，也有"反对的"情感。近几年来，是反对板球的一派占得了上风。板球被形容为毕灵普分子的运动，与高礼帽、学校颁奖日、猎狐和亨利·纽伯特爵士的诗联系在一起。它遭到左翼作家的贬斥，他们以为玩板球的人大部分都是有钱人，但这个想法是错的。

　　另一方面，两个最痛恨它的敌人是"比奇康莫"②和"提摩西·夏伊"③，他们认为它是英国的传统之一，觉得有责任将其连同华兹华斯、威廉·布莱克和议会政府一起贬低。但除了恶意和无知之外，还有其它原因促成了板球不再流行，从布兰登先生的辩解的字里行间就可以体会得到，虽然它是一篇文采斐然的作品。

　　布兰登先生是一位真正的板球运动员。对于一个真正的板球运动员的考验就是他应该喜欢乡村板球胜过喜欢"顶尖"板球。你会猜想，布兰登先生所喜欢的板球介乎乡村绿地和郡县赛场之

---

① 刊于 1944 年 4 月 20 日《曼彻斯特晚报》。埃德蒙德·查尔斯·布兰登
　（Edmund Charles Blunden, 1896—1974），英国作家、诗人，代表作有《时
　间的面具》、《选择或机会》。
② 比奇康莫（Beachcomber），1919 年至 1975 年《每日快报》的专栏《顺便说
　一句》集体创作的笔名。
③ 提摩西·夏伊（Timothy Shy）是英国作家多米尼克·贝文·温德汉姆·刘易
　斯（Dominic Bevan Wyndham Lewis, 1891—1969），在《新闻纪实报》上的
　笔名。

间。他对板球界的著名人物抱以尊敬，那些人的名字贯穿作品的始终。他年纪很大，见过兰吉辛基①赖以成名的滑腿技术，而自此之后，他定期观看一流的比赛，对英国或澳大利亚的每一个知名运动员耳熟能详。但显然，他最亲切的回忆是乡村板球，甚至不是乡镇赛事级别的板球，在那种地方比赛几乎都要穿白裤子，而且在腿上绑护垫是社交礼仪的规定，但在非正式的板球比赛中，每个人都穿着工装裤。在回合激烈的时候铁匠也得听从召唤；有时候，天色昏暗，一个打向四野的球会砸死棒球场地边上的一只兔子。

在对板球的热爱上，布兰登先生不乏文坛的同好。他说他几乎可以凑齐十一个诗人和作家，其中包括拜伦（他曾是哈罗公学的队员）、济慈、古柏②、特罗洛普、弗朗西斯·汤普森、杰拉德·曼利·霍普金斯、罗伯特·布里奇斯和西格弗里·萨松③。布兰登先生本可以加入布莱克的，他的一个片段里提到了在乡村板球里司空见惯的事件。但他将狄更斯也列入板球爱好者的行列或许犯了一个错误，因为狄更斯唯一提到板球的描写（在《匹克威克外传》中）表明他对板球的规矩一无所知。但这本书的主旨，就像布兰登先生所写的每一本书一样，是他对1914年前的黄金时代的缅怀，那时候世界一派祥和，而自此之后，祥和不再。出自他的一首诗的知名诗句：

---

① 库玛·斯利·兰吉辛基（Kumar Shri Ranjitsinhji，1872—1933），印度纳瓦拿加邦领主，著名板球运动员，曾是英国板球队的队员。
② 威廉·古柏（William Cowper，1731—1800），英国诗人，代表作有《任务》、《约翰·吉尔宾》。
③ 西格弗里·洛兰·萨松（Siegfried Loraine Sassoon，1886—1967），英国诗人、士兵，代表作有《猎狐人的回忆》、《一位陆军军官的回忆》等。

我曾经青春年少，如今也不算太老，

我见过被遗弃的义人，

他的财富、他的荣誉和他的品质都被剥夺，

这种事情我们从前不曾听闻。

听上去似乎它是在独裁者席卷欧洲后才写的，但事实上它描写的是1914年到1918年的那场战争，那是布兰登先生的生活的转折点。战争摧毁了他所了解的闲适的世界，他伤心地意识到，板球再也不能像以前那样了。

几件事情一起促成了板球的衰微。首先是生活变得越来越都市化，越来越繁忙，而这与一个需要绿地和充足的闲暇时间的运动是不相容的。然后就是，大家都觉得一流的板球比赛很沉闷无聊。和几乎每个人一样，布兰登先生讨厌那种连续20个投球没有得分是家常便饭和一个击球手可能一小时都没办法第一次跑垒得分的比赛，但这些是过于完美的草坪和过于看重击球率的态度的自然结果。此外，板球在成年人的世界里被高尔夫和草地网球所取代。这无疑是一场灾难，因为这些项目不仅在观赏性上远远不如板球，而且它们没有板球的社会交际功能，至少以前板球有这么一个作用。

与板球的批评者们所说的正好相反，布兰登先生着重指出，板球并不是一项与生俱来的势利运动。它需要有25个人才能打比赛，因此它一定会让不同社会阶层的人加入。与生俱来的势利运动是高尔夫球，它将整片整片的乡村绿地变成了精心保养的上流阶层的保留地。

但板球的衰微还有另外一个原因——布兰登先生没有指

出的原因，那就是：在很大程度上它是强加在每个人身上的。在漫长的时间里，板球被视为一种类似于宗教仪式的活动，每一个英国男人都得去履行。冗长的锦标赛和天文数字般的比分在大部分报纸里以大字标题刊登，每个夏天数以万计的男孩子们不情愿地——现在仍是这样——操练他们觉得很无聊的游戏。板球是一项很特别的运动，要么你会喜欢，要么你不会喜欢，要么你拥有打板球的天赋，要么你连入门的天赋都没有。在这种情况下，一定会产生大规模的对板球的反感。

就连儿童也不再像以前那样经常打板球了。当它是非正式的自愿性活动时，它深深地扎根于国家的生活中——就像汤姆·布朗①的校园作品中的橄榄球，或在歪歪斜斜的三柱门边上进行乡村比赛那样，这些都是布兰登先生最珍视的回忆。

板球会继续存在下去吗？布兰登先生相信会的，虽然它得面对来自其它兴趣的竞争，我们或许可以相信他是对的。在书的结尾处，我们高兴地发现在战争期间他仍然有空和皇家空军的板球队打上一两局比赛。这本书除了板球之外还谈及了其它许多话题，因为在布兰登先生的内心深处，或许吸引他的并不是板球比赛本身，而是它的现实环境。在他的队友正在击球时，他会从更衣室走开，去看看乡村教堂，还可能会遇到一块古雅的墓碑。

这本书有几处地方写得有点过火，因为就像有些人无法拒绝

---

① 指托马斯·布朗(Thomas Brown，1662—1704)，英国作家、翻译家，塑造了费尔博士这个古板的校长的角色，代表作有《伦敦笑话集》、《死者致生者的信》等。

喝上一杯那样，布兰登先生无法拒绝旁征博引。但这本书读起来让人感觉很愉快，提醒人们和平不只是意味着暂时停止炮火，这是很有意义的事情。

评休·金斯米尔的《带毒的王冠》[①]

　　人们总是认为极权主义的起因是个别野心家的邪恶，或搪塞说它是为了挽救行将崩溃经济体系的最后尝试。但是，还有另一个思想流派，其中以弗雷德里克·奥古斯都·沃伊特先生[②]最为出名，他认为所有建立物质主义乌托邦的尝试都不可避免地会以专制体制告终。休·金斯米尔先生属于这个思想流派，在这本杰出的作品里，他以伊丽莎白女王、克伦威尔、拿破仑与亚伯拉罕·林肯四人的短篇传记阐述了这一主题。

　　在金斯米尔先生的眼中，这四篇传记表明"行动的徒劳和权力的侵蚀"。但是，它们并不容易套用单独一个模式，四人当中只有克伦威尔与我们这个时代的独裁者们很相似。很难理解为什么金斯米尔先生会加入伊丽莎白女王，她从年轻时就一直为如何活下去和如何保住王位而苦恼，而且按照她那个时代的标准，她并非一个顽固而凶残的人。她那个不快乐的姐姐玛丽女王因为会喜欢某个人就将他活活烧死，或许会是更合适的例子。另一方面，林肯似乎并没有被权力侵蚀，金斯米尔先生不得不煞费苦心地去

[①] 刊于 1944 年 4 月 23 日《观察者报》。休·金斯米尔·伦恩（Hugh Kingsmill Lunn, 1889—1949），英国作家、记者，代表作有《带毒的王冠》、《受庇佑的阴谋》等。

[②] 弗雷德里克·奥古斯都·沃伊特（Frederick Augustus Voigt, 1892—1957），德裔英国作家，反对独裁和极权主义，翻译了许多德文著作，代表作有《直到恺撒为止》、《不列颠治下的和平》等。

证明林肯的成就其实不值一提。

但不管怎样，描写林肯的那部分内容是书中最精彩的。金斯米尔先生认为，林肯为了权宜行事而作出了很大的让步，那就是他宣布南部邦联各州被打败后将废除奴隶制。他原本不想作出这个决定（在这场战争的诸多原因中，奴隶制只是一个间接原因），一部分原因是他认为美国并没有为废除奴隶制做好准备，奴隶们不会因为获得自由而得到好处，一部分原因是他不希望赋予这场战争圣战的色彩，因为它将意味着自命正义和仇恨。他被迫作出这个宣言是因为他必须赢下这场战争。通过提出废除奴隶制，他使得英国和法国没有干涉的道义基础，不然的话它们可能会站在南方那边。但他这么做也意味着向追随者中的极端分子屈服，他们并不是品德高尚的废奴主义者，而是冷酷无情的商人，决心要摧毁南方各州的经济力量。

北方的全面胜利使得商人获得了控制权，美国的道德环境也随之恶化。林肯牺牲了一切，包括他的一部分良知，赢下了这场战争，结果是，这个国家再也容不下像林肯这样的人物——这是金斯米尔先生所描写的情形。顺带提一下，他认为那个刺杀林肯的疯子并不是南方雇佣的，而是林肯的政敌共和党人。

你总是会觉得金斯米尔先生没有做到公平，或许不是针对林肯本人，而是针对他的成就和美国。难道奴隶获得自由不是一个进步吗？即使他们只是成为拿工资的奴隶？你甚至会觉得他对拿破仑不公平。拿破仑是一个恶棍，但或许是历史必然性的工具。没有拿破仑或像拿破仑那样的人物，法国革命或许在1800年就会遭到镇压，而农民们将无法保住土地。虽然拿破仑的动机完全是出于自私，但他统治的时间很长，使得旧的王朝无法复辟。另一方面，金斯米尔先生对克伦威尔的评价虽然或许也并不公允，但对于中产阶级崇拜这类现代独裁者的情结是一剂良药，他们的双手沾满了鲜血，相比之下，德国人在捷克利迪策的武功①就像是女孩子们在玩过家家。

金斯米尔先生的这本书开篇名为《希特勒的谱系》。系表从拿破仑和拜伦一直延续到陀思妥耶夫斯基、尼采、赫伯特·乔治·威尔斯，再到希特勒和查理·卓别林。（金斯米尔先生说卓别林是矮化的拜伦，希特勒则是卓别林版的拿破仑。）你可以和金斯米尔先生进行各种大大小小的争论。和他那个思想流派的作家一样，他认为改革者的目的是要建设一个完美的世界，但大体上他们只是希望让世界变得更加美好。他总是说进步，甚至就连物质进步，在本质上也是不可能实现的，并暗示我们仍然生活在石器时代。不过，这是一本挺不错的书，对各种形式的暴政发起抨击，包括那些如今很受欢迎和推崇的独裁体制。

---

① 1942年，纳粹德国为报复驻捷克的党卫军头目莱因哈特·海德里希遭暗杀，在利迪策实施了一场屠杀平民的惨案。

评阿尔弗雷德·海森斯坦的《钢铁时代的巨人：戴高乐将军的故事》[①]

或许将戴高乐将军塑造成一个传奇人物很有必要，但这本书内容庸俗（在文学品位上）而且价格昂贵，读起来让人觉得很不安。单举一个例子就够了，下面的内容体现了这本书的语言风格：

> "胜利！没有其它途径，从来没有其它……"
>
> "烈火继续燃烧。"
>
> "法兰西，她'鲜血淋漓但她决不会低头'，她一定会为自己讨回公道。她的儿子戴高乐将会为她带来武器，人民将会热烈地拿起武器，像一个为自由而战的人那样挺身而出。"
>
> "他将以这把长剑改变历史的进程。"

整本书就是以这种风格写成的——用的不仅是那种夸张的戏剧化语言（长剑、旗帜、长统靴、号角响起之类的词语充斥着每一页），而且段落非常简短，总是只有一句话，顶多只有两句话，读

[①] 刊于 1944 年 5 月 5 日《曼彻斯特晚报》。阿尔弗雷德·海森斯坦（Alfred Hessenstein），情况不详。

者会觉得受到侮辱，以为自己的注意力在读完一英寸宽的段落后就会涣散。而且，由始至终都是最庸俗的对戴高乐本人特征的强调，什么"他伟岸的身躯"、"浑厚低沉的声音"和"嘴角边挂着淡淡的微笑"。这些东西都很难让人产生共鸣，甚至会觉得很担心。

如果你在这堆垃圾中筛选出事实的话（要从这本内容华而不实并大量引用戴高乐的演讲原话的书里筛选出事实并不容易），那就是戴高乐将军在1940年为他的祖国和世界作出了非常伟大的贡献是确凿无疑的。历史将不会忘记这一点。

站在海峡这边的角度，不难看出即使在1940年，对抗德国的局势仍然非常不利，而在法国，几乎所有人都陷入绝望。魏甘德[①]、达尔兰和其他人公开表示，"最准确"的军事意见是英国将在两周内垮台。如果没有一个领袖人物在法国境外组织抵抗，给予被征服的人民一丝希望的话，维希政府很有可能将站在德国人的阵营参战。无疑，由于知道其他地方的法国人仍在坚持战斗，法国境内的抵抗活动开始得更早而且传播得更加迅速。至少我们亏欠戴高乐的恩情，他拯救了数千名英国人的生命，在逆境中与我们并肩作战，而且——非常幸运——他在法国战场奠定了自己的声名，被法国人奉为领袖。

但是，这并不能证明这本书和其它已经出版的类似书籍（例

———————————

① 马克西姆·魏甘德(Maxime Weygand, 1867—1965)，法国军人，一战时是法军总司令福煦的得力部下，并在议和车厢上向德军宣读停战协议书，二战期间担任法军总司令，向德军投降并与维希政府合作，战后被判通敌罪，但1948年获释。

如：菲利普·巴尔斯①的《查尔斯·戴高乐》）里所写的那些溢美之词都是合理的。首先，戴高乐是不是像书里所描写的那样是一个料事如神的军事天才值得怀疑。德国的坦克指挥官从戴高乐那里学到了作战策略这个说法遭到了那些意见值得听取的人士的驳斥。

其次，我们亏欠戴高乐的恩情并不能让在法国沦陷时最优秀的政治家都未能逃出来这个惨剧变得没有那么悲惨。顺带提一句，海森斯坦伯爵看不起所有的法国政治家，甚至包括雷诺②，几乎没有提及布伦姆③或曼德尔④，也没有透露曼德尔和其他人没有逃脱是因为他们被维希政府逮捕并囚禁这个事实。

如果自由法国运动能够拥有像曼德尔或布伦姆这样的人物当他们的领袖的话，或许它能够有一以贯之的政治纲领。这本书最奇怪的地方在于，作者对法国的未来没有清晰的看法。显然，在突尼斯战役仍在进行时，他对与达尔兰达成的交易感到不安，但他没有明确地提到法国解放后戴高乐将军将会推行什么政策。

他也没有谈到戴高乐将军的政治历史。我们只知道法国首先必须获得自由，然后必须壮大实力——要变得格外强大：里面重点强调法国必须拥有而且一定会拥有强大的机械化部队、空军部

---

① 菲利普·巴尔斯(Philippe Barrès, 1896—1975)，法国记者，代表作有《人与人格》、《他们为国家代言》。
② 保罗·雷诺(Paul Reynaud, 1878—1966)，法国政治家，曾担任第三共和国总理，法国沦陷后拒绝与德国人合作，被囚禁于德国，战后获释。
③ 安德烈·利昂·布伦姆(André Léon Blum, 1872—1950)，法国左翼政治家，曾于1936年6月至1937年6月，1938年3月至1938年4月及1946年12月至1947年1月三度担任法国总理一职。
④ 乔治·曼德尔(Georges Mandel, 1885—1944)，法国记者、政治家，法国沦陷后自由法国抵抗组织的领袖，于1941年在北非摩洛哥被捕，1944年被德国人处死。

队和坦克部队，以及在战争才是常态的世界准备和平的荒唐。（引用作者的话，"单靠武力就足以对抗武力。利剑才是决定因素。法国的命运总是要靠战斗来决定。"）在那之后，法国的生活从此将依照"基督教的原则"去构建，无论那些原则是什么。从这本书里你能得出的结论是，戴高乐的政策说到底就是宗教和坦克。这可不是什么令人振奋的前景。自1870年以来，已经有许许多多的领袖想要依靠基督教的原则和庞大的军队让法国获得复兴。

这本书的护封印着戴高乐将军和一部重达50吨的坦克的合照，暗示了该书的基调。

就连这本书的名字《钢铁时代的巨人》也不是一个好的征兆，在这个时代，人性已经被太多的钢铁和巨人所戕害。巨人践踏侏儒成了我们这个时代的特征，多去关注普通人是一件好事。

评布伦威尔的《这个改变中的世界》、朱利安·赫胥黎的《生活在革命中》、多位作者合著《重塑人类的传统》 [1]

我们或许可以肯定就在诺亚建造方舟时，有人正在写一本名为《这个改变中的世界》的书，虽然当洪水泛滥时这份手稿湮灭了，但我们可以猜测得出它的内容会是什么。它拥护近期的科学发现，斥责迷信和蒙昧主义，提出进行激进的教育改革和推进性别平等的必要性，或许还有一章探讨当代诗歌的意义。它的中心主题是：没有什么是永恒不变的，但一切总会好起来。"这是一个变革的时代"和"我们生活在迅速而惊心动魄的变革中"这两句话几乎每一页都会提到，或许作者在咕嘟咕嘟地沉到黑漆漆的水底时仍然记着它们。

由布伦威尔先生编撰的这本书在很大程度上遵循同样的模式。在引言那一章里，赫伯特·里德 [2] 先生带着怨恨提到这个世界正在发生改变，在结尾部分对其他作者进行了总结，并再一次强调世界正在改变。中间是由康拉德·哈尔·沃丁顿 [3]、卡

---

① 刊于 1944 年 5 月 7 日《观察者报》。布伦威尔（J. R. M. Brumwell），情况不详。朱利安·索雷尔·赫胥黎（Julian Sorell Huxley, 1887—1975），英国生物学家、哲学家，代表作有《生命之流》、《无须启示的宗教》等。

② 赫伯特·爱德华·里德（Herbert Edward Read, 1893—1968），英国思想家、批判家，代表作有《艺术与工业》、《通过艺术进行教育》等。

③ 康拉德·哈尔·沃丁顿（Conrad Hal Waddington, 1905—1975），英国生物学家、哲学家，代表作有《科学的态度》、《思想的工具》等。

尔·曼海姆①、约翰·德斯蒙德·伯纳尔②、弗朗兹·伯克瑙、托马斯·巴罗夫③、约翰·麦克穆雷④、刘易斯·芒福德⑤等人所写的文章。当然，这份名单保证了这本书的可读性，至少有几处地方写得很不错，但奇怪的是，这些撰稿人里很少有人对我们生活其中的现实世界进行描写。巴罗夫先生坚持认为当这个世界一直混乱不堪时，从内部进行改革是不可能的，而伯克瑙博士在探究民主体制与极权体制之间的关系。似乎只有这两人紧贴现实，而且只有少数几位作家让你了解到文明的存在正面临危险。

例如，伯纳尔教授写到了近期的科学发展和让公众更具有科学思想的必要性。他似乎没有看到，或至少没有提到科学本身受到世界范围内独裁趋势的威胁。刘易斯·芒福德先生确实看到了这个危险，但似乎认为问题会自发得到解决。达灵顿⑥博士对教育问题有一些令人振奋的想法，但很少思考"由谁进行教育和教育的目的是什么"这些问题。约翰·索莫森⑦先生捍卫玻璃混凝土建筑，反对"传统"建筑。麦克穆雷博士认为基督教将会延续下去，但为了实现这一目的它必须进行改变，不幸的是，他没有提

---

① 卡尔·曼海姆（Karl Mannheim, 1893—1947），德国社会学家，代表作有《思维的结构》、《意识形式与乌托邦》。

② 约翰·德斯蒙德·伯纳尔（John Desmond Bernal, 1901—1971），英国科学家，代表作有《科学与人性》、《没有战争的世界》。

③ 托马斯·巴罗夫（Thomas Balogh, 1905—1985），英国经济学家，代表作有《美元危机》、《贫穷经济学》等。

④ 约翰·麦克穆雷（John Macmurray, 1891—1976），苏格兰哲学家，代表作有《当代世界的自由》、《解读宇宙》等。

⑤ 刘易斯·芒福德（Lewis Mumford, 1895—1990），美国哲学家、历史学家，代表作有《乌托邦的故事》、《黄金时代》等。

⑥ 达灵顿（Darlington），情况不详。

⑦ 约翰·索莫森（John Summerson, 1904—1992），英国建筑史学家，代表作有《建筑的古典语言》、《十八世纪的建筑》等。

到它将如何发生改变和它的新教义会是什么，如果改变发生的话。凯瑟琳·蕾恩①小姐发表了一篇关于当代文学的文章，并列举了三十五位杰出的当代作家，包括她自己，却没有提到萧伯纳、威尔斯、德雷瑟、贝洛克、庞德、科斯勒和其他十几位作家。

当你看着这本书，看着它那现代风格的护封、闪闪发亮的相片、自信满满而又不准确的参考书目和志得意满的进步气息时，很难记起历史的惨剧正在重演。过去十年或十五年来一直在发生的大屠杀或许并不是什么大不了的事情。它只是表明我们拥有比祖先更精良的武器而已。我们这个时代真正恐怖的现象是世界的原子化，民族主义的力量变得越来越强大，对那些被赋予神圣权力的领袖的崇拜，对思想自由和客观真相的概念的消灭，以及通往以奴役劳动为基础的寡头统治的趋势。那就是世界改变的方向，而这本书没有对这些问题进行探讨，使得它不值得被严肃对待。

另外两本当大洪水正在蓄洪时或许正在准备的作品是《生活在革命中》和《重塑人类的传统》。没有必要对赫胥黎教授的这本书的中心主题进行详细的探讨，因为我们都已经听说过他的见解。"革命"指的是向中央集权的经济体制的过渡，而赫胥黎教授希望我们能以民主的方式实现这一点。不幸的是，他并没有明确地解释我们如何做到这一点，显然，就像《这个改变中的世界》的撰稿人一样，他并没有思考这个问题——或许他不敢去思考——可怕的心理力量正在迫害民主、理性和个人。但是，这本

---

① 凯瑟琳·杰西·蕾恩(Kathleen Jessie Raine，1908—2003)，英国女诗人，代表作有《石头与鲜花》、《布雷克与新时代》等。

书有一篇很好的文章，揭露了种族主义的本质，还有其它关于有害的动物和赫布里底群岛的鸟类的文章，这些题材更加贴近赫胥黎教授的性情，这些文章都很有可读性。

《重塑人类的传统》是赫伯特·乔治·威尔斯、约翰·博尔顿·桑德森·霍尔丹[①]、杰克·塞西尔·德拉蒙德[②]和其他作家的广播稿的重印本，一部分内容谈论食物和农业，另一部分内容谈论药物。莱斯利·约翰·威茨[③]发表了一篇关于麻醉学的很有意思的文章，詹姆斯·费舍尔[④]写了一些关于老鼠的有用的信息。但大体上这本书带有广播稿合集很难避免的沾沾自喜的感觉。

---

① 约翰·博尔顿·桑德森·霍尔丹（John Burdon Sanderson Haldane，1892—1964），英国生物学家，代表作有《人的不平等》、《进化的原因》等。
② 杰克·塞西尔·德拉蒙德（Jack Cecil Drummond，1891—1952），英国生化学家。
③ 莱斯利·约翰·威茨（Leslie John Witts，1898—1982），英国医生。
④ 詹姆斯·麦克斯韦·费舍尔（James Maxwell Fisher，1912—1970），英国作家、博物学家，代表作有《鸟的世界》、《鸟的迁徙》等。

评路易斯·费舍尔的《帝国》[①]

　　帝国主义意味着印度，在这么一本简短和"流行"的书里，费舍尔先生有理由忽略非洲和太平洋地区更加复杂的殖民问题。他没有尝试激起反英的偏见，而对问题没有了解的读者读完这本书后会对真相有大致的把握，并接触到一些可以引用的事实和数据。

　　正如他所理解的，对问题没有了解的读者是最有必要去争取的群体。没有必要对思想开明的人说帝国主义是邪恶的。费舍尔先生努力想要表明的一点是，帝国主义不仅导致战争，而且使得世界陷入贫穷，因为它阻碍了落后地区的发展。殖民地的"主人"总是竭尽所能禁止外国贸易，扼杀了当地的工业——只举英国为例，它刻意阻碍印度汽车工业的发展，为了保护自己，它不仅奉行"分而治之"的原则，而且有意无意地培育愚昧和迷信。从长远来看，印度将一直停留在中世纪对英国人或美国人并没有好处，即使从低俗的金钱的角度去看。这两个国家的平民应该意识到这一点，因为只有他们才能做点什么。没有一个理性的人会认为英国的统治阶级会自愿放弃印度。唯一的希望在于英国和美国的公众舆论，而在克里普斯出使印度的时候，如果公众能对问

---

　　① 刊于 1944 年 5 月 13 日《国家》（纽约）。路易斯·费舍尔（Louis Fischer，1896—1970），美国记者、传记作家，代表作有《列宁的生平》、《圣雄甘地的生平》等。

题有所了解的话，原本能够迫使英国政府提出更大度的条件。

与此同时，费舍尔先生把印度问题过于简单化了，即使他只是尝试描绘出大致上的概况。首先，他没有反复并重点强调除非建立某个国际权威组织，否则印度没有机会得到自由。在一个国家主权和强权政治的世界里，即使英国成立了左翼政府也不大可能会愿意赋予印度真正的独立。这么做只会意味着将印度拱手让给另一个大国，无论从自私还是利他的角度看都不是出路。其次，费舍尔先生希望能够做到言之有理，但他过分强调了经济动机。没有人能肯定印度变得繁荣后能立刻惠及整个世界。他说，想想四亿印度人都要穿鞋会是怎样的情形。难道这不是意味着英国和美国的制鞋厂将有广阔的市场吗？但是，或许印度人希望由他们自己去制造鞋子，而因为印度的资本家认为维持生活的工资只需要一小时两美分，以西方的生活标准去与印度人进行竞争，后果将会非常可怕。目前西方正在剥削东方，要纠正这一点将意味着在几年内付出相当大的牺牲。让人们意识到这一点会比较好，而不是误导他们以为好心总是能够带来经济上的好处。

英国从印度那里搜刮到的直接经济收益并不是什么大数目。如果你将它除以英国的总人数，一年只不过是几英镑而已。但费舍尔先生说得对，它并没有照顾到所有的人口，而是让财富流进了数千个人的口袋，而这帮人掌握着政策和所有的报纸。直到现在这帮人一直成功地不让英国公众了解到真相。要让美国公众了解真相或许会容易一些，因为美国的利益没有那么直接相关。费舍尔先生的这本书是一个好的开始。但是，他应该作一点补充，警告他的读者接下来艰难的过渡时期，以及印度内部邪恶狰狞的政治和经济势力。

评圣约翰·厄温的《帕内尔》[①]

民族主义运动，尤其是那些带有浪漫色彩的民族主义运动，通常都是外国人领导的。这或许有几个原因，而一个充分的原因是你很难将了解得太多的国家或民族理想化。

圣约翰·厄温先生是乌尔斯特人，不喜欢南爱尔兰人，或许过分强调英国人和苏格兰人在爱尔兰政治中所起的作用，但他表明帕内尔——爱尔兰最具天赋的领袖——在种族上和文化上都属于"英国侨民"，身上几乎没有一点"本土"爱尔兰血液。

几乎每个人都听说过结束帕内尔政治生涯的那场肮脏的悲剧。事实上，一想起他很难不记起格莱斯顿和奥谢伊夫人的名字。但帕内尔短暂的生命最重要的内容是十五年热情洋溢的政治活动，他为爱尔兰民族主义运动创建了一支军队和前所未有的团结。

他的个人悲剧和他的同胞对他的残忍和苛刻读起来让人觉得很糟心，但圣约翰·厄温先生更着重描写的是自治法案的失败以及它所产生的一连串可怕的后果。

帕内尔出身于一户盎格鲁—爱尔兰地主家庭，虽然不是长

[①] 刊于 1944 年 5 月 18 日《曼彻斯特晚报》。圣约翰·格里尔·厄温(St. John Greer Ervine, 1883—1971)，爱尔兰作家、剧作家，代表作有《安东尼与安娜》、《弗雷泽夫人》等。查尔斯·斯图亚特·帕内尔(Charles Stewart Parnell, 1846—1891)，爱尔兰政治家，爱尔兰国会党创始人与党魁。

子，但他继承了一笔可观的财富。

他在英国接受教育，说话带有英国口音，当然，还是一个新教徒。由于出身贵族，他很看不起地方自治党的普通士兵，根据记载，在他年轻的时候曾与前来投靠他的母亲的芬尼党人①闹得很僵，他有时候会一脚把他们踹下前门的台阶。但他一辈子都痛恨英国。这并不只是出于政治上的反对。他痛恨英国人，而且无法接受英国的援助，而支持地方自治的人大部分是非国教信徒，在帕内尔的眼中，他们都不是什么"正人君子"。

他的行动总是很理性，而且特别明智，但它们是出自强烈的、有时候近乎疯狂的主观情感。他的母亲有美国血统，同样是一个坚定的反英派（不过她并不讨厌英国女王），并影响了孩子们的童年。

帕内尔不到而立之年就进入议会，五年后成为爱尔兰国会党的党魁。又过了几年，他成为众所周知的"爱尔兰的无冕之王"。

他不仅以高超的策略使得国会党成为一股就连格莱斯顿也害怕的力量，而且赢得了所有色彩的民族主义的支持。就连声称蔑视宪政的芬尼党人也愿意追随他，虽然他断然拒绝暴力。

到了八十年代末，几乎可以肯定自治法案将在议会通过。格莱斯顿似乎承诺会推行法案。英国的自由派作出了让步。这时候，一件事情发生了，使得帕内尔的地位更加稳固。

几年前，两个政府成员，弗雷德里克·卡文迪什和托马斯·伯克，在都柏林被一群自称是"无敌者"的团伙谋杀了。《泰晤士

① 芬尼党人（Fenian），要求爱尔兰脱离英国统治的独立运动党人。

报》开始刊登一系列文章，暗指帕内尔与这宗谋杀有关联，最后还刊登了一份传真复印件，似乎是帕内尔签署的文件，明确地同意所发生的事情。

这是一份伪造的文件，而且轻易地被证明是伪造的。自然而然地，此次事件得到广泛的宣传，使得帕内尔更受欢迎，并使得匆忙斥责他指使了这宗谋杀案的保守党名誉扫地。

然后，突然间一切轰然倒塌。另一个爱尔兰人奥谢伊上尉，一个很有城府的人，提出了离婚诉讼，指出帕内尔是奸夫。事实上，奥谢伊夫人当了帕内尔的情妇将近十年之久。

她的婚姻生活很不快乐。他视她为妻子，并在离婚后和她结婚。这桩丑闻使得非英国国教信徒反对帕内尔，他的党派陷入分裂，大部分人要求他辞去主席职务，而格莱斯顿拒绝给予帮助。

整件事情充满了令人厌恶的英国式和爱尔兰式的伪善，因为帕内尔与奥谢伊夫人的关系一早就有很多人知道了。帕内尔拒绝辞职，并在爱尔兰全境举行会议，但教会组织与他作对，而且他的候选人在几次补选中被击败了。

当时爱尔兰民族主义运动四分五裂，如果帕内尔能够活得更久一些的话，或许他能重新团结他们，但选举摧毁了他虚弱的身体，一年后他就死了。

十五万人追随他的遗体来到坟前，但自治法案未能通过。英国在爱尔兰的统治又持续了三十年，被一场内战终结，并达成一项没有人感到满意的协议。

这本书里有些章节会让所有的爱尔兰民族主义者提出反对意见——圣约翰·厄温先生过分随意地对"凯尔特人"作概括，而且他没有根据地认为德·瓦勒拉①的政府是爱尔兰有史以来最大的灾难——但帕内尔的传记或许是可靠的，而且内容很有可读性。

圣约翰·厄温先生尝试公平对待故事中的所有主角，包括可怜的奥谢伊上尉，或许对他的动机的解读过于宽容。他说他开始写这本书时对帕内尔带有偏见，而最后对他怀有深刻的感情。他将唤醒大部分读者同样的情感，虽然帕内尔的政治生涯的大部分内容，特别是他仇恨英国的真正原因，仍然是神秘的谜团。

---

① 伊蒙·德·瓦勒拉(Éamon de Valera，1882—1975)，爱尔兰民族主义者、政治家，爱尔兰宪法起草人之一，曾于1959年至1973年担任爱尔兰第三任总统。

评赫伯特·乔治·威尔斯的《42年至44年：世界革命危机中的人类行为当代回忆录》①

　　如今写一本书的最大困难是去买浆糊时只有罐子没有刷子。但如果你能找到一把刷子（有时候在伍尔沃斯商店能够买到）、一把剪刀和一本尺寸适中的本子的话，你就万事俱备了。你不需要真的写点什么。收集点零星片段——重印的新闻报道、私人信件、日记片段，甚至是由名人主播的无聊的"电台讨论"——都可以卖给渴望来点乐子的公众。就连纸张短缺也能被加以利用——就像这本书一样——以限量版的名义出书，然后以人为的高价出售。

　　这似乎就是威尔斯先生所遵循的方针。他的书以金边页面印刷，读者得多花三十先令，但内容却只不过是一团乱麻。很大一部分内容一连串的抨击，矛头指向对威尔斯先生称为"普世人权"的文件不是很感兴趣的那些人。其它的指责（比方说，对天主教会、国防部、海军和共产党）似乎没有来由，而是出于性情乖戾。但就该书的统一主题而言，它是那个如今为人所熟悉的理念：人类必须组建一个世界国度，否则就会灭亡。

　　格外引人注目的是，除了在几本书里大谈其美妙之外，威尔斯先生从未提起过如何构建这个世界国度。也就是说，他从未劳

---

① 刊于1944年5月21日《观察者报》。

神思考过世界真正的统治者是谁，他们为什么和怎么样能够获得权力，以及通过什么方式让他们交出权力。在阐述"人权"时，他甚至没有提到这么一份文件将如何在俄国或中国传播。他将希特勒斥为疯子：这就将希特勒打发了。他没有认真地思考为什么数百万人愿意为一个疯子献出自己的生命，而这对人类社会意味着什么。除了威胁说"智人必须按照他的方式去做，否则就会灭亡"之外，他一直重复着1900年的那些口号，似乎它们是不言自明的真理。

比方说，在1944年的时候听到"世界如今是一家"是让人很惊讶的事情。你或许还会说世界如今是平的。关于当今世界最显而易见的事实就是，它根本不是一家，而且每一年都变得越来越不团结，无论是现实上还是精神上都是如此。

虽然威尔斯先生时而会感到疑虑，但他并不愿意承认他的"人权"宣言是一份纯粹的西方文件。比方说，几乎任何印度人看上一眼就会表示反对。（从一些愤怒的"离题的言论"中你可以了解到一些印度人已经反对这份文件了。）更严重的是，他不愿意承认就连科学家和思想家的群体里，认同世界统一的思想基础也并不存在。他没有意识到像"雅利安人的象棋"和"资本主义天文学"这些话语的警示意义。他仍在谈论世界百科全书的需要，忽略了有一些知识目前完全没有办法取得共识这一事实。至于促进人类平等，威尔斯先生也认为有迫切的必要，但也没有迹象表明它正在发生。

当然，威尔斯先生时不时会意识到这些，但就像一个护士注意到一个孩子无法解释的淘气行为，他的反应和那个护士一样——"好了，你得把药吃了，不然大灰狼会把你吃掉的。"人类必须按照他所说去做，不然就会灭亡。"承认或灭亡，人类别无选择。"威尔斯先生如是说。但是，除非发生某件始料未及的大规模的灾难，否则人类是不会灭亡的。上个世纪人类的数量增长了一倍，而且还可能会继续增长，并没有能与之竞争的物种出现。威尔斯先生最喜欢的蚂蚁几乎不值得认真对待。而且没有理由认为人类或人类文明会被战争摧毁。战争确实会造成大规模的局部破坏，但或许会促成世界工业制造的净增长。威尔斯先生很久以前在《空中战争》里所描绘的几吨炸弹就能将世界炸回黑暗世纪的情景结果被证明完全是错误的。机器文明依赖炸弹而发达。我们面前的危险似乎并不是毁灭，而是奴隶文明，它不会陷入混乱，而是会非常稳定。

或许我无须补充，虽然这本书内容前后矛盾，而且有几处地方让人生厌，但里面不乏精彩而且极具想象力的描写，符合你对威尔斯先生的期望。比起其他作家，或许他对当代思想的改造是贡献最大的。因为他，月亮似乎离我们更近了，石器时代似乎更加可以想象了，我们都很感激他的努力。因此，或许我们可以原谅来自《时间机器》、《莫洛博士的岛屿》、《爱情与鲁雅轩》和另外十几部作品的作者写出几本零乱琐碎的作品，即使有一本要价高达四十二先令。

评《民间调查》^①

"大众观察"从战争初期就开始进行的调查揭示了许多不同的心态，但几乎所有的心态都表明英国的问题在于管制太少了，而不是太多了。英国人的善意被一次又一次地利用，但并没有得到正面的引导。他们知道他们在与什么样的敌人作战，但没有人明确地告诉他们在为了什么而战斗，或战后的世界会是什么样子。这个新的调查和之前的调查一样，警告我们他们的耐心和希望或许并非挥霍不尽。

虽然这个调查探讨的是复员的问题，它也谈到了重新就业和重建的问题。它表明不仅对"战后"有广泛的愤恨情绪，而且迷糊到了令人惊诧的程度。因此，当 1943 年 11 月对公众进行调查，了解"他们是否知道政府已经宣布了任何关于战后重建的政策"时，只有百分之十六的人认为政府已经宣布了。而两年前的比例比这还高。最令人不安的是 1918 年的心情又回来了。许多人坚信"情况会像上一次那样"，而且，因为他们上次的记忆并不开心，这可能会对士气造成不良影响。

对未来的不信任在军队和参加国民自卫队的工人里特别强烈。士兵们（女兵没有那么明显）最希望的就是战争一结束就脱下军服，有人甚至认为如果复员没有迅速完成的话，将会引起严重

---

① 刊于 1944 年 6 月 4 日《观察者报》。

的不满。他们知道复员的过程很复杂，但无法肯定它能够公平合理地完成（"上一场战争"的回忆成了沉重的负担）；更严重的是，他们不知道这个过程要多久。与此同时，无数士兵私底下认为战斗一结束他们就能退伍。这种事情对于战后可能会带来的影响是显而易见的。只有由政府发布明确的声明才能予以纠正，让他们知道他们还要服役多久和为什么会这么久。

战后的就业也有同样的问题。"大众观察"的调查发现，大部分人仍然认为战后将会有大规模的失业——这也是拜"上一场战争"所赐。与此同时，越来越多的人知道失业是不必要存在的邪恶。或许重要的是，过去几年来认为失业将卷土重来的人数没有明显的变化。我们不相信经济体制会有剧烈变动。大体上，人们的感觉是我们绝大多数的问题是可以解决的，但是，神秘而无所不能的"他们"会阻止任何事情发生。结果就是人们变得冷漠无情，并决定漠然置之，战争一结束就立刻好好歇一歇——当然，随着战争的持续，疲惫也加剧了这种情况。

对未来普遍信心不足的一个迹象是1943年对伦敦人进行随机调查时，有46%的人认为还会有下一场世界大战发生，而19%的人认为有可能发生。他们当中大部分人认为这场新的战争将在25年内发生。对所有主要政党的信心也降低了，人们迷惑而热切地期望能有精力更充沛的领导人和更加真切的民主体制。

但是，从大部分民众对待战时管制的态度就可以看出他们愿意为了一个美好的理由而作出努力和牺牲。他们接受了几乎所有的战时管制措施——就连取消白面包也以四比一的大比例通过。其它更加激进的措施虽然没有被采取，但大体上都会得到认可。比方说，"大众观察"发现十比一的民意赞同由政府接管重要的工业，七比一的民意赞同将矿业国有化。

甚至为管制而管制也能得到赞同，因为它能实现平等。大体上，只要政府采取积极的行动并对它所采取的行动进行解释，即使它所做的是进行剥夺，人民似乎都会认同。有些事件，例如延迟"毕福理奇改革"乃至释放莫斯利，深深地动摇了公众的信心，但显然根本的原因是政府没有进行解释，让人们能够看到未来，这才造成了最大的伤害。

不幸的是，"大众观察"所作的许多工作都是由一个私人团体出资赞助的，因此，它只能对很有限的问题进行探讨。现在这份调查有一个非常严重的疏漏，那就是，它没有提到与日本的战争。在德国被击败之后，日本人几乎可以肯定将会继续战斗下去，这使得复员的问题变得更加复杂。但是，"大众观察"得出的主要结论几乎是毋庸置疑的。

在这场战争中政治意识得以剧烈膨胀，而对当前领导人的信心则萎缩了。对规划重建的信念或许并没有促成任何进步。领导者与被领导者之间横亘着一道鸿沟。"他们"这个要命的词语侵蚀了信心，助长了无政府个人主义。重要的事情是在这场战争结束之前将鸿沟消弭，因为，正如"大众观察"所指出的，赢得和平和赢下这场战争都需要付出艰辛的努力，除非人们更清楚地了解他们将何去何从，否则他们就不会去努力。

评戈登·斯蒂夫勒·西格雷夫的《缅甸医生》、贺瑞斯·亚历山大的《克里普斯谈判后的印度》 ^①

直到目前，关于 1942 年的缅甸战役仍然没有好的纪实作品。美国记者出版的书籍耸人听闻却并不真实，而更加了解情况的英国人和缅甸人所写的手稿却没有出版社愿意出版，因为他们觉得公众不会对缅甸这片只有毒蛇、老虎、大象和佛塔的土地感兴趣。这场战役的政治背景在很大程度上被忽略或歪曲了。西格雷夫医生的这本书很有价值，因为它所描述的事件始于 1922 年，而且介绍了日本侵略的背景。此外，它出自一个传教士的手笔，作为一个救死扶伤的传教士，他没有任何党派偏见。西格雷夫医生的经历让他没有理由去对缅甸人、英国人、印度人、中国人或蛮荒部落进行理想化的刻画。虽然他的写作风格让人觉得很疲惫，但这本书很有阅读的价值。

西格雷夫医生出身于一个传教士家庭，从小就说克伦邦语。但是，在美国接受完教育并回到缅甸后，他成为了一名救死扶伤

---

① 刊于 1944 年 6 月 11 日《观察者报》。戈登·斯蒂夫勒·西格雷夫(Gordon Stifler Seagrave, 1897—1965)，美国传教士、医生，在中缅边境传教行医，二战时积极配合约瑟夫·史迪威将军与中国新六军廖耀湘将军的缅甸战役。贺瑞斯·甘德利·亚历山大(Horace Gundry Alexander, 1889—1989)，英国作家、和平主义者，甘地的朋友。代表作有《愤怒的印度人》、《西方人眼中的甘地》等。

的传教士，而不是宣扬宗教。他没有钱，只有一架破旧的仪器，而且一开始的时候根本没有受过训练的助手。他在南坎创办了一间医院，那里是荒凉的郊野，缅甸公路是后来才修建的。之后几年的生活就是无休止地与疾病、肮脏、愚昧和贫穷的斗争。那里有最要命的疟疾，甲亢和性病非常普遍，时不时就会爆发瘟疫。西格雷夫医生只能用最近的河床里开采出来的石头建造医院和护士宿舍，想尽一切办法去筹款，对象有英国政府、掸族的酋长，甚至他行医的原始村落。他在没有道路的山区里骑马赶二十英里路，再工作三个小时医治难产，得到的报酬或许只有一卢比。正如他所说的：

> 用一套破破烂烂的仪器进行手术，做骨科手术没有 X 光，做泌尿手术没有膀胱镜，做外科手术没有烧灼器，只有一块烙铁。没有电的外科手术室，没有实验室的药剂房，而且还总是缺医少药。

但是，蒙古人种对疼痛的忍受力帮助他以土法上马的手段意外地成功医治了几宗病例，让他成为一位名医。

不过，西格雷夫医生最杰出的成就是训练护士。那时候缅甸的护士大部分是信奉基督教的克伦邦人，但西格雷夫医生从不同的族裔里挑选护士，包括居住在缅甸北部山区的最野蛮的克钦人。他得从最基本的内容开始对她们进行完整的培训，并且以三四门语言进行，与此同时自学了缅甸语。经过多年的努力，他培养出一支优秀的护士队伍，她们愿意承担责任，无论工作多么肮脏都不会拒绝，而且很有合作精神，就连富有经验的观察者都分辨不出哪个女孩是哪个种族的。

缅甸战役自始至终她们隶属于史迪威将军的中国部队，并为自己赢得了金子般的荣誉。"西格雷夫医生的缅甸护士"这个称呼其实并不准确——事实上她们当中只有一个缅甸人——英国、中国和美国的部队都知道她们。所有的急救站都忙碌不停，西格雷夫医生甚至可以将简单的手术放心地交给这些护士去做。她们当中有的被日本军队切断了联系，但大部分人随着部队撤退到了印度，她们瘦小的身躯承受住了长途跋涉的疲累，实在是令人称奇。

西格雷夫医生关心的主要是医护事务，但他对缅甸的政治局势所作的评论或许是可信的。他对缅甸人的政治态度的判断与其他观察家一致——百分之十的人是活跃的亲日派，另外百分之十的人是亲英派，剩下的是中立派，最关心的是活下去。他记述了缅甸第五纵队的活动——而且还描写了很多中国人枪毙第五纵队成员的场景——并证实了其它骇人听闻的描述，如轰炸以木建筑为主的缅甸城镇。他的书以美国轰炸机飞抵南坎和他的护士之家可能已被摧毁作为结束。

西格雷夫医生的纪录终于1942年，在某种程度上《克里普斯谈判后的印度》将故事继续了下去。印度目前愚蠢的僵局是从缅甸战役开始的，现在日本侵略印度的危险显然已经解除了，如果英国能够采取主动的话，或许将能达成令人满意的解决方案。亚历山大先生的书是一本很有用的关于目前情况的普及读物。这是很正确的，因为他针对的是英国读者，他强调的是印度的问题而不是英国的问题，并表明即使印度政治家的行为很愚蠢，他们对英国的动机抱以怀疑也是情有可原的。

评威廉·拉塞尔的《罗伯特·凯恩》[①]

现在不是写小说的时候，而且，事实上，过去几年来在这个国家出版的大部分小说要么写于闪电战之前，要么是外国人的作品。

战时的英国并没有诞生达到《丧钟为谁而鸣》或《正午的黑暗》的水平的作品。即使是在战前，从小说家的角度去看，当一个美国人是有优势的，这本很有冲击力但很不成熟而且不平衡的小说体现了其中几点优势。

这是一个关于美国南方各州的故事，它的主题是白人对待黑人的态度。它的主角是一个带有自卑情结的男孩，饱受他愚昧的父亲的欺压。他生活在一个南部棉花业小镇，那里的白人从未摆脱奴隶制度的思想。他的本能反应就是对那些"黑鬼"怀有隐秘的同情。按照我们的标准，那并不是什么深切的同情。比方说，他一直叫他们"黑鬼"，但他确实对他们的遭遇感到无来由的愤慨。17岁时他被解雇了，在公开表明自己的想法后，他只能离开那个小镇。在此之前他很想和一个黑人混血儿交朋友，但没有道德上的勇气这么做。

他去了圣路易斯，吃了许多苦头后，在一家钢铁厂找到一份

---

① 刊于1944年6月15日《曼彻斯特晚报》。威廉·拉塞尔（William Russell），情况不详。

工作，后来因为在一次罢工中的多宗暴力行为而坐了六个月的牢。有的冒险故事并不可信，但从它们的暴烈和兴衰无常你可以了解到当代美国生活为一位小说家带来了什么。

首先，美国是一个大国，有许多不同层面的文明，而且发生的事情既残忍又富有戏剧性。

例如，肤色情感不仅像在印度那样是一种平静的势利心态。那里仍然有私刑和种族暴动。当罗伯特的混血儿朋友吉姆在圣路易斯与一个白人女孩结婚后，他们莽撞地回到故乡，立刻被一群白人暴徒开枪打死，他们认为法律站在他们那边，认为自己这么做是对的，是在消除一桩种族耻辱。

美国的阶级体制也不至于僵化到限制每个人的生活的地步。罗伯特来自一个非常舒适的南方家庭，然后在圣路易斯的公园里挨冻，然后在一家工厂里从事没有技术含量的工作，然后在他的父亲死后回家经营农场，这并不是什么罕见的事情。思想敏锐的人被无知的莽汉包围在美国要比在英国痛苦得多，原因是美国要更加荒凉。

任何读过辛克莱尔·刘易斯的《主街》的人都会注意到它的基调与《罗伯特·凯恩》有相似的地方。

进步与反动、劳工与资本、有色人种与白人、年轻人与老人之间的斗争在美国要比在英国更加尖锐激烈。过去二十年来，美国小说无疑从中获益良多。一本与其思想水平相当的英国小说几乎可以肯定没有那么丰富多彩。

当它不去讲述黑人，转而讲述熟悉的主题时，罗伯特的精神历程变得可信了，虽然这在一部分程度上是因为这本书的英国版经过了改动。

在圣路易斯，他因为找不到工作，心里感到很自卑。他在公园里遇到了一个孤独的女孩，然后，在那个女孩的主动接近下，和她结婚了。

原来他是一个性无能者。这似乎是随意安排的情节，但实际上并不是这样——那源自一个童年时的事件，在英语版本里被删除了。（顺带提一下，当一个美国人的另一个好处是你可以刊印那些会让英国的内容审查员在样书的页面空白上写满问号的词语。）罗伯特的性无能最后治好了，但当他的父亲死去后他的精神创伤才真的治愈了。他回到自己的家乡，正好看到他的混血儿朋友吉姆遭受私刑，他试图阻止，但失败了。

他以为自己仍然要与白人社区和他们对"黑鬼"的野蛮态度进行对抗。但他继承了父亲的棉花种植园，父亲的死解除了他的心结——他的自卑情结终于被消灭了，而他的真性情开始显现，那根本不是什么温和的性情。

一开始的时候他柔弱地尝试当一个开明的雇主，将他手下的黑人当人去对待。结果就是，银行拒绝为他提供贷款，他被迫卖掉了四分之一的土地。很快他就变得和其他雇主没什么两样，以同样的态度对待那些"黑鬼"。

那些"黑鬼"是一种动物，需要以高压手段和偶尔的小恩小惠进行管束——比方说，送一条破旧的长裤或一磅烟草。让他们干尽可能多的活儿，给他们尽可能少的报酬，让他们勉强能活下去就行，当他们是马或骡子，这是天经地义的事情。

不久罗伯特就开始发达了：战争正在迫近，棉花的价格一路攀升。当地社会已经忘记了他过去所做的错事，重新接纳了他。"两个已婚的女士已经和他眉来眼去"——在这本书的结尾，他正准备勾引一个黑人女孩。至于肤色问题，他最后的想法是："他们对黑人的说法是对的，你必须让他们乖乖听话。"

如果这本书有道德意义的话，那就是，当一个孤独的、被迫害的个体——即使代价是造成严重后果的自卑情结——也要比完全适应环境好。这不是一本一流的小说，却是一本不寻常的小说，值得我们对作者以后的作品进行关注。

评莱温·路德维格·舒金的
《文学品味的社会学研究》[①]

　　这篇博学但零乱的文章的宗旨是解释不同时期的文学品味的区别，并表明为什么就连像莎士比亚这样一位深受欢迎的作家，在不同的时代也是因为完全不同的原因而受到推崇的。

　　文学品味能够被解释为当时的社会条件的反映，也能被解释为才华横溢的作家缔造的产物。换句话说，你可以认为作者是主导因素，也可以认为公众是主导。舒金博士承认个体作家、文学流派和积极进取的出版商有很大的影响，但他选择了第二个立场。大体上说，艺术家创造人们要求他们创造的作品，技巧上的改变或许是由很粗糙的技术上的变革引起的。比方说，英国小说在十九世纪九十年代初开始变短的原因是借阅图书馆的兴起——至少是直接原因。三卷本的小说没有赚头，因此它只能消失。就连纸张的充足或紧缺也能够影响文学的创作形式。

　　舒金博士的这本书最有趣的章节探讨的是古典主义与贵族社会之间的联系。一个同质化的小圈子只会欣赏"优雅"，而半开化的人总是觉得古典主义冷漠空洞。而且贵族反对激烈的情感和自然主义，因为他知道它们对自己的文学作品构成了威胁：

---

① 刊于 1944 年 6 月 25 日《观察者报》。莱温·路德维格·舒金(Levin Ludwig Schücking, 1878—1964)，德国文学评论家，代表作有《文学品味的社会学研究》等。

他的生活被传统所主宰，在他的眼中，传统拥有强大的力量，因为他本身的存在有赖于继承。财产是他的存在的另一个条件，暗示着生命享乐的永恒诱惑，他继承了追求形式带给他们的快乐，而形式是社会分化的一个重要表现……他独特的生活方式，以及在此基础上的外在需求，进一步让他反对提倡有创造性的、彻底展现喜怒哀乐的生活的个人主义，他对这一切都不感兴趣。所有揭露真相的事情都必须不惜代价进行镇压。

舒金博士或许从作者的角度过分强调了中产阶级的优势以反对贵族社会。但在资本主义社会里，艺术家对恩主的依赖确实没有以前的时代那么直接和难堪。正如舒金博士所指出的，商业出版社的出现是文学史的重要转折点。一旦书籍开始通过购买而出版，作者就成为某一个阶层而不是某个人的奴仆，当它们成为普通的商品时，他只对无形的公众负责，而后者不知道自己想要什么，毕恭毕敬地听从批评家的意见。

这种情况的结果之一是艺术家的地位的提高。在之前的时代，艺术家只是昂贵的优伶，《雅典的泰门》中那个诗人就是一个食客。只有到了十九世纪，当艺术家们获得经济上的解放后，他们才开始重视自己，并沉浸于"为艺术而艺术"的理论中。但是，他能写什么不能写什么在一部分程度上仍然受到非文学因素的影响。其中舒金博士列举了当时的性观念、家庭规模的正常大小、去咖啡厅的习惯、出版商的主观抉择和作者自己的公众魅力。结论似乎是，艺术家，至少是作家，在旧式的资本主义体制下混得最好，但他们在本质上是生意人，归根结底被他的顾客主宰。

在解释文学的时尚时，舒金博士或许没有充分阐述传统和纯粹的模仿，而且就语言结构对民族文学的影响这个问题所言甚少。比方说，英文诗的特点在一定程度上归因于英语缺乏韵脚这个事实。而且不幸的是，这本书显然写于希特勒崛起或1933年之前。极权主义影响了艺术家，特别是作家，比对其它任何阶级的影响更大。事实上，"恩主"又回来了，但比起以前的恩主，他不那么斯文，不那么宽容，不那么人性化，而且更加强大。

读着那些生活捉襟见肘的诗人不得不刻意奉承，而那些"主子"吃着巧克力早点的场景，我们感觉不是很愉快，但比起戈培尔博士或情报部门，"主子"或许不是更糟糕的主宰，而且他们的品味或许要更好一些。现在还无法肯定作家在民主社会主义体制中会处于什么样的地位，关于这个问题有很多争议。事实上，我们还不知道思想自由是否能够脱离经济独立。舒金博士或许会在这本书的基础上对这个主题作进一步的探讨。

评希尔达·马丁代尔的
《从一代人到另一代人》 [1]

　　当上一位工厂的视察员听起来似乎并不是什么了不起的成就，但是，它不同寻常的地方部分程度上在于当事人的性别以及时代。希尔达·马丁代尔小姐是英国指派的第一批女视察员之一，后来担任该部门的最高职务。在这句平淡无奇的话后面隐藏着一个追溯到十九世纪的女权斗争的故事——因为马丁代尔小姐对她母亲的历史比对自己的历史更感兴趣。

　　在书的开头有一幅她母亲老年时的相片：一张严肃而清秀的脸庞，显然属于一个很有性格的女人。马丁代尔女士生于一个富裕的非英国国教家庭，就像和她差不多同一时代的弗罗伦斯·南丁格尔[2]一样，成年后她就对当时富裕阶层的女人应该过的无所事事的空虚生活感到不满。

　　虽然她有快乐的婚姻生活，养育了两个孩子，但不满的情绪一直挥之不去。她成为妇女解放运动的先驱之一。她的伟大人生目标是看到男人和女人能够被平等对待——有一回，一位牧师找

---

① 刊于 1944 年 6 月 29 日《曼彻斯特晚报》。希尔达·马丁代尔（Hilda Martindale，1875—1952），英国女权活动家，代表作有《妇女的政府服务史》、《从一代人到另一代人》等。英文书名中有 CBE，表示希尔达·马丁代尔曾获得大英帝国二等爵士勋章。
② 弗罗伦斯·南丁格尔（Florence Nightingale，1820—1910），英国护士，因其人道主义精神和对医护工作的贡献而被奉为护士这一职业的精神象征。

到她，他准备创办一所失足妇女之家。她告诉他，如果他创办一所失足男人之家，她一定会鼎力相助——并让女孩子能够追求任何适合她们的职业，而不是被束缚在几样"合乎大家闺秀规范"的消遣上。

她帮助并指导了无数的女孩，其中有一位女店员，那时候才16岁，热情聪明但工作非常辛苦，她的名字叫玛格丽特·邦菲尔德①。马丁代尔太太没有活到目睹女性解放成为现实的那一天，但与她的同志不一样的是，她并没有对自由党失去信仰。

从格莱斯顿开始，自由党人就对妇女解放运动这个问题保持不温不火的态度，或采取回避的态度。对自由党政府的所作所为的失望使得妇女解放运动走向"好战"。有趣的是，早在十九世纪八十年代，自由党内部就反对女性解放，原因是如果妇女被赋予投票权的话，她们会投票给保守党。

希尔达·马丁代尔女士的职业生涯始于1895年。她的书中最有趣的地方是让我们了解到我们现在与工业革命早期联系在一起的血汗工厂和雇佣童工其实直到下一场战争开始时依然盛行。她调查了不同时期英国和爱尔兰的陶瓷业、纺织业、制衣业和许多其它行业的情况，发现到处都有令人发指的事情发生。

比方说，在陶瓷业里，年仅12岁的孩子长时间地工作，扛着重达60到70磅的黏土，而成年人铅中毒非常普遍，这被认为就像天气一样是不可避免的事情。在爱尔兰，技巧高超的蕾丝纺工一小时的报酬只有一便士。70年前就通过的工资法案被公然无

---

① 玛格丽特·格蕾丝·邦菲尔德（Margaret Grace Bondfield，1873—1953），英国女政治家、工党党员、女权活动家，是第一位女内阁成员与英国第一位女枢密院长。

视。蕾丝纺织属于棉纺业，由经纪收集订单，他们通常是当地的商店老板和酒吧老板。他们总是以实物支付工资，而不是给钱，什么东西都要趁机加价，让工人们总是欠自己一屁股债。

马丁代尔女士提出的指控总是以失败告终，因为没有人敢提供证据指控"经理"。但最糟糕的血汗工厂似乎是伦敦的"宫廷"制衣。当有紧急订单时，通常是举行婚礼之类的活动，女裁缝们得接连工作 60 到 70 个小时才能完工。反对星期天工作和童工的法律形同虚设。如果一位工厂视察员不期而至，那些女工会被赶进阁楼或其它看不到的地方，雇主声称他们并没有犯法。

女性廉价劳动力的充足供应使得要与这些情况进行抗争变得非常困难。任何女工如果投诉雇主的话都知道自己会被解雇，而马丁代尔女士只能依靠匿名信提供的证据开展工作。

有一回她收到消息，说某间工厂的女工被迫在星期天还得工作。她去到那里的时候，雇主向她保证说女工们都在家里，还带她看了空荡荡的车间。她立刻跳上一驾马车，并到所有的女工的家里走了一遭。她事前就准备好了地址。

事实上，她们都在工作，在马丁代尔女士到访时被藏了起来。马丁代尔女士相信过去 40 年来工业条件已经有了很大的改善。当你读到她的经历时——特别是当你读到她从工厂女工那里收到的可怜兮兮、错字连篇的信件时——你很难不予认同。

比起 40 年前，工资、工时、事故和工业疾病的保护措施以及儿童的待遇都有了很大的改善，但经济体制并没有根本性的变化。马丁代尔女士认为就女性的待遇而言，改善是从上一场战争开始的，那时候女性第一次被大量雇佣，包括那些原本只招男工的工作，并使得她们第一次接触到工会组织。

顺便提一下，布尔战争第一次让政府意识到由于工业条件的恶劣，国民的体格正在恶化。或许现在这场战争将使得劳动条件再一次得到改善。

显然，战争有其补偿作用，因为军事效率与营养不良、加班加点乃至文盲是不相容的。

这本书的一部分内容很拖沓，但它是一本内容详实的书，而且文风平和。她本人是一位女权主义者，而且她的母亲态度更加热烈，但马丁代尔女士并没有那种女权主义作家常有的仇视男性的态度。她的工作和她从一开始就展现出的自信与独立证实了她所说过的话：女人除了体力不如男人之外，在任何事情上都不亚于男人。

评埃里克·吉尔的《陌生的土地》[①]

在埃里克·吉尔的大部分作品中，他似乎不安地意识到中世纪精神是工业主义的一个副产品。比起以更加华而不实的方式说着同样的事情的切斯特顿，他对现实有着更深刻的把握，但让人同样觉得他在絮絮叨叨地说着一个片面的道理，回避任何反对他的实质性的批评。但两人必须认识到他们所掌握的片面的道理并不受待见，因此值得着重强调。

在这本篇幅不长的随笔和讲演集里，吉尔阐述了他惯常的主题：工业社会的根本罪恶。美好的生活几乎不可能实现，艺术奄奄一息，因为我们生活在一个工人不是他的产品的主人的时代。他只是一部庞大机器的一个齿轮，反反复复地执行着某个机械性的任务，他不知道这个任务有什么意义，也对它没有兴趣，只是为了领到薪水。如果他需要满足创造性的本能，那得在工作的时间之外进行，而且他们总是被资本主义强塞给他的大规模生产的商品引诱而堕落。吉尔认为只有在人们选择自己的工作并在由自己支配的时间去完成时，而且当他们觉得自己是自由人，拥有共同的信仰体系的情况下，真正的文明才能回归。你或许可以接受这些，尽管吉尔总是像布道那样宣传人类的共同信仰必须是基督

---

① 刊于 1944 年 7 月 9 日《观察者报》。埃里克·吉尔（Eric Gill, 1882—1940）英国作家、雕塑家、字体设计家，费边社成员，代表作有《公平与慈善的经济学文集》、《论人的肉体与灵魂》等。

教的信仰，尽管他对工厂制造的厌恶总是与货币改革和银行家都是极其邪恶的人这个想法不合逻辑地联系在一起。

但是，无论你在何种程度上认同吉尔的控诉，他并没有提出真正的解决之道。他的方案当然是回归小农所有制和手工制造，总之就是理想化的中世纪。但有两个无可回避的反对意见，他无法对二者中的任何一个作出回应。一个是：世界显然并没有朝那个方向发展，怀着这样的愿望无异于盼望镜中花水中月。虽然这本书中没有提及，但在他的作品的其它地方，吉尔确实承认这一点，似乎意识到通往更加简单的生活之路将会带来更大的难题。另一个反对意见是吉尔和所有想法接近的思想家都对非工业社会是什么情景没有真正的了解；事实上，他们对工作的意义了解甚少。

这本书的精彩部分是 1919 年的爱尔兰行记。吉尔是一位皈依的天主教徒，有点仇视英国，热爱农业社会，自然而然地，他将爱尔兰理想化了，甚至声称爱尔兰的农民没有英国的农民那么面目可憎。但当他接触到一个爱尔兰的工人，比方说，一个工会组织者时，他不悦地留意到爱尔兰人似乎和他们的英国工友思想一致。也就是说，他们所想的是机械化、效率、更短的工时和更高的工资，对私有财产的神圣性并不是很感兴趣。他说道："他们似乎满足于提倡共同财富和合作化，没有私人产权或个体责任——也就是说，工厂体系应该由公共掌控，而不是由私人掌控。"在这本书的其它地方，他对此进行了解释，并说工人们接受了他们的雇主的价值体系。他没能了解到，工人的态度是建立在艰苦的体验之上的。中产阶级人士没有权利去质疑它。

萧伯纳的《人与超人》中多愁善感的屋大维和司机埃纳利·

斯特拉克之间有一段一针见血的对话：

> 屋大维："我信奉劳动的尊严。"
>
> 斯特拉克："那是因为您从来没有劳动过，屋大维阁下。"

埃里克·吉尔是一位雕塑家，显然认为手工劳动在本质上是创造性的劳动，在思考过去时，他总是忘记了低下阶层的人口。他想象中的世界是工匠的世界——自耕农、木匠、纺车织工、石匠等等——那是一个几乎没有机器的世界。但是，在一个没有机器的世界里，普通人当然不会是工匠，而是奴隶，或比奴隶好不到哪里去。不靠机器从土里刨食是非常辛苦的事情，必定会让许多人就像牲畜那样干活。我们忘记了前工业时代生活的这一方面，正因为最可怜的阶级干活实在是太辛苦了，因此没能留下他们的纪录。在今天的许多原始国家，普通人从十岁开始就像奴隶一样劳动，就连他似乎高人一等的审美情怀也是因为他没有机会去审美。只有吉尔极其厌恶的机器、劳动分工和经济集中制才能真正地改善他们的处境。

这本书还包括了一则对和平誓约联盟的致辞、一篇关于服装的文章和几则关于拉斯金和画家戴维·琼斯①的评论。吉尔是一个和平主义者，至少在他晚年的时候是。虽然他提出土地私有和小作坊工业，他对待社会主义思想不是很认真。但他的中心思想

---

① 戴维·琼斯(David Jones, 1895—1974)，英国诗人、画家，代表作有《括号之中》、《时代与艺术家》等。

是对机器的痛恨。无疑，他对当今社会的控诉是对的，但他提出的速效疗法是错的。和所有向往过去的人一样，他无法完全摆脱矫情和琐碎无谓。不要附庸风雅，不要花里胡哨，不要像威廉·莫里斯那样——这就是他的呼吁。但一个人与自己的时代作对总是得付出代价，吉尔付出的代价从广播大厦外面的雕塑、装饰这本书的木版画和他过于简洁的文字风格可见一斑。

评马丁·约翰逊的《艺术与科学的思想》①

有一些书不知所云，但至少内容很有趣。这本书就是其中之一，任何人如果能够忍受这本书糟糕的文笔和那篇杂乱无章、几乎让人想起《木桶的故事》的序文，在读完之后都能够了解到丰富多彩、不同寻常的内容。但他在读完这本书之后是不是更加清楚艺术与科学之间的关系就难说了——这是一个遗憾，因为作者认为这个问题非常重要。

约翰逊博士认为艺术与纯粹科学已经分道扬镳，而且二者似乎没有共同基础，似乎探讨的不是同一个世界。他的意见是对的。艺术家的精神世界仍然停留在前机械时代，而科学家的精神世界里没有丝毫的审美意识。像莱昂纳多·达芬奇这样在艺术和科学的世界里同样如鱼得水的人物在现代世界不复存在。

约翰逊博士或许应该补充说，这种截然对立由于我们这个时代的普通人与科学家们站在同一阵营，认为这是理所应当的事情而变得更加糟糕。如果某些艺术彻底消亡的话——比方说，诗歌艺术——他们不会有任何触动。在开头的章节里这个问题就得到了充分阐述，但直到最后一页，它并没有得到进一步的探讨。

约翰逊教授只是试探性地说科学与艺术的调和（还有科学与宗

---

① 刊于 1944 年 7 月 13 日《曼彻斯特晚报》。马丁·约翰逊（Martin Johnson），情况不详。

教的调和)或许可以通过象征主义实现。这本书的其余部分虽然编排精巧得当，但都是一系列题外话，展现了非凡的学问，但与主题基本没有什么相干。

不过，它的部分内容很有可读性。首先，它有一则关于古代中国玉雕的长篇论述，然后又有一篇关于十二世纪的沙特尔大教堂大门上的雕像的论述。然后有一章讲述了俄国的芭蕾舞。接着有一章在论述沃尔特·德拉梅尔①的诗作。然后有几章的内容是关于中国和中东的早期天文学家。这些信息或许你无法从普通的书籍中获取，内容都很有可读性。

似乎在中世纪的阿拉伯与波斯，以及早些时候的希腊和更早些时候的中国，存在着一些现在已经绝迹的通晓艺术和科学的学者。当巴格达在对数学进行高深的研究时，我们的祖先比野蛮人文明不了多少。公元 820 年，阿拉伯学者在哈里发马蒙②的统治下已经能够相当精确地测量地球的周长。十三世纪的蒙古征服者忽必烈汗征集了来自亚洲和东欧的学者研究天文学。

在这个部分，约翰逊教授指出一个很有趣的事实，或许它阐明了科学与艺术之间的关系。那就是，托勒密错误的天文学理论之所以延续了很多个世纪，是因为它们满足了希腊人、阿拉伯人和中国人的审美意识，他们都迷醉于所有的天体都在做圆周运动的和谐图景。

① 沃尔特·德拉梅尔(Walter De la Mare, 1873—1956)，英国作家、诗人，作品想象力丰富，代表作有《邦普斯先生和他的猴子》、《聆听者》、《风吹起时》等。

② 哈里发马蒙(the Caliph al Mamum, 786—833)，阿拉伯帝国阿巴斯王朝第七任哈里发，推崇知识与智慧，是阿拉伯文化鼎盛时期的缔造者，建造了名为"智慧宫"的学术中心。

行星其实是在做椭圆运动，但他们似乎认为这很无趣。这个任务留给了比较庸俗的文艺复兴时期的欧洲学者，他们勾勒出了符合事实的太阳系的图景。此外，还有几个章节对莱昂纳多·达芬奇作了精彩讲述。达芬奇不仅是一流的画家和制图员，而且是有史以来最大胆进取的思想家之一。达芬奇的画作流传不多，但他留下了许多笔记本，里面有许多他的绘图，这些画作表明他对那个时代的科学知识有全面的了解。他甚至预料到许多现代发明和发现，其中约翰逊博士列举了飞机、潜水艇和使用蒸汽作为动力。

达芬奇或许独自发现了地球绕着太阳公转。显然，在他的身上，科学的好奇和审美的意识并没有冲突。但是，这么一个人能否存在于我们这个时代更加值得怀疑，因为约翰逊博士提到了一个难题，但没有进行深入的探讨。这个难题就是：科学知识已经膨胀到不可收拾的地步。

要对莱昂纳多所生活的十六世纪或几个世纪前的巴格达和大马士革有所了解，你必须是一位专家。而那时候一个人仍有可能掌握所有的知识，至少对这些知识略有涉猎。现在，要掌握关于海洋鱼类或无线电或化疗或弹道学的知识，你必须花一辈子的时间去学习，成为全才显然是不可能的。正规的科学工作者往往对他自己所研究的科学分支之外的知识一无所知。艺术家充其量只是对几门科学略知皮毛，而科学家所接受的严格培训总是使他鄙夷想象力。很难相信会有人真的身兼这两种角色。

或许某些艺术和某些科学之间存在着紧密的联系。数学家通常都有音乐才华，除了这个众所周知的事实之外，似乎生物学家都有敏锐的文学品味。约翰逊博士几乎没有对这个问题进行探讨；事实上，除了隐隐约约提到象征主义之外，他并没有提出任何正面的解决方案。这不是一本令人满意的书，但那些无关主旨的内容很有趣，值得一读。

评雅克·巴尊的《浪漫主义与现代自我意识》[①]

当你的耳朵里充斥着警报的轰鸣声和远处的爆炸声时，听到卢梭并不是极权主义之父的消息似乎并不是什么让人激动的事情。但是，巴尊先生在这本博学而富于争论的书里所讨论的问题非常重要，不对这些问题弄个明白，你无法对战后的世界有清醒的认识。

简单地说，巴尊先生的目标是捍卫浪漫主义，反对现在认为歌颂激情反对理性是现代的权力崇拜和专制国家的直接起源的普遍指控。他的论述很有力，但缺点是定义过于狭隘。首先，他似乎认为思想与经济条件之间没有联系，几乎没有提到为什么古代主义或浪漫主义思想会在不同的时代盛行。其次，像"古典"和"浪漫"这些词语的运用将争议局限于学术范围，而问题的关键是进步和原罪这个更广泛的问题。

他本人意识到"浪漫"是一个被滥用的词语。在书的最后有一张引用的表格，表明它有超过五十种不同的用法（例如，它被用于形容拿破仑、中世纪、电影女明星、保皇主义、共和主义、天主教、新教、反动派、革命者、圣人、强盗、化妆品、城堡的废墟等等）。更糟糕的是，古典艺术和浪漫艺术的区别其实

---

① 刊于 1944 年 7 月 23 日《观察者报》。雅克·马丁·巴尊（Jacques Martin Barzun, 1907—2012），法裔美国作家，代表作有《我们所传承的文化》、《论人的自由》等。

很狭隘，大约仅限于 1650 年到 1850 年，甚至在那个时候，有一些人，例如拜伦，似乎横跨两个领域。在我们这个时代，"古典"和"浪漫"这两个词的含义已经改变了，或至少意思变得太精微细致了。因此，托马斯·斯特恩斯·艾略特先生被视为古典主义作家，而阿尔弗莱德·爱德华·豪斯曼被视为浪漫主义作家，但教皇或约翰逊博士①或许都不会注意到这两个人有什么区别。

在他自己的学术领域里，也就是十八世纪和十九世纪，巴尊先生压倒了他的论敌。他能够证明不幸的卢梭并没有教导任何一个被强加在他身上的理念，而十九世纪初的德国浪漫主义者和英国诗人遭到了同样的诽谤。他坚持认为浪漫主义运动所拥有的能量同思想的好奇以及古典主义和贵族社会之间有内在的联系，他的想法是正确的。他指出，路易十四是一位不亚于拿破仑的暴君，受到的盲目崇拜也同样不亚于后者。要将现代专制主义归结到浪漫主义的个人至上需要颇费一番周折。另一方面，他几乎没有询问为什么我们这个时代会看到对权威的向往再度兴起，并伴随着对浪漫主义价值的抛弃。他提到了当下盛行的对唯一的真相，唯一的宗教，唯一的忠诚的追求。无论是马克思主义者、托马斯主义者②、圣公会信徒、新古典主义者、法西斯主义者还是长枪党人，共同的呼声似乎是："给我们一个信念，给我们一位领袖。"如果我们考察这个群体的教条式的经院哲学，它的艺术标准的矫揉造作和虚伪信仰，以及他

---

① 萨缪尔·约翰逊(Samuel Johnson, 1709—1784)，英国作家，曾编撰出第一本现代意义的英文字典，为英国普及文字教育作出了杰出贡献。

② 托马斯主义(Thomism)，传承神学家托马斯·阿奎那思想的基督教思想。

们对浪漫主义的合围，我们有最清楚的证据表明一个新的古典时代正在形成，我们已经生活在古典主义的氛围里，呼吸着它的空气。

在很大程度上这是真的，虽然有足够多的例外可以推翻这个概括。巴尊先生斥责马克思主义者、新托马斯主义者和其他思想自由的敌人，并指出他们对浪漫主义的抨击是在进行恫吓。他们的真正目的是摧毁自由，因此，他们声称自由的延伸会引向奴隶制。但他并没有探讨他们的态度深层次的原因，而且他也没有以浅显的语言去阐述自己的观点。在广义上有两个原则在进行对抗。一个原则是相信人性本善，他们能够创建一个公正的社会，自由能够非常轻易地实现。另一个原则是人只有在言论受到限制和行为受到束缚的情况下才可以被信任。显然，第二个信念现在非常盛行，同样清楚的是巴尊先生则相信第一个信念。但如果他不那么殚精竭虑地捍卫卢梭和抨击波瓦洛①的话，他会是一位更有说服力的自由的斗士。

如果你用"古典"和"浪漫"作为专制主义和自由主义的标签——这就是巴尊先生所做的事情——很多例外的情况会把读者的注意力从主题引开。比方说，伏尔泰是一个古典主义作家而卡莱尔是一位浪漫主义作家。因此，卡莱尔是自由的朋友而伏尔泰是自由的敌人——这是很荒谬的。你可以想到无数相似的反对意见。巴尊先生对那些一笔将华兹华斯的诗歌和法国大革命的理念抹杀的人感到很气愤，这使他成为对浪漫主义不加丝毫批判的斗

① 尼古拉·波瓦洛-德普雷奥（Nicolas Boileau-Despréaux, 1636—1711），法国诗人、批判家，代表作有《讽刺诗》、《诗艺》等。

士，结果就是写出了一堆说不清道不明的内容，回避了一些尴尬但很重要的问题。不过，虽然这不是一本令人满意的书，许多内容仍然很值得一读。

评詹姆斯·艾肯编辑的
《十九世纪的英语日记》①

正如许多刚刚出版的士兵和国民自卫队工人日记所表明的，日记这门艺术还没有失传。但是，如今英国似乎无法拥有像萨弗斯伯利伯爵②、多萝西·华兹华斯③、玛丽·雪莱④那样的日记作家，塘鹅出版社最近出版的这本日记选集就收录了他们所记述的内容。举一个例子，下面的内容出自牛津运动早期领袖人物胡雷尔·福罗德⑤的日记，内容很有典型意义：

> 1826 年 11 月 12 日：我为我那条脏兮兮的裤子感到羞愧，身边坐着……但我下定决心不去遮掩裤子。这种关系到我们个人自尊的羞耻并不是什么大不了的事情，因为在别人看来并不是太脏，它让我们意识到我们有多么堕落，对重要

---

① 刊于 1944 年 7 月 28 日《曼彻斯特晚报》。詹姆斯·艾肯（James Aitken），情况不详。

② 萨弗斯伯利伯爵（安东尼·阿什利·库珀 [Anthony Ashley Cooper]，Earl of Shaftesbury，1621—1683），英国政治家，辉格党创始人之一。

③ 多萝西·华兹华斯（Dorothy Wordsworth，1771—1855），英国女作家，诗人，大诗人威廉·华兹华斯的妹妹，代表作有《大陆游记》、《多萝西·华兹华斯文集》等。

④ 玛丽·雪莱（Mary Shelley，1797—1851），英国女作家，代表作有《最后的人类》、《科学怪人弗兰肯斯坦》等。

⑤ 理查德·胡雷尔·福罗德（Richard Hurrell Froude，1803—1836），英国圣公会牧师，牛津运动发起人之一。

的事情如此漠视。

下面的内容是出自著名的演员经纪威廉·查尔斯·麦克雷迪的日记：

> 1833 年 1 月 22 日：我对今天的工作还算满意，不过要是我能起早一点的话，或许工作会完成得更加顺利。走到伦敦是今天真正快乐的事情，而且我的脑子也没闲着，因为我思考了《奥赛罗》的几幕场景。算上思考的时间、清新的空气和锻炼、走路省下来的钱，这三个半小时并没有白费。

现在很少有人会记录这些琐事了。一场战役或闪电战突袭或许值得记录，比起维多利亚时代的人，我们对自己细微的行为似乎不那么关心了。我们不再那么关注思想，我们对愉悦的罪恶感没有那么敏锐。比方说，弗罗德每次享用晚餐时都觉得自己会被诅咒。但是，正是这种过分的道德感使得许多十九世纪的英国男人与女人成为勤勉的日记作家。在他们眼中几乎每一个行动都有其意义。虽然他们记录了很多荒唐的事情，但他们也为历史作了有价值的脚注，有时候把按照现代标准似乎非常平淡无奇的生活写成跌宕起伏的故事。

这一卷里面的内容都是短篇的节选，因为它总共引用了 22 位日记作家。作者包括维多利亚女王（记录她与她挚爱的丈夫阿尔伯特王子第一次去苏格兰高地，他给予了苏格兰人最高的荣誉，说他们"看上去像日耳曼人"）和卑微的艾米丽·肖尔，一位没有俸禄的神职人员的女儿，她 19 岁时就死了，从未见到过什么大人物，但她写的某些篇章是书中最精彩的。他们都是真正的日记作家，或许只有威廉·科贝特①除外，他写的郊野出行是为了出版，而且应该被归为日记形式的政治宣传。

关于日记中所蕴含的历史信息，最重要的无疑是萨弗斯伯利爵士、福尔克·格里维尔②（他担任过三届国王的枢密院书记）和科尔切斯特勋爵③，他曾担任众议院的议长达15年之久。从这些日记以及科贝特愤慨的谩骂中，我们了解到十九世纪初的英国是多么的黑暗。

工业革命打破了旧时的乡村生活，数百万人被圈在一起，生活条件肮脏悲惨，而且他们愚昧无知又道德败坏，情况之恶劣是我们现在所难以想象的。直到1848年宪章运动仍是一股强大的力量，让保守党人感到害怕，甚至像萨弗斯伯利这样的激进派也感到惊慌，就连老成持重的格里维尔也评价说暴力革命如果发生并不会让人感到吃惊，因为在新工业区工人阶级被迫接受的生活条件实在是太恶劣了。

大城镇里经常爆发瘟疫，一死就是几千人。最普遍的疾病是霍乱，但在1837年艾米丽·肖尔记载了新的疾病的出现——"人们把它叫做流感"，流感很快就传遍整个英国。

但是，这些日记并没有单纯记载灾难。诗人华兹华斯的妹妹似乎在宁静偏僻的湖区过着非常快乐而平和的生活。虽然她的第

---

① 威廉·科贝特（William Cobbett，1763—1835），英国作家、代表作有《乡村经济》、《郊野之旅》。
② 福尔克·格里维尔（Fulke Greville，1554—1628），英国诗人、政治家，代表作有《论君主制》、《关于荣誉与名誉的质问》等。
③ 科尔切斯特勋爵查尔斯·艾伯特（Charles Abbot, 1st Baron Colchester，1757—1829），英国律师、政治家，曾担任下议院议长。

一篇日记写于 1800 年，但里面几乎没有提到拿破仑战争。她的时间都花在料理家务、园艺、观鸟、摘野花、帮助过往的乞丐和帮威廉抄写诗歌上。

> 1802 年 5 月 21 日：一个非常温暖柔和的早晨，下着小雨。我为威廉朗诵了弥尔顿的十四行诗，他以波拿巴为主题写了两首十四行诗。
>
> 1802 年 5 月 29 日：威廉完成了写给玛丽的诗。我把它誊了出来……多么甜蜜的一天。我们把忍冬钉起来，然后给红豆锄了草。

有很多篇日记提到了华兹华斯的诗，猜出它们是哪首诗是一件很有意思的事情。那个后来出了名的卖水蛭者似乎是路上偶遇的一个乞丐，日记里还提到了关于水蛭价格的有趣信息，它们从半克朗一百条涨到了三十先令一百条。

此外还有拜伦、沃尔特·斯科特爵士①、托马斯·莫尔②、福特·马多斯·福特③（前拉菲尔画派的创始人）、不幸的画家本杰明·海登④等人的日记。还有亨利·克拉布·罗宾逊⑤的日子，他

---

① 沃尔特·斯科特（Walter Scott，1771—1832），英国作家、剧作家、诗人，代表作有《赤胆豪情》、《湖畔少女》等。
② 托马斯·莫尔（Thomas Moore，1779—1852），爱尔兰作家，代表作有《乌托邦》、《吉卜赛王子》等。
③ 奥威尔将作家福特·马多斯·福特（Ford Madox Ford）与画家福特·马多斯·布朗（Ford Madox Brown）弄混了。
④ 本杰明·罗伯特·海登（Benjamin Robert Haydon，1786—1846），英国画家，一生破落潦倒，多次因为欠债背叛入狱，最后自杀。
⑤ 亨利·克拉布·罗宾逊（Henry Crabb Robinson，1775—1867），英国律师，伦敦大学创始人之一。

是一个怪人，但从某些方面来说是一个非常典型的英国人。他的传记在十年前出版，值得一读。罗宾逊活了很久（1775年至1867年），几乎毫无作为，但交游广阔，与每一个新的发展保持接触，并将当时的闲言风语认认真真地写进日记，坚持了56年。

根据记载，他是英国第一个使用安全刮胡刀的人，当氯仿被发明出来时，他立刻让自己接受麻醉以了解那是怎么一回事。我们发现他在1812年就读布莱克的诗，那时候很少有人知道布莱克。但是，有趣的是，罗宾逊的朋友华兹华斯也是布莱克的崇拜者，并认为他"诗才远远高于拜伦或斯科特"。

这本书只卖九便士，价格很相宜。它并没有满足读者，而是吊起了他们的胃口——无疑这就是它的目的。很少有人在读完这本书后会不想去了解关于至少一位日记作家更多的事情。由于这些人的日记不是那么容易找得到，希望塘鹅丛书能够在这本书的基础上再出一系列日记选集。

评萧乾的《龙须与蓝图》^①

读过萧乾先生更早的作品《苦难时代的蚀画》的人会记得它探讨了许多熟悉的问题。在革命^②后成长的中国知识分子似乎像欧洲知识分子那样走过了相同的历程，但可能在顺序上并不一样。和英国一样，中国的诗人不懂得怎么给奶牛挤奶，却写诗赞美田园生活；写无产阶级文学作品，但无产者根本看不懂；为了政治宣传和纯粹艺术的对立而进行激烈的争辩。在他的这本书里（大部分文章是演讲稿和广播稿），萧先生对这个问题继续进行探讨，但他探讨的不是文学作品，而是机器时代对于整体中国文化的冲击。

正如他所指出的，机器突如其来地降临亚洲，并带来了困扰。"现代的伦敦巴士是维多利亚时代的公共马车发展而成的，谁知道呢，或许接下来的发展将会是伦敦空中交通，空姐们吆喝着：'坐好了，我们即将起飞！'但香港或上海的巴士并没有传统。在某种意义上，你的无线电收音机是你的自动钢琴和音乐盒的延伸……但在中国，无线电收音机就像是天上掉下来的奇迹。"还有一件事（萧先生的读者是英国人，因此他很客气地没有强调这一点）：几十年来中国从西方文明那里得到的好处就是吃枪

---

① 刊于 1944 年 8 月 6 日《观察者报》。
② 应指辛亥革命。

子儿。无怪乎他们会对机器文明怀有敌意。更早些时候他们曾经鄙夷西方科学，认为那只是蛮夷的无趣玩意儿。在十七世纪——

当德国天文学家汤若望①想将阳历引入中国时，他先是遭到本土学者的非难，最后伤心地死在狱中……当时一位学者杨光先②写道："宁可使中夏无好历法，不可使中夏有西洋人。无精准之历法虽或误计月相盈蚀，然我大清江山仍将昌盛不改。"

这种态度在中国貌似比西方更文明的时候是可以原谅的（例如，以前东方人会洗澡沐浴而西方人从不这么做），但后来，当中国面临被征服的危险时，中国的学者仍然在炮制乐观的言论，证明机器一无是处。十九世纪中叶有人写道：

蒸汽船实乃至拙之船，野炮实乃至拙之炮，非耶？舰船贵在快捷，炮火利在运便。夫蛮夷之舰船不喂以煤炭则寸步难行，火炮非数人之力则无以腾挪。向使战场之上有健卒提刃径冲直前，洋人则必死无疑矣。

---

① 汤若望（Johann Adam Schall von Bell, 1591—1666），神圣罗马帝国科隆人，天主教神父、学者、传教士，于明神宗年间到华，后在清朝任职，担任钦天监监正，后因"历狱案"被判处凌迟之刑，因天象异常和京城发生地震而免死，后被释放，客死中国。（奥威尔在本文中说汤若望死于狱中应该是信息不确的误传。）
② 杨光先（1597—1669），字长公，江南歙县人，明末清初学者，在"历狱案"后被提升为钦天监监正，康熙亲政后，杨光先被判处死刑，后赦免还乡，死于途中。

这和贝当元帅嘲讽坦克的论调没什么两样。但是，那些舰船和火炮威力实在是太大了，顽固的保守主义破产之后，中国人改变了他们对待机器的态度，开始形成萧先生所讲述的"盲目崇拜"的心态。科学学习变得极为普遍，但趋势是专注于狭隘的实用主义。年轻人学习动物饲养而不是生物学，制造船只而不是基础工程。直到最近他们才意识到西方的技术成就是建立在没有短期价值的理论研究之上的。

自然而然地，困扰着萧先生的问题是：中国古代的文化能不能在中国变成一个现代机械化国家之后依然延续下去？或许这个问题在中国比在世界上其它地方更加紧迫，因为如果中国走上与日本一样的道路，结果将是不可想象的。中国已经在制造机关枪，而且很快将能够制造轰炸机。但是，萧先生确信——他能够引用很多言论作为支持——他的同胞并不喜欢纯粹的物质文明，而且他们的艺术传统扎根很深，不会被机器摧毁。与此同时，中国必须在现代世界生存，不喜欢别人对她说长辫比钢盔更别致。但是，如果她能摆脱外界的干涉，她将会欣喜地回归她的"龙须"（即中国的书法和它所代表的闲适文化）。

除了那些探讨机器到来的文章之外，还有一篇文章探讨易卜生和萧伯纳对中国戏剧的影响，另外有一篇文章在探讨近期的中国文学作品。中国的话剧似乎以模仿欧洲的戏剧作为起步，早期与宣传密不可分。一位作者对自己的作品是这么写的："虽然本剧在审美意义上并不完美，但我很高兴地说我探讨了婚姻制度和农村破产这两个我们所面对的社会问题。"易卜生和萧伯纳都受到高度重视，被誉为"问题剧作家"，虽然《华伦夫人的职业》到了1921年在上海还引起丑闻。后来开始流行浪漫的爱情戏剧，再后来又流行"无产阶级"戏剧。有趣的是，中国剧院改编的第一批戏剧是《茶花女》和《汤姆叔叔的小屋》。顺便提一句，《汤姆叔叔的小屋》让中国人相信"西人并非皆铁石心肠也"。

　　这本书不是什么鸿篇巨著，但值得花上一个小时读一读。如果萧乾先生不是那么热切地避免冒犯英国人的话，或许它能写得更好一些。欧洲一直没有好好对待亚洲，在适当的时候就必须直言不讳。出版商对这本书的装帧值得表扬，用的是那种我们好几年没有见过的手工制作的纸张。

评理查德·丘奇的《门廊》和《堡垒》[①]

小说作为一种文学形式的好处在于你可以将几乎什么东西都塞进去。旧日记的零星片段、街上听到的只言片语、未发表的诗歌、谈论政治或人生的专著、从植物学到锡矿的五花八门的信息——稍微花点心思它们都可以发挥作用。

无法写成文章或散文的太琐碎、太丢人或太高深的题材都可以写进小说里。事实上，在眼下这个时候，纯粹讲述故事的艺术处境很糟糕，许多小说写得最好的章节都是因为作者忘记了自己的人物，转而谈论起一些他真正了解却无关主旨的主题。

理查德·丘奇先生这两本重印的小说也是这样。它们的情节很离奇，而且人物也不真实，但它们确实从侧面介绍了一些很有价值而且很有趣的信息。

《堡垒》是《门廊》的续篇（顺便说一下，《门廊》获得了1938年的费米纳奖），贯穿两本书的男主角是一个名叫约翰·奎索特的年轻人，他在海关任职，但志向是当一名医生。他有个同事名叫蒙瑟。蒙瑟是一个诗人，在第一本书的结尾死了，唤醒了一个年轻女人的热情，她最后嫁给了约翰。

经过艰苦的奋斗并在忽略了许多本职工作的情况下，约翰最

---

① 刊于1944年8月10日《曼彻斯特晚报》。理查德·托马斯·丘奇（Richard Thomas Church，1893—1972），英国作家，代表作有《夜莺》、《生命的洪流》等。该系列是三部曲：《门廊》、《堡垒》和《内室》。

后真的成功通过了医学考试。蒙瑟强势的人格即使在死后仍然影响了约翰和多萝西（女主角），拆散了两人，直到约翰当上医生后才摆脱了他的阴影，而蒙瑟在死后发表的诗作获得了巨大的成功。

这就是故事的情节，如果它能被称为情节的话。但到最后故事支离破碎，许多事件根本毫无意义。而且这本书的文笔很散漫马虎，像"他卖掉了他母亲的大部分家具"或"他弄掉了30或40罐一磅重的果酱"（注意这句话的歧义）这样的语句到处都是。

但是，这两个故事中有的篇章，或许总共有50到100页，很值得一读。不消说，这些都是描写海关（显然丘奇先生对内部情况很有了解）和约翰作为一个医学生的经历。你会读到或许你无法亲身去了解的具体的事实，虽然它们与故事的主线并没有联系，但这似乎没什么要紧的。

书里有许多关于海关、茶叶品尝者、分析师等内容有趣的信息，但最发人深省的事情就是一个小公务员对工作不感兴趣被认为是理所当然的事情。每个人都有某样让他全身心投入的爱好，或是为了通过某个考试从而摆脱公务而学习；不管怎样，他们在上班的时候总是想尽办法开小差。海关的主任在正式场合不能容忍这种情况，但当某个小职员利用上班的时间干私事并发表了一本著作或获得学位时，就连他们也会感到高兴。

约翰·奎索特在十八岁的时候吃上了皇家饭，但丝毫没有热情。上班的第一天他就迟到了，第一个星期一直在推搪工作。他朋友本布里奇是一个主修音乐和植物学的学生，每天都花上好几小时在这两样事情上，当主任走进房间时就慌慌张张地将一本记事簿搁在笔记上面。

工作是一种桎梏，下班后生活才真的开始——这似乎就是底层公务员的态度，至少根据丘奇先生的描写就是这样。

很难相信约翰·奎索特会是一个成功的医生，但在他当学生的时候有一两个情景（无疑，这些都是取自个人经历）很可信，而且很有趣。里面有一段关于乳癌手术的恐怖描写。这是一个很好的例子，表明什么乱七八糟的东西都能放进小说里。任何期刊的编辑都会将它视为一篇"医疗报告"并不予采纳。而在一篇小说里它似乎可以被接纳，即使它与故事并没有紧密的联系。

这本书还有三段关于分娩的描写（两个婴儿和一头牛犊），全部都发生在很不利的情况下，有一回是在空袭中进行的——那是在 1916 年。

这两本小说里的第二本写于现在这场战争之前，描写了上一场战争的开头那几年。里面有些章节有一种奇特的时代风味，特别是对齐柏林飞艇轰炸的描写——鉴于近期的经历，那似乎根本算不了什么。

这两本小说都值得重印，但这么说就等于承认英文小说正处于低潮。或许这种情况就像暂时的牙痛，不会一直持续下去。德国方面的战争将在一年内结束，届时纸张紧张的情况将会在一年内得以解决。与此同时，新一代的作家将从部队里退役，而老一辈的作家也可以从宣传工作上退下来，干这份工作他们都快憋屈死了。

到那时候，我们或许可以期待许多好的小说再度涌现。但目前悲哀的事情是，在英国出现的值得阅读的小说要么是在 1939 年前出版的，要么就像《正午的黑暗》和《逃往阿拉斯》一样，是外国小说的译本，要么就像《丧钟为谁而鸣》一样，是美国人的作品。

评玛丽·帕内特的《巷子》[①]

奥地利女作家玛丽·帕内特夫人作出了杰出的社会贡献，最近艾伦与昂温出版社出版了她的作品《巷子》，揭露了仍然零星存在于伦敦市中心的贫民窟令人惊诧的条件。

帕内特夫人在一家儿童游乐中心工作了将近两年，她掩饰了那条街的名字，把它叫做巷子。虽然离伦敦市中心并不远，那里却属于一个"坏区"，而且根据她的描述，她刚到那里的时候，那些孩子比野人好不了多少。事实上，他们有家，但他们的行为和俄国内战造成的"野孩子"没什么两样。他们不仅肮脏、衣衫褴褛、营养不良，而且说脏话，思想败坏，都是一帮小偷，像野生动物一样教而不善。

有几个女孩子比较好说话，而那些男生只会一遍又一遍地破坏玩乐中心，有时候在晚上破门而入，进行更加彻底的破坏。有时候，就算是一个成年人赤手空拳地和他们在一起也会是一件危险的事情。

这位头发花白的温和的夫人花了很长的时间，用她那浓重的外国口音赢得了那帮孩子的信任。她的原则是如果可以避免的

[①] 刊于 1944 年 8 月 13 日《观察者报》。玛丽·帕内特（Marie Paneth, 1895—1986），奥地利籍女教师，战时曾在英国，担任美术教师，帮助遭受战争影响的儿童，并于战后继续以美术教育的方式帮助集中营幸存的儿童治疗心理创伤。

话，从不强硬地反对他们，而且从不让他们觉得可以吓到她。最后，这个方法似乎奏效了，但中间颇有一些不愉快的经历。帕内特夫人相信最好是依照由霍姆·雷恩[①]、亚历山大·萨瑟兰·尼尔[②]等人倡导的"放任自主"的原则去对待这些没有家庭并视大人为敌的孩子。

虽然帕内特夫人不是一位心理学专家，但她的丈夫是一位医生，而且她以前曾经做过类似的工作。在上一场战争里，她在维也纳的一家儿童医院工作过，后来又去了柏林的一家儿童中心。她所描述的"巷子"里的儿童是她在所有国家所见到过的最顽劣的儿童。但是，作为一个外国观察者，她发现几乎所有的英国儿童都有某些优点；比方说，即使是最坏的小孩也会照顾弟弟妹妹。

而且有趣的是，这些半野蛮的孩子认为偷窃和见到警察就逃跑没什么不对，但他们都有深切的爱国主义情绪，而且很崇拜丘吉尔先生。

显然，帕内特大人所描写的"巷子"只是存在于一个相对繁荣的地方的一个被遗忘的十九世纪角落。她不相信这些孩子的生活条件因为战争而变得更加恶劣。（顺便提一下，好几次将这些孩子撤离的尝试都失败了，他们被称为"无法收容者"。）

和她谈话或阅读她的作品，很难不去猜想还有多少这类溃疡仍存在于伦敦和其它大城镇。帕内特夫人与一些她曾经照顾过而

---

① 霍姆·雷恩(Homer Lane, 1875—1925)，英国教育家，代表作有《小共和国》、《与父母、教师的谈话》等。
② 亚历山大·萨瑟兰·尼尔(Alexander Sutherland Neill, 1883—1973)，苏格兰教育家，夏山学校体制创始人，代表作有《激进的培养孩子的方式》等。

现在已经工作的孩子仍保持联系。由于他们的出身背景，他们没有机会找到体面的工作，也没有办法稳定地就业。充其量他们只能找到一份没有前途的工作，而更经常发生的事情是去犯罪或卖淫。

这本书提到的关于伦敦底层生活的真相仍有许多事情是我们不知道的。我们仍然记得的广袤的贫民窟已经被清除了，但仍有许多事情要做。帕内特夫人的这本书讲述了这个国家不光彩的一面，但并没有受到仇视和批评，她对此感到很惊讶和感激。

或许这是公共舆论对被遗弃的儿童的问题越来越敏感的迹象。不管怎样，读着这本书时你会很钦佩作者，她以非凡的勇气和无穷尽的善意做了一份很有意义的教化工作。

但"巷子"依然存在，而且它将继续造就野蛮绝望的小孩，除非其它有着同样的气氛的街道被清除和重建。

评丹尼斯·索拉特的《弥尔顿：凡人与思想家》[①]

这本书很有学问，但并没有消除诗人弥尔顿是一个无趣的人这一印象。不能说他的生活平淡无奇：他变成瞎子，他结过两次婚，在共和时期他扮演了重要的角色，以半官方的身份对欧洲的先锋宣传作家作出回应。当复辟显然即将发生的时候他仍然有勇气继续进行反对王室的宣传。但是，不知道为什么，索拉特教授认为弥尔顿是一位"深刻的思想家"和"了不起的诗人"，这一断言似乎并不成立。弥尔顿因其文笔而被记住，但要说他对我们的思想有所贡献则很牵强。

索拉特教授对于弥尔顿的私生活所提甚少，对他的政治观点也着墨不多。这本书的重点放在了宗教上。弥尔顿的信念似乎是某种自然神论或泛神论，即使按照清教徒的标准也是异端思想。他不相信肉体和灵魂的二元论，因此对个体不朽将信将疑。在他眼中，人的堕落和救赎是在每个人身上以新的形式发生的斗争，那是理想与激情之间的斗争，而不是善与恶之间的斗争。在这套体系中，基督教式的救赎没有立足之地，而且弥尔顿在《复乐园》里甚至没有提到耶稣的十字架受难。他的思想蕴含着天国将

[①] 刊于 1944 年 8 月 20 日《观察者报》。丹尼斯·索拉特（Denis Saurat, 1890—1958），英法籍学者、作家，代表作有《布雷克与弥尔顿》、《法国的精神》等。

最终在地上实现的信仰，而古希伯来人在灵魂不朽的信条扎根之前有着同样的信仰。

索拉特教授接受了布雷克的论断，认为弥尔顿"加入了魔鬼的盛宴，但毫不知情"，但补充说"他也加入了上帝的盛宴，而更重要的是，他知道这一点"。他将自己道德上和政治上苦苦挣扎的经历写成戏剧《失乐园》。堕落的故事与《圣经》中的版本有所不同，陈述了他自己关于性伦理的观念，而亚当与夏娃的关系（"他只为上帝而存在，而她将他奉为上帝。"）强调了女人必然居于附属地位。事实上，《失乐园》中有一些章节让人很难不觉得弥尔顿是在描写他的第一位妻子。索拉特教授并没有这么说，但他表示弥尔顿的主题从某种意义上说总是在描写自己。他的政治思想直接产生于他的主观情感。迫害促使他成为自由的斗士，但另一方面，他对那些他持反对意见的人如天主教徒并不抱以宽容。他信奉民主，直到他发现民众的思想与他并不一致。索拉特教授承认弥尔顿的自我主义和将他的理论建立在个人动机之上的倾向，但将这视为优点：

　　但我们或许可以这么想……这是一个多么强大的人格，一以贯之地反对时代的传统和法规中的一切专制！这个男人无须思考就能发现社会秩序的不公，他所要做的就是生活，然后自然而然地碰到每一个偏见和每一个谬误。他天真地感到惊讶，并猜想为什么每个人都不像他那么想。他的自我主义和他的骄傲是如此地深切，它们就像大自然的力量在几乎没有察觉的情况下发挥作用，似乎在其他所有人身上遭到束缚、约束、监禁的人的天性，只有在弥尔顿身上才能够自由自在地流淌。

这是很有见地的一番话，但当你记得弥尔顿因为自己想要摆脱婚姻才成为离婚的支持者时，它似乎站不住脚。

当然，这本书谈论的弥尔顿是一位思想家，而不是一位作家，但你会不由自主地觉得原本应该有一小部分内容讲述弥尔顿作为一位诗人这一事实，因为要完整地阐述弥尔顿，他一个必不可少的突出特征就是他卓越的文字功力。可以说那是独一无二的，不单是因为从来没有人能成功模仿他，尽管他有一些极为明显的风格化的技巧，更是因为比起大部分伟大的诗人，它独立于意义之外。弥尔顿的许多最美妙的文字魅力是通过无关主旨的离题、名字的列举和琐碎的描写实现的。比方说：

> 荒凉的平原，
> 塞里卡纳平原，中国人在那里
> 乘风扬帆，藤制的货船轻快出发。

如果弥尔顿对人类的思想作出过贡献，那不会是撰写反对萨尔玛修斯[①]的宣传册，而是将高贵的词汇应用于相对简单平凡的思想。例如：

> 我命令这个时代不再止步不前，

---

① 克劳狄乌斯·萨尔玛修斯(Claudius Salmasius, 1588—1653)，法国古典学者，代表作有《古罗马军事体制》、《论古希腊》等。

以众人皆知的亘古的自由之规。
野蛮的声音包围着我，
有猫头鹰、布谷鸟、驴子、猩猩和狗。

三百年过去了，有多少捍卫自由的人从这句话中汲取力量："以众人皆知的亘古的自由之规！"但是，或许索拉特教授会再写一本关于弥尔顿的书，这一次从他作为诗人的身份去写。

评索尔温·詹姆斯的《刚果南部》[1]

《圣经》中指出预言家往往都是错的（"先知讲道之能，终必归于无有。"[2]经文如是说。），但是，很难相信那些古代预言家能比现代预言家更如此一根筋地接连犯错。回顾从 1935 年以来报刊书籍里涌出的政治文学的洪流，你很难想起一个正确的预言，只会记得那些最离谱的乌鸦嘴。

当前的问题是，事件在以光速发生，而印刷出版的过程却因为纸张短缺、劳动力紧缺和战争造成的混乱局面被耽搁了。任何现在你读到的书或许都是在 1943 年写好的，这已经是最晚的了。

即使没有离谱的错误，任何现在出版的政治书籍都会有某种程度上的扭曲，这都是因为比起写作的时候，世界图景在出版的时候已经改变了。

索尔温·詹姆斯先生的书——内部证据表明它写于 1943 年初——比大部分书籍更好地经受住了这个考验，但它吃亏的地方在于，从那时候到现在，轴心国势力将不可能取得胜利已经成为显而易见的事实。

他在书中对非洲南部的国家、殖民地和藩属进行了调查。在写这本书的时候它不可避免地会夸大了轴心国势力侵略的危险和

① 刊于 1944 年 8 月 24 日《曼彻斯特晚报》。索尔温·詹姆斯（Selwyn James），信息不详。
② 此句出自《圣经·哥林多前书》和合本。

南非的整体战略地位的重要性。

那时候盟军在地中海的通航几乎都被封锁了，日本人仍在主导进攻，虽然即使在那时候说"他们已经控制了印度洋"是错误的，而詹姆斯先生就是这么说的。而且荷属南非的亲纳粹势力仍然将希特勒视为救世主，并公开声称这一点。

因此，或许詹姆斯先生所描绘的图景过于阴暗——接下来的政治局势并没有他所说的那么绝望。但是，非洲的长期问题仍然没有得到解决，正是因为他对这些问题的坦诚而浅显的描写，使得这本书值得一读。

关于非洲的基本事实是种族剥削。非洲的土著被剥夺了大部分土地，被取缔了受教育的权利和一切政治权利，生活在赤贫中。但是，那些白人剥削者是常居人口，数量非常多，没办法将他们驱逐出去。

布尔农民认为非洲就是自己的国家。他不指望发横财，也不想回欧洲，他只想在他那原始的农场里过着父权社会的生活，狂热地希望将英国人和犹太人赶走。

与此同时，他丝毫没有想到将非洲土著当成人看待。大英帝国如果撤离南非，结果将是非洲将陷于更糟糕的境地。

但是，詹姆斯先生指出英国人的所作所为并不比布尔人好到哪里去。当事关团结起来对付黑人时，最激烈的政治仇恨也会被压下来，而且那些拿着高工资的白人产业工人并不认为黑人是他们的同志。

不过，英国对本土公众负责的殖民政策要更加开明一些，而正是这一点使得纳粹分子的宣传对于布尔人的民族主义者造成了如此大的影响。

或许除了比利时人统治的刚果之外（五十年前那里有闻所未闻的惨剧，但现在那里管理得很好了），虽然不能说非洲赤道以南的土著人已经得到比较好的对待，但贝专纳兰、斯威士兰和巴苏托兰都渴望继续受英国的直接保护，而不是与邻近的地区"合并"。

在每个地区，南非的黑人和其它土著已经被驱逐出最好的土地，就连那些保护领地也大部分是沙漠。

除此之外，他们背负着沉重的赋税，靠他们那些小农场的收成或靠当长工微薄的工资根本没办法偿清。或许征收这些赋税并不是为了敛财，而是为了保持开采金矿和钻石矿的廉价劳动力。

城镇里的条件最为恶劣。那些广袤的"土著人生活区"的情况比我们想象的更加肮脏恶心。詹姆斯医生说他看到过的有些茅屋他连进都不敢进。肺结核和其它疾病非常普遍，而且婴儿的死亡率高达百分之五十（英国的婴儿死亡率大约是百分之十四）。

大城镇也有白人无产者。这些"穷苦白人"大部分是荷兰人的后裔，许多人追随奥瑟瓦·布兰德威格①，南非的法西斯党派，其纲领是反英、反犹和反民主。

当然，就连黑人和白人在法律面前一律平等的伪装也没有。肤色隔离非常严格，非洲人如果和欧洲人发生性关系甚至会被判刑。

詹姆斯先生为传教士说了不少好话，他们做了很多以前没有做的工作，为南非的黑人创建学校和学院。

但大体上，基督教并没有为非洲带来多少好处——南非的黑

---

① 奥瑟瓦·布兰德威格（the Ossewa brandwag，又名牛车岗哨），是二战期间由南非人约翰内斯·弗雷德里克·汉斯·范·伦斯堡（1898—1966）创建的反英亲德组织。

人的说法是"以前白人有《圣经》，我们有土地。现在我们有了《圣经》，白人有了土地"。

虽然文风很轻松，但这是一本让人觉得很沮丧的书。它给人的印象是非洲的问题得经过几代人的苦难，或许还得发生可怕的流血事件，才能得到解决。

但有许多人作出了相似的证言，使人确信詹姆斯先生大体上的看法是正确的，即使他对纳粹渗透的恐惧已经被证明是过于夸张了。

莱福士与布兰迪丝小姐^①

　　自从他第一次出现起至今，已经将近半个世纪过去了，莱福士——"业余的窃贼"仍然是英国小说里最出名的人物之一。几乎所有人都知道他是英国板球国手，在奥尔巴尼有单身公寓，既是伦敦的上流社交界登堂入室的贵宾，又是以它为目标的梁上君子。正是因为如此，他和他的窃行是研究一部更加现代的犯罪故事如《没有兰花送给布兰迪丝小姐》的合适的比较背景。无论如何，这种选择都一定是主观武断的——比方说，我原本可以选择《阿尔森·鲁平》^②——但不管怎样，《没有兰花》和《莱福士》系列^③的共同特点是，它们都是犯罪故事，焦点集中在罪犯而不是警察身上。在社会学的意义上它们能够进行比较。《没有兰花》是1939年的浪漫化的犯罪，而《莱福士》则是1900年的浪漫化的犯罪。在这里我所关注的是两本书绝然迥异的道德氛围和这一区别或许所暗示的公众态度的转变。

　　时至今日，莱福士的魅力一部分在于时代的氛围，一部分在

---

① 刊于1944年8月28日《地平线》。
② 阿尔森·鲁平（Arsène Lupin）是法国作家莫里斯·勒布朗（Maurice Leblanc）创作的义贼形象。
③ 原注：另外两部是《莱福士：深夜里的窃贼》和《正义的使者莱福士》。第三部是一部失败的作品，只有第一部营造出了原汁原味的《莱福士》作品气氛。霍南写了很多犯罪故事，总是倾向于站在罪犯的立场。一部与《莱福士》类似的成功作品是《黄貂鱼》。

于故事的精巧。霍南①是一个很勤恳的作家，在他这个层面里，算得上文笔很出色。任何在乎绝对效率的人都一定会钦佩他的作品。但是，莱福士最具戏剧性的特征——让他直到今天仍作为一个代名词的特征（就在几个星期前，一位法官在审判一宗入室盗窃案时将罪犯称为"现实生活中的莱福士"）——在于他是一位绅士。通过不计其数的对话和漫不经心的评论，霍南让读者深深地体会到莱福士的个性——他不是一个步入歧途的君子，而是一个步入歧途的公学毕业生。假如他真的感到悔恨，那几乎是出于社会动机：他让"母校"蒙羞，他失去了进入"体面社交圈"的权利，他被剥夺了业余选手的资格，成为一个下流的贼人。莱福士或班尼似乎完全不觉得偷窃本身是不对的，虽然莱福士曾不经意地说过"反正财富的分配本身就完全是错误的"，以此为自己开脱。他们不认为自己是罪人，而是变节者，或是被放逐的人。我们大部分人的道德准则仍然与莱福士的道德准则很接近，因此我们会觉得他的处境确实格外具有嘲讽意味。一个出入伦敦西区俱乐部的绅士实际上是个窃贼！这本身几乎就是一个故事，不是吗？但要是一个水管工或蔬果贩子实际上是个窃贼呢？这件事还会有戏剧效果吗？不会的，虽然"双重生活"或体面的外表下掩盖着罪恶的主题仍然存在。就连穿着神职人员的白色圆硬领的查尔斯·匹斯②似乎也比不上穿着金加利西服的莱福士那样具有伪君子气息。

---

① 厄尼斯特·威廉·霍南（Ernest William Hornung, 1866—1921），英国作家、诗人，代表作有《莱福士系列》、《死人不会讲故事》等。
② 查尔斯·约瑟夫·匹斯（Charles Joseph Peace, 1832—1879），英国历史上一个入室抢劫犯和杀人犯。

当然，莱福士擅长所有的运动，但他选择的运动是板球，这非常适合他，不仅一而再再而三地展示了他作为一个慢条斯理的投球手和一个窃贼，其内里的狡猾是一以贯之的，而且凸显了他的罪行的本质。板球在英国其实不是特别流行——比方说，它的流行程度根本没办法与足球相提并论——但它展现了英国人一个显著的特征：重视"形态"或"风格"甚于成功的倾向。在任何真正的板球爱好者眼中，一回合里跑上十垒要比一回合里跑上一百垒更"好"（也就是说，更加优雅）。而且板球是少数几项业余选手能胜过职业选手的运动。这是一个充满了绝处逢生和场上风云突变的竞技项目，而且它的规则很模糊，其解释在部分程度上取决于道德水平的约束。例如，当拉伍德在澳大利亚扔出威胁对方身体的投球时，他并没有违反规则，只是做出了"不符合板球精神"的举动。板球比赛既费时又费钱，大体上是一项上流阶级的运动，但对于全体国民来说，它是一项充斥着"优雅姿态"、"公平竞争"等概念的运动，已经不再流行，就像"勿打落水狗"的传统已经式微一样。它不是二十世纪的运动，几乎所有思想摩登的人都不喜欢它。比方说，纳粹不遗余力地抵制一战前后在德国开始扎根发展的板球运动。霍南将莱福士设定为板球运动员和窃贼，不仅为他提供了可信的伪装，而且是在营造他所能想象的最尖锐的道德对比。

《莱福士》与《远大前程》或《红与黑》一样都是关于势利的故事，而且一个有利之处在于莱福士不牢靠的社会地位。一个粗俗一些的作家会将"绅士窃贼"写成是一位贵族，至少也得是一位从男爵。但是，莱福士出身于中产阶级，凭着自己的个人魅力得到贵族阶层的接纳。他在书的最后对班尼说："我们身处上流社会，但和他们不是一类人，他们要的只是我的板球本领。"他和班尼毫无质疑地接受了"上流社会"的价值观，要是他们能干上一票大买卖而不被抓住，他们愿意永远呆在这个圈子里。由于他们严格来说并不"属于"贵族阶级，一直威胁着他们的沉沦变得更加黑暗。一个蹲过监狱的公爵仍然是个公爵，而一个出入上流社会的普通人一旦有辱体面的话就不再是"圈子里的人了"。该书的最后几章写到莱福士暴露了身份，隐姓埋名地生活时，有一种"诸神的黄昏"的感觉，那种精神上的氛围很像吉卜林的诗作《绅士士兵》：

> 三军中之一骑兮，
> 驭六骏以驰骋。

事到如今，莱福士成为了无可挽救的"被罚入地狱的群体"中的一员。他仍然能够成功地进行盗窃，但他再也无法回到皮卡迪利和伦敦大板球场的天堂。根据公学的规矩，恢复名誉只有一种方式：死于战斗。莱福士在与布尔人的战争中死掉了（一个老到的读者从一开始就能猜想到这个结局），在班尼和作者的眼中，这洗清了他的罪孽。

当然，莱福士和班尼两人毫无宗教信仰，他们没有真正的道德规范，只是遵循着某些他们出自本能而遵守的行为法则。但正是在这一点上，《莱福士》与《没有兰花》之间深刻的道德差别暴露出来了。说到底，莱福士和班尼都是绅士，有一些准则是绝对不容违反的，正所谓"有所不为"，就连想要去做的念头也几乎不会有。比方说，莱福士不会欺负好客的主人。他会在做客的屋子里行窃，但受害者一定是另外一位客人，而不会是主人一家。他不会去杀人①，在可能的情况下尽量避免暴力，喜欢不使用工具行窃。他认为友谊是神圣的，虽然四处留情，却很有绅士风度。他为了"公平精神"甘冒风险，有时候甚至是为了审美的原因而这么做。而最重要的是，他有着拳拳的爱国之心。他给英女王以邮递的方式献上他从大英博物馆里偷来的一个古董金杯以庆祝"六十年庆"（"六十年了，班尼，我们是世界上最强盛的王朝的臣民。"）。政治动机是他实施盗窃的一部分原因，他盗走了德国皇帝送给英国的敌国的一颗珍珠。当布尔战争的战局开始不利时，他一心只想着奔赴战场。在前线他揭发了一名间谍，代价就是暴露了自己的身份，然后被一颗布尔人的子弹击中，壮烈牺牲。他是罪恶与爱国主义的混合体，很像与他差不多同时代的阿尔森·鲁平，鲁平也痛恨德国皇帝，以参加海外军团的方式洗清自己罪孽深重的过去。

我们所注意到的一件重要的事情就是，按照现代标准去衡量，莱福士的罪行并不算什么。价值四百英镑的珠宝对他来说已经是笔不错的买卖了。虽然这些故事的细节非常真实可信，它们却几乎没有耸人听闻的描写——几乎不怎么死人，几乎没有流血，没有性犯罪，没有性虐待，没有任何乖张暴戾的行为。过去二十年来犯罪小说似乎变得更加嗜血。一部分早期的侦探小说甚至没有杀人案。比方说，《神探福尔摩斯》的侦探故

---

① 原注：事实上，莱福士杀过一个人，或多或少对另外两个人的死负有责任。但他们三个都是外国人，所作所为都非常令人讨厌。有一次他还考虑过谋杀一个勒索者。不过，犯罪小说约定俗成的规矩是，谋杀一个勒索者"不能作数"。

事并非全是谋杀案，有的甚至构不成可以被指控的犯罪。约翰·桑戴克系列故事[1]也是如此，而马克斯·卡拉多斯[2]系列故事中只有一小部分是谋杀案件。然而，从1918年开始，不描写谋杀案的侦探小说成了凤毛麟角，最令人作呕的肢解和掘尸的细节描写俯拾皆是。比方说，彼得·温希[3]里面的故事就展示了极其变态的恋尸癖。莱福士的故事是从罪犯的角度进行描写，却不像以侦探角度进行描写的许多现代小说那么强烈地反社会。它们给人留下的主要印象是很孩子气。他们属于一个过去的时代，那时候的人们有准则，虽然都是些愚蠢的准则，关键的理念是"有所不为"。他们对善恶的划分就像波利尼西亚人的禁忌一样无聊，但是，就像禁忌一样，那至少是人人接受的标准。

莱福士就讲这么多了。现在让我们一头栽进粪坑里。詹姆斯·哈德利·切斯[4]所写的《没有兰花送给布兰迪丝小姐》出版于1939年，但似乎到了1940年才大受欢迎，那时候正值不列颠之战和闪电战。故事的梗概是这样的：

布兰迪丝小姐是一位百万富翁的千金，被某个黑帮绑架了，而他们又立刻被另一个规模更大组织更严密的黑帮突然袭击干掉了。他们劫持她以勒索赎金，从她的父亲那里索得50万美元。他

---

① 约翰·伊芙林·桑戴克医生（Dr John Evelyn Thorndyke）是英国作家奥斯汀·弗里曼（Austin Freeman）创作的侦探角色。
② 马克斯·卡拉多斯（Max Carrados）是英国作家厄尼斯特·布拉玛（Ernest Bramah）创作的盲人侦探角色。
③ 彼得·温希勋爵（Lord Peter Wimsey）是英国作家多萝西·萨耶斯（Dorothy Sayers）创作的侦探角色。
④ 詹姆斯·哈德利·切斯（James Hadley Chase，1906—1985），英国作家，原名是热内·洛奇·布拉巴宗·雷蒙德（René Lodge Brabazon Raymond），代表作有《没有兰花》、《君子报仇》等。

们原本打算赎金一到手就杀了她，但机缘巧合之下她活了下来。黑帮里有个叫斯林姆的年轻人，他唯一的生活乐趣就是把刀子捅进别人的肚子里。童年时他就能熟练地用一把生锈的剪刀活生生把动物给肢解掉。斯林姆是个性无能，却很喜欢布兰迪丝小姐。斯林姆的母亲是黑帮的主脑，觉得这是治好斯林姆性无能的机会，决定将布兰迪丝关押起来，直到斯林姆能成功对她实施强暴为止。她煞费苦心，好说歹说，包括用一节橡胶水管鞭笞布兰迪丝小姐，终于完成了强暴。与此同时，布兰迪丝小姐的父亲雇了一名私家侦探，通过行贿和折磨的手段，那个侦探和警方设法合围并歼灭了整个黑帮。斯林姆与布兰迪丝小姐逃了出来，在最后一次强暴她后，斯林姆被杀死了。那个侦探准备将布兰迪丝小姐带回她的家人身边。然而，到了这个时候，她已经迷恋上了斯林姆的爱抚[①]，觉得没有了他了无生趣，从一座摩天大楼的窗户跳了下去。

在你能理解这本书的全部含义之前，还有几点需要注意。首先，它的故事主线与威廉·福克纳的小说《避难所》明显有相似之处。其次，正如你或许预料到的，它不是出自一个不通文墨的业余作家之手，其文笔非常精彩，全文几乎没有一处废话或不着调的描写。第三，整本书的叙述和对话是以美国英语写的，而作者却是个英国人，（我相信）从来没有到过美国，似乎在精神上完全遁入了美国的地下世界。第四，根据出版社所说，这本书卖出了不下五十万册。

---

① 原注：我或许得再读一遍最后的结局。它可能只是写到布兰迪丝小姐怀孕了。但是，上面我所作出的诠释似乎更契合这本书整体的暴戾。

我已描述了情节的梗概，但其主题比我所说的还要肮脏暴戾得多。书中有八处大规模的谋杀，不胜其数的随兴杀人和伤人，还有一次掘尸（还精心地描写了那股臭味）、对布兰迪丝小姐的鞭笞、用通红的烟头对另一个女人进行折磨、一出脱衣舞、一场闻所未闻的严刑逼供和其它类似的描写。它认为读者们在性经验上都很老到（比方说，在一幕情景中，一个匪徒可能有受虐倾向，在被刀子捅进去的时候高潮了），而且认为彻底的堕落和自私自利是天经地义的人类行为规范。比方说，那个侦探几乎和那些黑帮分子一样坏，受同样的动机所驱使。和他们一样，他是在图谋"那五十万美金"。出于故事情节安排的需要，布兰迪丝先生应该焦急地想要赎回自己的女儿，但除了这一点之外，根本没有关于慈爱、友谊、善良本性，甚至是普通礼貌的描写，也没有关于寻常性爱的描写。贯穿整个故事始终的只有一个动机：对暴力的追求。

　　值得注意的是，这本书并没有普通意义上的色情描写。与大部分描写性虐待的书不同，它所突出的是残忍而不是愉悦。斯林姆，这个强暴了布兰迪丝小姐的恶棍，"长着湿漉漉的、淌着口水的双唇"，实在令人觉得恶心，而它的意图就是要让人觉得恶心。但描写虐待女人的几幕情景都写得比较马虎了事。这本书真正的高潮是男人对别的男人所能作出的残忍举动。最突出的是对匪徒埃迪·舒尔茨进行严刑逼供，他被绑在一张椅子上，用警棍猛揍他的气管，在他挣扎的时候胳膊被硬生生地打断。在切斯先生的另一部作品《现在他不需要》中，主人公原本是一个充满同情心，甚至或许可以说是高贵的人物，在作者的描写中踩着某个人的脸，然后还将鞋跟捅进那个人的嘴里用力地碾磨。就连类似这样的身体虐待没有出现时，这些作品的精神氛围也总是一样的。它们的全部主题就是争权夺利和以强凌弱的胜利。大的帮派无情地扫平小的帮派，就像一条狗鱼在吞食池塘里的小鱼。警察残忍地杀死犯人，就像钓客杀死了那条狗鱼。如果最终某个人与警察合作并与黑帮对抗，那只是因为警察的组织更加严密也更加强大，因为事实上法律就是比犯罪更大的闹剧。强权就是公理，胜者为王，败者为寇。

正如我已经说过的，《没有兰花》在1940年非常流行，不过直到后来它才被编成一出成功的舞台剧。事实上，它是英国人在遭受轰炸时解闷的消遣之一。在战争的早期，《纽约客》刊登了一幅漫画，画着一个小男人朝一个报摊走去，报摊上杂乱无章地摆着报纸，头条新闻如下："法国北部爆发坦克大战"、"北海进行大规模海战"、"英吉利海峡上空展开大型空战"，等等等等。那个小男人嘴里说着："来本刺激的故事。"那个小男人代表了数以百万计的麻木不仁的人，对于他们来说，黑帮的世界和拳击擂台要比战争、革命、地震、饥荒和瘟疫更加"真实"，更加"带劲儿"。在一个读"刺激故事"的读者眼中，描写伦敦大轰炸或欧洲地下党斗争的报道都是"娘炮的玩意儿"。另一方面，芝加哥一场小规模的枪战，结果也就是六七个人死掉，看起来却真的非常"带劲儿"。这一思维习惯如今广为流传。士兵们匍匐在泥泞的战壕里，头顶一两英尺就是呼啸而过的机关枪子弹，他们就靠阅读美国黑帮小说打发百无聊赖的时光。到底是什么让故事如此令人兴奋呢？不就是人们拿着机关枪互相扫射嘛！无论是士兵还是其他人都不觉得这有什么值得奇怪的。他们理所当然地认为一颗想象中的子弹要比一颗真正的子弹更刺激。

显然，解释就是，在现实生活中一个人总是被动的受害者，而在冒险故事中，一个人能把自己想象成为事件的中心人物。但事情并不只是这样。在此有必要再次提到一个有趣的事实，那就是：《没有兰花》是以——或许会有技术上的疏漏，但非常具有技巧——美国语言写成的。

　　美国有许多和《没有兰花》同类的文学作品。除了书籍之外，还有五花八门的"低俗杂志"，分门别类，满足不同的幻想，但几乎所有这些读物都营造出大致上相同的精神气氛。它们当中有一些是赤裸裸的色情描写，但大部分就是直白地描写施虐狂和受虐狂。它们挂着"扬基杂志"①的招牌，卖三便士一本。这些读物在英国一度很受欢迎，但由于战争的影响供应中断了，令人满意的替代品却没有出现。现在有了英国版的山寨"低俗杂志"读物，但它们与原版读物相比实在是很糟糕。英国的低俗电影也从来比不上美国的低俗电影那么暴戾。但是，切斯先生的创作生涯表明美国的影响有多么深远。不仅他本人一直生活在芝加哥地下世界的梦幻生活里，而且他认定数以万计的读者都知道什么是"clipshop"（夜总会）或"hotsquat"（电椅），看到"fifty grand"（五十千）无须在头脑里进行运算就知道是多少钱，看到像"强尼是个酒鬼，再喝就得去见阎罗王"这句话就知道它是什么意思。显然，有很多英国人在语言上被美国化了——你或许可以加上一句，在道德观上也是如此，因为在民意上没有对《没有兰花》的反对。最后它被后知后觉地勒令禁止出版，因为切斯先生其后的

---

　　① 原注：据说它们是被当作压舱物进口到英国的，这就是为什么它们售价这么低廉而外表皱巴巴的。自从战争爆发，船舱底压了某些更有用的东西，或许是沙砾。

作品《悲伤的卡拉汉小姐》让他的书被当局盯上了。从当时的闲谈判断，普通的读者从《没有兰花》的诲淫诲盗中获得了一定程度的快感，但不认为这本书大体上有什么不好的内容。许多人误以为它是一本重新在英国发行的美国书籍。

普通的读者或许会反对的事情——在几十年前几乎一定会反对的——是那种对于犯罪模棱两可的态度。《没有兰花》自始至终都在暗示，当一个罪犯只是因为发不了财才应该被谴责。当警察报酬好一些，但在道德上没有什么区别，因为警察干的也是犯罪勾当。在《现在他不需要》这本书里，罪犯与司法者之间基本上没有分别。这是英语低俗小说的新起点，直到不久前，它们还旗帜鲜明地坚持正与邪的对立，大体上在最后一章一定是正义得到伸张。美化犯罪的英国书籍（指的是现代犯罪——海盗和拦路劫匪是不一样的）非常罕见。正如我所指出的，即使像《莱福士》这么一本书也被强烈的禁忌所约束，读者们都明白莱福士的罪行迟早都会得到报应。而在美国，无论是生活还是小说，姑忍犯罪的倾向，甚至崇拜成功的犯罪者的倾向则非常明显。事实上，这种态度正是使得犯罪如此猖獗的最终原因。关于艾尔·卡彭[①]的书在基调上与描写亨利·福特、斯大林、诺斯克里夫勋爵和其他"从小木屋到白宫"的人的那些书没有什么不同。回到八十年前，你会发现马克·吐温对背负二十八条命案、令人生厌的强盗斯雷德和西部的亡命之徒也是抱着同样的态度。他们是成功人士，他们"发达了"，因此他崇拜他们。

---

① 艾尔·卡彭（Al Capone，1899—1947），美国意大利裔人，芝加哥黑手党的头目。

在像《没有兰花》这么一本书里，你不只是像阅读旧式的犯罪小说那样摆脱了无聊的现实世界，来到刺激的幻想世界。你还来到了残酷不仁和性错乱的世界。《没有兰花》针对的是权力本能，而《莱福士》或《神探福尔摩斯》则不是。与此同时，英国人对于犯罪的态度并不像我似乎所暗示的那样相对于美国人的态度要优越一些。它也夹杂着权力崇拜，在过去二十年里变得更加明显。埃德加·华莱士[①]是一位值得研究的作者，特别是他那些典型的作品如《雄辩家》和《里德先生的故事》。华莱士是最早打破传统的私家侦探套路的作家之一，将他的中心人物设置为一位苏格兰场的警官。夏洛克·福尔摩斯是一位业余侦探，在没有帮助的情况下破案，在早期的故事里甚至还要面对警察的阻挠。而且，与鲁平一样，他是一个知识分子，甚至是一位科学家。他从观察到的事实进行逻辑推理，他的智慧总是与警察的古板作风形成鲜明的对比。华莱士强烈反对诋毁苏格兰场，还特地撰写了几篇登报文章，谴责福尔摩斯。他本人的理想是，探员逮捕罪犯不是因为他的聪明才智，而是因为他有强有力的组织作为靠山。因此，在华莱士最具特色的故事里有一件奇怪的事情：什么"线索"，什么"推理"都不起作用。罪犯总是被离奇的巧合所挫败，或出于无法解释的原因，警方在事前就对罪案了如指掌。这些故事的基调明显地暴露了华莱士对警察的推崇纯粹是出于权力崇拜。苏格兰场的警探是他所能想象的最有权力的人，而在他的心目中，那些罪犯都是亡命之徒，对他们作出什么事情都可以，就像罗马竞

---

① 理查德·霍拉修·埃德加·华莱士（Richard Horatio Edgar Wallace, 1875—1932），英国作家，作品多涉及犯罪心理小说，代表作有《四个公正的人》、《神探里德》、《金刚》等。

技场那些该死的奴隶。他笔下的警察要比英国警察在现实中更加凶残——他们会无缘无故地揍人，在他们的耳边拿左轮手枪开火恐吓他们，等等等等——有的故事展现了可怕的精神施虐欲。（比方说，华莱士喜欢让反派上绞刑台的日子与女主人公大婚的日子刚好在同一天。）但那是英国式的施虐，也就是说，它是无意识的，没有过多的性描写，而且没有超越法律的范围。英国的公众容忍严酷的刑法，从极其不公的谋杀案审判中得到快慰，但无论怎样，这仍然要比容忍或崇拜犯罪要好。如果你一定得崇拜某个恶棍，那崇拜警察要比崇拜黑帮分子好一些。华莱士仍然在某种程度上受到"有所不为"的理念的约束。在《没有兰花》里，只要能获得权力，任何事情都干得出来。所有的约束都被取缔，所有的动机都赤裸裸地暴露出来。切斯是比华莱士更加卑劣的征兆，就像无规则摔跤要比拳击更卑劣或法西斯主义比资本主义民主更卑劣一样。

切斯只是借鉴了威廉·福克纳的《避难所》中的故事情节，这两本书的精神氛围并不相同。切斯真正的源头在别处，这处情节借用只是象征性的。它象征着一件一再发生的事情——理念的粗俗化，在印刷发达的时代，这个过程或许变得更快捷。切斯被称为"大众的福克纳"，但更贴切的说法应该是"大众的卡莱尔"。他是一位流行作家——在美国有许多这样的作家，但他们在英国仍然是异数——他们学会了如今被时髦地称为"现实主义"的思想，就是"强权即公理"这一理念。"现实主义"的兴起是我们这个时代思想史的重要特征。为什么会这样？这是一个复杂的问题。施虐、受虐、成功崇拜、权力崇拜、民族主义和极权主义之间的内在联系是一个宏大的话题，但对它的探讨却只是隔靴搔痒，甚至连提到它都被认为是低俗的事情。就只列举我第一个想到的例子吧。我相信没人指出过萧伯纳的作品中有施虐和受虐的成分，更没有人指出这或许与萧伯纳崇拜独裁者有关。人们总是将法西斯主义与虐待狂等同起来，却不认为最奴颜婢膝的斯大林崇拜有什么不妥。当然，事实的真相是，无数对斯大林阿谀奉承的英国知识分子与那些效忠于希特勒或墨索里尼的少数人并没有什么区别，和二十年代那些讲究效率，大谈特谈"劲头"、"动力"、"个性"和"学会当一个强权人物"的专家或更老一辈的拜倒在德国军国主义脚下的知识分子如卡莱尔、克里希①等人没什么两样。他们都在崇拜权力和获得成功的残暴手段。值得注意的是，权力崇拜总是与对残忍和邪恶本身的热爱联系在一起。一个暴君如果是个双手沾满了鲜血的恶棍会更值得顶礼膜拜，而"为达目的可以不择手段"总是演变成为"手段卑劣又有何妨"。所有认同极权主义的人的世界观都带有这一色彩，并解释了为什么许多英国知识分子在纳粹—苏维埃签订条约时那么欢欣鼓舞。这一行动能否有利于苏联仍有待思考，但它是完全没有道义的行为，这就是值得膜拜的原因。接下来将会有很多自相矛盾的辩解为它开脱。

直到最近，说英语的民族的典型冒险故事一直是主角艰苦奋斗的故事，从罗宾汉到大力水手都是如此。或许西方世界的神话主题是巨人杀手杰克，但到了今天或许应该改名为侏儒杀手杰克。已经有许多文学作品在公开或隐晦地说一个人应该与大人物

---

① 约翰·克里希（John Creasey，1908—1973），英国犯罪与科幻小说家，塑造了苏格兰场神探乔治·吉迪恩的形象。

联手一起对付小人物。如今大部分关于外交政策的作品只是对这一主题的粉饰。几十年来，诸如"公平竞争"、"勿打落水狗"和"这不公平"这些口号总会引起任何思想自负的人的嘲讽。在流行文学中，"对就是对，错就是错，无论谁获得胜利都无法改变"和"弱者必须得到尊重"这两个理念正开始消失。我在二十岁的时候第一次读到劳伦斯的小说，"好人"与"坏人"似乎没什么区别，这一点让我很是疑惑。劳伦斯似乎对他们抱以相同的怜悯，这一点很不寻常，让我产生了迷失方向的感觉。今天，没有人会想在一本严肃的小说里寻找主角和反角。但在低俗的小说里，你仍然会发现善与恶，合法与非法之间有着明确的界限。大体上，普通人仍然生活在善恶分明的世界里，而在知识分子的世界里，善恶之间早就没有界限。但《没有兰花》和类似的美国书籍和杂志的流行表明"现实主义"的教条正在何等迅速地普及。

有几个人在读完《没有兰花》后对我说："这是彻头彻尾的法西斯主义"。他们这么说是对的，虽然这本书与政治没有半丁点儿关系，与社会或经济问题也没有什么相干。它与法西斯主义的关系就好像，譬如说，特罗洛普的小说与十九世纪的资本主义有所关联一样。它是与极权主义时代相吻合的白日梦。在他想象的黑帮世界里，切斯似乎是在展示当代政治扭曲的一幕，在那个场景中，大规模轰炸平民、挟持人质、严刑逼供、秘密监狱、未经审讯便实施处决、拿橡胶警棍揍人、把人扔进粪坑里淹死、系统地篡改纪录和数据、背叛变节、行贿受贿和卖国通敌都是正常和无关道德的行为，只要干出大手笔，甚至能让人顶礼膜拜。普通人对政治并没有直接的兴趣，当他阅读时，他要的是将世界当前的斗争转化为一个关于个体的简单故事。他对斯林姆和芬纳感兴趣，而对格伯乌和盖世太保不感兴趣。人们以自己所能理解的形式对权力进行崇拜。十二岁大的男孩崇拜杰克·邓普希[1]，格拉斯哥贫民窟的少年崇拜艾尔·卡彭，读商学院的上进学生崇拜纽菲尔德勋爵[2]，《新政治家》的读者崇拜斯大林。他们在思想成熟度上有区别，但在道德观上并没有区别。三十年前，流行小说里的主人公与切斯先生笔下的黑帮分子和侦探毫无共通之处，英国自由知识分子的偶像也都是相对值得同情的角色。在福尔摩斯和芬纳之间，在亚伯拉罕·林肯和斯大林之间，横亘着相似的鸿沟。

你大可不必对切斯先生的作品的成功想得太多。或许这只是一个孤立的现象，是战争导致的无聊和暴戾促成的。但如果这类书籍能在英国如鱼得水，而不是被当成似懂非懂的美国舶来品，这实在令人感到心寒。我选择《莱福士》作为《没有兰花》的参照，是因为按照那个时代的标准，它是一本道德暧昧的书籍。正如我所指出的，《莱福士》没有真正的道德观，没有宗教，当然也没有社会意识。他所做的一切其实都是出于一位绅士的神经反射。在他的某个反射神经（它们被称为"运动"、"伙伴"、"女人"、"国王和国家"等）上重重地敲一下，你就会得到预料中的反应。切斯先生的作品里没有绅士和禁忌，只有彻底的解放。弗洛伊德和马基雅弗利已经传播到了远郊。比较一下前一本书中那种

---

① 威廉·哈里森·"杰克"·邓普希（William Harrison "Jack" Dempsey，1895—1983），美国职业拳击手，曾是1919—1926年世界重量级拳王。

② 威廉·理查德·莫里斯（William Richard Morris，首任纽菲尔德子爵，1877—1963），英国汽车制造商，创办了莫里斯汽车有限公司，并热心慈善事业，成立纽菲尔德基金会和牛津大学纽菲尔德学院。

公学男校的气氛和后一本书中那种残忍和堕落的气氛，你不禁会觉得势利和伪善一样，是对行为的一种约束，其社会价值一直被低估了。

评莱昂纳德·汉密尔顿编纂的《杰拉德·温斯坦利作品集》，克里斯朵夫·希尔作序[①]

每一次成功的革命都有自己的六月大清洗。当政党夺取政权后，它总是会镇压自己内部的左翼势力，然后背弃革命伊始的期望。但是，以前的独裁者缺乏让对手销声匿迹的现代严密手段，而且每一次革命那些失败的少数派的思想会流传下来，渐渐地融入现代社会主义运动。这些宣传材料表明，即使是卑微可怜的英国掘土派，在他们从事活动的那几年里也能够传播自己的思想，影响了西班牙的无政府主义，甚至包括像甘地这样的思想家。

温斯坦利虽然不是掘土派的发起者，却是它的宣传干将。1609年他生于威根，曾经在伦敦做过布料买卖，由于英国内战而破产。1649年他与二三十个人在科巴姆附近的圣乔治山买了荒地开垦耕种，以现在所谓的共产主义—无政府主义纲领结成自给自足的社区。在这个社区里没有金钱或贸易，没有不平等，没有闲人，没有牧师，而且几乎没有法律。在温斯坦利看来，英国的土地曾经属于全民所有，但被不公地剥夺了，而夺回土地的最好方

---

① 刊于1944年9月3日《观察者报》。莱昂纳德·汉密尔顿（Leonard Hamilton），情况不详。杰拉德·温斯坦利（Gerrard Winstanley, 1609—1676），英国政治活动家，掘土派精神领袖，代表作有《英国的受压迫的穷苦百姓的宣言》、《公义的新法》等。约翰·爱德华·克里斯朵夫·希尔（John Edward Christopher Hill, 1912—2003），英国马克思主义历史学家、作家，代表作有《英国革命》、《宗教与政治》等。

式是没有土地的人联合起来组成社区，为全国的人民树立榜样。一开始的时候他的想法很简单，以为无政府主义纲领终将会把地主争取过来。与他的思想相类似的理念已经广泛传播，因为掘土派于同一时间在全国的许多地方发起运动。

无消说，掘土派很快就被镇压了。赢得内战的新贵阶层愿意自己内部瓜分保皇派的土地，但他们并不想建立一个平等的社会，而且他们知道允许像温斯坦利这样的实验会带来危险。掘土派被镇压了，他们的庄稼被捣毁，牲畜通过法律审判被买通的陪审团罚没。那些被派去镇压他们的士兵对他们抱以同情——那个时候军队里出现了平权主义运动——但新贵阶层获得了胜利，掘土派运动在 1652 年结束了，1660 年温斯坦利在历史上消失。

从这些宣传作品看，虽然温斯坦利是一个空想家，但他显然绝不是一个傻瓜。他并不指望他的理念会立刻被接受，而且在有需要的时候他愿意修正自己的理论。在他的试验失败后，他向克伦威尔揭呈了一份相当详细和切实的纲领，早前的放肆言论被删掉了。这份提纲涉及法律、治安和外贸。虽然他有和半主义者的色彩，但他要求保留常备军，并且对某些犯罪行为保留死刑。但是，中心主旨仍然没有改变——建立基于兄弟情谊和精诚合作的社会，不去追求利润，而且在国内不使用货币。"每个人都应该靠自己的双手耕种土地和豢养牲畜，每个人都可以享受到土地的祝福。当一个人需要粮食或牲畜时，他就到隔壁的仓库领取。这就是《使徒行传》第四章第三十二节的真义。"

温斯坦利的思想更接近无政府主义而不是社会主义，因为他构想的是一个纯粹的农业社会，生活没有什么舒适可言，甚至在当时也没有必要过得那么辛苦。他没有预见到机器，认为一个人只有靠剥削别人才能致富。不过，他显然和甘地先生一样，认为简朴的生活自有其价值。而且，他怀有似乎所有的无政府主义思想家都信奉的信念——美好的乌托邦曾在历史上存在过。土地曾经属于全民所有，但后来被夺走了。据温斯坦利所说，这是在诺曼人征服英国的时候发生的，在他看来，这是英国历史最重要的事实。最根本的斗争是撒克逊平民与法国化的上层社会之间的斗争。在每一份宣传材料中，他都将失败的保皇派斥为"诺曼人"。但是，呜呼哀哉！他看得非常真切，英国内战的胜利者正沾染上"诺曼人"的品质：

> 你们这些伦敦的热情的牧师和教授，还有你们这些高官和军队里的士兵，你们抗击北欧骑士的胜利如今安在？你们在大地上点起了熊熊火焰，在你们饥肠辘辘勤勉操练的日子向上帝哀求和致谢，你们是否还记得？你们愿意再次被诺曼人的强权所统治，忍受旧时的特权法律吗？你们要为自由感恩戴德吗？骑在你们头上的人，都被你们杀掉，然后你们却坐上他们的位置，去欺压别人。噢，你这座城市，你这座伪善的城市！你这个盲目的、昏昏沉沉睡去的英格兰，你正在贪婪的睡床上沉睡打鼾，醒来！醒来！敌人已经在你背后，他正准备破墙而入，夺走你们的财产，你们可要小心！

如果我们现代的托派分子和无政府主义者——他们说的是同样的内容——能够写出像这样的篇章就好了！这本书无法一次通读，但它值得购买和保存。希尔先生简短的介绍很有价值，而且内容很有趣。

短篇小说要多长？^①

任何曾经与书业有过联系的人都知道短篇小说集卖得很差，而且任何给报纸当过编辑的人都知道至少一部分原因——好的短篇小说，好得可以重新刊登和编集出书的短篇小说，是可遇而不可求的。

向图书管理员借"一本好书"的借书人会以同样的口气补充说道："不要短篇小说，谢谢"，而且大体上他们这么说是有道理的。

但由于这种态度，他们对进一步拉低短篇小说的平均水平起了帮凶的作用。作家和每个人一样得谋生，因为大家都知道短篇小说不好卖，所以他们的才华会用于别处。

如今英语短篇故事的老毛病是死气沉沉。在更高的层面——我们应该称之为"新写作"——那些所谓的故事几乎不能被称为故事。

里面没有事情发生。没有惊人之语，没有情节发展，总是没有好的文笔作为平淡的内容的补充。当然，有一些作品是例外——譬如说，维克多·索顿·普里切特^②先生的《幽默感》、克

---

① 刊于 1944 年 9 月 7 日《曼彻斯特晚报》。
② 维克多·索顿·普里切特（Victor Sawdon Pritchett，1900—1997），英国作家、评论家，代表作有《生命由你做主》、《西班牙的风暴》等。

里斯朵夫·伊舍伍德①先生的《告别柏林》和麦克拉伦-罗斯②先生的一两篇军旅故事。

层次较低的故事仍有"情节"，但它已经变得呆板僵化，而且与现实生活的关系就像是发条老鼠与活老鼠的关系。

以前情况不是这样的。就在几十年前，赫伯特·乔治·威尔斯、索姆瑟·毛姆、威廉·魏马克·雅各布、戴维·赫伯特·劳伦斯等人写的短篇小说都是杰出的作品，虽然水平不一。

虽然英语短篇小说的衰落或许有复杂的社会原因，而且也有技术上和经济上的原因，要指出这些很容易。赫伯特·乔治·威尔斯先生曾经说过一番发人深省的话，说只要有市场他就会把短篇故事一直写下去。就在世纪之交《斯特朗大街》和其它杂志的读者能够接受有思想的故事，而威尔斯先生也写出了一个又一个的故事。它们被编入不同书名的合集里，有二十个故事写得非常不错。最好的作品或许是《滑倒在显微镜下》和《温切尔西小姐的心》。

但是，是什么原因导致激励威尔斯先生写出最好作品的市场走向衰微呢？几乎可以肯定一个原因就是现代杂志的篇幅缩减和更经济的排版。故事只能被削减到一定的篇幅，特别是在周刊里，它的长度使得任何角色塑造都只能被压缩。在维多利亚时代那些厚重而杂乱无章的杂志，比方说《钱伯斯人人报》或《一年到头》——几乎可以刊登任何长度的故事，作家不至于在篇幅上

---

① 克里斯朵夫·伊舍伍德(Christopher Isherwood，1904—1986)，英国作家，代表作有《在前线》、《告别柏林》等。
② 朱利安·麦克拉伦-罗斯(Julian MacLaren-Ross，1912—1964)，英国作家，代表作有《有趣的骨头》、《爱情与饥饿》等。

捉襟见肘。

下面列举了几篇优秀的短篇小说——没有必要到英语文学之外去寻找：

《失窃的信件》，作者埃德加·爱伦·坡

《败坏了哈德里博的男人》，作者马克·吐温

《狐狸》，作者戴维·赫伯特·劳伦斯

《黑暗之心》，作者约瑟夫·康拉德

《死者》，作者詹姆斯·乔伊斯

《生活的爱》，作者杰克·伦敦

《普拉特纳的故事》，作者赫伯特·乔治·威尔斯

《雨》，作者索姆瑟·毛姆

《咩，咩，咩，黑山羊》，作者拉迪亚·吉卜林

《亚瑟·萨维尔爵士的罪行》，作者奥斯卡·王尔德

这些故事长短不一，但大体上它们的篇幅都太长了，不适合刊登在现代杂志里。

有的故事被广泛承认为杰作，譬如说，劳伦斯的《英格兰，我的英格兰》就不能被刊登在现代英语周刊里，却又太短，不适合单独作为一本书出版。在法国被称为"中篇故事"的体裁在英国一直没有市场——普罗斯佩·梅里美①的《卡门》就是一个绝好的例子——或许是因为借书图书馆认为它们没有价值。

长短不一的故事能够被收入一本书里一起出版，但正如我们所看到的，这些书卖不出去。它们卖不出去是因为有几年的时间

---

① 普罗斯佩·梅里美（Prosper Mérimée，1803—1870），法国作家、建筑学家、历史学家，代表作有《卡门》、《高龙巴》等。

它们的内容很沉闷，而且它们之所以很沉闷是因为篇幅有限的杂志（它们的稿酬不是太高）无法吸引有才华的作家投身这一特殊的艺术形式。

如果你研究过去最好的英语短篇小说，让你感到惊讶的是大部分故事都很随意。例如，吉卜林的《船首尾线的大鼓》的开头是好几页的漫谈。《神探福尔摩斯》的故事现在会被绝大多数现代编辑拒稿，理由是它们太长了，有太多的铺垫，而且推进过于缓慢。但正是那些铺垫赋予了这些故事以生命力——譬如说，福尔摩斯的性格几乎都是由无关紧要的对话塑造的。

另一方面，有些富于才华的作家写的故事很短，凯瑟琳·曼斯菲尔德就是一个例子。一则短篇故事通常在一千字到两万字之间，要写出最好的水平，一个作家应该能够在这个范围内任意挥洒。

俄国文学或许得益于俄国杂志厚重的篇幅，能够刊登像陀思妥耶夫斯基的《地狱来鸿》里那些故事。

即使像莫泊桑这样文笔洗练的作家也会写出像《特丽尔夫人的房子》这样的故事，按照当代的标准来说太长了。

而且作家需要挣钱。当代美国短篇小说作家的优越地位（譬如说，达蒙·鲁尼安[①]、多萝西·帕克[②]，往前追溯15年，还有林戈尔德·威尔默·拉德纳[③]）一部分原因是美国杂志"稿酬丰厚"。

[①] 阿尔弗雷德·达蒙·鲁尼安（Alfred Damon Runyon，1880—1946），美国作家、新闻记者，代表作有《杀人这桩小事》、《盖伊斯与多尔丝》等。

[②] 多萝西·帕克（Dorothy Parker，1893—1967），美国女作家，《死亡与税收》、《生者的哀叹》等。

[③] 林戈尔德·威尔默·拉德纳（Ringgold Wilmer Lardner，1885—1933），美国作家、专栏作家，代表作有《大都会》、《理发》等。

一个作家不会完全受限于期刊——这样很难建立起自己的读者群体——但它是新秀崭露头角的必要途径。

因此，篇幅更长和更锐意进取的杂志是恢复英语短篇小说的名誉和可读性的第一步。

其它文学形式或许也因为篇幅限制而受到戕害。在旧时的《季度评论》里，一则书评有 15 页是很正常的事情，拥有现在很罕见的文学价值。

捉襟见肘的篇幅无助于培养天才，但至少能够允许一位作家发挥灵感——而如果如今他老是被命令"把篇幅限制在一千五百字"，他写出的可能是苍白无趣的素描，或死气沉沉的轶事，在最后一句话故作惊人之语（有经验的读者一早就已经预料到了）。

评丹尼斯·威廉·布罗甘的《美国问题》[①]

很难肯定布罗甘教授写这本书想要达到什么目的，它似乎介乎一本美国简史和对战后美国行为的预测之间。他那本写于一两年前的《英国人民》就有非常清晰的宗旨。显然，它的对象是美国人，宗旨是解释英国的社会体制与缓和反英偏见，因此也就可以理解它大体上太过宽容偏袒的基调了。但他写这本书的目的或许是为了启蒙英国读者，给人的印象却是布罗甘教授心目中的读者是美国公众而不是英国公众。那些经过低调处理的内容都是美国公众敏感的话题，虽然英国读者或许能够了解到许多关于风土人情的事实，但他们在这个时候最想了解的关于美国的问题却得不到清晰的回答。

这本书的重点是历史。布罗甘教授强调了北美大陆殖民地所取得的人类历史上无可比拟的伟大成就，以及在边陲已经不复存在之后仍然存在的"开拓"思想。他还对美国妇女的地位作出一针见血的评论，指出她们在西部开发早期发挥了教化文明的影响，以及她们争取自由对美国工业的影响。而且他很熟悉美国的地区差异、气候还有它对人民性格的影响、建筑以及其它。但大体上这些都与他所探讨的问题没有紧密的关联，或者只是宏大而模糊的话题，而紧迫具体的问题即使有提到的话也被一笔带过。

① 刊于 1944 年 9 月 17 日《观察者报》。

譬如说，在讨论美国政治机器时，布罗甘教授讲述了大量关于国会运作的细节，并对美国人对辩论的热爱进行了宽泛的总结，但他几乎没有回答任何英国人都会提出的问题——那就是，两大政党代表了哪些人群和什么经济利益？而且，虽然他针对美国的农业和农民的地位撰写了精彩的篇章，但他几乎没有提及美国社会的经济结构、财富分配、工会、媒体的所有权和集体主义理论是否受欢迎等问题。而且他没有明确地说阶级差异是在拉大还是缩小。黑人问题被轻松地忽略了。布罗甘教授确实写到了黑人，但只是将它与南方的落后联系在一起，只在几处附带说明的文字里描写了数百万黑人饥肠辘辘和遭受奴役的境况。

当然，布罗甘教授一再谈论的事情是美国的孤立主义。美国人愿不愿意承担起世界的期盼，成为一个道德榜样，为营造合理的社会而尽自己的努力呢？对这个问题他没有给出答案，或许这意味着美国将不会只关注国内事务，而是越来越了解外部世界的存在和它的危险。美国母亲不愿意"我们的孩子"在外国战争中被杀害的那种愚昧的孤立主义不再是主要的危险。现在美国是世界上最强盛的国家，或许将会在战后推行积极的外交政策，问题是它会不会推行开明和无私的政策。它的表征与倾向或许有助于读者得出答案，但布罗甘教授并没有提及它们，或几乎没有提及。

例如，他几乎没有提及美国帝国主义的实际表现或潜在能力。他也没有探讨过去一两年来民意转而支持共和党的含义，也没有探讨移民的问题，特别是有色人种的移民——事实上这个问题涉及到英国，显然不应该被遗漏。而且他对从我们的角度看最重要的反英情绪这个问题非常谨慎。即使当他提到这个问题时，他也只是满足于给出老套的历史解释，而没有指出美国社会的各个阶层以不同的而且自相矛盾的理由反对英国这个事实。布罗甘教授似乎在暗示我们对美国事务干涉越少越好，这或许是对的。但对我们来说，了解美国人对我们的观感仍然是重要的事情。在某种程度上，传统与文化的敌意成了其它问题的掩饰。布罗甘教授的睿智文风和进行深奥的解释的能力并没有弥补他对核心问题的回避。

　　大体上这是一本"倡导团结"的书，虽然有很多无关的内容，它的主要目的似乎是想说服英国公众美国是一个强大而且重要的国家，有着年轻国家的毛病，我们应该和它和睦相处，不应该起争执。这一点几乎无须赘言。英国承担不起与美国争吵的代价，而且反美情绪并不盛行。另一方面，我们希望了解关于美国的外部和内部政策的权威信息，布罗甘教授或许是有这个资格的人，但他总是在意美国读者的反应，让他没办法说出权威的意见。

托比亚斯·斯摩莱特：最优秀的苏格兰小说家[①]

　　"现实主义"，一个被用滥了的词语，目前至少有四个意思，但当它用在小说上时，它通常指的是对日常生活忠实的描述。一本"现实主义"小说里面的对话是通俗的，对事物的描写能让你读来有如亲眼所见一般。在这个意义上，几乎所有的现代小说都要比以前的小说更接近"现实主义"，因为描写日常生活情节和构思听起来自然顺耳的对话在很大程度上是代代相传的诀窍，这个过程基本上是在不断地进步。但在另一种意义上，十八世纪那些呆板矫情的小说家比几乎所有之后的作者更接近"现实主义"，那就是他们对待人性动机的态度。他们或许拙于描写情景，但他们极为擅长描写劣根性。就连菲尔丁[②]也是如此，在《汤姆·琼斯》和《艾米莉亚》里已经展现了一百五十年来作为英国小说标志性特征的说教倾向。但这一点在斯摩莱特身上表现得更为显著，他是个非常坦率诚实的作家，或许这和他不是英格兰人有一定的关系。

　　斯摩莱特是一位以流浪汉为主题的小说家，其作品讲述的是

---

① 刊于 1944 年 9 月 22 日《论坛报》。托比亚斯·乔治·斯摩莱特(Tobias George Smollett, 1721—1771)，苏格兰作家，代表作有《罗德里克·兰登历险记》和《佩里格林·匹克历险记》等。

② 亨利·菲尔丁(Henry Fielding, 1707—1754)，英国作家，代表有《汤姆·琼斯》、《从此生到来生之旅》等。

冗长且没有固定形式的滑稽而难以置信的历险故事。在某种意义上，他延续了塞万提斯的风格，他曾将后者的作品翻译成英语，并在《兰斯洛特·格理夫斯爵士》里剽窃了后者。不可避免地，他的作品已经有很大一部分不忍卒读，或许甚至包括他最受好评的作品《汉弗莱的煤渣》，它以书信体的形式写成，在十九世纪相对于他其他的作品而言还算是本体面书，因为大部分污言秽语都隐藏在双关语后面。但斯摩莱特真正的杰作是《罗德里克·兰登历险记》和《佩里格林·匹克历险记》，这两本书有着赤裸裸的色情描写，但无伤大雅，有几段内容是最出色的英语滑稽闹剧。

狄更斯在《大卫·科波菲尔》中将这两本书列为他童年时最喜欢的读物，但斯摩莱特和狄更斯之间的所谓相似程度只是停留在肤浅的表面。在《匹克威克外传》和另外几本狄更斯的早期作品里，你看到那个流浪汉故事形式：来来去去无休止的流浪、离奇的历险、为了一个笑话愿意牺牲任何的合理性，但其道德氛围已经发生了剧变。在斯摩莱特的时代和狄更斯的时代之间所发生的不只是法国大革命，还有新的工业中产阶级的崛起，低教会派的神学理论和清教徒式的人生观。斯摩莱特描写的是中产阶级，但他们是从事商业和专业人士出身的中产阶级，那些人和地主走得很近，模仿着贵族的风范。

决斗、赌博和通奸在他看来在道德上几乎没什么不好。事有凑巧，在私生活里，比起大部分作家，他是个更好的男人。他是个忠实的丈夫，为了家庭过度辛劳而折寿，一个忠诚的共和主义者，痛恨帝制统治的法国，一位爱国的苏格兰人，而那时候作为一个苏格兰人是很不受欢迎的——1745 年的造反仍然留在回忆里。但他几乎没有原罪的概念。他的男主角在几乎每一页所做的事情都会让那些十九世纪的英文小说家立刻进行诅咒。他认为十八世纪的道德败坏、裙带关系和社会动荡是天经地义的事情。许多他最好的篇章如果引入道德准则的话将被摧毁。

《佩里格林·匹克历险记》和《罗德里克·兰登历险记》基本上遵循的是同一个路数。两位主人公都经历了财富上的大起大落，到处游历，勾引过许多女人，因欠债而坐过牢，最后发了财，快乐地结了婚。在这两本书里，佩里格林·匹克是一个更大的混蛋，因为他没有职业——罗德里克是一个海军军医，斯摩莱特本人就曾经当过海军军医——因此有更多的时间去勾引女人和开玩笑。两人的行事从来不会是出于无私的动机，而且从不承认诸如宗教信仰、政治信仰或者诚实是现实中的重要因素。

在斯摩莱特的小说世界里，只有三种优点：封建式的忠诚（罗德里克和佩里格林·匹克都有一个家仆，无论贫富他们都忠心耿耿），男子汉的"荣誉"——一经挑衅就和人打架的态度，和女性的"贞洁"——总是与嫁给一位如意郎君密不可分。除此之外，什么事情都可以做。比方说，打牌时出老千根本没被当成一回事。当罗德里克不知从哪里弄到了 1 000 英镑后，他为自己买了一套时髦的衣服，假装成一个有钱人去巴斯，希望诱骗到一个女继承人，这在他看来是很平常的事情。在法国的时候，他失业了，决定去参军，因为法国军队碰巧离他最近，于是他就加入了法国军队，在德廷根战役①中与英国军队作

---

① 德廷根战役(the Battle of Dettingen)发生于 1743 年 6 月 16 日，由英国、荷兰、汉诺瓦、奥地利、黑森联军(3 万 5 千人)对战法国军队(2 万 6 千人)，以联军取得胜利而告终。

战。不过，当一个法国人侮辱了英国人时，他立刻和他来了一场决斗。

佩里格林曾经花了几个月的时间进行一系列十八世纪喜闻乐见的精心编排而且极为残忍的玩笑。例如，当一个不幸的英国画家因为某桩微不足道的犯法而被关进巴士底狱，就要被释放时，佩里格林和他的朋友利用他不懂法语，以恐吓他取乐，让他以为自己被宣判车轮刑处死。然后他们告诉他刑罚被减轻为阉割，最后让他以为自己是乔装打扮逃出监狱的，而其实他是通过正当途径出狱的。

为什么这些小打小闹的恶作剧有阅读价值呢？首先是因为它们很有趣。在斯摩莱特师承的欧洲大陆作家群体中，或许有比佩里格林·匹克在旅行中的冒险更精彩的描写，但英文作品里则没有比这更好的了。其次，斯摩莱特排除了"善良的"动机，不尊重人性的尊严，总是比那些严肃的作家更保持了真实。他愿意描写那些在现实生活中发生，但小说里基本不会去描写的事情。比方说，罗德里克·兰登曾经染上性病——我相信是唯一身上发生过这种事情的英国小说主人公。事实上，斯摩莱特虽然思想相当开明，却认为行贿、假公济私和贪污腐化是天经地义的事情，这让他的某些章节极富历史价值。

斯摩莱特曾经在海军服役，在《罗德里克·兰登历险记》一书中我们不仅读到了对远征卡塔基纳毫无掩饰的描述，而且读到了一艘战舰内部极其生动而恶心的情景。在那个时代，战舰就是疾病、不适、暴政和无能的漂浮集合体。罗德里克的战舰指挥官是一个带着体臭的同性恋纨绔子弟，这辈子几乎没有见过船只，整趟航行他就呆在船舱里，避免和那些低俗的水手接触，而一闻到烟草味几乎会晕倒。债务人监狱的描写甚至更为精彩。在那时候的监狱里，一个没有关系的债务人可能真的会饿死，除非他向其他有钱的囚犯乞求施舍活下去。罗德里克的一个狱友穷得叮当响，连一件衣服也没有，蓄着长长一把胡子以此遮着。不消说，有的囚犯是诗人，书中有一则独立完整的故事《梅洛波因先生的悲剧》，应该能让那些认为文学就得靠贵族赞助扶持的人三思。

斯摩莱特对后世英国作家的影响不如和他同时代的菲尔丁那么大。菲尔丁也描写同样夸张的历险故事，但原罪感从来没有离开过他。在《约瑟夫·安德鲁一家》中，可以看出菲尔丁一开始是想写一篇纯粹的闹剧，然后违背了自己的初衷，开始惩罚恶行和奖励善行，这是典型的直到前不久还盛行的英语小说的手法。汤姆·琼斯放在梅雷迪斯或伊安·赫伊的小说里会很适合，而佩里格林·匹克似乎更适合欧洲作品的背景。最接近斯摩莱特的作家或许是苏迪斯和马里亚特①，但当直白的性描写成为不可能的事情时，流浪文学被剥夺了或许将近一半的素材。在十八世纪的客栈，要走进正确的卧室几乎是不正常的事情，但那已经是文学不可踏足的领域了。

在我们的时代，许多英国作家——比方说，伊夫林·沃②和早期的奥尔德斯·赫胥黎——从其它渠道汲取内容，试图复兴流浪文学的传统。他们处心积虑地要让读者震惊，他们自己也时刻准

① 弗雷德里克·马里亚特(Frederick Marryat，1792—1848)，英国海军军官、作家，代表作是少年作品《新福里斯特的孩子们》。
② 亚瑟·伊夫林·圣约翰·沃(Arthur Evelyn St. John Waugh，1903—1966)，英国作家，代表作有《荣誉之剑》三部曲、《手中的尘埃》等。

备着自我震惊——而斯摩莱特只是以他认为很自然的方式尝试逗乐——从这一点你就可以看出，从那个时代到我们的时代，怜悯、体面和公益精神有着怎样的进步。

评克里夫·斯特普尔斯·刘易斯的
《超越个体》①

　　根据护封上的宣传，一位杰出的书评家(指沃尔特·詹姆斯·特纳②)对《地狱来鸿》的看法写的是"我毫不犹豫地将刘易斯先生的成就与《天国历程》相提并论"，下面是从书里引用的一段很有代表性的文字：

　　　　你知道，即使在人类的层面上也存在着两种伪装。有一种伪装是不好的，那种伪装并非出于真诚，就像一个人假装要帮你，但并没有给予帮助。但还有一种是好的伪装，能够引至真诚的事情发生。当你心情不好但你知道自己应该表现得友好时，你应该做的通常就是装出很友好的样子，好像你是一个比真实的自己更加和气的人。正如我们都知道的，几分钟后你的心情要比刚才友好了许多。在很多时候，让自己获得某种品质的唯一方式就是让自己的行为展现得好像你已经拥有了那种品质。这就是为什么儿童游戏如此重要。他们

---

① 原定刊于 1944 年 10 月中旬《观察者报》，未发表。克里夫·斯特普尔斯·刘易斯(Clive Staples Lewis，1898—1963)，威尔士裔英国作家、护教家，其魔幻作品和科幻作品比其宗教作品更为著名，代表作有《纳尼亚传奇》、《太空三部曲》。
② 沃尔特·詹姆斯·特纳(Walter James Turner，1889—1946)，澳大利亚裔英国作家、批判家，代表作有《黑火》、《音乐与生活》等。

玩过家家，假装自己已经是成年人——扮演士兵，扮演店主。但他们在锻炼力量，培养智力，因此假装是成年人为他们带来了真诚的帮助。

如果你发现不了它与《天国历程》有什么相似之处，你可以被原谅。另一方面，你在哪儿读到过像这样的文字呢？当然读过！《只为罪人》！里面同样有对斜体字的滥用，同样亲切的旁白（"你懂的"、"提醒你一下"和"我会非常地坦诚"），同样的缩写和爱德华时代的俚语（"棒极了"、"好得很"、"特别"代替"尤其"、"真丢脸"，等等等等），一切都是为了让心存疑虑的读者相信，他能同时成为基督徒和"体面人"。书中的那些文章原本都是广播稿，你必须体现这一点，但英语总是会泄露动机，刘易斯先生写作时的那种不自在的热情并不是一个好的征兆。谁没有遇到过某个善意的、肌肉发达的助理牧师，热切地想要成为"自己人"，在喝酒这个问题上很大度，容许书里有"该死的"甚至"天杀的"等字眼，但眼里总是看到罪恶呢？他打心眼里知道除非他放弃信仰，否则普通人永远不会接纳他作为朋友。这本书带给人同样的感觉，刘易斯先生为人坦率，他显然知道不仅大部分人或许将永远与基督教会隔绝，而且教会本身应该负上一部分责任。

这些文章的目的是将神学理念普及化。和所有说傻不傻说聪明又不聪明、为信仰辩护的护教者一样，刘易斯先生的祖师爷是威廉·贺雷尔·马洛克①。这些人最有力的论据总是指出每一种

---

① 威廉·贺雷尔·马洛克（William Hurrell Mallock, 1849—1923），英国作家，代表作有《每个人都是自己的诗人》、《新共和国》等。

异端思想以前就已经有人提出了（言下之意是它也已经被驳斥了），和"无神论思想已经太落伍了，你懂的"。刘易斯先生对这些人的评价是"他们每几年就会构思出他们自己的简化的教义。"但这个技巧已经改变了。一些无法辩护的立场被悄悄地放弃了。刘易斯先生似乎接受了进化论，而15年前几乎每一位受欢迎的基督教卫道士都已经"驳倒"了它。英国广播电台为发言人制订了许多稀里糊涂的规矩，根本无法对教义进行澄清或提出让人头疼的问题。

另外一个改变是，刘易斯先生似乎比他的前辈更清楚地意识到世界上有些地方并不信奉基督教。一件明显的事情就是基督徒并不比其他人好多少，他的应对方式是认为作为个人，单单是基督徒并不意味着要比其他人更善良亲切。而且他以隐晦的方式淡化了"教会之外无救恩"①这个教义。一开始的时候他就告诉我们，个体的宗教体验是不够的，还需要有教会、牧师和明确的教义。我们的祖先，或他们当中的一部分人，顺着这个思路得出一个很符合逻辑的结论：那就是异教徒都该死。但如今我们变得太过于拘谨，而且异教徒的数量太多了。有十亿亚洲人不是基督徒而且不想当基督徒，但是他们在道德上并不比我们逊色，而且显得更加虔诚。刘易斯先生接受了这个事实，承认通往救赎有许多道路，一个人或许已经是基督徒但自己并不知情。但如果是这样的话，基督教会和神学家又有什么用处呢？可刘易斯先生还告诉我们神学家的知识要比我们的知识更加可靠呢。

这类书籍在英国很流行。他们轻浮地认为没有信仰是过时的

---

① 原文是"salus extra ecclesiam non est"。

事情，它们的反动政治意味总是让它们获得很多褒扬，但它们并没有造成影响。对教会的疏远，以及对待生活的宗教态度的衰落仍在继续。你只需要看看最近的窗外就会看到这是一场灾难，但只要真正的原因没有人去面对，这就是不可避免的。刘易斯先生和像他这样的人的作用是掩饰这些原因或用辩论社式的答案去应对。但50年来朝这个方向的努力并没有取得多少成就。

评珀恩的《缅甸宣传第一册：缅甸的背景》、
奥斯卡·赫曼·克里斯蒂安·斯贝特的《缅甸
宣传第二册：缅甸的制度》、埃普顿的《缅甸
宣传第三册：缅甸的佛教》、玛苗瑟恩的《缅
甸》、肯尼斯·海明威的《翱翔缅甸》、查尔
斯·雅克·罗洛的《温格特的攻势》①

直到不久前英国对缅甸的报道仍非常匮乏，就连最有思想的
报纸读者也很难对缅甸有什么看法。1942 年的战役没有得到充分
的报道，在日本人统治下发生了什么事情几乎没有消息传出，也
没有人知道战后英国对缅甸的意图。而且关于缅甸的背景情况以
及它与中国和印度的关系没有多少可靠的信息。因此，这几本最
近出版的关于缅甸的宣传册——它们似乎是在印度策划和印刷
的——是很有意义的起点，或许有助于公共舆论表达把日本人赶
跑后达成一个合理解决方案的想法。

① 刊于 1944 年 10 月 1 日《观察者报》。珀恩（V R Pearn），情况不详。奥斯
卡·赫曼·克里斯蒂安·斯贝特（Oskar Hermann Khristian Spate, 1911—
2000），澳大利亚地理学家、作家，代表作有《改变中的亚洲面孔》、《印度
与巴基斯坦的地理》。埃普顿（G Appleton），情况不详。玛苗瑟恩（Ma Mya
Sein），情况不详。肯尼斯·海明威（Kenneth Hemmingway），情况不详。查
尔斯·雅克·罗洛（Charles Jacques Rolo, 1916—1982），英国作家，代表作
有《战争与广播》、《温格特的攻势》。沃德·查尔斯·温格特（Orde
Charles Wingate, 1903—1944），英国军人，曾于第二次世界大战创建钦迪
游击队，在缅甸从事敌后军事活动，抗击日本军队，1944 年 3 月 24 日，在
视察完游击队基地后，因飞机失事撞山身亡。

已经出版的三本宣传册里，《缅甸的制度》——从十一世纪开始的缅甸简史——或许最有意义，但《缅甸的背景》填补了这个国家的日常生活图景的一些空白，并介绍了缅甸的气候条件和自然资源。《缅甸的佛教》给人的感觉是一个基督教传教士写的，从普通读者的角度或许意义不大，因为它关注的重点是佛教的教义，并没有对缅甸神权的重要政治和社会活动进行深入的介绍。

玛苗瑟恩的宣传册（顺便提一下，由缅甸人介绍缅甸是一件罕有的新鲜事儿！）与那三本宣传册在内容上有重合，作者在缅甸的公共服务生涯很成功，而且你会察觉出她是一个非常温和的民族主义者。她对缅甸进行了基本考察，着重介绍了它的历史，而且不厌其烦地强调虽然缅甸有许多种族，但它是一个天然的公共体，能够成为一个完整的国家。和其它宣传册的作家不同的是，她谈及了现在的政治，并警告说"只有得到民族主义者的全面认同，战后缅甸的重建才能获得成功"。

另外两本书并没有探讨政治问题，但《温格特的攻势》间接地触及这个话题。《翱翔缅甸》——对英国皇家空军和美国志愿大队抗击日本侵略的英勇斗争的描述——在艰苦卓绝的条件下坚持作战，最后在1943年以盟军取得制空权而胜利告终。那些不幸的缅甸城镇已经被日本人摧毁了一部分，开始遭受第二波空中轰炸和机关枪扫射。里面尽是机械术语，但写得很生动，很有可读性。《翱翔缅甸》更加接近于少年读物，目的显然是把温格特准将塑造成类似戈登[1]和托马斯·爱德华·劳伦斯式的传奇人物。对

---

[1] 应指查尔斯·乔治·戈登（Charles George Gordon, 1833—1885），英国军人，曾干预太平天国革命，创建"常胜军"，助清政府镇压太平天国起义。

温格特的作战方式的详细介绍应该对研究游击战的学生很有价值。

这本书并没有描写温格特在1944年成功的密支那军事行动中所起到的作用，他在这场战役中牺牲。它的主要内容是前一年他进攻日占地区的前期攻势。韦维尔勋爵记得温格特在巴勒斯坦和阿比西尼亚的战绩，在1942年将他带到缅甸，那时候缅甸战役已经失败，但仍有时间研究日本人的丛林作战策略。

温格特看到英军和印军除了兵力不占优势和缺乏空中支援之外，还因为机械运输而缚手缚脚。装备更加轻便的日军能够对他们迂回包抄，并切断他们的补给线。他致力于创建一支更加灵活的部队，能够在日本人利用牛车小径穿行的情况下利用狩猎小径穿行，还能完全只依靠空中补给，因此能够摆脱补给线的制约。他说任何身体健康的人都能成为优秀的丛林战士。结果，这支由英国人、印度人和缅甸人组成的联合部队——那些英国人大部分是没有打过仗的二线部队——突入军事力量强大的占领区数百英里深，造成了大量的破坏，并成功撤退，虽然因为饥饿和艰辛吃了很多苦头，但战斗伤亡很少。

正如韦维尔勋爵在序言里所说的，这次行动没有战略目的，只是旨在减轻被包围在赫兹港的克钦军队的压力，但它是非常宝贵的经验，为一年后温格特在日军后方的杰沙空降铺平了道路。温格特的每一次行动都表明了他的创造性。

有趣的是，这支部队似乎在每个地方都受到缅甸村民的优待——这表明经过一年的军事占领，日本人的承诺已经开始失去吸引力。

评托马斯·斯特恩斯·艾略特的《四个四重奏》①

这本书里的四首长诗——《焚毁的诺顿》、《东科克》、《干燥的萨尔维吉斯》和《小基丁》——在1936年和1942年间以单独成册的方式出版,吸引了许多关注和评论。

虽然经过几年的时间,人们已经能够正确地去看待这几首诗了,但要肯定对它们的感觉仍有一点困难。

困难之处在于,我们很难确定,艾略特先生在过去十年里所演变出的那种非抒情式的风格和你或许会称之为刻意的非诗情式的创作手法比起他之前的文风到底是不是一种进步。今天费伯出版社仍在出版他的早期作品选集,几乎不需要去作介绍。

艾略特先生曾经被斥为"故作高雅",并被指责故意以含糊隐晦的语言写作,为的是得到小圈子的欣赏。现在他已经几乎成为一个流行作家,即使是早期那些晦涩的诗歌也通过文学解析展现了活力,只需经过一番思索和几则文献索引就可以得到理解。

或许他最广为人知的诗歌——阿尔弗雷德·普鲁弗洛克的恋歌是以非常浅白的语言写成的。在这首诗和其它诗歌里,特别是《斯温尼·阿格尼斯特》,艾略特先生进行了我们这个时代少有的

---

① 刊于1944年10月5日《曼彻斯特晚报》。

严肃的努力，要将英语口语写为文字。当然，这个世纪没有哪一个以英语写作的诗人能够在纯粹的词藻的华丽上与他相媲美，或许威廉·巴特勒·叶芝是例外。

从不计其数的刻入记忆中的诗篇里单举一例就够了：

迷失的心渐渐僵化和欣喜，

在迷失的丁香中和迷失的大海的声音中，

脆弱的精神促使反叛更早发生，

弯曲的黄金长棍和逝去的海的味道，

促使了复苏，

鹌鹑的叫声和千鸟的盘旋，

沙滩上传来海盐的味道。

这段诗出自《星期三的灰烬》，应该是写于 1929 年，标志着艾略特先生的两种风格的转折点。

在他早期的诗作里有许多你能轻松记住的诗节，这一点很重要——这就是对诗歌的考验，至少对于抒情诗是这样，就是你能否记住它们，或至少你是否想要去记住。这一品质在后期那些诗作里已经不复存在。但他的题材也改变了，你不能孤立地去思考这两个改变。

艾略特先生的大部分早期诗歌坦白地说是堕落的。它们是对垂死的文明讽刺式的挽歌。《斯温尼诗歌》是乔伊斯的《尤利西斯》的对立面，而《普鲁弗洛克》是过于文雅的现代知识分子的灾难性图景。

但是，最后这四首诗写的是信仰——但显然不是非常自发的信仰。奇怪的是，虽然诚恳地努力想写得清晰明了和不用艰涩的语言，但很难描述这几首诗写的是什么。

它们的标题都是地名（三个在英国，一个在美国），艾略特的祖先来自这些地方，它们的主旨很虔诚，但很阴郁，沉思死亡和不朽这个主题。

通过营造多个语境，他希望让读者（或许还有他自己）摆脱时间进入永恒。在本质上这几首诗表明了一个通过精神上的努力达成信仰的人对于信仰的表白。

艾略特先生在这几首诗里明确表示，这意味着放弃文学意义上的目标。"我走到了这一步，20年过去了——20年的光阴大部分都荒废了，在两次战争的那20年——尝试着学会使用词语，每一次尝试都是全新的开始和不同的失败，因为你只学会了战胜对应着一个你不再需要去诉说的事物的那些词语，或是你不再愿意用来诉说它的那些方式。每一次冒险都是新的开始，对无法表达的事物的进击带着每况愈下的低劣装备，在一团散沙的粗糙的情感中，一群漫无纪律的感情的散兵游勇。"

同样的理念以不同的方式进行了重复。他不再尝试去表现"诗情画意"。"诗歌并不重要。"他说道。你会尊重放弃文学上的虚荣这个举动，但你仍然会觉得有很多东西就这么失去了。

这几首诗里还有很多内容——正是因为艾略特先生努力尝试表达出确切的意思——语言如此平淡无奇，如果它们被当成散文出版，你不会知道它们原本是要写成诗的。它的韵律总是很铿锵悦耳，而这是最早期的诗歌里所没有的品质，但依然保留了旧时的魔力。例如：

噢，黑暗、黑暗、黑暗。他们全都陷入了黑暗
空虚的星际空间，空虚中的空虚，
船长、商业银行家、引领风骚的文人，
慷慨的艺术恩客、政治家和统治者，
优秀的公务员、委员会的主席，
工业巨头和小承包商，全都步入黑暗，
黑暗的太阳与月亮，
还有哥达年鉴，
和股票交易处的公报，董事的名单，
冻结了意识，迷失了行动的动机。

任何读到这些诗的人至少永远不会忘记"在这个旋转的世界静止的点上"这句话，或许也不会忘记"时间与钟声埋葬了这一天"这句话。

很难不觉得艾略特先生皈依英国的天主教后失去了很多东西，如果他继续记录他明确表示厌恶的文明的没落的话，这或许会是一件好事。

奇怪的是，以前他比现在对生活更感到绝望，当他至少在尝试从生活中寻找到意义时，却拥有更大的力量和更多的欢乐。

但你不能简单地将这几首诗斥为失败之作，因为艾略特先生是那种人们所说的"伴随着你成长"的作家。许多人在1920年觉得他的作品不堪卒读或不知所云，到了1930年却对他推崇备至。再过几年或许我们将会理解他后期的文风，但原先的优雅似乎已经离去，这一点是毋庸置疑的。

现在在世的作家中没有几个值得费心去关注。即使是对这本

书感到失望的读者也不会浪费时间，如果护封上的作品列表让他发现《普鲁弗洛克》、《荒原》还有《斯温尼·阿格尼斯特》这些诗作的话。

评约翰·米德尔顿·默里的《亚当与夏娃》①

我们现在生活在噩梦里，任何想要寻找摆脱它的方式的人会发现自己陷入这么一个两难境地——在环境没有改善的情况下，人是不会变好的；而人没有变好的话，环境是不会有改善的。

社会需要获得重生，但重生必须由被社会败坏的个体去实现。由于进步确实发生了（因为说到底，我们的生活或许要比石器时代好一些，甚至要比黑暗时代好一些），这个恶性循环似乎并不像它看上去的那么严重，但没有哪个有思想的人会假装这个问题很容易解决。至少，它意味着认定法律比人更重要抑或肉体比灵魂更重要。

马克思主义者（直到不久前默里先生仍是一个马克思主义者）与对个体重生的信仰毫无干系。按照他们的理论，一个败坏的社会只会产生败坏的个体。默里先生在过去五六年来朝着相反的方向进发，并得出这么一个结论：文明只能靠一小群男女去拯救，他们遗世独立，尽可能地远离国家的控制。群体行动是没有意义的，任何事情都必须从个体和家庭这个自然单位开始。

默里先生说："性是一切的根源。"男人和女人彼此真心相爱并组成家庭，孩子们在免于恐惧的环境里成长，它将有可能建立起自给自足的社区，成为新的文明的核心，就像古罗马帝国衰亡

---

① 刊于 1944 年 10 月 19 日《曼彻斯特晚报》。

后的基督教修道院。

反映到现实生活中，这意味着奉行和平主义和无政府主义的社区，依靠农业而生存。如果像这样的社区能够存在并缔造快乐和适应良好的人类，他们或许将会成为全人类的典范，并让人类社会回归更加简单、更加理想和更加虔诚的生活方式。

默里先生并不是在倡导回归"高贵的蛮荒时代"，也不是回归中世纪。他知道机器生产已经无可改变，而且他并不反对使用机器，只要它被用来节省繁重的劳动而不是被用来戕害人类创造性的本能。

目前人类几乎沦为机器的奴隶。在和平时期它让他无法接触创造性的劳动，在战争时期它赋予了他如此可怕的毁灭力量，整个人类都面临危险。

但他无法摆脱机器，因为他意识中的目标只有意味着高速生产的"高标准的生活"。对于机械化社会所制造的弊端，他能想到的补救方法就是更高程度的机械化——而默里先生说，如果他信奉上帝，爱他的妻子，享受用双手劳动，"高标准的生活"似乎对他并不重要。

默里先生否定性的分析很容易被接受，或至少会被认同。但他的正面建议则比较难以接受，特别是当你记得默里先生几年前还以同样的自信在倡导截然相反的解决方法。

一个明显的难题就是和平主义与摆脱纳粹极权主义之间的矛盾。从这本书的内容看，默里先生明确地拒绝"支持"战争。事实上，他曾担任《和平新闻》的编辑达数年之久，而且是"为和平呼吁"最得力的倡导者。与此同时，他承认英国和其它欧洲国家还没有在通往极权主义的道路走得太远，而如果纳粹分子获得胜利的话，他所希望看到的无政府主义式的社区将没有机会成立。

"新的社区没有希望繁荣发展和扩张，甚至没有希望生存下来，它会被一个彻底的极权主义国家扼杀。但在这个国家，社会的政治和宗教气质与极权主义在进行全方位的对抗，它能得到充分的容忍和支持，并取得进展。"

这确实是真的。默里先生所倡导的社区在英国确实存在，而政府容忍它们的存在，但或许并非很乐意。在一个极权主义国家，它们会轻易地被消灭——事实上，它们根本就不会被创建。

但这如何与和平主义取得一致呢？因为如果第一个不可或缺的必要前提是政治宽容，如果这一点你只能在英国勉强实现而在德国完全没有可能，那你难道不应该不惜一切代价保卫英国，让她不被征服吗？

默里先生并没有回答这个问题，但这个问题时不时就会在沉默中显现。或许默里先生的论述过于夸张了。他有一个论点是几乎所有和平主义者都会说的，那就是以暴力对抗极权主义的结果就是我们自己也会"成为极权主义者"。

在战前担心这一点是情有可原的，但它是否真的发生了却尚未可知。事实上，英国没有真正的极权主义思想冒头，而且仇恨宣传并不严重（1914 年至 1918 年的情况要糟糕得多）就是令人感到振奋的迹象。而且，或许默里先生过分强调了机器的"非人化"效果。在肯定机器夺走了生活的精华之前，或许你应该对古代平民的情况作更多的了解。

很有可能现代工厂的工人要比中世纪的农奴或古罗马的奴隶更加具有个性，更有思想，更加快乐和更加亲切。大体上，默里先生展现的趋势是扭曲事实和只接受有利于他的论述的可疑证据。

但这是一本有趣的书，而且当前盛行的观念是：只要我们消灭希特勒，就能够过上快乐的日子，回到 1939 年前的世界，工时更短而且没有失业，这本书是对这一谬论的解毒剂。书里有一篇名为《夏娃》的后记，或许被忽略了。

评比弗利·尼克尔斯的《印度判决书》[①]

　　平心而论，这本书读起来给人的感觉并不像是要找碴，但或许这恰恰就是它所起到的效果。尼克尔斯先生在印度呆了将近一年——他坚持说不是以官方身份——走遍了这个国家，访问了各个阶层的人，从土邦的王公到赤身裸体的乞丐都有。他抵达印度的时候日本侵略的危险仍然非常突出，"离开印度"的运动正进行得如火如荼。稍后孟加拉发生了饥荒，他记录了一些骇人听闻的细节。他很努力地想要找出真相，但方式很草率。他愿意揭露丑闻，对印度的内部事务持坦白甚至激烈的偏颇立场，这会令印度人感到愤怒。如果这本书像《印度母亲》[②]那样激起一系列反击的话，并不会让人觉得奇怪。

　　尼克尔斯先生批判的主要对象是印度教。他鄙视印度教本身——它的神牛崇拜、神庙里淫秽的雕刻、它的种姓体制、与科学和启蒙背道而驰的种种迷信——但最重要的是，在政治上他与印度人唱反调。他拥戴巴基斯坦，认为它终将以某种方式建国。他最喜欢的印度政治家是真纳先生[③]。他所说的内容有很多是真

----

① 刊于 1944 年 10 月 29 日《曼彻斯特晚报》。约翰·比弗利·尼克尔斯(John Beverley Nichols，1898—1983)，英国作家、剧作家，代表作有《无人的街道》、《自我》等。

② 《印度母亲》的作者是凯瑟琳·梅奥(Katherine Mayo，1867—1940)，美国女历史学家，代表作有《印度母亲》、《众神的奴隶》等。

③ 穆罕默德·阿里·真纳(Muhammad Ali Jinnah，1876—1948)，巴基斯坦政治家，巴基斯坦建国领袖，印巴分治后担任巴基斯坦第一任总督。

实的，但他的表达方式，以及他遗漏的事情，或许会误导一些人，而且一定会激怒许多人。

尼克尔斯先生从未真正触及的事情是：印度人对英国的愤恨是合理的。很久以前印度人就希望英国人离开，但英国人赖着不走。如果你记住这一点的话，尼克尔斯先生对国大党政客的斥责有很多是可以接受的。就算英国人离开，印度当前的问题也无法得到解决。而且那些民族主义的宣传将所有的弊端都归结为英国统治的结果，这是不诚实和歇斯底里的表现。正如尼克尔斯先生想到的——事实上，他知道的事情太多了——这些宣传被抱以善意的英国自由主义者和美国人欣然接受，他们更愿意接受为印度辩护的人告诉他们的内容，因为他们对印度的问题并不是真的感兴趣。如果尼克尔斯先生能够更加平心静气地进行探讨的话，他的许多看法其实是值得进行探讨的。

确实，印度教与伊斯兰教的对立被民族主义宣传一带而过，而且穆斯林信徒的主张在印度境外很少得到公平的申辩机会。此外，国大党的确不是西方的自由主义者所想象的理想的左翼组织。它很像纳粹党，其资助者是亲日派的阴险商人。而且，支持印度和反对英国的宣传总是忽略像贱民这样的重大问题，忽略或扭曲了英国在印度的正面成就。你可以列举出长长一串相似的观点，在这些问题上尼克尔斯先生或许是对的。但他没有看到印度政治极其恶劣的环境，那些歇斯底里、谎言、病态的仇恨、猜疑和轻信。这些都是民族自尊受到伤害的结果。他敏锐地观察到被奴役的民族的心态，但把它说成似乎是天生的或印度教造成的结果。

譬如说，他毫不掩饰地鄙视受过粗浅教育的印度青年。他们投身报业和法律，过着朝不保夕的日子，在民族主义运动中发出最大声的呐喊。他不愿意承认这些失业的知识分子是对英国人的教育方式的控诉，也意识不到如果这些人能够承担真正的责任的话，他们或许会有更成熟的思想。

一个更加严重的错误是，他反复抨击甘地先生，因为后者让他觉得厌烦。甘地先生是一个难以捉摸的人物，尼克尔斯先生似乎在暗示他是一个骗子，但显然他并不是。就连他接连不断的自相矛盾或许也只是诚恳的表现。事实上，尼克尔斯先生的这本书自始至终都带着偏见和不耐烦，削弱了他合理的批评意见。

尼克尔斯先生愿意承认英国在印度犯下了错误，特别是社会方面的错误（他略带夸张地说没有哪个欧洲人对印度人说过"谢谢"），在结尾处他提出了一些很有建设性的提议。他认为英国人应该尽快离开印度。如果他在这本书的第一页就提出这一点的话，它给人留下的印象会好得多。他说，在道义上，赢得战争之后我们没有理由留在这里，但正如他所强调地，让英国将印度拱手让给日本是荒唐之举。他的解决方案是"先分裂再退出"——也就是说，我们将承认印度独立，但会先确保巴基斯坦建国。这或许是一个可以想象的解决方案，如果穆斯林联盟真的像尼克尔斯先生所说的那样拥有群众基础，或许这能在英国的力量撤走之后避免内战发生。

评安东尼·特罗洛普的《典狱长》、乔治·艾略特的《织工马南》、哈罗德·尼克尔森的《公众面孔》、萨克维尔-韦斯特的《厄瓜多尔的保卫者》、安纳托尔·法郎士的《诸神渴了》、埃德蒙德·韦尔梅伊的《希特勒与基督教》[①]

在理邦大教堂你可以看到一幕情景——或者说在几年前可以看到——让人忍不住想起《三只熊》这则童话故事。各位牧师那一排席位（不知道还在不在）的一头是主持牧师的席位，铺着一大张长毛绒软垫和一本对开的《圣经》，然后是教典牧师的席位，依次而下，每一个席位都铺着一张比上个席位更薄一些的软垫和一本更小的《圣经》，到了尽头是乡村教长的席位，他只有一块布鲁塞尔毛毯可以坐，和一本十二开本的《圣经》。

正是这一幕奇观促使安东尼·特罗洛普写出了巴切斯特系列

---

① 刊于 1944 年 11 月 2 日《曼彻斯特晚报》。玛丽·安妮·伊文斯(Mary Ann Evans, 1819—1880)，笔名乔治·艾略特(George Eliot)，英国女作家、记者，代表作有《亚当·贝德》、《弗罗斯河上的磨坊》等。哈罗德·乔治·尼克尔森(Harold George Nicolson, 1886—1968)，英国外交家、作家，曾是英国广播公司的理事会成员，代表作有《外交的演变》、《英国为何参战？》等。爱德华·查尔斯·萨克维尔-韦斯特(Edward Charles Sackville-West, 1901—1965)，英国作家，代表作有《辛普森的一生》、《留声机》等。埃德蒙德·韦尔梅伊(Edmond Vermeil, 1878—1964)，法国学者、日耳曼文化研究专家，代表作有《二十世纪的德国》、《德国的三个帝国》等。

这部反映神职人员生活的鸿篇传奇。特罗洛普并不是一个很活跃的教士，而且他是凭借着想象力勾勒出传神可信的教会大人物的众生相，但那些并不是对某些个体的歪曲刻画，当时很多人就是这么认为的。

他自己说他是在一座大教堂散步并无所事事地猜想这里的生活会是什么样的时候有了灵感的。

特罗洛普的几部最好的作品并不是巴切斯特系列。比方说《奥利农场》，里面有英国小说中最精彩的法律诉讼描写，还有《三个职员》和他那本精彩的自传。

《阿林顿的小屋》或许是他最完美的小说，与巴切斯特镇只有间接联系。

特罗洛普还以同样美妙的文笔描写政治、猎狐和职业人士的生活，没有多少活动在他虚构的巴切斯特镇（或许就是萨默塞特郡）里是没有写过的。但他最出名的作品是描写神职人员的系列，还有《典狱长》，它是这个题材最早的作品，或许也是最成功的作品。

《典狱长》的主线非常精彩，即使出自文笔没有特罗洛普那么高超的作家之手或许也会获得成功。

在巴切斯特有一所救济院，住着十二个穷苦的老人，由某位中世纪的善人捐赠的一笔基金赡养。那所救济院的院长哈丁先生是一位温和的老牧师，全身心投入于照顾穷人和演奏小提琴，完全乐在其中。

但是，整件事情在道德上和法律上颇有可疑之处。那位中世纪的善人馈赠慈善基金两块地的租金，那里现在盖满了楼房，变得特别值钱。结果就是，教会从慈善基金里获得丰厚的收入，而且那位院长领到 800 英镑的年薪，而那十二个老人每天只领到 1 先令 6 便士的救济金。

这种暴行最开始的时候是无心之举，然后随着时间的推移而成为被接受的事情。一个名叫约翰·博德①（特罗洛普喜欢给他的人物起贴切的名字）、爱管闲事的年轻改革家发现了这个事实，并着手要打官司。一场旷日持久的三方对抗在博德、哈丁先生和哈丁先生精明厉害的女婿格兰特利副主教之间展开。格兰特利副主教在后面的小说里所占的分量很重。最后，官司被取消了，一部分原因是博德与哈丁先生的小女儿订婚了，在此之前，可怜的哈丁先生不肯接受或许不属于他的金钱，辞去了自己的职务。那十二个老人过着比以前更糟糕的生活。

易卜生的《人民公敌》描写了同样的故事，但在易卜生的手里，它变成了一出对人的劣根性的夸张而滑稽的揭露，而特罗洛普则把它写成了一个带着善意的喜剧，正人君子是那位牧师，而不是他的敌人。

特罗洛普是一个精明的批评家，但他不是一个改革家。他认为历史久远的罪恶总是没有对它的纠正措施那么糟糕。他将格兰特利副主教描写成一个坏透了的家伙，而且他很清楚自己不是好人，但他仍然喜欢他甚于约翰·博德（在《典狱长》与《巴切斯特塔》里这些人被匆匆写死打发掉了），而且这本书蕴含着一则对查尔斯·狄更斯的隐晦的抨击，因为他觉得很难认同狄更斯的改革热情。

但是，正是因为特罗洛普对现实社会的不满使得他能够如此

---

① 博德与 bored（无聊）谐音。

详细却又妙趣横生地进行记录。在英国小说家中他以细节准确和富于魅力见长。这是他最好的作品之一，而且是企鹅出版社近期出版的书里最值得一读的。

乔治·艾略特的《织工马南》模仿特罗洛普的痕迹很重，但她总是有自己热心的追随者。

哈罗德·尼克尔森的《公众面孔》——它是一本写于1932年的政治幻想作品，描写的是1939年的事件，但与实际发生的事情相去甚远——是一本让人觉得很厌倦的书，而且很难理解为什么它会被重印。

萨克维尔-韦斯特的书有两则"中篇"小说。作为书名的故事《厄瓜多尔的保卫者》内容平淡而且没有什么意义，但另一则故事，十六世纪荷兰的传说，有一种神秘的魅力，就像一则童话。

在如今没有书读的日子里，当最陈腐的"经典作品"就连二手的也无处寻觅的时候，没有企鹅丛书的话生活或更加贫乏。和《典狱长》和《织工马南》一样，霍桑的《红字》和古德史密斯①的《维克菲尔德的牧师》都已经出版或即将出版。

值得去寻找的作品还有杰克·伦敦的杰出的政治预言《铁蹄》、詹姆斯·伯恩汉姆的《管理革命》和萨默塞特·毛姆以法国画家高更的生活为蓝本的《月亮与六便士》。

企鹅法文丛书是新出版的品种，印刷质量很好，只卖2先令6

---

① 奥利弗·古德史密斯(Oliver Goldsmith, 1730—1774)，爱尔兰作家、剧作家，代表作有《维克菲尔德的牧师》、《荒弃的村庄》等。

便士。任何能够阅读法语书的人——安纳托尔·法郎士的法语要比大部分作家更简单——会很喜欢那则揭露革命本质的故事《诸神渴了》。

韦尔梅伊教授的文章最初出版于法国战役开始之前，研究的主题是现代极权主义国家对宗教的威胁。

评贾尔斯·普莱菲尔的《新加坡的广播结束》、理查德·温斯泰德的《英国与马来亚》①

大家都承认 1942 年初马来亚的迅速沦陷是英国历史的一个污点，但它的教训并没有被好好地吸取，而且当时没有对马来亚战役进行充分的报道。如果能从更多的角度对它进行了解，那就更好了。这场灾难的原因更多是政治和社会的原因，而不是严格意义上的军事原因。

贾尔斯·普莱菲尔先生曾从英国被派遣过去协助组建马来亚广播公司。他于 12 月 8 日，珍珠港事件的第二天，抵达新加坡。因此，接下来两个月他的工作是每天在电台上进行日军动向的最新报道，并临时制作能够激励民众士气的节目，并对日本的宣传进行反击。

马来亚广播公司的职员收到的命令是尽可能久地保证新加坡的广播工作，然后在局势还好的时候销毁发射电台并撤离。最后，他们在新加坡岛沦陷前三四天撤离，在拥挤的船上呆了几周躲避潜水艇，那里几乎没有饮用水，睡的是光秃秃的甲板。最后大部分人去了印度或澳大利亚。

---

① 刊于 1944 年 11 月 8 日《曼彻斯特晚报》。贾尔斯·普莱菲尔（Giles Playfair），情况不详。理查德·奥拉夫·温斯泰德（Richard Olaf Winstedt, 1878—1966），英国东方学者，长期在英属马来亚殖民政府任职，代表作有《马来亚历史》、《英国与马来亚》等。

普莱菲尔先生对远东很陌生。他觉得自己不属于新加坡社会，而且他坦率地说自己不喜欢那里大部分欧洲人所过的愚昧、慵懒和琐碎无聊的生活。

他讲述了许多故事，内容是关于政府的无能和市民们不愿意严肃地对待这场战争，而且从一开始他就知道这场战争的宣传工作因为处置失当而陷入绝望。事前根本没有进行任何努力让亚洲人愿意接受战争，就连保护他们的准备工作也没有进行——新加坡岛上连一个地下防空洞都没有——而且日本人的飞机一出现那些码头苦力就成批地逃跑，实在是蔚为壮观，而乡下人则无动于衷地看着日军逼近。

普莱菲尔先生注意到虽然新加坡只是一个投资的地方，肤色隔阂却和任何地方一样严重。他记录了几件无可原谅的事情。比方说，槟城这个战略要地完整地落入了日本人的手中，他们在两天内就开始从电台发出广播。

尽管如此，普莱菲尔先生并不认为人们普遍相信在马来亚发生过的那些事情是真实的，他写到了一些记者，大部分是美国人，他们在热情地传播反对英国的言论。他说出了需要说的话，并以正确的观点去看待新加坡这场灾难。

对于这场大崩溃的主流看法是，罪魁祸首是刚愎自用的"毕灵普分子"和总是醉醺醺的种植园农场主，而且要是马来亚政府能够武装人民，消除肤色歧视和传播爱国口号的话，情况将会很不一样。

这么说并不符合事实。首先，这场军事灾难是不可避免的。英国人在欧洲为了生存而奋战，印度支那落入了日本人的手中，马来半岛在战略意义上已经是守不住了，而且新加坡本身根本经不起围攻。

它不是一座要塞，和普利茅斯一样只是一个海军基地，而且它有一百万人口，水源供应却只能够支撑几天。要是指挥官[①]不投降，数十万无辜的亚洲人会被活活渴死。

而且仓促之下根本不可能去组织群众对侵略者进行大规模的抵抗。马来亚的人口非常混杂（事实上，马来人是少数民族，中国人的规模和它一样大），而且经过多年的英国殖民统治，变得完全没有尚武精神。"父权"政府的一大弊病在于它扼杀了被统治民族的爱国心或责任感。当伦敦遭受轰炸时，伦敦"顶住了"。新加坡所遭受的轰炸在我们看来根本算不了什么，但由华人、印度人、马来人和阿拉伯人所组成的混杂的人口只会认为日本人是危险人物，奉行不抵抗政策会比较好。同样的事情在缅甸也发生了。

这些灾难表明被统治的民族即使当他们并没有遭到过分的剥削时，从军事意义上说也只会是负担。但马来亚的局势只有提早几十年着手进行改革才有可能得以改善。而且，正如普莱菲尔先生所坚持的，将主要的责任推到当事人身上是不公平的。罪魁祸首是英国的公众，他们有模糊的反对帝国主义的思想，但他们对殖民地的具体问题无动于衷。在危机时刻，马来亚的某些英国人的表现很糟糕，但像普莱菲尔先生这些人则展现了献身精神和智慧。

虽然这本书轻描淡写（大部分内容是以日记的形式），而且没有假装对当地很熟悉，但它是对关于马来亚战役的文学作品有益

[①] 从 1941 年 4 月起，负责指挥驻马来亚的英国部队的指挥官是亚瑟·厄尼斯特·珀西瓦尔将军（Arthur Ernest Percival, 1887—1968）。

的补充。

　　理查德·温斯泰德爵士的这本小书是描写英联邦各个国家的系列作品之一。或许它所描绘的英国治下的马来亚过于美好，但它提供了有价值的背景信息和马来亚从十八世纪开始的简史。它有很多好照片。理查德·温斯泰德爵士在马来亚任职多年，而且是从伦敦到马来亚的广播工作的负责人之一。

　　这个系列的其它即将出版的书籍或许会像乔伊斯·卡利①（《非洲自由的理由》的作者）的《英国与西非》和哈维②的《英国与缅甸》那样信息详实而且有可读性。

---

① 亚瑟·乔伊斯·卡利（Arthur Joyce Cary, 1888—1957），爱尔兰裔英国作家、画家，代表作有《美国访客》、《儿童之家》等。
② 哈维（G. E. Harvey），情况不详。

书籍与民族：奥利弗·古德史密斯的《维克菲尔德的牧师》①

马克·吐温对《维克菲尔德的牧师》的评价是："没有什么能比它的感伤更加滑稽，而没有什么能比它的幽默更加悲哀。"或许他并没有夸大自己的感觉。对于马克·吐温这代人来说，十八世纪的优雅显得很呆板滑稽是很自然的事情，就像约翰逊博士认为称颂侠盗罗宾汉的民谣没有什么好赞赏一样。《维克菲尔德的牧师》是企鹅出版社重印出版的《英国经典系列》之一，它是一部时代作品，它的魅力与它的荒唐一样突出。它的故事毫无感人之处，根本没有一些十八世纪的小说里——比方说《艾米莉亚》——可以找到的写实心理。它的人物都很单薄，而且情节要比《琴报》里面的连载故事更加离奇。但它仍然很有可读性，而且自初版之后的177年里从未绝版。就像日本的木版画一样，它有自成一体的完美笔触，而且时至今日它所支持的行为准则由于时代久远而拥有了历史色彩。

《维克菲尔德的牧师》是一本"劝世作品"，以小说形式呈现的布道。它的主题是从贺瑞斯始到萨克雷终的数百位作家写过而且取得成功的熟悉的主题：世俗野心的虚荣和俭朴生活的愉悦。它的主角普里姆罗斯博士（他以第一人称讲述这个故事）是一个被

① 刊于1944年11月10日《论坛报》。

称为"养尊处优"的神职人员，他失去了财产，只能搬到另一个教区，靠耕种自己的土地养活自己。一系列灾难降临到他的家人身上，每一回都是因为他们野心勃勃，想"抬高他们的地位"，想去结交贵族而不是与邻近的农民打交道。大女儿被一个没心没肝的流氓诱拐了，农舍被烧成废墟，大儿子因为杀人而被逮捕，普里姆罗斯本人被关进债务人监狱，还有其它种种悲剧发生。当然，到最后一切都离奇地得以解决，一环接一环的事件就像拉链那样紧密相扣。普里姆罗斯的财产失而复得，好像被诱拐了的大女儿结果仍是"清白女子"，二女儿的追求者一直扮穷是想考验她的爱情，原来他是一个富家公子，等等等等。但古德史密斯在简朴的美德和金钱的算计之间的摇摆给这本书蒙上了奇怪的道德色彩。

书中的主要情节是几场亲事，在第一页就挑明了十八世纪对待婚姻的冷血态度。一开篇，普里姆罗斯博士说道（或许古德史密斯并非想要语带讥讽）："我接受圣职刚过一年，开始严肃地思考婚姻，我选老婆就像她选婚礼的礼服一样，不是为了表面的光鲜，而是经久耐用的品质。"但除了选老婆就像选布料这样的想法之外，还有结婚与做一笔划算的买卖的想法密不可分这一事实。一笔够分量的嫁妆或稳定的收入是第一考虑，如果谈好的钱没有付清，最热烈的恋爱也会被终止。但除了市侩的思想之外，书里还有一种对于婚姻神圣性的迷信观念，使得这本书最具戏剧性的一幕显得滑稽甚至有点恶心。

奥莉维娅被一个名叫汤希尔的人勾引了。他是一个有钱的公子哥儿，他的华服和伦敦做派让普里姆罗斯一家心醉神迷。他被描写成一个彻头彻尾的恶棍，用里面的话说是"负心汉"，勾引了无数女人，而且沾染了各种恶习，甚至是一个懦夫。为了套住奥莉维娅，他用上十八世纪常见的假结婚这一招。他伪造了一份结婚证书，雇了某个人假扮牧师，在结了婚的假象下，那个女孩就算"毁了"。今天很难相信会有人肯去费这么多心思，但像这样的手段在一个高度重视贞洁和女人除了结婚之外没有其它职业的社会里很有效。在这么一个社会，两性之间不断地进行斗争——在女人的眼里就像用勺子托着鸡蛋赛跑，而在男人的眼里就像是一场九柱撞球游戏。奥莉维娅上当了，一辈子就这么毁了。古德史密斯在故事里插入了下面这段很有名的歌词，借她的口唱出了当时盛行的思想：

> 当美丽的女人一时犯蠢，
> 发现男人变心为时已晚，
> 有什么能够洗清她的罪孽，
> 有什么能够治愈她的忧伤？
> 若想避开众人的眼光，
> 若想将她的罪孽掩藏，
> 若想让爱人萌生悔意，
> 心如刀绞，唯一的妙计就是——一死了之。

　　奥莉维娅确实应该去死，而且真的准备求死——以小说女主人公那种悲愤交加的方式寻死觅活。但将一切拨乱反正的幸福结局降临了。原来奥莉维娅并没有被诱拐，她合法地结婚了！汤希尔先生总是以假证书和假牧师骗女人"结婚"，但这一次他的一个同伙心怀鬼胎，哄骗他带了一份真的结婚证书，并由一位真的牧师主持了婚礼。因此，这场婚姻是合法的！听到这个好消息"整家人都高兴坏了……快乐洋溢在每一张脸上，就连奥莉维娅的脸颊也似乎泛着幸福的红晕。她恢复了名誉和财富，立刻满心欢喜，身子不再虚弱，恢复了健康与活力。"

当大家都认为奥莉维娅失去"贞节"时，她失去了所有生存的理由，但当大家发现她这辈子嫁给了一个一无是处的恶棍时，一切都很好。古德史密斯并没有把结局写得过于荒唐，因为里面写到奥莉维娅一直和她的丈夫分居。但她有最重要的结婚戒指，而且得到了一笔丰厚的彩礼。汤希尔一个有钱的叔叔剥夺了他的财产作为惩罚，并把一部分财产赠予了奥莉维娅。事实上，我们从未忘记金钱与美德之间的联系。奥莉维娅认为自己"立刻恢复了名誉和财富"，汤希尔则看到"名誉扫地与困塞贫苦的深渊"出现在眼前。

除了债务人监狱的一两幕情景、在赛马会上几回小打小闹的赌博和对泥泞的乡村道路的描写之外，《维克菲尔德的牧师》里没有符合现实的细节。里面的对话很不可信，但是它的主题——时髦生活的空虚和乡村生活与家庭和睦的幸福——并不像那些离奇事件那么荒诞无稽。在斥责社会野心、无所事事的地主、华服、赌博、决斗、化妆品和都市的恶俗时，古德史密斯是在抨击他那个时代一个真正的趋势，斯威夫特和菲尔丁也以自己的方式进行谴责。

他非常了解一个现象，那就是没有责任感的新贵阶级的崛起。由于外贸的扩张，资本在迅速积累财富，贵族阶层不再生活在乡村。英国渐渐成为一个寡头统治的国度，而且乡村生活由于圈地运动和伦敦的吸引力而分崩离析。农民沦为无产阶级，小资产阶级堕落腐化。古德史密斯本人在广为引用的《荒废的村庄》中是这么写的：

> 疾病肆虐着这片土地，
> 财富在积聚，凡人却已消亡，
> 王公贵族须臾起落，
> 如气息般飘忽，
> 但坚强的农民，他们的乡村荣耀，
> 一旦被摧毁，就将云散烟消。

汤希尔代表了这种新一类的富人：辉格党贵族，而普里姆罗斯一家人自己酿醋栗酒，甚至在他们有钱的时候也很少离开家门口十英里，他们代表了旧时的自耕农或小地主。

在赞美乡村生活时，古德史密斯对他所赞美的东西了解并不多。他对乡村景色的描写有一种不真实的田园牧歌氛围，而且普里姆罗斯一家并没有在农场里干多少活儿。他们更经常做的事情就是坐在树荫下朗诵民谣，聆听画眉的歌声——务实的农民可没有多少时间去从事这些消遣。而且我们也很少看到普里姆罗斯博士作为一名神职人员的服务工作。事实上，他似乎只是时不时才记得自己的职责。但这本书的道德主旨是很清楚的，而且有一个章节里面硬生生地塞进了一篇反对寡头统治和资本积累的政治探讨。古德史密斯的结论是——无疑这是当时很普遍的保守党理论——只有强势的君主制才能够对抗寡头统治。普里姆罗斯博士的儿子乔治从欧洲旅行回来，也得出了同样的结论："我发现在君主制下穷人生活得最好，而共和制则最适合富人。"我们这个时代也以同样的理由为独裁体制辩护，而且同样的政治理念一而再而三地以稍有不同的形式出现。乔治继续说道："我发现在每个国家的富人都拥戴自由，喜欢自由的人都希望别人臣服于他的意志。"

尽管在它的矫揉造作之下埋藏着一些严肃的社会批判，但这并不是《维克菲尔德的牧师》的魅力所在。它的魅力在于它的风格——不管故事有多么荒唐，它的文笔很优美，语言简洁而雅致，时而穿插着诗歌，而且有些旁支情节，例如摩西与绿色的眼镜那个众所周知的故事。许多喜欢读书的人都读过这本书，而且它值得读上第二遍。它是那种你在童年时喜欢读而等你长大后又会喜欢读的书，它似乎不会失去可读性，因为你总是会在不应该笑的地方大笑一通。

评威廉·亨利·加德纳的《杰拉德·曼利·霍普金斯》[1]

今年是杰拉德·曼利·霍普金斯诞辰一百周年，也是他的朋友罗伯特·布里奇斯诞辰一百周年。后者多活了四十年，并在1918年编辑出版了《诗集》。要不是布里奇斯的努力，我们很有可能根本不会听到霍普金斯的名字，当前盛行的观点——加德纳先生似乎也有同感——布里奇斯的表现就像一个愚昧的庸人似乎并不公平。他对霍普金斯的崇拜是情有可原的。他早在十九世纪七十年代就敏锐地察觉到霍普金斯有第一流的才华，而且他将《诗集》的发表推迟到1918年，或许为奠定霍普金斯的名声做了很大的贡献，因为那个时候的公众品味经过庞德、艾略特、重新受到欢迎的多恩[2]和布里奇斯本人的诗歌作品的教育熏陶，为接受霍普金斯做好了准备。加德纳先生花了整整一章引用评论和批评，它们所突出的就是，几乎没有例外，他们现在多么受到推崇。加德纳先生似乎认为霍普金斯没有得到应有的赞誉，但你只需要想到乔伊斯和劳伦斯遭受的指责，你就会意识到霍普金斯在生时虽然被忽略，在死后的境遇并不是那么糟糕。

---

[1] 刊于1944年11月12日《观察者报》。威廉·亨利·加德纳(William Henry Gardner, 1865—1932)，英国文学评论家，代表作有《牛津诗歌集》、《杰拉德·曼利·霍普金斯》等。

[2] 约翰·多恩(John Donne, 1572—1631)，英国圣公会牧师、玄学诗人，代表作有《伪殉道者》、《危急时刻的献身》等。

加德纳先生的文风不像是一个批评者，而是一位门徒，在谈到霍普金斯的词语或宗教信仰时，总是为他辩护。在对霍普金斯进行探讨时总是会遇到这个问题，但很少进行公开探讨：霍普金斯作为一位耶稣会会士对他的诗人身份造成负面影响了吗？

加德纳先生显然认为没有，而且几乎可以肯定的是，他是对的。最严苛的纪律如果不包括作伪，不一定会对诗人造成负面影响，而且霍普金斯作为教士的生平就是他的创作主题。艺术源于苦难，霍普金斯显然过得并不快活，不只是因为他身体欠佳，作为诗人没有受到关注和被迫从事并不喜欢的工作。他过得不快活的原因还有：虽然他的信仰很坚定，但要达到它的要求却不是一件容易的事情。他就像一个置身于战争中的士兵，他相信战争是正义的，但他不会去假装快乐。他的思想和情感都很怪异。他对英国充满感情，认为英国比其它国家都好，虽然他皈依了天主教，是一位虔诚的信徒，却又对大自然有一种近似于泛神论的爱，让他觉得惠特曼很亲近。你或许会猜想他宁可接受贫穷和守贞，也不愿意乖乖听命，而且他从来无法像他所希望的那样彻底泯灭自己的个性。

我们没有理由认为如果他不信教的话会是一位更好的诗人。或许他会成为一个创作力没有那么旺盛的诗人，写出来的东西没有那么别扭，文字不会那么艰涩。

每个人都会察觉得到霍普金斯的宗教斗争与他奇怪的用词之间有某种联系，而且很难不觉得除了无止境地追寻确切的意思之外，有一种无意识的、追求奇崛的欲望在起作用。他完全臣服于一个世界，那个教会的世界，而且或许他希望成为另一个世界——诗歌的世界——的叛逆者，以此补偿自己。无消说，加德纳先生不会去听这个解释。他倾向于认为霍普金斯的语言完全没有矫揉造作，还补充说霍普金斯总是"更重视意义而不是暗示和音韵"。当然，你会习惯霍普金斯的修辞（比方说，他喜欢省略关系代词），许多表面上似乎随性散漫的内容如果更进一步探讨的话其实另有深意。但你总是会读到某个似乎是硬生生插进去的词语，要么是因为它很古怪，要么是因为它的音韵组合。同样的倾向——比方说，词语和语句的颠倒——也出现在他的散文中。

加德纳先生说霍普金斯是一位伟大的诗人，这是对的，但他并不希望读者抛弃他们的批判力——事实上，他要求他们这么做。他从不承认对霍普金斯的负面批评是有道理的，而且有时候他还暗示说这些批评都并非出于真诚。和其他诗人一样，你应该可以说他的作品有好有坏。你应该能够说《菲利克斯·兰德尔》或许是英语最好的短诗，与此同时，你会觉得像"非常激烈的甜蜜"并不是好句，并认同布里奇斯的意见：用"communion"作为"boon he on"的韵脚实在是"糟糕透顶"（加德纳先生的态度是"要么接受，要么走开"）。这是一本任何对霍普金斯感兴趣的人都应该去读的书，但加德纳先生答应会出第二本，如果他记得批评和为圣徒立传是两回事，那这本书会更有价值。

评阿尔弗雷德·莱斯利·罗斯的《英国的精神》(关于历史与文学的散文)、卡修斯的《布兰登与比弗利》①

有一首音乐厅的老歌,副歌是这么唱的:

> 给你自己打打气,
>
> 打打气,打打气。

任何听过这首歌的人都会发现,当他读到《英国的精神》时,这首歌又回到了脑海里。因为虽然这本书是一本过去十年来在不同的时间所写的杂文和广播稿的合集,并非全部都与战争有关,但作为自吹自擂的典范它可谓罕有匹敌。

确实,罗斯先生有理由这么做。他是一个康沃尔人,觉得自己并不是英国人——他解释说,因此他可以自由地站在英国的立场说出他们自己无法表述的话。为什么我们不对这个国家所取得的非凡记录和了不起的成就感到自豪呢?为什么我们得为之感到抱歉,似乎那是什么值得羞愧的事情呢?我却认为"绝对有理由"这么做。

---

① 刊于 1944 年 11 月 16 日《曼彻斯特晚报》。阿尔弗雷德·莱斯利·罗斯(Alfred Leslie Rowse, 1903—1997),英国历史学家、作家,代表作有《伊丽莎白女王与她的臣子》、《英国历史的精神》。

没有什么能比愚昧无知的沙文主义者更讨厌了，他们不知道我们崇拜历史的原因或对象——另一方面，不敢认识到自我贬斥的习惯同样具有毁灭性，甚至更加严重。此外，这种自我贬斥会让外国人信以为真。这么做很傻，而且会带来伤害。真正鲁钝的外国人，比方说日耳曼人，一辈子都在接受我们是一个腐朽没落的民族的宣传，当他们知道真相时，会感到非常震惊。

你或许会认为这番话有一定的道理，过去二十年来在英国知识分子当中风行的对于英国的鄙视是没有依据的，但你仍然会对罗斯先生的方式感到不安。

因为，首先，他最想称颂的不是英国的平民。"这或许是平民的世纪，"他说道，"这当然是老生常谈——但我要找的是非凡的人，有才华或能力的人。"事实上，他确实将绝大部分赞誉给予了那些已经成名的人，特别是学校教科书的编纂者十分熟悉的伊丽莎白时代的冒险者。

但他对英国人品格的评价很难找到一句不是恭维的话。我们似乎是斯文、慷慨、公正、富有想象力、勇敢、坚强、英勇和睿智的人——当然，我们还不知道自己拥有这些优点。这让人想起了那些占卜师，他们告诉你"你最大的缺点就是慷慨大方"，而且如果这番话出自一个外国人之口会非常令人高兴——但那必须是真正的外国人，而不是康沃尔人。

罗斯先生在重新出版这些文章时或许在关注美国。美国的反英思潮出了名的强烈，它们当中有的是因为对英国的历史一无所知，并对于英国的社会体制怀着过时的观念，显然，对这些思潮需要予以反击。

但是，这本书能否取得这个效果就说不准了。它过于着重强调英国的成就，对"伟大"但道德可疑的人物，像克伦威尔和马尔博罗公爵[1]，予以过分的赞美，过于看重军事辉煌，几乎没有提到英国人最好的品质，那就是，他们并不重视军事辉煌，他们更牢记的是失败而不是胜利。

或许这本书最有价值的文章是关于温斯顿·丘吉尔的开头那篇文章。它的文风过于刻意奉承，而且毫无必要地强调丘吉尔先生的贵族出身，但它让读者想起了容易忘记的一件事情——丘吉尔先生不仅是一位政治家，而且是一位相当好的作家。很有必要提醒公众那本很有可读性的书《我的早年生活》。

还有一篇关于伊拉斯谟[2]的详实的文章，伊拉斯谟在十六世纪初在英国生活了十年。但这本书给人的整体印象，就连各个章节的标题（《冒险精神——解读英国》、《德雷克的作风》、《水手与帝国》）也并不是称赞英国的恰当方式。

或许萧伯纳借他的人物之口说出的那番评论"每一个真正的英国人都痛恨英国"并不像它听上去那么夸张。

迈克尔·富特先生的书（"卡修斯"的身份已经正式公布了）是一本非常轻松的讽刺短文，或许没有《审判墨索里尼》那么成功。它讲述了一个名叫忒普先生的人和一个名叫塔德波尔先生的人的故事，这两人其实就是稍加掩饰的布兰登·布雷肯[3]先生和贝

---

[1] 约翰·丘吉尔（John Churchill, 1650—1722），马尔博罗公爵，英国军事家、政治家，曾在九年战争和西班牙继位战争中为英国立下赫赫军功。

[2] 迪斯德利·伊拉斯谟（Desiderius Erasmus, 1466—1536），尼德兰思想家、神学家，代表作有《愚人颂》、《论死亡之准备》等。

[3] 布兰登·布雷肯（Brendan Bracken, 1901—1958），爱尔兰商人，曾于1941年至1945年担任英国新闻部长。

弗利·巴克斯特①先生。忒普先生是聪明的保守党人，而塔德波尔先生则是愚蠢的保守党人。他们正在为即将到来的大选构思竞选方案（时间是不远的未来），而这包括掩盖过去二十年来保守党的记录。

塔德波尔先生傻兮兮地尝试去为张伯伦的错误开脱，而不是悄悄地一带而过——忒普先生知道如果保守党能够抹上对手的政治色彩的话，获胜的希望会更大一些。富特先生无情地揭露了自1918年以来我们的领导人的愚蠢，但当他写到工党时则手下留情。

熟悉的指控还有绥靖政策是不可避免的，因为英国被左翼势力的和平主义削弱了，这个指控有一定的道理，并不只是一番狡辩。单举一例，直到1939年工党仍投票反对征兵制，却又同时要求对希特勒的立场要强硬。

在英国这么做是可以理解的，但在整个欧洲，包括法国，或许还有苏联，它所造成的印象就是英国无意参战。就连1933年牛津大学辩论社愚蠢的"国王与祖国"动议②，对意大利的法西斯主义者来说也是一大鼓舞，虽然英国人能够理解它真正的含义。这本书的结尾是虚构的丘吉尔先生的竞选演讲，还有由一位无名氏工党领袖所作的名为《将带来胜利的另一番演讲》的讲稿，两篇演讲都展现了富特先生的雄辩才华。

---

① 亚瑟·贝弗利·巴克斯特（Arthur Beverley Baxter，1891—1964），加拿大裔英国政治家，曾担任保守党下议院议员。
② 1933年，牛津大学辩论社以275票对153票通过一项动议：本议院在任何情况下都不会为国王与祖国而战。

评约翰·阿尔弗雷德·斯宾德的《最后的文章》、沃尔特·克雷·劳德米尔克的《巴勒斯坦，希望的土地》、雷吉纳德·莫尔的《作品选集》①

著名的自由主义记者约翰·阿尔弗雷德·斯宾德曾担任《威斯敏斯特公报》（它在 1928 年被《每日新闻》并购了）的编辑很多年。他生于 1863 年，在这场战争进行得热火朝天的时候去世了。他认识劳合·乔治和格雷爵士②，与格莱斯顿经常交谈，而且曾经与勃朗宁③和马修·阿诺德④会面，见过迪斯雷利，在牛津大学上学时还曾师从拉斯金⑤。

不可避免地，他的回忆是他最有趣的地方，但出版商在护封上说这些文章"就像它们刚出版的时候一样适用于我们这个时

---

① 刊于 1944 年 11 月 23 日《曼彻斯特晚报》。约翰·阿尔弗雷德·斯宾德（John Alfred Spender，1862—1942），英国记者、作家，代表作有《公共生活》、《文学、新闻与政治》等。沃尔特·克雷·劳德米尔克（Walter Clay Lowdermilk，1888—1974），美国水文专家，曾参与以色列建国规划。雷吉纳德·莫尔（Reginald Moore），情况不详。

② 乔治·格雷·阿斯顿（George Grey Aston，1861—1938），英国海军军官、情报部官员，代表作有《新旧战争的启示》、《政治家与市民的战争研究》等。

③ 罗伯特·勃朗宁（Robert Browning，1812—1889），英国诗人、作家，代表作有《戏剧抒情诗》、《戒指与书》等。

④ 马修·阿诺德（Matthew Arnold，1822—1888），英国诗人、文化批评家，代表作有《文化与无政府状态》、《上帝与圣经》等。

⑤ 约翰·拉斯金（John Ruskin，1819—1900），英国作家、诗人、画家、思想家，代表作有《现代画家》、《建筑学的诗艺》等。

代"自有其道理。

斯宾德代表了旧式英国报刊业的美好传统——不仅高度重视真相和言论自由，而且尊重知识分子，而这些如今已经不常见了。

这本书里有一个小插曲，无意中表明了这一点。在十九世纪八十年代，斯宾德担任一份没什么名气的小报的编辑，而马修·阿诺德刚刚发表了一篇面向本地文学圈和哲学家团体的演讲。

阿诺德向斯宾德打招呼，让他不要刊登关于这个讲座的报道，似乎这篇报道不刊登的话他可以在别的地方发表。斯宾德对他说这是没用的，因为其它本地报纸一定会进行报道。他自己的报道占据了五个专栏的版面。

你很难想象马修·阿诺德或其他人的演讲在今天会像当时一样成为"新闻"！

当他描写自由时，特别是出版的自由时，斯宾德让人意识到在十九世纪一个人能够形成自己的思想是多么美好的事情。没有几个现代人能够不去担心自由的代价。

在1937年，当绥靖政策成为时尚时，我们发现他勇敢地发言反对欧洲的独裁政体；在1940年，当英国陷入绝望的局势时，我们发现他仍然坚持认为说出真相是好事，而且诚实的批评不应该被噤声。

而且他不害怕成为孤家寡人。他最后的作品里有一篇文章为张伯伦辩护。无疑，张伯伦的政策是错的，而斯宾德为它辩护也是错的，但不管怎样，在那个时候(1940年11月)要主动去对这个话题发表文章是需要勇气的。

这只是一本没有多少分量的作品，而且里面有的文章并不值得重印，但光是对格莱斯顿、格雷、博塔①、海格②和其他人的回忆就值得一读。里面时不时有一些精彩的评论，比方说：

"他们的祖国的拯救者其实大部分人是不好相处和危险的人物。正如历史所表明的，一个国家被'拯救'与被摧毁几乎同样都是不幸。"

"当一个国家得救后，就像柏拉图的理想国里的诗人一样，拯救者被戴上桂冠，并被送上前线。"

在写给侄子史蒂芬·斯宾德③先生的一封有趣的信件里，他表达了自己对当代诗歌的观点（负面的观点）。但在信中斯宾德仍然保持清醒，愿意承认或许他是错的——他还记得与勃朗宁同一时代的人对他的一些诗作的评价。

劳德米尔克博士的书是一本记录犹太复国主义者在巴勒斯坦所取得的成就的好书，里面有一些很有意思的茂密的森林和人口稠密的城市的照片，二十年前那些地方都是荒漠。

作者是一个美国土壤保护专家。他提供了证据表明巴勒斯坦在现代的干燥气候（它曾经是罗马帝国统治下的一个繁荣的行省）不是因为气候的变化，而是因为阿拉伯人落后的农业方式，以及他们养的那些什么都吃的山羊。

---

① 路易斯·博塔（Louis Botha, 1862—1919），南非政治家，曾担任南非共和国第一任总理。
② 道格拉斯·海格（Douglas Haig, 1861—1928），英国军人，曾担任一战英国陆军元帅。
③ 史蒂芬·哈罗德·斯宾德（Stephen Harold Spender, 1909—1995），英国作家、诗人，代表作有《法官的审判》、《世界中的世界》等。

他倾向于建立类似于田纳西河谷管理局的约旦河谷管理局，并认为通过这种方式，巴勒斯坦的土地能够再养活四百万人口。这将一劳永逸地解决"犹太人问题"。

虽然劳德米尔克博士本人并不是犹太人，但他是犹太复国主义的热心支持者。他的书值得一读，但和所有犹太复国主义和亲犹太复国主义的文学作品一样——里面没有阿拉伯人的观点，因为阿拉伯人在国外没有媒体的根基，他们的呼声没有得到申辩的机会。

《作品选集》里的故事和诗歌大部分是未出版的手稿，其水平要高于目前的文集的平均水准。

特别值得一提的是由阿伦·刘易斯[①]写的关于军旅生活的短篇小说。他不久前在缅甸被杀了。还有弗雷德·厄克特写的另外一篇文章，他有非凡的才华，能够写出简洁的故事和可信的对话。

里面有一篇麦克拉伦-罗斯写的很有趣的小品文，亚历克斯·康福特[②]最近出版的小说《发电厂》，还有莱斯·戴维斯写的一篇不错的威尔士故事。

詹姆斯·塔姆比穆图[③]选择的诗歌和序文隐晦地暗示着文学

---

① 阿伦·刘易斯（Alun Lewis，1915—1944），威尔士诗人，代表作有《致我的妻子》、《在绿色的树上》。

② 亚历克斯·康福特（Alex Comfort，1920—2000），英国科学家、医生、和平主义者，代表作有《性的乐趣》、《和平与抵抗》等。

③ 梅利·詹姆斯·图莱拉贾·塔姆比穆图（Meary James Thurairajah Tambimuttu，1915—1983），泰米尔诗人、作家，代表作有《纳塔拉加》、《摆脱战争》等。

流派的斗争，里面包括了乔治·巴克、陆思文·托德①、朱利安·西蒙斯②和凯瑟琳·蕾恩等人的作品。

---

① 陆思文·坎贝尔·托德(Ruthven Campbell Todd，1914—1978)，苏格兰诗人、画家，代表作有《迷路的旅人》、《手中的世界》等。
② 朱利安·古斯塔夫·西蒙斯(Julian Gustave Symons，1912—1994)，英国作家、诗人，代表作有《杀了自己的男人》、《谋杀！谋杀！》等。

评赫伯特·约翰·克里弗德·格里尔森与史密斯的《英国诗歌的批判性历史》[①]

　　这本书有 521 页，以《贝奥武甫》作为开始，以亨利·特里斯[②]先生作为结束，一定将重点放在了历史上而不是批评上。它以长短不一的篇幅探讨了三百多位英国诗人，大体上是一本参考书，在如今图书馆被炸毁，地位不是很重要的古典作品总是无从寻觅的时候，像这样的书在今天非常有用。

　　两位作者将英国诗歌的发展追溯到黑暗时代，用的是惯常的分类方法。几位主要的作家用一个章节去讲述，爱尔兰和苏格兰的诗歌给予了应有的重视。对诗剧有充分的讲述，就连赞美诗也没有被轻视。但在这么一本包罗万象的书里，几乎没有提到打油诗似乎是一个遗憾，直到前不久它总是被单独当作一类诗，而且英伦诸岛的民族很擅长写这种诗。比方说，里面没有提到巴哈姆、萨克雷或刘易斯·卡罗尔，而卡尔弗利[③]只是勉强入选。贝洛

---

① 刊于 1944 年 11 月 26 日《观察者报》。赫伯特·约翰·克里弗德·格里尔森（Herbert John Clifford Grierson，1866—1960），苏格兰作家、批评家，代表作有《十七世纪英国文学的浪潮交叠》、《弥尔顿与华兹华斯》等。史密斯（J C Smith），情况不详。

② 亨利·特里斯（Henry Treece，1911—1966），英国作家、诗人，代表作有《黑暗的季节》、《诗集：王冠与镰刀》等。

③ 查尔斯·斯图亚特·卡尔弗利（Charles Stuart Calverley，1831—1884），英国诗人，为拉丁语诗翻译为英文诗作出了杰出贡献，而他本人的诗作富于机趣，代表作有《ABC》、《飞叶》等。

克先生被排除在外，评价是"他的十四行诗、警句和劝世诗还没有被遗忘"，这番话并不公允。而且里面没有提到英国的儿歌——这是一个遗憾，不仅是因为它们当中有一些是真正的诗歌，而且因为作者原本可以指出迄今为止还没有一部完整的儿歌集出版这个并不光彩的事实。

普通读者查阅这种书的目的是想了解那些不是很出名的诗人（比方说，十五世纪的诗人）或像《仙后颂》这样的作品，他们知道自己应该崇拜这部作品，却不愿意去读它。因此这在相当程度上取决于信赖。但对于这种书的批判性判断力能否被信任有一种考验方式——那就是，看看它对当代诗歌的看法，关于这些诗歌还没有形成定论。令人惊讶的是，许多选集和学术批评作品经不起这个考验。《牛津英国诗集》就是一个例子。这本书在编纂者开始运用自己的判断力之前算得上是一部好的选集，之后水平开始明显下降。

不过，格里尔森教授与史密斯博士对当前的发展有很好的把握，甚至给了当代诗歌本不应有的篇幅。事实上，他们的判断有许多值得商榷。他们坦诚偏爱乔治亚诗人（比方说，他们告诉我们拉尔夫·霍奇森①先生"所写的诗几乎都令人难忘"），而且他们只是略微提了一下霍普金斯。虽然他们花了一两页探讨艾略特，却没有提到《斯威尼诗集》，只是提起了《普鲁弗洛克》。庞德因为政治背景的原因连提都没有提。乔伊斯并不被看成是诗人，虽然他写出了唯一成功的英文维拉内拉诗。但不管怎样，两位作者

---

① 拉尔夫·霍奇森（Ralph Hodgson，1871—1962），英国诗人，代表作有《谜团》、《荣誉之歌》等。

并没有许多博学的人所共有的错误思想，认为文学发展在四十年前就停止了。他们愿意严肃地探讨奥登和麦克尼斯，甚至迪伦·托马斯和末日派诗人。因此不是学者的普通读者可以有信心接受他们对亨利森①或特拉赫恩②或申斯顿③的看法。

但是，这本书最大的缺点——或许除非将书变得更厚，否则无法避免——就是它对文学作品的社会背景只是一带而过。形式、题材和语言的转变都有记录，但也只是一带而过。英语的现代形式固定下来之后——大约是在十六世纪初——英语诗歌的特征是它的多样性和某些理念的兴起与衰落。在某一个时代，几乎每个人都能写出过得去的抒情诗，而到了另一个时代，或许不到一百年之后，抒情诗似乎完全销声匿迹了。十八世纪的大部分时间里，英雄双韵体诗几乎是唯一的形式，莎士比亚是否受到推崇仍无法肯定，蒲柏对乔叟的作品的改写被认为是一项进步；然后，突然间，古典的文风似乎显得很夸张甚至很滑稽，在一百多年的时间里，统治诗歌的形式是最为张扬的浪漫主义。

格里尔森教授和史密斯博士确实尝试了将这些改变与重大的历史事件联系在一起，但大体上他们将诗歌的历史当作个体或以个体为中心的"诗派"的历史去处理。他们得提到那么多诗人，或许这是不可避免的，但你总是会希望能够了解更多的背景信息——更详细地解释为什么英国人曾经是欧洲最有音乐才华的民

---

① 罗伯特·亨利森(Robert Henryson，1460—1500)，苏格兰诗人，代表作有《克里斯达的证言》、《时代的颂歌》等。

② 托马斯·特拉赫恩(Thomas Traherne，1637—1674)，英国诗人、牧师，代表作有《创世六日思考录》、《基督徒的伦理》等。

③ 威廉·申斯顿(William Shenstone，1714—1763)，英国诗人，田园诗作的倡导者，代表作有《利索尔斯庄园》。

族，后来他们失去了这个地位，又或者为什么一个时代会忽略大自然，另一个时代会崇拜大自然，而又一个时代则觉得大自然有点可怕。但是，两位作者无疑有意缩窄了范围，他们成功地实现了他们想要达到的目的。这是一本信息详实的书，买书人可以将它作为收藏。

评詹姆斯·阿盖特的《贵族的责任——致另一个儿子的另一封家书》、杰克·林赛的《诗歌的视角》[①]

　　几个月前奥斯波特·西特韦尔[②]爵士写了一本名为《致我儿的家书》的篇幅不长的书，内容是呼吁艺术家应该享有独立，甚至可以不用承担责任。书中的儿子（虚构的儿子，被设想为一位画家或作家）被教导要认为自己是以赛玛利[③]，无论代价多大都要保住自己的思想独立。

　　詹姆斯·阿盖特先生写了一则热情但并不是过于激烈的回应，认为艺术家不应该被特别对待，而是应该像其他人一样承担同样的责任。

　　阿盖特先生所说的许多内容都很有道理。确实，艺术家不应该生活在真空中，而且他们应该捍卫我们这个相对自由的社会，抵御外来的征服，要求作家和画家免服兵役的呼吁不应该得到提倡。

　　但是，阿盖特先生只是在部分程度上回应了奥斯波特·西特

---

① 刊于 1944 年 11 月 30 日《曼彻斯特晚报》。詹姆斯·阿盖特（James Agate，1877—1947），英国日记作家、批判家，代表作有《马的王国》、《昨日集、今日集》等。罗伯特·利森·杰克·林赛（Robert Leeson Jack Lindsay，1900—1990），澳裔英国作家，代表作有《历史与文化》、《英国考古》等。

② 奥斯波特·西特韦尔（Osbert Sitwell，1892—1969），英国作家，代表作有《失去自我的男人》、《西奈山的奇迹》等。

③ 以赛玛利（Ishmael）：《圣经》中的人物，其名字是"被遗弃的人"之意。

韦尔爵士的主要论点，而且他的语气会激怒很多人，而他们原本或许是会认同他的。

在一个健康的社会，每个人在某种程度上都是艺术家。在我们的社会，艺术家成了另类，而且他不得不当一个狡猾的人——不是为了生存，而是为了保住自己的灵魂。

阿盖特先生并不认为这是暂时的不幸，而是认为它是一条自然法则。他说普通人对美术或文学根本不感兴趣，而且暗示说情况一直都是如此。"要我说，"他说道，"我对教育的力量根本毫无信仰。"

"在我看来，它让孩子离开了健康而愚昧的黑暗，走进更加浓厚的以平庸侵蚀灵魂的深夜。"而且他一直在暗示说他认同，或在部分程度上认同普通人对于艺术的鄙薄，认同他们对"高雅人士"一贯抱以嘲讽，因为那些人"写晦涩难懂的诗"或"在一顶高礼帽上画三条沙丁鱼"，而且他还宣称高尔夫、板球和其它消遣"要比所有的诗歌加在一起更加深刻地打动了群众"。

阿盖特先生不理解的是，正是这个在公众中间非常普遍的态度，在像他这样的人的鼓动下，使得艺术家和知识分子变得不负责任。如果你把人当贱民对待，他们就会变成贱民。

年轻一代的英国作家和艺术家在当前这场战争中表现令人不齿，而且一种自称为无政府主义的个人主义似乎正在冒头。但解决的方法不是去恭维群众的糟糕品味。归根结底，解决的方法是推行阿盖特先生所不相信的教育。奥斯波特·西特韦尔爵士的这本宣传册应该有更好的回应。

杰克·林赛先生持不同的立场。他探讨的是几乎相同的问题——诗人在当今社会的地位——但他这篇简短的宣传文章还希望成为自上次战争以来文学发展的简史,并对更早前的历史进行回顾。

这应该是过去几年里马克思主义文学批评最有水平的文章之一。它不是很好读,一部分原因是他必须将材料压缩到 25 页的篇幅里,因此他只能草草了事,但这番努力是值得的。

林赛先生的观点是,诗歌只有在没有阶级的社会里才能获得真正的繁荣。在原始社会时期,个人与集体之间没有冲突。整个部落拥有集体意识,诗人同时也是祭司,只是以高度艺术化的形式去表达每个人的感受。他是一个非凡的人,但他并不像现代知识分子那样被孤立起来。

随着阶级区别和阶级矛盾的出现,诗歌的集体基础消失了,随之消失的还有诗人的自由,现在他必须与环境进行斗争。

只有当没有阶级的社会建立后,他的地位才能完全恢复,但即使在我们这个时代,只要他能认清并接受历史的必然趋势,他也能获得相对的自由。当他放弃自己的个体性,为建立没有阶级的社会而奋斗时,他才是最真实的个体。

许多尝试和失败体现于过去三十年来在英国先后涌现、兴盛一时的各个诗派——豪斯曼与乔治亚诗派、战争诗人、艾略特及其追随者、奥登的群体,最后是赫伯特·里德先生和过去几年来出现的无政府主义—和平主义青年诗人。

在广义上林赛先生的理论无疑是正确的,但你必须警惕他的政治倾向。

他没有明说,但他暗示为建立没有阶级的社会而奋斗意味着加入共产党,或至少对共产党抱以同情。但是,我们没有强有力的理由认为各国的共产党有可能甚至渴望建立没有阶级的社会。林赛先生拒绝承认他自己的马克思主义让他形成了错误的思想。

他声称那些拒绝正统共产主义的人这么做是因为他们害怕纪律，并希望获得思想上的自由，而那其实只是虚幻。

无疑对于某些人来说这就是内在的动机，但肯定不是所有人都这样。大体上，我们这个时代最有文学才华的人拒绝共产主义并不是因为它意味着纪律——原因很复杂。

但是，这并不意味着林赛先生的理论是错的。当诗人对历史进程起到促进作用时，他是最不孤单和最自由的——书中的许多内容你可以接受，但无法认同林赛先生关于历史进程的本质和节奏的看法。

这是一本很好的宣传作品，而且对最近一些年轻的诗人所发表的不负责任的直白言论发起了有效的反击。

詹姆斯·阿盖特在 1944 年 12 月 21 日发文至《曼彻斯特晚报》，对奥威尔的书评作出回应：

乔治·奥威尔先生在对我的作品《贵族的责任——致另一个儿子的另一封家书》的书评中以紊乱纠结的言论表达出错误的理解。下面是奥威尔先生的内容：

"阿盖特先生一直在暗示说他认同，或在部分程度上认同，普通人对于艺术的鄙薄……而高尔夫、板球和其它消遣要比所有的诗歌加在一起更加深刻地打动了群众。"

看一看我的书中的这段话：

定义狂喜的火焰是回归所有艺术的首要原则。我们或许可以断言寻找美的激情之旅是在寻找并不存在于海洋上或陆地上的光。某个神秘的疯狂想法指导着艺术家以文字、图画或声音将最高形式的价值记录下来，他的艺术超越了死亡，成就了永恒，让世界能够意识到他的存在，而这正是文明人的奇迹和财富。

奥威尔先生怎么能认为一个写出这段文字的人会认同或在部分程度上认同对艺术的鄙薄呢？我们的足球场、板球场、拳击擂台和赛道比老维克剧院吸引了更多的追随者，难道这不是事实吗？

奥威尔先生谎称我对群众的糟糕品味进行恭维。这表明他完全没有看懂我的书。下面我用简单的文字进行总结，作为对奥斯波特·西特韦尔爵士的《致我儿的家书》的回应：

一、奥斯波特·西特韦尔爵士说一个人应该为了祖国的土壤上的鲜花而战斗和牺牲。我则说他应该为了祖国的土壤而战斗。

二、奥斯波特·西特韦尔爵士说所有的艺术家都应该免服兵役。我则说所有的艺术家都应该被征召入伍，由其他人去决定他们继续自己的艺术创作是否能够更好地造福国家，而例子有：威廉·沃尔顿①、约翰·吉尔古德②、罗伯特·赫普曼③、汤米·特林德④等。

---

① 威廉·特纳·沃尔顿(William Turner Walton，1902—1983)，英国作曲家。
② 亚瑟·约翰·吉尔古德(Arthur John Gielgud，1904—2000)，英国演员、导演。
③ 罗伯特·赫普曼(Robert Helpmann，1909—1986)，澳大利亚舞蹈家、演员、导演。
④ 托马斯·爱德华·特林德(Thomas Edward Trinder，1909—1989)，艺名汤米·特林德，英国喜剧演员。

三、奥斯波特·西特韦尔爵士认为艺术比生活中大部分精美的装饰更加重要，是生活的"最美妙的思想的精华"。我同意这个看法，但我要问的是这个最美妙的精华触及了谁和影响了谁？显然，只有那些能够理解艺术的人，大概也就是十分之一的人群。我认为，就像莎士比亚为那些能够理解莎士比亚的人带来快乐一样，亚历山大·詹姆斯①为不喜欢艺术的人带来了快乐。如果演员可以免服兵役，那么足球运动员为什么不可以？

四、奥斯波特·西特韦尔爵士说战争或许会杀死未来的莎士比亚。是的，但它也可能会杀死未来的丘吉尔、鲁廷斯②、埃丁顿③、霍德④、奥古斯都·约翰⑤。因此，如果艺术家可以免服兵役，那么有潜力成为各个领域的杰出人物的人也必须免服兵役。让马尔康·萨金特⑥免服兵役而不让马尔康·坎贝尔⑦免服兵役未免荒唐。

五、奥斯波特·西特韦尔爵士说了解另一个国家的最好的方式是去了解它的艺术品。

对于这一点我的回答是，英国人不应该让他们对歌德、海

---

① 亚历山大·威尔逊·詹姆斯（Alexander Wilson James，1901—1953），苏格兰足球运动员。

② 爱德华·兰西尔·鲁廷斯（Edwin Landseer Lutyens，1869—1944），英国建筑家。

③ 亚瑟·斯坦利·埃丁顿（Arthur Stanley Eddington，1882—1944），英国天文学家、数学家。

④ 托马斯·吉弗斯·霍德（Thomas Jeeves Horder，1871—1955），英国临床医生。

⑤ 奥古斯都·埃德温·约翰（Augustus Edwin John，1878—1961），威尔士画家。

⑥ 哈罗德·马尔康·沃茨·萨金特（Sir Harold Malcolm Watts Sargent，1895—1967），英国指挥家、作曲家。

⑦ 马尔康·坎贝尔（Malcolm Campbell，1885—1948），英国赛车手，曾于二三十年代创下赛车最快时速记录。

涅、巴赫、贝多芬和瓦格纳的爱蒙蔽了眼睛，看不见德国人好战的天性。

总而言之，我并不认同普通人对于艺术的鄙薄，也不会去恭维他的品味缺失。我的那本小书的最后一页有这么一段话："我意识到住在沃尔沃思路的人的品味很低，我认为百分之九十五的人是不会有改善的。或许我是错的，但我会以最坚决的态度坚持我的意见。我认为艺术家的责任是捍卫沃尔沃思路的群众，无论他们的品味有多么低，就像沃尔沃思路的群众为了他们的赌注那样充满男子气概和决心——愿上帝原谅我。"

我无法理解像奥威尔先生这么聪明的人怎么会认为这段文字是认同低俗品味或是对它的恭维呢。

我为这个国家的品味标准感到痛心。我要说的是那些品味更高的人的责任是为那些没有天赋的人而奋斗。

如果有读者能够找到更加直白浅显的文字表达我这番明显的含义，我答应在这本书的下一版中使用这些文字。

奥威尔在同一期的《曼彻斯特晚报》中的回应：

要对阿盖特先生的反对意见一一进行回应会占据太长的篇幅，但我希望就两点进行阐述。

一、对艺术家的鄙薄：阿盖特先生的小书自始至终充斥着惯常的对"布卢姆斯伯里①"的轻蔑和诸如"假如知识分子有思考能力"这样的字句，显然他的目的是争取到那些鄙薄高雅艺术的

---

① 布卢姆斯伯里（Bloomsbury）地处伦敦中心，区内有大英博物馆和伦敦大学学院等高等学府，曾是英国的文坛中心。

人。而且，他纵容甚至认同当前没有品味的状况，声称观众从板球、赛马等消遣中得到的快乐在本质上和从诗歌与音乐中得到的快乐是一样的。

"我认为，板球能让群众感到激动万分，而所有的感动都是平等的。"这句话以不同的形式一再出现。它的结论就是一位优秀的板球运动员与一位优秀的诗人同样重要。但是，阿盖特先生没有提到的是，诗人要比板球运动员更罕有，而且他们的价值要更加久远。

莎士比亚让十代英国人的生活更加富有价值，而威廉·吉尔伯特·格雷斯[①]，即使他在皇家板球场的那记著名的打破时钟的击球在某种程度上可以与《麦克白》或《李尔王》相提并论，但也已经开始被遗忘了。在拜占庭帝国走向衰败时，也有像阿盖特先生这样的人说群众从战车竞赛中得到的快乐比从《荷马史诗》中得到的快乐更大，对此有谁会怀疑呢？但《荷马史诗》成为了传世之作，而那些战车的御夫已经被遗忘了。而且，回首过去，我们能够看到古罗马竞技场的盛景的本质——不让群众去思考的精神鸦片。当社会恢复秩序时，我们这个时代的商业化的运动将会以同样的面目出现。

因此，难道说诗歌、音乐和绘画虽然会吸引很多庸人，但认为它们要比板球、高尔夫球或拳击更加重要就完全没有道理吗？

我完全同意阿盖特先生的看法——而且我也说过这一点——艺术家没有权利要求免服兵役。但我注意到阿盖特先生高声反对

---

① 威廉·吉尔伯特·格雷斯(William Gilbert Grace, 1848—1915)，英国著名板球运动员。

诗人的免役特权，而又赞同让那些受欢迎的娱乐明星免服兵役。他说道："显然，一个睿智的政府不会让威廉·沃尔顿、康斯坦·兰伯特①、克里福德·库松②、诺埃尔·考沃德③、约翰·吉尔古德、汤米·特林德去端刺刀。"

当然，政府不会让这些人去端刺刀，但它会让作家和画家等人去端刺刀，如果他们不是太老的话。有几位前途光明的年轻作家已经被杀了，而且1914年至1918年的那场战争对诗人展开了屠杀。回首过去，我认为让威尔弗雷德·欧文④免服兵役，并让赫拉修·威廉·博顿利应征入伍更能造福人类。

二、鄙视群众：虽然在每一页阿盖特先生都提到群众或普通人，他对他们的轻蔑体现于认为他们不仅没有艺术感觉，而且永远不会对艺术感兴趣。"我意识到住在沃尔沃思路的人品味很低，而且我认为百分之九十五的人是不会有改善的。"而且他坚称他不相信教育的力量。结论就是，现代机器文明的丑陋和庸俗是无法改变的，而且艺术家只为少数人服务，他们只是社会的累赘，是"漂亮玩意儿"的制作者。

值得注意的是，奥斯波特·西特韦尔爵士并不是那么鄙视群众。

他说比起生活舒适的中产阶层，工人阶级对艺术的敌意更少

---

① 莱纳德·康斯坦·兰伯特(Leonard Constant Lambert，1905—1951)，英国作曲家、指挥家。
② 克里福德·迈克尔·库松(Clifford Michael Curzon，1907—1982)，英国钢琴家。
③ 诺埃尔·皮尔斯·考沃德(Noël Peirce Coward，1899—1973)，英国剧作家、作曲家、导演。
④ 威尔弗雷德·爱德华·索尔特·欧文(Wilfred Edward Salter Owen，1893—1918)，英国诗人，代表作有《空虚》、《致被毁灭的年轻人的哀歌》等。

一些。但阿盖特先生的错误在于认为糟糕的品味是无法改变的人类的本质。莎士比亚是一个受欢迎的作家，阿里斯托芬的戏剧是广受欢迎的娱乐，而今天的原始民族也拥有高雅的品味。

我们英国人的品味很糟糕，就像我们长着一口烂牙一样。这是由复杂但可以去探索的社会原因引起的。我们要与之进行斗争，而艺术家和批评家正在进行重要的斗争。艺术家以保持自身气节的形式进行斗争，批评家以教育公众的形式进行斗争。恭维并不是教育。与其认为广大群众不可避免地都是傻瓜，然后暗示说当傻瓜是好事，甚至是光荣的事情，倒不如退回象牙塔，然后关上所有的窗户，这么做更有意义，而且更加值得钦佩。

评《通往未来的桥梁：马克斯·普劳曼的书信》[①]

你无法一次性通读一本书信集，特别是像这本书这么长的书信集。对于普通读者来说，对这本书的主要兴趣会集中在 1918 年和 1935 年到 1941 年。

除却纯粹的个人事务，马克斯·普劳曼的一生有两个伟大的事业——布雷克的诗歌（他担任编辑）与和平主义。在战争从地平线上逼近或真的发生的那几年，这些信件体现了最深刻的意义。

就连那些对马克斯·普劳曼的和平主义表达最强烈不满的人也不会被它激怒。他们总是说，你可以原谅他作为一个和平主义者，因为他并不是一个喜怒无常的人。这一点的确是真的，这些信件有力地证实了这一点。

他的本性是一个好斗的人，体格强壮而且品味简单，喜欢板球和园艺，而且不像是一个知识分子。他的和平主义没有与任何明确的政治纲领捆绑在一起。事实上，他的政治判断很不靠谱。

在这本书的结尾处，我们发现他认为慕尼黑会议挽救了和平，而且直到 1939 年 8 月，他显然还相信战争是可以避免的。

但是，他有着坚定不移的是非观念，而且有践行决心的行动

---

① 刊于 1944 年 12 月 7 日《曼彻斯特晚报》。马克斯·普劳曼（Max Plowman，1883—1941），英国作家，和平主义者，曾担任"和平誓约联盟"的秘书长，代表作有《和平主义的信仰》、《通往未来的桥梁》等。

力。他相信——用他自己的话说——"行动和存在比思考更加重要"，而且他更关心的是以行动而不是以辩论去促进和平事业。

这本书中最早期的信件表现他当时是一个三十岁左右的年轻人，因为他的第一本诗集所获得的赞誉而感到很高兴。他出身于生活舒适的中产阶级家庭（他的父母是普利茅斯兄弟会①的成员，但这一点在他的成长经历中似乎并没有留下多少痕迹），他投身商界，一直干到二十八九岁。

就在他踏上学术道路的时候，战争爆发了。他在 1916 年和 1917 年收集了《在索姆河的中尉》的素材，这本书是最好的英国战争书籍之一，但名气却并不是很大。

1918 年初他负伤回家，直到这件事之后，当他来到安全的地方时，他才得出杀人并不会有好的结果这个结论。

他并不是很快就得出这个结论——事实上，在他更早前的战争信件里，他表达了对于和平主义的反感，比后来他为和平主义的辩护条理更加清晰——但当他得出了这个结论，他就开始展开行动。他写信给军团的副官，声言他对战争的看法改变了，他将辞去军官委任状。

你得了解 1918 年的情形才能理解这么做的勇气。那时候不仅战争的歇斯底里气焰之盛是这场战争根本无法企及的。而且对基于良心而拒服兵役的人的惩罚要更加严酷无情得多——事实上，稍早一些时候，当局指控威胁一名诗人，说要将他列为精神病人，以此迫使他保持沉默。

---

① 普利茅斯兄弟会（the Plymouth Brethren），起源于爱尔兰都柏林的英国低教会福音教派。

还有一件事情，那就是不加思考的"国王与祖国"式的爱国主义在那时候比起现在更被视为天经地义的事情。

马克斯·普劳曼不得不与自己的出身进行斗争，甚至要与自己的情感进行斗争。但当他下定了决心就不会犹豫，虽然最后他没有被关进监狱，但当他写那封信的时候心里已经做好了充分的准备。

从1930年起，马克斯·普劳曼一直与《艾德菲报》保持联系，它是一份发行量不大的杂志，但锐意进取，鼓励年轻作家，并让撰稿人畅所欲言①。

几年后，他遇到了"迪克"·谢泼德②和克罗齐尔准将③，共同创建"和平誓约联盟"。马克斯·普劳曼还当了几年秘书。

如果你不加回避地回答"你准备怎么对付希特勒？"这个问题，你会觉得和平誓约联盟是建立在错误的世界观的基础上，而且它的一些活动造成了危害。但不知怎地你不会想去责备马克斯·普劳曼本人。

这不仅是因为他的活动总是完全没有私心，而且它们非常务实。他的行动要比思想更得体。

因此，当西班牙内战爆发时，马克斯·普劳曼和他的群体虽

---

① 马克斯·普劳曼在奥威尔的写作生涯曾给予热心支持，并安排《艾德菲报》出版了《班房》、《绞刑》等文章。他与妻子桃乐丝一直是奥威尔的朋友。

② 休·理查德·"迪克"·谢泼德（Hugh Richard "Dick" Sheppard，1880—1937），英国圣公会牧师、和平主义者，曾担任坎特伯雷教堂主持牧师，代表作有《我们可以说不：对民众的和平主义指导》、《基督徒对于战争的态度》。

③ 弗兰克·克罗齐尔（Frank Crozier，1879—1937），英国军人，后支持和平主义，和平誓约联盟的创始人之一。

然没有热烈地支持西班牙共和政府，但他们接纳了50名巴斯克地区的儿童，并照顾了他们几年。

马克斯·普劳曼认同慕尼黑会议的解决方案，但在一封致《曼彻斯特卫报》的信件里，他建议英国政府应该采取后续步骤，对苏台德地区的捷克难民予以赔偿。他对德国犹太人问题的回答是：支持犹太人不受限制地移民英国——这个计划从未付诸实施，但它或许能够避免数百万人的死亡或苦难。

这本书后期的信件大部分内容是关于埃塞克斯的兰厄姆的艾德菲中心。它创建时是一间社会主义暑期学校，后来在战争初期演变成一间因为良心而拒服兵役的人的农业社区。

马克斯·普劳曼和他的朋友米德尔顿·默里相信这样的社区能够扮演类似黑暗世纪的基督教修道院的作用——也就是说，它们将是战乱不断的世界的和平中心，并逐渐影响其它地区。

这个想法或许是错的。它没有考虑到现代专制政府的手段的黑暗世纪的专制政府更加彻底，而且在一个真的需要这样的绿洲的世界里，它们根本不可能被允许生存。

但马克斯·普劳曼最喜欢说的一句话是"和平主义是行动之友"。而且他心目中的和平主义就是互助和共同劳动。

他没有多少时间写作，在放弃写作三十年后，他并没有留下很多作品。但他是一个优秀的通讯记者，而且有趣的是，他的书信要比他出版的大部分作品更加生动有趣。

那些认识他并热爱他的人，即使他们认为他的想法是错误的，会很高兴他有这么多信件被翻寻出来并编辑出版。

生蚝与棕烈啤①

吉尔伯特·基思·切斯特顿曾经说过，似乎每一个小说家都有一本书的标题对他的生命态度进行总结。他举了狄更斯的《远大前程》和斯科特的《爷爷的故事》作为例子。

你会选哪一本书的书名去作为萨克雷的写照呢？答案显然就是《名利场》，但我相信如果你更仔细地探究的话，你会在《圣诞节的书籍》、《讽刺集》或《势利者的脸谱》作出选择——至少你会选择萨克雷曾为《潘趣》和其它杂志撰稿的散文中的一篇的标题。他不仅天生是一个讽刺作家，而且他主要是一位记者和一个零零碎碎的作家，而且他最具个人特征的作品与插图是无法完全分开的。那些插图中最好的几幅作品由克鲁克襄执笔，但萨克雷本人也是一位了不起的漫画家，在他的几篇小品文中，图画与文字有机地结合在了一起。他的长篇小说最好的部分似乎出自他给《潘趣》投稿的作品，就连《名利场》也有片段化的特征，可以几乎从任何地方开始读起，而不用去了解前面发生了什么。

如今，他的几部主要作品——比方说，《埃斯蒙德》或《弗吉尼亚人》——几乎不堪卒读，只有一回，就是那本篇幅很短的《一位破落绅士的故事》，他才写出了一本我们现在视为严肃小说的作品。萨克雷的两个主题是势利和奢华，但当他以戏谑的手法

---

① 刊于 1944 年 12 月 22 日《论坛报》。

去描写时，他发挥出了最佳的水平，因为——与狄更斯不同——他没有什么社会洞察力，甚至没有清晰的道德准则。确实，《名利场》是一部很有价值的社会纪实描写，而且是一本很有可读性的有趣的书。它忠实地记录了十九世纪早期可怕的社会竞争的具体细节，那时候贵族阶级已经入不敷出，但仍然是时尚和举止的仲裁者。在《名利场》里，事实上，贯穿萨克雷的作品的始终，要找到一个生活量入为出的人是罕有的事情。

住一间对你来说太大的房子，雇佣你付不起工资的仆人，举办华而不实的晚宴，搞得自己身无分文，对为你供货的店家赖账，透支你的银行账户，永远受高利贷的控制——这几乎就是人类行为的常规。任何不想成为圣人的人都会尽量去模仿贵族阶层被视为天经地义的事情。对于昂贵的衣服、镀金的马车和成群的奴仆的渴望就像对于饮食的渴望一样，被视为自然的本能。萨克雷最擅长描写的人物是那些没有任何收入却过着时尚生活的人——像《名利场》中的贝基·夏普和罗登·克罗莱，或不计其数的寒酸的冒险家，洛德少校、鲁克上尉、科迪蒂根上尉、杜西斯先生一样，他们的生活就是无休止地在扑克桌和欠债人收容所之间来来去去。

就内容而言，萨克雷对社会的描绘或许是真实的。他所刻画的那些人物，那些靠典当维持的贵族，喝着白兰地的军官，拄着拐杖蓄着染黑的髭须的年迈的富翁，安排相亲的母亲，庸俗的城市大亨等确实存在。但他观察的对象主要是外在的事物。虽然他一直在对法国大革命进行思考，这件事令他感到心醉神迷，但他并没有看到社会的结构正在改变。他看到全国上下的势利和奢华现象，却没有看到它的深层原因。而且，与狄更斯不同，他没有看到正在发生的社会斗争。他几乎不会去同情工人阶级，在他的心目中，他们就是仆人。他也从来不清楚自己的立场。他不知道放浪形骸的上流阶层或渴望攫取金钱的中产阶层哪一个更令人讨厌。他没有明确的社会、政治或宗教的信念，他无法想象朴素、勇气和"贞洁"（对于女人来说）之外的美德。（顺便提一句，萨克雷的"好女人"让人根本受不了。）《名利场》和《潘登尼斯》所隐含的道德观很空洞："不要做一个自私的人，不要做一个市侩的人，不要入不敷出地生活。"《一位破落绅士的故事》以更加精妙的方式表达了同样的内容。

但当萨克雷放弃描写真实的人物时，他的狭隘思想对他来说其实是一个优势。他那些短篇作品一个非常显著的特征就是富于生命力，甚至包括那些他本人觉得转瞬即逝的事物。如果你通读他的作品合集——包括他的书评——你会体会到那种标志性的风味。一部分是十九世纪早期的奢华宴席的氛围，一种由生蚝、棕烈啤、掺水的白兰地、海龟汤、烤里脊、大块鹿肉、马德拉白葡萄酒和雪茄构成的氛围，萨克雷很擅长于表达这种氛围，因为他很了解那些细节，而且对食物很有兴致。

他对食物的描写甚至比狄更斯还要频繁，而且更加准确。他对自己在巴黎的晚餐的描写——不是昂贵的晚餐——《饕餮回忆录》是一本引人入胜的书。《法国炖鱼民谣》是这类英文诗中最好的作品。但萨克雷的标志性风味是插科打诨，那是一个没有好人也没有严肃的事情的世界。它弥漫于他的小说中最好的章节，在小品文和诸如《伯奇博士与他的年轻朋友们》、《玫瑰与戒指》、《要命的靴子》和《到蒂明斯家略进晚餐》这些故事中臻于完美。

《玫瑰与戒指》好像是一个字谜，在主旨上与《英戈尔兹比故事集》很接近。《到蒂明斯家略进晚餐》相对来说是一个贴近自然主义的故事，而《要命的靴子》则介于二者之间。但是，在所有这些相似的作品中，萨克雷克服了大部分小说家会遇到的困难，而这个困难是任何典型的英国小说家一直无法克服的——将应该真实和"存在于现实中"的角色与纯粹搞笑的角色相结合的困难。

自乔叟以降的英国作家都觉得很难抵制插科打诨的诱惑。但一旦开始插科打诨，故事的真实性就会受到戕害。菲尔丁、狄更斯、特罗洛普、威尔斯甚至乔伊斯都在这个问题上栽过跟头。萨克雷在他最好的短篇故事里将所有的角色都变成漫画人物，解决了这个难题。《要命的靴子》里的主人公无疑"存在于现实中"，但他就像画像一样扁平。在《到蒂明斯家略进晚餐》里——它是迄今为止最好的幽默短篇故事，虽然很少被重印——萨克雷就像在写《名利场》一样，但没有加进模仿现实生活和引入了无兴趣的动机这些复杂的因素。它是一个很简单的小故事，讲述精当，而且基调渐渐变强，在恰当的时候结束。一个收到一笔丰厚的费用的律师决定举办一次晚宴作为庆祝。他受到诱使，花了比自己的承担能力多得多的钱，然后是一连串的灾难，使他背上了沉重的债务，朋友们疏远了他，丈母娘长住在他家里。从开始到结束，每个人从这次晚宴中得到的只有痛苦。在结尾处，萨克雷写道："到底为什么蒂明斯一家要举办这么一个派对呢？"你会觉得它所描写的社会野心驱使下做出的傻事比《名利场》里面描写得更好。萨克雷能够完美地描写这类题材，正是像这种滑稽的事情的反复出现，而不是它的中心故事，使得那些较长的故事值得阅读。

评查尔斯·德伊德瓦尔的《西班牙插曲》，埃里克·萨顿译本①

　　不情愿的证人所说的话总是最靠谱的，查尔斯·德伊德瓦尔先生至少在一部分程度上是不情愿地反对佛朗哥政权的证人。他是比利时记者（显然是一位虔诚的天主教信徒）。在西班牙内战期间，他热心支持佛朗哥将军，曾经在他所统治的地区呆了几个月。当他自己的祖国被德国人征服时，他曾辗转来到英国。他觉得自己尽力支持了西班牙国民政府的事业，它应该不会妨碍他的行动。因此，令人惊讶的是，他发现自己刚一踏足西班牙的土地就被逮捕了，并被关进监狱。

　　那是1941年底的事情。八个月之后他才被释放，很快他就发现自己被指控了什么罪名。或许他被捕是因为他曾投奔英国这件事表明他对同盟国怀有同情。起初他被关押在巴塞罗那的模范监狱，它原本只用于关押700个犯人，当时却关押了8 000人之多。后来，他被关进一座集中营，里面关押了各国的难民。那里的情况相对好一些，还能买到点奢侈品，能够选择和谁一起住，在铁丝网下挖渠时还展开了国际竞争。正是那座模范监狱让德伊德瓦尔先生对西班牙政权的本质有所醒悟。

---

　　① 刊于1944年12月24日《观察者报》。查尔斯·德伊德瓦尔（Charles D'Ydewalle），情况不详。

到了 1941 年底，西班牙内战结束快三年了，枪毙仍在继续，而在这座监狱，每个星期就有五六人被枪毙。而且还有酷刑，或许是为了逼供。有时候那些行刑者"极其过分"。政治犯和普通的犯人大体上被囚禁在一起，但大多数犯人是内战期间遗留下来的，许多人得服刑三十年。德伊德瓦尔先生注意到许多人得被关押到九十五岁的高龄。枪决的执行极其残酷。直到行刑的当天早上，没有人知道自己会不会被枪毙。

每天清早沿着走廊会传来靴子的踏地声和刺刀的敲击声。突然间这扇门或那扇门被打开，一个名字被大声宣布。当天稍晚一些，犯人们会看到那个死人的席子就摆在牢房门外。有时候一个犯人被判了死缓，但一两天后就因为别的罪名而被枪决。但星期天和节日没有行刑。宗教虔诚的刻意展现和监狱生活让德伊德瓦尔先生感到很反胃。

德伊德瓦尔先生在西班牙只享受了一两天的自由，但在集中营里他发现那些看守他们的可怜的西班牙士兵会向有钱的犯人乞讨食物。他心怀不满地记录下这些事情，很不情愿地从中吸取教训。事实上，直到最后他似乎仍然相信在这场内战中佛朗哥是正义的一方，只是后来情况才出现了差错。有时候他在监狱里安慰自己说，他身边那些可怜的人就在几年前对国民政府的同情者做出了同样的事情。他反反复复地强调自己相信"赤匪的暴行"，而且不止一处暴露出他是一个反犹主义者。

这本书所表达的主要印象让人觉得很迷惑。为什么他会被逮捕呢？"光荣的十字军东征"怎么会变成这样呢？他甚至对一个自称信仰天主教的政权支持希特勒和墨索里尼表示惊讶，而这似乎是一件再简单不过的事情，因为佛朗哥将军并没有隐瞒他的政治立场。

对于一个在内战时期真心支持国民政府的人来说，要承认模范监狱的恐怖从国民政府政权建立的那一天起就暴露无遗自然不是一件容易的事情。但德伊德瓦尔先生的缺点在于他来自一个秩序井然治理得当的国家，因此一开始的时候对极权主义没有了解。

极权主义的本质是它没有法律。人们不是因为某个特定的罪行而遭受惩罚，而是因为他们被认为在政治上或思想上不可靠。他们做了什么或没做什么并不重要。德伊德瓦尔先生过了一段时间才习惯了这一理念，根据他的观察，其他来自西欧的囚犯也很难接受这一理念。在监狱里呆了几个月后，几个英国士兵从法国逃了出来，和他关在一起。他告诉他们关于行刑的事情。刚开始的时候他们不相信他，后来，随着一张接一张的毯子出现在某间牢房的外面，他们意识到他所说的确实是真话，不失理智地说道："咦，总归还是英国好。"

这本书是历史有用的注解。作者朴素的世界观对他的描述是一个帮助。但是，你会猜想，再有下一个佛朗哥将军出现的话，或许德伊德瓦尔先生就不会支持他了。

评罗伯特·吉宾斯的《美好的李谷》、维拉·米尔斯基的《茶杯里的风波》[1]

很难确切地肯定吉宾斯先生的这本书有多少内容可以相信。不是说他对气候、动植物、路边的客栈和西爱尔兰一带的描写都是不真实的——而是他真的像他所写的那样相信精灵的存在吗（隐晦地称其为"神仙"）?

> ……每个人都知道，哈克特城堡是梅奥所有精灵的家园。那里有一块地从来没有人耕种过。那里曾是雅森利战役[2]的所在地，有一万人死在那里。
>
> "我才不在乎那里打过什么仗，"一个男的说道，"田地就是田地，没什么不一样的。"但当他准备牵马去耕田的时候，它们都很害怕。他开始翻土，还没耕上两行，一个小巧玲珑的女人朝他走来。"你干嘛要毁坏我的家园?"她说道。但他只是冲她大笑一通，继续耕他的田。耕完那一行后第二行刚耕到一半，他就全身剧痛，犁头从他的手里掉了下来。

---

① 刊于 1944 年 12 月 28 日《曼彻斯特晚报》。罗伯特·吉宾斯（Robert Gibbings，1889—1958），爱尔兰作家、木版画家、雕塑家，代表作有《早年》、《静静流淌的泰晤士河》等。维拉·米尔斯基（Vera Mirsky），情况不详。

② 雅森利战役（the Battle of Athenry），发生于 1249 年 8 月 15 日爱尔兰凯尔特人与诺曼人之间的一场战役，传闻战况惨烈，但实际数字已无法考据。

他倒在地上动弹不得，甚至连动一根脚指头都做不到。邻居们出来把他扛回家。他得了肺炎，几乎病死。他的两匹马在一周内死掉了。妻子也死了，孩子们总是病恹恹的，庄稼收成很差，那把犁头就搁在耕到一半的垄道里，没有人敢去碰它。

像这样的奇闻轶事每隔几页就有。有趣的是，虽然"神仙"总是被认为是精灵，但有时候他们会被误认为是幽灵。里面提到了许多会说话的动物、能够随心所欲变成人形的海豹和揭示藏宝地点的梦境。

此外还有从海里跑出来的神秘的马匹，它们能够被捉来干活，但得用一种草做的特别的笼头。这是一个很有魅力的传说，但很难相信从贫瘠的土地里刨食的爱尔兰农民会被这样的迷信所主宰。

但是，吉宾斯先生的书并不单单只是在写精灵。它还讲述了探访他的故乡科克郡的李谷，还曾几回远足到西海岸之外的岛屿。

吉宾斯先生写道："科克是世界上最可爱的城市。不同意我这番话的人，要么不是出生在那里，要么就是心怀偏见。"

除了每个人对于家乡的温柔情怀之外，西爱尔兰的生活确实有一种在现代世界很难找到的闲适的魅力。奶牛和泥炭的烟雾的味道似乎萦绕于一切东西之上，尽管几乎每个人都在工作，但没有人行色匆匆——巴士会在路边耐心地等候一个想要搭车却在摆弄头发的女人——钓鱼和打猎比挣钱更加重要。

人们说话时带着诗意般的生动。"那天晚上我问一个人能不能告诉我去学院怎么走。'去学院怎么走？'他说道：'如果我把两只鞋放在人行道上，它们自己就会走着去。'"

又或者，市场有两个女人在谈论婚嫁——"但我问他：'她会挤奶吗？'问得他哑口无言。他一直没有考虑过她会不会干活……就像你见到墓碑会躲一样，这不是明摆着的事情嘛，他都快娶玛丽·瑞恩了，却还没想过这个，那小样儿，放手掌心上吹口气就摆平了。"

还有一回，一个有两个爵号头衔的人经过市场。"那不就是克莱尔与盖尔威爵士吗？"一个农民对另一个农民说道。"是的。"另一个农民说道，"两人都醉醺醺的。"

爱尔兰有许多青铜器时代和石器时代的遗迹，这本书有许多关于巨石阵和湖畔房屋的有趣的信息，它们与瑞士的洛夫·卡拉和其它地方可以找到的巨石阵和房屋很相似。而且它有许多关于鸟类、海洋垂钓、非法威士忌、地名和驴子（似乎直到十九世纪爱尔兰才有了驴子）、淡水珍珠和其它无关主旨的信息。

关于在大西洋里的远方那个想象中的圣·布兰登岛有一则有趣的题外话，直到一个世纪前世界上的人依然相信它的存在。书里有许多作者画的黑白插图。这是一本很有吸引力的书，可以拿来消磨半个小时，而且值得注意的是，书中没有直接提到这场战争。

《茶杯里的风波》是来自欧洲大陆的集中营对爱尔兰偏僻的湖泊和山脉的遥相呼应，它的出版商把它描述为"最非同寻常的作品"，但这是错的，因为同样的故事已经被讲述了好几遍，但它值得时不时地再被提起，以免它被遗忘。

作者是一个白俄罗斯人，在战争爆发迁徙生活在法国，而且政治背景很可疑——可疑指的是人们认为她是一个反法西斯主义者。

结果，和无数其他反法西斯主义者一样，反法西斯战争一打响她就立刻被达拉第政府逮捕了，未经审判就被判刑。苏德条约和接下来的法国共产党进行的反战活动使得法国政府有了理由宣传所有"赤色分子"都是叛徒，但这当然只是镇压政敌的借口。

作者被囚禁的集中营有 600 个女人，而且里面找不到一个亲纳粹分子。亲纳粹分子在逍遥自在，那些自从 1931 年起就与希特勒进行斗争的人都被关押或被密切地监视。

作者在 1940 年获释，并在德国入侵苏联之后设法离开法国。她的书里有一些章节读起来很乏味，因为作者的思想过于正统，但对于集中营的具体生活的描写，它的无聊、无法忍受的拥挤和由于无所事事的品格堕落，是对监狱文学的有价值的补充。

评埃德温·摩根的《恶之花：查尔斯·波德莱尔的生平》 [①]

波德莱尔的生平梗概：他负债累累，吸毒成瘾，他有一个黑人情妇，就像婴儿一样依恋母亲，痛恨专横刚愎的继父，这些都为人所熟知。除了曾经短暂探访过毛里求斯之外，他从未去过比比利时更远的地方，在现实世界里他这一生从未做过冒险的事情。这主要是因为他债务缠身，而且他在经济上和情感上都依赖于母亲。值得临终前他还给她写信，讨论他的创作计划，寄去他的诗稿，夸耀未来的成功，但显然从来没有激起她对他的作品的兴趣，她只是希望他应该"尝试着和别人一样"。他死在她的怀抱中，一个疲惫的白发苍苍的瘫子，年仅46岁。

你会觉得，即使波德莱尔有最好的运气，也很难相信他的生命会取得普通意义上的成功。他以这句著名的诗自况：

"巨大的翅膀成了他行走的负担。"

如果他能有一刻拥有体面或平凡人的思想，或许我们将永远不会听到他的名字。他是描写肮脏、变态、自厌和百无聊赖的诗人，摩根先生翻译为"厌倦"，但这么翻译并不是很到位。（英语

---

① 刊于 1944 年 12 月 31 日《观察者报》。埃德温·乔治·摩根（Edwin George Morgan，1920—2010），苏格兰作家、诗人，代表作有《死人的好年头》、《贝奥武甫》现代英语版本等。

里没有对波德莱尔赋予这个词的含义的对应词语，或许"厌世"①会是准确的译法），他的故事似乎不值得重读，除非你愿意承认他的作品中有着强烈的道德反抗元素。

不幸的是，摩根先生的书尝试将波德莱尔塑造成一位虔诚的天主教徒——至少是一位"真正的"天主教徒。这么说的依据是据称波德莱尔在临终的那一年皈依了天主教会，而且他还宣称波德莱尔的作品在本质上是基督教的作品，即使他总是颠覆了天主教的伦理观念。这种说法曾经被提出过——并遭到驳斥。摩根先生试图寻找确切的证据证明波德莱尔是正统的教徒，但结果并不很让人满意。

波德莱尔最后皈依天主教似乎只有两三个人的证言。波德莱尔真的明确地表明要皈依教会吗？如果真的有，他这么说的时候头脑清醒吗？在死前的那一年他失去了说话能力，而且似乎从未完全恢复。这本书篇幅很短，而且没有声称它是一部完整的传记，但是，它的题目是"生平"，却一次都没提到波德莱尔得了梅毒，这算是哪门子的"生平"呢？或许摩根先生并不相信这是事实——因为对于这个问题存在争议——但他至少应该提到它，并解释波德莱尔 46 岁时就成了瘫子并死去的原因。这不仅是一桩丑闻，任何为波德莱尔立传的人都必须对这一点有明确的看法。因为这种病的本质不仅反映了他临终那一年的精神状况，而且反映了他的整体人生态度。

在整本书中摩根先生都在暗示通过描写罪恶、愚昧和它们所造成的影响，波德莱尔展现了基督徒式的对人世间的快乐实为虚

---

① "厌世"：原文是 taedium vitae。

幻的理解。他说波德莱尔其实是基督教的悲观主义者，并将他对自由主义、民主和进步理念的厌恶归结于他对彼岸世界的追求。但是，有哪个得了波德莱尔那种病的人会是对人世间的快乐不感兴趣的人呢？而且，以波德莱尔的作品为证据，很难感觉到他只是一个文化意义上，或者说，人类学意义上的基督徒。有时候他会玩味撒旦崇拜，但撒旦崇拜并不是像人们经常说的那样是基督教信仰的镜像。

这本书给人的印象是它是在进行宣传而不是传记或批评。它引用了许多《恶之花》的内容，但让人觉得很不靠谱，很多内容并不完整，而且翻译并不准确，有一两回摩根先生省略了一句话，却根本没有提到有内容被省略了。但是，他给予了埃尼德·斯塔基小姐①的传记应有的赞誉，如果这本书能够引起一些新读者的关注，他的努力将不会白费。

---

① 埃尼德·玛丽·斯塔基（Enid Mary Starkie，1897—1970），爱尔兰作家，作品多是文化名人的传记，代表作有《波德莱尔》、《福楼拜》等。